Herbert Reinoß

Licht über Masuren

Herbert Reinoß

Licht über Masuren

Roman

Langen Müller

Der Weg nach Hause

Das ist auch heute noch meine Heimat,
obgleich ich niemanden mehr dort kenne,
Kindheitserde, unendlich geliebtes Land.

Gottfried Benn,
»Lebensweg eines Intellektualisten«

Die Wahrheit über die Welt sind nicht die Wolkenkratzer von Manhattan... Die Wahrheit über die Welt ist ein Habicht, der über einem weiten Moor dahinschwebt. Es ist gut, solche Wahrheiten zu kennen.

Lars Gustafsson,
»Sigismund«

Der Himmel spielt mit

Nun bin ich wieder unterwegs nach Masuren. (Und las ich nicht in einer westdeutschen Werbung für eine Fahrt dorthin: es sei eine Reise zum schönsten Ende der Welt?)
Und bin schon in Frankfurt an der Oder, nahe der heutigen Grenze. Und diese unsere Vereinbarung, meine liebe Ilse, daß wir zur selben Zeit, gegen zehn abends, zum Mond hinauf sehen und, vor allem, **unserem** Stern, dem Venusstern. Nämlich zu der Brücke zwischen uns, wie weit wir auch grade voneinander entfernt sein mögen in unserm alten Europa.
Du: in unserm Haus und Garten im Westen Deutschlands. Und ich: unterwegs also immer weiter nach Osten. Hin noch einmal zum Land der Kindheit, wo ich nun schon so lange, seit einem halben Jahrhundert, nicht mehr lebe. Und in der Vorstellung zu den Menschen meiner frühesten Jahre – ja: in der Vorstellung, nicht wirklich, denn sie sind ausnahmslos alle nicht mehr dort. Und zu den Vorfahren – in ihren Gräbern auf dem Friedhof, der zu einem Urwald verwildert.
Doch heute ist der Himmel dicht bewölkt; an ihm nicht ein einziger Stern.
Ich wandre trotzdem noch ein bißchen durch das Zentrum der alten Oderstadt. Komme zu der prächtigen Rathaus-Front, zu der Ruine von St. Marien.
Nun ist es zehn.
Da tritt plötzlich, zwischen zwei Wölkchen – wie in heller Umrahmung – die Mondsichel hervor!
Es ist wie nicht zu glauben.
Und dann – und das dürfte mir nun so gut wie niemand mehr abnehmen, aber ich falle auf die Knie und hebe die Hand zum Schwur! – ist plötzlich der Abendstern da. **Venusstern.** Und leuchtet und strahlt wie ein Saphir. Als **einziger** Stern am ganzen Himmel!
Es ist schlechthin unfaßbar. Ich bin hingerissen, gerührt – nenne ihn einen Freund.

Ist das nicht fast wie ein Zeichen vom Himmel?
Sollte diese Reise, trotz aller eigenen Zweifel, unter einem guten Stern stehen?

Der Erzähler persönlich

Masuren: so weit, weit dort hinten – ja: fast wie an einem Ende der Welt. Am Ende jedenfalls der deutschen Welt so lange, jahrhundertelang – und damals eine Brücke hinüber zu Östlichem.
Und auch sie also mitten im 20. Jahrhundert zu einem großen Teil zerstört. Und es ging (wie Baring formulierte) nicht nur ein geographischer, sondern auch ein wichtiger geistiger, seelischer Raum verloren.

Doch ihr guten Leser, ihr freundlichen Leser (gestattet mir einmal diese Anrede): Wir machen uns nun auf den Weg in diese Welt: Wie sie war, wie sie ist, und was sie auch heute noch bedeuten kann.
Von der die allermeisten westlich der Oder immerhin gehört haben als von dem Land der dunklen Wälder und der kristallnen Seen mit einem meistens wunderschönen Himmel darüber. Und gäbe es denn heutzutage schon Mitmenschen in Nord wie Süd mit der Frage: Aber wo liegt das denn, dein Masuren? Sag doch mal?, so antworte ich bloß: Ich führe euch hin! Wir fahren los!

Wir schreiben Juni. Es ist also noch die Zeit der intensiven, unbestaubten Grün im Frühling. Und ich bin in dem Hotel in Frankfurt vom Frühstück zurück, blicke aus meinem Zimmer im dritten Stock auf das Land jenseits des nahen Flusses, der zu einem Grenzfluß gemacht wurde.
Sehe auf das Hellblau der morgenbesonnten, so gemächlich und selbstverständlich fließenden Oder. Und weiter: auf das Gelbgrün des Graslandes des jenseitigen Ufers – ja: der Fluß bedeutet hier in mehr als einer Hinsicht eine Trennlinie; drü-

ben beginnt (vor meinem Gesicht ganz unbewohnte) Weite; und das Dunkelgrün der in der Oder-Ebene bald anfangenden Wälder reicht bis zum Horizont in den Osten hinein, wo ich nun einreisen will in nur noch aus der Erinnerung Hervorrufbares (und also wird alles Wahrheit und Dichtung – die aber doch wohl auch, und in den guten Fällen verdichtete, Wahrheit ist).

Ja: Ich bin jener Sohn Masurens, der den heutigen Weg zurück in die Kindheit schon einmal fuhr. Damals in der tiefsten Erschütterung seiner Existenz. Der denkbar tiefsten Hilflosigkeit. Damals, als …
Laßt es mich nun bitte so sagen: Meine Tochter wird bei meiner Beerdigung nicht anwesend sein können – ich war bei ihrer Beerdigung vor etwa fünfzehn Jahren.
Und wie doch die Leute, gutmeinend, damals so redeten: Die Zeit heilt die Wunden.
Und ich wollte ihnen ja im geheimen ein bißchen glauben.
Aber nun nach all den Jahren seitdem, da weiß ich: Als Heike starb, starb auch etwas von mir.
Oder laßt mich auch das noch anders sagen: Wohl schlechthin nichts in meinen Gedanken, meinem kleinen Tun seither, das dadurch nicht eingefärbt wäre.
Ja: Meine Frau Ilse und ich hatten eine Tochter. Wir sehen noch die Bilder von ihr. Das kleine Mädchen, das mit uns beim Weihnachtsbaum saß (und letzte Weihnachten noch bezog unser Sohn, ihr Bruder, sie mit ein: Frohe Weihnachten auch dir, wo immer du bist). Das auf einer Frühlingswiese Blumen pflückte. Das sich als Prinzessin verkleidet hatte mit einem Krönchen auf dem Kopf. Das Schülerin war. Und junge Frau.
Und der dann von einem betrunkenen Autofahrer ihr Leben vernichtet wurde.
Fragt man da nicht unvermeidbar nach der völligen Niedertracht dieses Schicksals?
Doch ich will nicht wieder darüber nachdenken müssen.
Und die sogenannten höheren Mächte mögen das untereinan-

der ausmachen, wer – da sie uns doch als allmächtig bezeichnet werden – für schreckliche Ereignisse wie den Tod meiner Tochter verantwortlich ist.
Und letztlich für das Schicksal meines kleinen masurischen Volkes. Seine Verheerung als Ganzes. Und das zahllose Leid einzelner.
Wurden nicht bei Kriegsende auch ungezählte Frauen und Kinder umgebracht, vergewaltigt, gequält, verschleppt?
Dies bei dem schwedischen Dichter Gustaf Fröding:
Ein Mann geht über Bord.
Soso, sagt der liebe Gott.
Dann verunglückt noch ein Mensch auf eine andere Weise.
Soso, sagt der liebe Gott.

Nur noch ein weiteres bißchen über den Erzähler persönlich.
Was für Ereignisse liegen nun hinter mir, da ich die sechzig überschritten habe?
Im dörflichen Masuren geboren. Dort in denkbar herkömmlicher Welt aufgewachsen bis zum zehnten Jahr. Dann aber auf die Forke genommen und über den Zaun geschmissen in quälend unfreundliches Terrain im Nordwesten Deutschlands. Als sogenannter Flüchtling eine Art Paria.
Doch dann studiert und Lehrer geworden: also Wissens-Vermittler nach den jeweiligen Lehrplänen von »oben« im Sinne des jeweiligen Zeitgeists.
Aber auch nach den Protestbewegungen der späten sechziger Jahre fatalerweise alles immer mehr in einer von US-Amerika geprägten Welt.
Und:
Irgendwann las ich in einer weitverbreiteten Tageszeitung:
Nie zuvor hat sich die Zeit so schnell verändert wie in den letzten fünfzig Jahren. Der Mensch brach zu den Sternen auf – und griff in die Schöpfung ein. Er klonte Leben, zeugte Babys in der Retorte. Atomkraft, Fernsehen und Computer haben unser aller Alltag verändert.
Wie unbestreitbar wahr! Und nun mich, den Erzähler, betreffend: Herkommend aus dem sogar von Elektrizität noch

nicht erreichten masurischen Dorf muß ich doch noch erheblich was draufgeben.
Unser Ausgangspunkt waren nicht die längst hellerleuchteten Städte und die Autostraßen – meine Anfänge lagen ja noch in geradezu archaischer Zeit, einer Art Mittelalter.
Doch nun stehe ich genauso vor der Tür der Homunkuli (künstlich erzeugten Menschen) oder möglichst menschenähnlichen Roboter (die uns in manchem bald überlegen sein sollen).
Welch ein »Fortschritt« also erst recht für jemanden wie mich: nämlich von den Holzhäusern der Petroleumlampen, den Sandwegen noch vor aller Technik zu Erfinder-Tolldreistheit und Weltraumfahrt!
Schier unglaublich das! Und: In der Geschichte der Menschheit hat es dergleichen noch nie auch nur entfernt gegeben.

Aber was ist angesichts von alldem noch erhalten geblieben von jenen Bedingungen, unter denen man angetreten ist? Mich selbst betreffend: zum Beispiel im Blick auf das Lehrersein?
Hatte man es nicht deutlich besser machen wollen, jedenfalls als jene prügelnden Steinzeit-Pädagogen unter den Lehrern der frühesten eigenen Schulzeit und den nach dem Krieg weiterhin reichlich vorhandenen Kommißköpfen (der Herr waren Offizier gewesen, sogar Major, und legten das auch vor der Schulklasse nicht ab).
Und nun die Gegenwart: Was ist von all den guten eigenen Absichten und Bemühungen der Jahre und Jahrzehnte noch praktizierbar? Angesichts der doch auch in den Medien immer wieder angesprochenen heutigen Gegebenheiten an unseren Schulen?
Da wird man gefragt: Der Herr Lehrer sind immer noch nicht genügend ramponiert?!
Ja: Sollte der Weg des allmählich doch immer selbständiger gewordenen Wanderers (in Wahlverwandtschaft mit jenem in die Jahre gekommenen Hamsunschen) und Zeitkritikers nicht tatsächlich endlich hinführen zu jenem radikalen Schritt: Es reicht?!

Also: Einige Jahre vor der üblichen Pensionierung auch auszusteigen wie viele andere – weil unsre kranke Zeit einen immer weiter (und am Ende vielleicht irreparabel) krank macht?
Oja: Die Müdigkeiten der letzten Zeiten resultieren doch nicht nur aus den eigenen sechzig Jahren; daß man die Flanke über den Zaun besser nicht mehr wagt, das Hochreißen des rechten Fußes bis in Kopfhöhe nicht mehr schaffen würde.
Und nicht zuletzt auch deshalb noch einmal die Reise in das Land der Kindheit: wo das Leben seine Maßstäbe noch aus der Natur bezog und nicht von irgendwelchen Philosophien der schieren Nützlichkeit und des ständigen Spaßhabenwollens, kurz: eines ungehemmten Egoismus. Wo diese Natur uns mit ihrem Charakter der Unaufgeregtheit, der Ruhe so sehr geprägt hat. Ja uns sich geradezu anverwandelte.
Ob man dort nicht gleichsam noch einmal an die Straßengabelung kommen könnte: mit ihren Wegweisern dahin und dorthin. Und vielleicht doch einen andern Pfad nehmen sollte als den nun scheinbar so deutlich vorgegebenen des Aufgebens.

Ein Vorfahr und der Held der Erzählung: Tobias

Um dies zu betonen und zu bekräftigen: Ich orientiere mich nicht an irgendwelchen Theorien und Redensarten (wie Benn das immer abfällig formulierte), sondern zu allererst an Menschen und ihren Geschichten.
Nicht, daß es bei uns daheim nicht auch solche Geschichten gewesen wären wie anderswo. Vom Liebesgeflüster hinter den Büschen (mit dem gelegentlichen Nachspiel eines unehelichen Kindes); von wüster Erbschleicherei; schließlich vom Sarg im Staub der Straße zum Dorf hinaus auf den Friedhof. Wie hätte es denn sonst sein sollen.
Aber war nicht manches, und vielleicht nicht gerade das Belangloseste, doch ein bißchen anders?

Ich fahre natürlich zu allererst zu der eigenen Kindheit. Wo ihr wieder alle bei mir sein werdet: mein Vater Walter (Abbild seines so soliden Vaters Karl), meine Mutter, die Geschwister. Und meine bei uns im Haus lebende Großmutter. Und ihr Schwager –
Weshalb denke ich da immer auch gleich an den Tobias? Den ich doch nie sah? Von dem immer bloß erzählt wurde?
Weil er auch nüchtern besehen ein außerordentlicher Mann gewesen ist.
Junge einer unbemittelten Familie in einem so abgelegenen Dorf, der trotzdem Student wurde in der Welt draußen mit, wie man so sagt, besten Aussichten. Aber (so erscheint es mir) ganz von der Art der masurischen Menschen war, ja geradezu ein Beispiel für sie. Bloß daß ihm mehr bewußt geworden ist (oder gab auch er nur einer Schwerkraft nach ?), wie man daheim lebte und sich verhielt und daß das für ihn wie eine Heimkehr wäre. Oder wie sonst hätten wir zum Beispiel seine Heimreise *zu Fuß* damals aus dem Reich (wie man bei uns sagte) zu erklären, als es die Eisenbahn nach Masuren hinein längst gab?

Schwager meiner Großmutter. Also mein Großonkel. (Aber wertet nicht gerade unsere Zeit die Großeltern-Generation immer wieder auf; gibts nicht sogar Bücher heute von dieser Art: Was Großvater noch wußte?)
Und gehe ich gerade Masuren betreffend nicht auch deshalb noch diesen einen Schritt weiter zurück als in die eigene Kindheit und damit zu Vater und Mutter: weil von den Großeltern die traditionelle masurische Welt doch noch um einiges eindeutiger herkam und anschaulicher wird mit Geschichten manchmal fast wie aus den Anfängen der Menschheit?
Und ich bin ja noch an der Hand von meinen beiden Großmüttern gegangen. Hörte sie reden und erzählen. Was war da nicht noch alles an Herkömmlichem lebendig aus ihrem eigenen Erleben. Ja: es sei die Großeltern-Generation, wie ich sie noch erlebte.
Doch noch einmal gefragt: Weshalb diese Hinneigung gerade zu Tobias?

Weshalb ist er die mich am meisten beschäftigende, bewegende Existenz seiner Generation? Und das aus einer Familie, die an besonderen Menschen-Exemplaren niemals arm war?
Doch wohl vor allem deshalb: Ich bin heute in einer ähnlichen Situation wie er damals. Nur, daß sich über mich die Frage noch um einiges massiver warf: eben die nach dem Sinn des üblichen Weitermachens wie bisher.

Aber ich wüßte doch wohl zu wenig über ihn?
O Leute. Ist denn nicht alles, was wir erzählen, ein gewisses Wissen und ein gewisses Mutmaßen nach der eigenen Erfahrung?
Und noch einmal: Ich komme aus einer andern Welt. Was ist mir da in vielen Geschichten nicht noch alles zugetragen worden!
Denn: Wir hatten bei uns ja noch die langen Erzählabende beim gemütlichen Licht der Petroleumlampe; das war der große Unterschied zu heute. Man saß zusammen und erzählte sich; und kam von Hölzchen auf Stöckchen...
Aber damit habe ich euch natürlich so etwas wie ein Stichwort geliefert...
Erzähle ich nicht noch in einer ähnlichen Weise? So gefragt antworte ich: Nur Besserwisser, die ja oft auch Ignoranten sind, wollen dem Erzähler Vorschriften machen und wissen wohl nicht, was alles zum Erzählen gehört: das Ausspinnen, Fabeln und, ja, auch eine Art von Philosophieren (wie mans bei uns verstand).
Meine Erzähl-Verwandten sind also nicht die professionellen Schriftsteller up to date (mit ihrem von mir durchaus respektierten professionellen Können). Ich komme aus einer Region, wo man keinen Fernseher gebraucht hätte. Heute sitzt abends fast jeder vor der viereckigen Kiste und ist mit sich allein, denn er wendet sich dabei auch dem sogenannten Nächsten kaum noch zu. Und läßt sich zuschütten von irgendwelchem auswechselbaren Zeug, das die eigenen Probleme in der Regel doch kaum berührt. Na, das ist mal

ein »Fortschritt«: endlich weg von unserer alten Erzähl-Naivität!
Weg von den Fabulanten am Lagerfeuer oder in der masurischen Spinnstube oder beim Netzeflicken. Wo werweißwas alles zusammengereimt und blühend ausgeschmückt und schließlich stock und steif behauptet und selbst geglaubt wurde bis zum Beschwören – manchmal bogen sich tatsächlich die Balken.
Ich komme zum Beispiel von einem in der Familie namens Fritz her (er soll noch seine Rolle spielen) – der unerreichbare Höhepunkt von solchen allen aber war natürlich jene orientalische Scheherezade in Tausendundeiner Nacht, die um ihr Leben fabulieren mußte.

Und ich fange nun meine Erzählung an mit jener Reise des jungen Tobias zu Fuß nach Hause. Was läge mir jetzt näher als die Erinnerung an sie, da ich gerade etwa denselben Weg mit dem Auto mache – von Frankfurt an der Oder nach Masuren an einem Tag.
Auch er hätte damals von Berlin oder Greifswald ja schon viel, viel schneller heimkommen können: Die Eisenbahn war in der »Hauptstadt« Masurens, Lyck, doch in seiner Kindheit schon angekommen (etwa dreißig Jahre, ein Menschenalter, nach der ersten deutschen Bahn zwischen Nürnberg und Fürth). Und noch früher gabs die Postkutschen, ja die sogenannte Schnellpost.
Ich erfuhr nicht, wie lange er damals für diesen weiten, weiten Weg zu Fuß gebraucht hat. Doch man weiß, daß Männer der Voreisenbahnzeit, die zum Heer nach Berlin mußten, dafür von zu Hause bis dort etwa einen Monat benötigten.

Er war an der Universität damals nicht mehr in Berlin, sondern in Greifswald; und schon das war wie ein Unterwegssein aus der großsprecherischen Metropole der Kaiserzeit in einen weitaus bescheideneren Ort, der seiner Vorstellung nach auch weiter östlich liegen sollte. (Und wie hatte es ihn erstaunt, als er sich etwas näher informierte: daß

Greifswald ja gar nicht östlicher lag als Berlin, bloß nördlicher.

Diese Wanderung damals nach Hause. Und schon in einem Wald noch in Odernähe ereignete sich das mit Ungewöhnlichste der ganzen Reise: Plötzlich war ein Hund, Wolfshund neben ihm, bei ihm. Wie dem Boden entstiegen. Und war zunächst insofern etwas agressiv, als wolle er ihn rascher nach Osten treiben.

Bald lief Tobias dazu einiges, wenn auch unscharf, durch den Kopf: Mythisches (Fenriswolf- und Weltuntergangsvorstellungen), Teufels- und Zauberzeug ganz nach heimatlicher Art, Werwolf-Geschichten. Und sagte man nicht auch, Hunde sähen Geister?

Auch für einen Studierten nicht ganz geheuer das – na, und für einen aus dem so abergläubischen Masuren!

Aber der Akademiker bekam Oberwasser: Ach was!, das ist doch bloß ein Hund!, basta!

Und das Tier war dann ja auch normal und friedlich und zutraulich. Blieb; wurde für all die Tag sein Begleiter. Und bekam von ihm einen Namen und hörte auf ihn: Thaddäus (was ja heißt: der Beherzte).

Also zu Fuß viele hundert Kilometer nach Haus: Und das war längst anachronistisch.

Aber war es das schon ganz bewußt so? Heimkommenwollen auf eine menschengemäße Art? Ein Entschluß wie im Sinne einer etwas wehmütigen Erinnerung?

Da doch mit der Lokomotive auch vieles andere in die Welt seiner Heimat eingedrungen war und weiter eindrang und sie veränderte: auch einige ausgemachte Narren unter den Wissenschaftlern, die bloß kamen, um quasi zu messen, zu wiegen, zu notieren und dann zu bewerten – und zwar einzig in der Art und Weise, daß Masuren doch endlich seine »rückständigen« Eigenarten aufgeben solle und sich dem allgemeinen Fortschritt anschließen.

Das alles kommt euch ein bißchen seltsam, um nicht zu sagen komisch vor?

Aber man respektiert doch bei uns Goethe als unsern größten Dichter, nicht wahr?
Und also ihn zitiert, der in den ersten Jahrzehnten jenes 19. Jahrhunderts noch nicht mal das Tempo der Eisenbahn erlebte: Er sprach sich recht abfällig darüber aus, daß alle Welt nach Schnelligkeit (und Reichtum) strebe, um »sich zu überbieten, überbilden und dadurch in der Mittelmäßigkeit zu verharren«.
Ja: Der alte Dichter war gegen die Übereilungen; er hielt es mit der Geduld der Natur. Er verurteilte das »Veloziferische«: Die Eile sei des Teufels!
Das Zeitalter, meinte er, renne mit größter Geschwindigkeit in die Falle des Teufels.

Masuren mischt sich ein!

Vor Posen wird das Land etwas einförmiger. Sanfte Hügel, mal ein kleiner See – das nimmt einen nicht sonderlich in Anspruch.
Die Gedanken gehn da zu diesem und jenem. Manchmal ein bißchen sprunghaft, häufiger assoziierend. Das gestaltet sich nicht quasi zu Abhandlungen, i bewahre!; es sind Anmerkungen, Marginalien.

Zu einem selbst zum Beispiel:
Weshalb gefällt mir diese Feststellung zu Goethe so sehr: In welch unvorstellbarem Maße er rückschrittlich und fortschrittlich zugleich war. Weil ich das nur zu gern auch auf mich bezogen haben möchte?
Der Blick zurück – und der nach vorn: Ist das von einer andern Position aus so gut möglich wie von der der Mitte?
Der Mitte? Die es heutzutage bei uns so schwer hat wie vielleicht noch niemals vorher? Die so oft sogar diffamiert wird, als handle es sich dabei um lauter geistiges Mittelaltertum?
Ja – aber kam denn nicht immer aus der breiten Mitte, was den Bestand der Menschheit gesichert hat? Von all jenen gu-

ten gewöhnlichen Leuten, die – so Fontane – Hochzeitskuchen backen, was auch immer in der Welt passiert und ob die Kanonen donnern?
Diese Geringschätzung, ja nicht selten Verächtlichmachung der Mitte, um irgendwas am Rand hochzuspielen, ärgert mich schon lange! Drängt mich zum Plädoyer für sie, ja zum Loblied auf sie. Ich wurde geboren und wuchs auf unter lauter gewöhnlichen Menschen, die das mehr als verdient haben. Doch sollen solche Leute heutzutage nicht vor allem funktionieren: als jene vielzitierte »Gesellschaft«, die alles für alle zu erarbeiten hat? Wenn es darum geht, einem in Bedrängnis Geratenen ein tägliches Brot und einiges mehr zu erstreiten, will ich mich darin nicht übertreffen lassen – aber ebenso wenig in der Wertschätzung all jener der Mitte, deren tägliche Arbeit das allermeiste erst möglich macht.

Der Orientierungspunkt für alles ist die Mitte. Und ich, der Masure aus einer von Dogmen so wenig verunstalteten Welt, bezeichne mich als einen Mann der Mitte. Ja, als einen Radikalen der Mitte!
Und wenn das heutzutage, wie gesagt, so wenig zeitgemäß ist, so stelle man mich meinethalben in eine andere Epoche. Hatte ich nicht mal die Tagtraum-Vorstellung, mein Vater werde auf dem heimatlichen masurischen Friedhof begraben wie ein Ritter? Man muß mich ja nicht gleich zu den Sauriern zurückverweisen – stellt mich also meinethalben ins Mittelalter zu den Rittern. Ich würde mich dort nicht gerade unwohl fühlen.
Denn damals zählten zu den vorherrschenden Tugenden und bildeten den Kern ritterlicher Ethik: Stetigkeit, Beharrlichkeit, Beständigkeit; anders gesagt: Treue, Ruhe. Und dies weitere: die Suche nach Mitte, das Vermeiden jeglicher Übertreibungen.
Mit den Vokabeln der damaligen Zeit: Masze, Stete.
Wir wissen: Die moderne Zeit verdankt dem Mittelalter die Vorstellungen von Ehre, Ritterlichkeit und Anstand.

Ich sollte besser an Masuren denken, wohin ich doch fahre? Ich denke die ganze Zeit an Masuren! Denn im Blick auf diese Tugenden bin ich nicht nur im fernen Mittelalter, sondern auch noch in der Welt meiner Kindheit gut zu Hause.
Und es kommt mir noch mal mein guter Goethe in den Sinn: mit seinem Leben uns wesentlich näher als die Zeit der Ritter, aber in manchen seiner Ansichten auch den ritterlichen noch sehr verwandt. Denn schrieb nicht einer seiner Biografen: Was er suchte, war Ruhe, Harmonie, Stetigkeit?
Sieht da jemand einen Unterschied?
Goethes großartiges Mitte-Maß. Masze. Stete.

Und nun schon eine gehörige Zeit Gedanken ans US-Amerikanische.
Ja – weshalb denn das? könnte man mich fragen – da ich doch – hochgestimmt! – in die genau entgegengesetzte Richtung reise: in ein völlig anderes Land.
Entgegengesetzte Richtung. Völlig anderes Land – aber genau das ist es doch!
Welch ein gewaltiger Unterschied zwischen dem einen und dem andern schon rein äußerlich: jenseits des Ozeans die riesigen Vereinigten Staaten, wir hören es immer wieder: Weltmacht Nummer eins – und ich unterwegs in ein bloß so kleines Land: lange, lange wie beiseite gelegt und von den mitteleuropäischen Metropolen kaum beachtet. Ist es da nicht geradezu anmaßend, Vergleiche anzustellen?
Doch es geht hier ja nicht um Quadratkilometer und Ausmaße. Sondern bei der entgegengesetzten Richtung: Da denke ich ja vor allem an die Weltanschauung der Menschen, ihre Art zu leben. Und da sage ich im Blick auf Masuren: GEGENBILD! Und das immer mehr. Und das Benn-Wort ist noch gut in Erinnerung: Daß womöglich die abgelegenen Dinge die allerwichtigsten waren und die vergessensten die bleibenden.
Ich werde nicht müde, von masurischen Gegenbildern zur heutigen Zeit zu erzählen. Gegenbilder zu unserer eben von

US-Amerika so ungut dominierten Welt in Europa und vor allem in Deutschland. Wann also waren Alternativen so bitter nötig wie heute?

Niemand ist so naiv anzunehmen, an die Stelle der Wolkenkratzer-Steinhaufen am Hudson und anderer Moneygrubber-Metropolen könnten womöglich abgelegene Dörfer zum Beispiel von masurischer Art gesetzt werden. Gewiß nicht.

Es geht also um etwas anderes. Nämlich darum: Die satanische Fehlentwicklung der heutigen Zeit (so formulierte Konrad Lorenz in »Abbau des Menschlichen«) durch Hinweise auf Beispiele eines den Menschen angemesseneren Lebens aufzuhalten.

Und wenn es also um eine deutlich andere Art zu leben, um Substanz geht, sagen wir einstweilen: um eine bescheidenere, beseeltere, zufriedenere, dann steigt unser Masuren geradezu gewaltig auf. Und die riesigen Dimensionen des Gegners erschlagen ja nicht immer alles, siegen nicht jedesmal – man kennt die Geschichte von David und Goliath und weiß, wie sie ausging...

Und man kennt auch diesen Satz bei Heine: Schlage die Trommel und fürchte dich nicht...

Die Diagnose für den jämmerlichen Zustand unserer Gegenwart kommt aus den unterschiedlichsten Richtungen und stimmt trotzdem weitgehend überein. Das Kardinalübel resultiere aus der von Amerika herkommenden Geldsack-Mentalität, der Habsucht, der Profitsucht.

Von Ellbogen-Gesellschaft spricht hierzulande sogar ein Bundespräsident. Und die (aus Masuren stammende) Gräfin Dönhoff von heutiger Raffgesellschaft. Und schon ist von unserer verrotteten, gnadenlos nach den Gesetzen von Markt und Prestige ablaufenden Leistungsgesellschaft die Rede.

Sogar der Papst meldete sich dazu zu Wort: Es dürfe keine Welt entstehen, die von einer radikalen kapitalistischen Ideologie geprägt ist.

Der Mann kennt natürlich seine Bibel. Dies dazu in den Sprüchen Salomos: Wer aber eilet, reich zu werden, wird nicht unschuldig bleiben.

Ja: Die Maximierung des Profits, des Geldbesitzes ist für viele zum höchsten Lebensziel geworden.
Aber kann das der Sinn des Lebens sein? Und es endet doch auch in der Grube, ein mal zwei Meter? Ist das also nicht geradezu Gartenzwerg-Niveau?
Und schlimmer: Wird das nicht, wie renommierte Soziologen und auch Ökonomen längst vorhersagen, zur Verelendung und Slums auch in unserm alten Europa führen? Zu deutlich mehr Gewalt und Terrorismus, kurz: einem auch im sogenannten Abendland verheerenden Zerfall der heute noch einigermaßen intakten Gesellschaft? Die doch die wichtige Voraussetzung auch für eine gute Volkswirtschaft ist?
Die Gräfin Dönhoff beschwor die Folgen eines Kapitalismus pur, der auch unsere Gesellschaft menschlich und kulturell verkümmern läßt.
Uns wird berichtet, daß in den USA, dem großen Vorbild immer noch für allzu viele, der Zerfall der Gesellschaft sich schon so deutlich zeigt wie nirgendwo sonst. Die Kriminalität dort hat längst epidemische Ausmaße angenommen. Der einstige Wilde Westen (mit dem Gesetz ja nicht des Guten, sondern des schnellsten Schützen) mutet im Vergleich damit schon wie eine Art Romantik an.

All diese Amerika-Kritik: die habe ja weiß Gott nicht ich erfunden und dokumentiert; die ist viel älter als mein eigenes kleines Leben. Und wie gern möchte ich sagen können: Damit hat man unrecht! Würde ich dann im Blick auf die Zukunft doch ruhiger schlafen.
Zu den frühesten und überzeugendsten Amerika-Kritikern gehört der wohl größte Prosadichter des 20. Jahrhunderts, Knut Hamsun, der in seiner Jugend vor über hundert Jahren dort arbeitete und dann das Buch »Vom Geistesleben des modernen Amerika« veröffentlichte, über das sein norwegischer Landsmann Narup schrieb: »Amerika ist für Hamsun das goldene Land einer... Pöbelherrschaft, deren Götter Mammon und Humbug heißen, wo... es nur zwei

Arten von Menschen gibt: das Muskeltier und den Geldsack.«
All **meine**, des Masuren, Sympathie gilt da einzig dem Muskeltier: den vielen gutmütigen Menschen, die Opfer skrupelloser Gewinnsucht sind. Ich bin ja beileibe nicht gegen diese vielen! Ich fahre die Faust aus nur gegen jene, die sich rücksichtslos nach oben beißen.
Also die angelsächsische Welt, über die Hamsun auch noch schrieb, sie habe die moderne falsche Sicht aufs Dasein verursacht, der Angelsachse habe das Leben zum Entgleisen gebracht – dieser Teil der Erde kann doch weiß Gott nicht als Vorbild dienen!
Aber das tut er! Und gerade unser Deutschland gilt doch als der gelehrigste Schüler. Ja, das Volk der Dichter und Denker ist weltweit anerkannt als der Musterschüler.
Besagter Hamsun sprach mal von einer norwegischen Seuche – ich rede nun von der deutschen, indem ich den Kommentator Peter Boenisch zitiere: Müssen wir denn jeden Schwachsinn den Amerikanern nachmachen?
Offenbar ja…

Aber nun Schluß damit!
Und wie gern bin ich wieder unterwegs dorthin, wo einst nicht das schiere Habenwollen, die Mehrung des, wie man heute sagt, schnellen Dollars, sondern das schlichte, bescheidene Sein, das – nicht kompliziert geredete – herkömmliche Leben seine Welt hatte.
Ja: Masuren mischt sich ein! Nachdrücklich!
Und noch ein weiteres Mal gesagt: Das **Gegenbild**! Wo wir natürlich nicht reich wurden, aber (auch dies bei Hamsun für die uns ähnlichen Menschen in seiner Heimat) unser früherer Mangel an Bargeld doch wohl das kleinere Unglück war.

Weiter auf meiner Reise – gleichsam hinter die Berge zu den sieben Zwergen. Oder gar durch den Hirsebrei ins Schlaraffenland?
Nicht mehr weit bis zur Weichsel und zu der alten Stadt Thorn.

Am Geburtsort des wirkungsvollsten Entdeckers der Welt

Und wieder Wald: Puszcza Bydgoska (las ich), der Bromberger Wald von der Art der Wälder, wie sie hier sind: Kiefern, ein paar Birken; und diese freundlichen Sandwege. All dies Kilometer um Kilometer.

Und ich erinnere mich (und der Tobias mag sich damals erinnert haben, als er zu Fuß hier war): Hier kam an, es ist weit über siebenhundert Jahre her, eine Schar von Ordensrittern und Kreuzfahrern, um über die Weichsel in unbekanntes Land zu setzen, nach ihrer Ansicht: Wildnis und Heidenland. Und etwa hier an der Weichsel Errichtung der ersten Burg des Deutschen Ritterordens.

Der Chronist Dusberg hat uns eine hübsche Schilderung hinterlassen: Die deutschen Krieger hätten Lieder von »unsagbarer Traurigkeit« gesungen. Und als die einheimischen Preußen, hier nach ihrer Art lebend seit Jahrtausenden, auch noch zu hören bekamen, diese seltsamen Menschen seien gekommen, um Krieg gegen sie zu führen und sie für etwas ihnen völlig Unverständliches: die Christenheit zu erobern, da »schüttelten sie sich vor Lachen und machten sich davon«.

Sie sollten aber bald nichts mehr zu lachen haben. Denn es wurde auch hier mit Schwert und Feuer und jeder Grausamkeit »bekehrt« und so eine Welt von Göttern und Menschen zerstört, die in nicht mehr zählbaren Generationen in diesem Land gewachsen war und gelebt hatte.

Ja: Hier begann das. Die Weichsel als eine Zäsur.

Und plötzlich, als werde vor mir ein Vorhang aufgerissen:

eine alte Stadt hinterm Fluß, deren Anblick schier den Atem raubt: die »Königin der Weichsel«!

Das Bild Toruns/Thorns steigt in alter Weise auf hinter dem Wasser wie auf einem der berühmten Stiche des 16. oder 17. Jahrhunderts; ein noch immer mittelalterliches Bild, und hat in Mitteleuropa wohl nicht seinesgleichen. Die Türme über-

ragen die backsteinerne Stadtmauer und die Tore und die Häuser.
Ein mächtiges ziegelrotes Tor zum Fluß her, gut vier Stockwerke hoch (ebenso wie das monumentale Schiff einer der mittelalterlichen Kirchen). Und heraus kommen Menschen: wirken ameisenklein. (Ja: Was sind wir denn anderes als Ameisen.)
Und inmitten des Bildes: hoch und breit und gedrungen alles andere überragend und in den Schatten stellend: die backsteingotische Kirche (ich folge der Erinnerung) St. Johannes mit mächtigem, schlicht bedachtem Turm, herkommend aus Deutschordens-Zeiten.
Doch mich bewegt mehr noch, was sich dem singulären Bild hinzufügt: die vielen Menschen, sitzend oder liegend, auf dem Grün vor dem steinbefestigten Ufer des Stroms, die Gesichter der Frühlingssonne zugewandt. Ja: vor langer Zeit oder heute, Menschen oder Ameisen... Und: **Ruhe.** Ist dies nicht schon wie der Anfang einer anderen Welt?
Und so sah das gewiß damals auch der Tobias, als er gelassen heimwärts ging mit dem seltsamen Hund. Und so blickte darauf, es soll sich an dem Bild seither nicht viel verändert haben, der Nikolaus Koppernigk, latinisiert Kopernikus, in dieser Stadt geboren als Sohn des Bürgers Niklas Koppernigk und der Barbara Watzenrode. Also auch das **hier**.

Bald bin ich in der Stadt. Stehe vor dem gewaltigen Backstein-Rathaus aus dem Mittelalter. Sehe an dem Kopernikus-Denkmal hinauf: wie er in der linken Hand das Sonnensystem hält mit den Planeten auf ihren ewig festliegenden Bahnen. Und von der hochgereckten Rechten ist der Zeigefinger erhoben – gleichsam: Merket auf, seid euch dessen bewußt!
Goethe nannte ihn den größten und wirkungsvollsten Entdecker aller Zeiten; Lichtenberg sprach von einem »der größten und kühnsten Gedanken, die der Mensch gewagt hat«.
Hier also seine Kindheit, seine frühe Jugend. Und dann, hundertfünfzig, zweihundert Kilometer nördlich, irgendwo nicht fern vom Weichseldelta in Fromborg/Frauenburg: dort saß er

über dreißig Jahre, ein Menschenalter, hatte in einem der Befestigungstürme sein Observatorium. Und blickte hinaus auf das Frische Haff und den Himmel und das Universum. Und beobachtete die Gestirne und ihr Verhalten; durchschaute ihr Wesen. Und sagte gleichsam zur Sonne: Steh still! und ließ die Erde sich um die Sonne bewegen.
Ja: in dieser Region der Erde, er selbst sprach von der »abgelegensten Gegend der Welt«, vollzog sich die »Kopernikanischen Wende«. Hier schrieb er eins der wichtigsten Bücher der Menschheit: »De revolutionibus orbium Coelestium«. Und das heißt schlicht: Bewegungen der Himmelskörper. Und so entspricht das dem Wesen des besonnenen Mannes.
Wie merkwürdig, wie fast unglaublich: Die »größte Entdeckung aller Zeiten«: sie geschah nicht in Rom oder Paris oder einer der andern damaligen Metropolen, sondern hier an einem beiseite gelegten Ende der Welt.
Und damit war das von der Kirche zu Rom auch mit Unmenschlichkeit aufrechterhaltene Hirngespinst von der Erde als Mittelpunkt von allem für immer erledigt.
Frauenburg am Haff in Ostpreußen: die kleine, die winzige Stadt, ein Menschen-Nest – und doch der Ort, wo die wichtigsten Dinge zurechtgerückt wurden. Und mein Masuren nicht weit davon und jedenfalls noch abgelegener...

Und dann noch dieses andere höchst Bemerkenswerte zu Kopernikus, das sich bei Marie Boas so liest: »...Vielleicht hat niemals ein so konservativer und ruhiger Denker eine so aufsehenerregende Wirkung in den Köpfen und Herzen der Menschen hervorgerufen wie er.«
Das soll so sehr erstaunen? Aber: Wenn nicht so einer wie er, wer dann? Ist nicht eine so große Kühnheit von solcher Tragweite und Wirkung nur von einem so Besonnenen zu erwarten – und gerade nicht von irgendwelchen sogenannten Revolutionären mit ihrem so oft nicht zu Ende gedachten Weltbild?

Und habe ich bei Thorn an der Weichsel auch erst den halben Weg zwischen der Oder und dem Heimatland im östlichen

Masuren zurückgelegt: diese Stadt ist also so etwas wie der Ort einer Wende.
Hier hört gleichsam etwas auf. Und etwas anderes fängt an.

Ein Schlaraffenland? – doch inwiefern?

Auf dem rechten, dem östlichen Weichselufer. Und dann viele Kilometer durch das fruchtbare Culmer Land. Das der Deutsche Orden von Herzog Konrad von Masowien erhielt und das mal preußisch, mal polnisch war.
Und wieviel mehr zählte das damals für den Tobias, daß er die Hälfte des Wegs noch vor sich hatte. Das waren noch viele Tage.
Und bei dem Flüßchen Griessler habe ich Ostpreußen erreicht! Und dann Osterode. Und bei Allenstein fiebre ich Masuren entgegen.
Mein Baedeker aus den dreißiger Jahren: »Dann fährt man durch das ›Land der tausend Seen‹, dem seine von dunklen Kiefern- und Fichtenwäldern umschlossenen klaren Seen eine herbere Stimmung verleihen.« Ja: Ich habe euch nach Masuren gebracht!

Was geschah dort, wo Masuren beginnt, dem Tobias?
Er ließ sich an einem der ersten Seen ins Gras fallen. Sah über das silbernglitzernde Wasser. Der Wald dahinter erschien tatsächlich dunkler getönt als üblich. Das intensive Licht.
Ihm wurde plötzlich bewußt, daß der Hund anscheinend nicht mehr in seiner Nähe war. Er rief ihn. Sah sich um.
Der Hund war weg!
Er war gleich sicher: So selbstverständlich, wie er sich ihm beigesellt hatte und geblieben war für die vielen Tage des Zufußgehens (so daß er sich schon Gedanken gemacht hatte, wie ihn daheim einbringen), so gewiß und geradezu abrupt war er wie vom Erdboden verschwunden.
Ein bißchen später ein alter Mann. Kam und war da.

Trat aus dem Wald, stand eine kurze Zeitlang auf den Knotenstock gestützt im Licht. Kam dann in großer Ruhe näher. Fing ein Gespräch an – erschien wie jemand, der nichts anderes vorhatte.
Eine aufrechte Gestalt in dem üblichen grauen Mantel aus grobem Stoff, und das Haar nach alter Sitte herabhängend bis auf die Schulter.
Sie redeten zunächst bloß über Belanglosigkeiten. Als Tobias sich den Alten etwas näher ansah, durchzuckte es ihn aber: Das Gesicht kam ihm irgendwie bekannt vor! Doch woher?
Der Hund!
Diese Geschichte wurde noch nach Jahrzehnten in unserem Dorf erzählt. (Wie jene andre um einen Onkel von mir, der nach einer Beerdigung plötzlich einen Hund in seiner Nähe hatte und erschrak und meinte, das sei der Tote und der verfolge ihn.)
Aber verkneifen wir uns, Bildung bemühend, den Satz: Das also war des Pudels – pardon: Wolfshunds – Kern! Der Hund ist für den Tobias so wirklich gewesen wie nur irgendeiner. Und nun hatte er es mit einem alten Masuren zu tun. Es kam doch alles aus dem Wirklichen und – allerdings – auch dem Unwirklichen. Da kannte doch auch er gerade hier, aus dem Alltag!, unerhörtere – doch beschworene! – Ereignisse, als Dichterfürsten sie zusammengereimt haben.
Plötzlich fragte der Alte: Wohin heut noch?
Tobias nannte den Namen eines Dorfs; es mochten noch drei, vier Stunden dorthin zu gehen sein.
Weshalb so weit? Kennst du nicht dort hinterm Berg den großen Hof?
Nein.
Pause.
Ich hatte einen Hund, sagte dann Tobias.
Spielt das eine Rolle?
Vielleicht nicht.
Pause.
Aber ich möchte nun bald zu Hause sein, sagte Tobias. Und der Hund – ich hatte mich an ihn gewöhnt.

Red nicht mehr davon. Bald zu Hause? Was soll das für einen Sinn haben: drei oder sieben Tage früher? Was für einen Sinn? Jene Alte aus euerm Dorf, die zu jeder Beerdigung rennt, sagt immer: Weshalb Eile? Auf dem Friedhof kommt doch noch jeder an, ich weiß das.

Sie gingen ein Stück zusammen. Und irgendwann sagte der alte Mann: Und du verachtest also die Bahn? Diesen riesigen Fortschritt, wie die meisten sagen?

Fortschritt, sagte Tobias tonlos.

Na hör mal! meinte der Alte. Früher, da warteten wir geduldig ab, bis das Unheil zu uns kam; und davon gabs ja immer reichlich, wir konnten uns nicht beklagen: Tataren und Pest und Russen und Franzosen und Deutsche und Polen. Aber jetzt kann man die Männer doch in den Zug packen und schnell dorthin transportieren, wo gerade Krieg gemacht wird und geschossen und gestorben. Du brauchst dir nur all die neuen Gedenktafeln an den Kirchen und auf den Friedhöfen anzugucken: für die vor ein paar Jahren in Frankreich Gefallenen. Was macht ein Masure in Frankreich? Und da hat der Bursche Einwände gegen den Fortschritt!

Was für eine lange Rede. Der Alte wischte sich mit dem Handrücken über den Mund.

Aber sei getrost, sagte er dann noch; ich bin ja auch noch da. Und so einer wie ich, der sorgt ja mit dafür, daß hier nicht alles untergeht und ganz verschwindet.

Und sein letztes Wort: Komm gut nach Hause, Junge.

Und ich nun mit dem Auto auf den alten, bescheidenen Straßen, die noch nicht zu Rennstrecken ausgebaut sind: so üppig, so prächtig baumüberdacht, als führe man unter schier endlos gereihten romanischen oder gotischen Kirchenschiff-Gewölben dahin.

Und ich sehe von meinem überschatteten Weg aus einen Bauern Heu machen an diesem Frühlingstag; und hinter ihm im Gemähten stolzieren nicht weniger als vier Futter suchende Störche.

Viele Menschen im Westen empfinden Sehnsucht nach solchen unzerstörten Landschaften: solchen Anblicken der Natur. Aber denkt man hier nun nicht auch noch an unzerstörtes Menschendasein?
Ein solches Bild von Mensch und Tier so selbstverständlich nebeneinander: geht von ihm nicht eine einzigartige Friedfertigkeit aus?
Und dazu meine Erinnerungen an die Kindheit hier: Pilze oder Beeren suchen in einem Wald; in einem der Seen angeln; Kühe hüten; oder nur irgendwo in der Sonne im Gras liegen und Bilder in den Himmel zeichnen.
Im Westen wollen viele der heute so bezeichneten Spaß-Gesellschaft bloß möglichst oft Fun haben. Nun – wem nichts Gescheiteres einfällt – meinethalben. Mir aber macht bitte dies hier nicht auch noch kaputt –.
Später halte ich unweit eines kleinen Ackers, denn es rührt mich das Bild eines pflügenden Bauern mit einem Pferd. Und als ich kurz darauf nochmals hinsehe, da steht der schöne Schimmel fast reglos ... und wartet geduldig. Der Mann nämlich hat sich ins Gras eines Abhangs an der Straße geworfen, ruht aus.
Da liegt der Mensch nun im Grünen – aber seine Arbeit wird er natürlich auch erledigen.
Dieses ganz unaufgeregte Leben der Menschen hier – kann man weiser tätig sein als sie? Und sie haben ja durchaus zu schuften. Bloß daß nichts hektisch wird, alles hat Zeit; es hat seinen eigenen Rhythmus.

Und neben all dem Sichtbaren und Erzählbaren, das für dieses Land so ganz unspektakulär ist wie eh und je, so ganz alltäglich, ist noch ein Weiteres zu erwähnen, das man mehr spürt, empfindet: etwas über allem Land, allen Bildern, das Melancholie gleicht. Alles hier hat, so geht es mir durch den Kopf, ein bißchen von einem leis melancholischen Volkslied.

So wäre ich nun durch den Hirseberg hindurch und in einer Art Schlaraffenland, wie auch immer, angekommen? Sagen

wir: Meinem Märchenland? Wo alles jedenfalls schlichter, einfacher erscheint?
Aber: Schlaraffenland doch wohl nur in begrenztem und eher übertragenem Sinne. Und in vielem andern ganz gewiß nicht.

Bei uns zu Haus
Flossen weiß Gott nicht nur Milch und Honig;
Und das Landleben ist arkadisch
Nur bei den Dichtern.

Hier sind jedenfalls nie jemandem die gebratenen Tauben in den Mund geflogen, und auf unsern bescheidenen Staketenzäunen wuchsen weiß Gott keine Bratwürste. Und Faulheit war bei uns nicht die höchste Tugend und Fleiß nicht das größte Laster. Wir hatten immer ein Leben der Mühe und Arbeit, von dem die (wenn es um Lebenserfahrung geht) oft so kluge Bibel sagt, daß es dann köstlich gewesen ist …
Aber wie ich nun in die merkwürdigsten Abgelegenheiten hineinfahre, wo man gleichsam nicht mehr nach Kilometern und Metern vorankommt (als habe diese Region immer noch nicht die Eigenschaft, in gewohnter Weise meßbar zu sein), da denke ich doch wieder an die Welt des Schlaraffenlands »drey Meyl hinter Weynacht«.
Und wenn wir denn nicht Fleiß als das größte Laster bezeichnen, sondern die Perversion davon: die Raffgier, so stimme ich mit euch ganz überein, ihr Schlaraffenländler.

Ein britischer Professor hat untersucht, wo die Menschen am glücklichsten sind. In den USA? (Weit gefehlt – sie erreichen Platz 46, sind ganz hinten.) In Deutschland? (Auch nicht viel besser: Platz 42.) Am glücklichsten ist man immer noch in den ärmsten Ländern: Bangladesch, Nigeria, Indien und so weiter. Sein Fazit: »Wirkliches Seelenglück wird ohnehin nur durch Enthaltsamkeit und Genügsamkeit erreicht.«
In der Regel hatten wir hier, was wir zum Leben brauchten. Das ist der Maßstab. Weshalb mehr haben wollen?

Angekommen bei Menschen…

An unserer Kreisstadt vorbei. Und dann dieser Sommerweg, Sandweg neben der Asphaltstraße: Ging hier nicht einst auch unser Pferd? Und saß ich nicht mit auf dem Wagen?
So bin ich fast zu Hause.
Sonniger Sonntagvormittag. Und unser Kirchdorf!
Und du kleine Kirche bei ein paar alten Bäumen. So schlicht, so bescheiden wie nur möglich: aus lauter Feldsteinen erbaut, Steinen von den Feldern hier. Ein niedriger, nur dreigeschossiger Turm mit stumpfem Dach vor der dachpfannengedeckten Halle. Hieß es nicht immer, hier spuke es? Und von Licht im Innern plötzlich des Nachts wurde gefabelt, von Waffengeklirr, einem unterirdischen Gang irgendwohin…
Was mir ins Auge fällt: Die Turmuhr geht nicht mehr. Scheint stehengeblieben wohl schon vor langer Zeit. (Und diese Vorstellung, daß eine Uhr stehenbleibt beim Tod eines Menschen. Und hier starb ja zuletzt nicht nur einer –.)
Aber bei der Mauer vor dem Kirchhof die so geduldig wartenden Pferde vor den Bauernwagen. Altes, anrührendes Bild wie aus der Kindheit. Unter ihnen ist ein schöner Schimmel. Und die ländlichen Familien sind also bei ihrem Gottesdienst.
Welch ein Glück für mich, daß ich an einem Sonntag um diese Zeit hier angekommen bin. Und nun singen sie drinnen. Da drücke ich leise den schweren Türgriff hinunter, betrete den Vorraum, gehe in die Kirche.
Überblicke rasch alles. Wie sie für den Kirchgang ihr Bestes angezogen, erst recht die kleinen Kinder herausgeputzt haben!
Wohl so gut wie niemand registriert mein Hinzutreten; sie singen ja mit aller Inbrunst. Ich setze mich vorsichtig in die letzte Bank.
Es ist heute ein polnisches Kirchenlied. Natürlich. Und dann wird der Schwarzrock dort vorn wieder predigen.
Doch wanderte nicht auch der Tobias vor etwa hundert Jahren in ein Land zurück, seine Heimat, wo man im Dörflichen kaum deutsch sprach, sondern masurisch?

Könnte nicht also die Illusion aufkommen, hier sei alles fast so wie früher? Hier säßen Menschen wie in meiner Kindheit? Ist nicht in diesem Kirchlein, seit es vor über zweihundert Jahren erbaut wurde, wohl öfter zwar nicht in Polnisch, aber in Masurisch gepredigt und gesungen worden als in Deutsch? Gab es nicht noch bis zum Ersten Weltkrieg nach jedem deutschen Gottesdienst einen masurischen?
Kam nicht Vaters Mutter, die mit bei uns lebte, nur hierher, wenn in ihrer masurischen »Muttersprache« gepredigt wurde?
Wie seltsam das alles, geradezu verrätselt. Nichts davon absolut leicht zu verstehen.
Gebrauchte ich das Wort Illusion? Ja. Aber das trug doch nur einen Moment lang. Denn daß etwas Wesentliches hier noch so ist, wie es jahrhundertelang in diesem Land war, wäre tatsächlich bloß eine Einbildung. Ich bin nun bei Menschen anderer Herkunft und Art.
Ja. Oder trifft auch das nicht so völlig zu? Ich halte mich ja an die **einfachen** Menschen, die meistens nicht viel zählen, wenn es um die sogenannten »großen« Entscheidungen geht – aber auf die es ankommt. Und so **klingt** das Lied dieser bäuerlichen Familien heute doch wohl ähnlich wie das meiner Vorfahren vor hundert oder wieviel Jahren. Und bewegt mich deshalb.

Wo die Höfe, die Häuser zerstört und untergegangen sind, da blieben doch meistens die Kirchen – und in dieser hier waren meine Vorfahren so oft. Auf den Altar, die Kanzel, die Wände und Bilder und Fenster fiel ihr Blick. Und sehe nun auch ich sie mir wieder an, so bin ich darin gleichsam mit denen eins, die vor mir waren –. Es ist fast wie eine Begegnung.
Aber auch ein Teil **meines** Lebens gehört ja noch zum Damals – hier wurde ich getauft, wenn das ein halbes Jahrhundert später auch fast nicht glaubhaft erscheint.

Ja: Hier, in diesem Kirchenraum, sind sie ausnahmslos alle gewesen, von denen ich erzähle. Hier war einer der Mittelpunkte ihrer Welt.

Und hier treffe ich also mit Sicherheit auch mit dir zusammen, Tobias. Hier warst auch du oft. Ich weiß nicht, ob du damals bei der gewollt langsamen Heimkehr so kurz vor Zuhause die Kirchentür noch geöffnet hast wie ich jetzt. Aber diesem Ort hast auch du dich aufgeprägt.
Hier sind wir beide angekommen, hier begegnen wir uns jetzt zum ersten Mal.

... und am schönsten Ende der Welt

Du so abgelegenes kleines masurisches Dorf. **Mein** Dorf. Schaff ichs immer noch, dich vor mir zu sehen, wie du warst in meiner Kindheit, indem ich meine Erinnerungen Bild für Bild heraufzurufen versuche?
Dorf, das nach dem Krieg Jahr für Jahr immer nur weiter unterging.
Das um die Osthälfte dieses kleinen Sees gelebt hat, der nun wie verlassen und vereinsamt daliegt. Menschenwelt war aus größeren und kleinen Höfen, Bauern, Kätnern, Losmännern, Handwerkern, der Schule. Idyllisch zwischen freundlichen Hügeln und hahnenkammgleich über sie lugenden Wäldern.
Und wurde nach über vierhundert Jahren langsam zu Tode gebracht, vom alten Erdball genommen, im Buch der Dörfer ausgestrichen, zu den Wüstungen, den Friedhöfen gestoßen.
Warum?
Warum?
Warum?

Traf ich in der Kirche des Pfarrdorfs noch allerhand Menschen an (wenn auch nicht mehr die meines herkömmlichen masurischen Volkes), so ist dieser Ort, nur wenige Kilometer davon entfernt, inzwischen von allen gleichsam leergeräumt.
Doch ausgerechnet ein Pole, kluger Pole (Professor für irgendeine naturwissenschaftliche Disziplin), meinte einmal zu mir: Wenn man mich wirr durch die halbe Welt schleppte mit verbundenen Augen – und irgendwann auf den Markt-

platz meiner Heimatstadt stellte: Ich wüßte sofort, daß ich dort angekommen bin.
Genau wie Sie, da bin ich ganz sicher, wissen würden, wenn Sie wieder daheim sind in Ihrem masurischen Dorf.
Ja, du Guter, ja!
Denn dieser Stätte wurde etwas hinterlassen von jedem ihrer Menschen jahrhundertelang. Und läßt sich nicht quasi wegradieren. Und willst du es wittern, horchst hinter die alten Bäume, so bist du mit einemmal ganz sicher: Was geschah nicht alles **hier**.
Ja: Ihr beide seid hier nun auch ganz am Ziel: Tobias, du. Zwar kam der Tobias noch in die vollständige Welt heim, **ganze** Welt; und du bist hier, nachdem die letzte und verheerendste Walze sich in dieses so oft gequälte Land fraß, und findest von diesem Dorf nicht einmal mehr Ruinen. Und wenn du auf den verwilderten Friedhof gehst: nicht einen Grabstein mehr mit wenigstens einem Namen. Als handle es sich schon um eine so äonenferne Angelegenheit wie die Steinzeit oder das Neandertal. **Aber diesen Unterschied zwischen damals und heute wirst du querköpfig gleichsam nicht zur Kenntnis nehmen.** Nein! Und so hältst du dich an den See und die Hügel und die besagten Bäume.
Und an die eigene Kindheit.
Die ja die zeitliche Mitte ist zwischen dem alten Masuren der Generation der Großeltern aus der zweiten Hälfte des letzten Jahrhunderts: diesen Fabelwesen und Fabulanten, zu denen du aufsahst (weil du erst halb so groß warst wie sie), und der so radikal andersartigen heutigen Welt westlich der Oder, in der du nun lebst seit einem halben Jahrhundert.
Hat nicht die Oma im Haus: greise Frau mit dem schönen Kopf eines stolzen Indianerhäuptlings, noch von all den Geistern, Gespenstern, Kobolden erzählt, als seien sie Nachbarn, ja einige Bewohner unter demselben Dach? Denn das waren noch Selbstverständlichkeiten ihrer Kindheit, als gerade ein gewisser Töppen unter der Flagge einer überheblichen sogenannten Forschung in die Gegend kam und dann zu Papier brachte: »... und es ereignen sich in Masuren vor

aller Augen Dinge, welche in aller übrigen Welt unerhört sind.«

Ja: Dorthin noch durch diese Frau und andere Vorfahren und Menschen eine lebendige Anbindung, Beziehung.

Alles so lange her! Und doch stößt es auch heute noch anschaulich in mein Bewußtsein.

Und du bist das Land, wo ich mich mit ausgebreiteten Armen auf den Boden werfe, das Gesicht zur Erde.

Und in irgendeinem dieser Augenblicke ergreifen mich Schmerz und erst recht Zorn über all die sinnlosen Verheerungen und Untergänge schier unbezwingbar – und Liebe zu denen, aus denen ich komme und die die Menschen dieses Dorfes waren.

Und ich will sie aus ihren vergessenen Gräbern anhören und umhergehen und **erzählen**, wie das hier einmal war.

I
Kindheit in dem Dorf am See

Sie waren genügsam,
sie lebten im Zeitalter
des Holzlöffels und
hatten es gut.

Knut Hamsun,
»Segen der Erde«

1

Dieser düstre Traum unlängst erst:
Es ist dämmrige graue Nacht, kein Stern am Himmel; und ich fliege in geringer Höhe langsam über einen kleinen Friedhof.
Ich bin gleich sicher: Es ist der Friedhof meines masurischen Dorfes. Und ich komme aus Richtung dieses Dorfes und über das kleine Moor.
Doch dann sehe ich nicht eigentlich Gräber, sondern wie auf eine Wüstung: herdenartig zusammengedrängte niedrige Fundamentreste. Ja, es ist zweifelsfrei der Friedhof in dem mir bekannten Hain auf einem sanften Hügel etwas außerhalb des Dorfes.
Und es ist mein Körper, der fliegt. Ich habe die Beine aneinandergepreßt und nach hinten gereckt und die Arme seitwärts ausgestreckt gleich Flügeln. Und ich bin nackt – und wie mir das bewußt ist, da belastet es mich zusätzlich.
Vom Dorf her zum Friedhof in einer so tristen Nacht.
Aber (so dachte ich nach dem Aufwachen) liegt darin nicht Sinn: Das Dorf ist ja tot, und so werde ich auf seinen Friedhof verwiesen. Alle, die unten an dem kleinen See gelebt haben im Lauf der vier Jahrhunderte und sich abplagten in der üblichen Weise und starben; sie brachte man zuletzt dort hinaus. Und so auch ihr Dorf: Es wurde gleichfalls sozusagen beerdigt.
Diese Traumbild: Ich muß es annehmen.
Und schreie doch zugleich, schreie es an: Aber du bist nicht alles; du bist beileibe nicht alles!

Ich komme ja nicht bloß deshalb wieder hierher, weil ich sicher doch die Bilder der Natur wiederfinde, in deren Anblick ich aufwuchs. Sondern hier ist in Jahrhunderten angewachsen, was mich ausmacht. Ich bin ein Sohn dieser masurischen Welt. Und ich stieß darauf, daß inzwischen auch wissenschaftlich formuliert wird, was seit langem meine intuitive Gewißheit ist. Wir alle sterben irgendwann, aber unsere Gene bestehen fort, sind etwas Unsterbliches. Das fließt in uns hinein von unseren Eltern, Großeltern und den noch Früheren. Und wir geben es weiter an die nach uns Kommenden.

Ja: Nun noch einmal hier; und bei Vorfahren und ihren Geschichten. Denn immer noch ist mir keine der Fragen hinreichend beantwortet, die sich so sehr aufdrängten beim Tod unsres Mädchens. Kein philosophisches Weltgebäude, oder das Gegenteil davon: ironische Kanonaden und intellektueller Sarkasmus, hat sie aus meiner Welt geschafft.
Immer nur weiter die alten Fragen. Und noch mehr Fragen...

2

Es ist gut, als Kind am Ufer eines See zu sitzen. So ein ... Binnensee, ist ein guter Lehrmeister. Man fällt nicht so leicht auf jeden Blödsinn herein, wenn man als Kind einen solchen Lehrer gehabt hat.

Lars Gustafsson, »Sigismund«

Es ist sommerlich warmer Juni, ein fast schon heißer Tag. Und ich sitze nun wieder am See unten wie so oft in der Kindheit, bis an dessen Rand früher unser Hof hinunterreichte. Durch dessen flaches Ufer-Wasser ich manchmal im Sommer aus der Schule nach Hause kam. Denn hier bin ich ja noch zur Schule gekommen. Als kleiner Kerl: zum ersten Mal den schweren Tornister auf dem Rücken. Hier.

Eins der bedeutungsvollsten Wörter für mich ist jetzt natürlich EINSAMKEIT. Der ich mich mit niemandem hier noch austauschen kann, ganz auf mich gestellt bin.

Blinken des Sees von Wasser und Licht her. Vertrauter, unverwechselbarer Geruch des Kalmus – wie lange empfand ich auch das nicht mehr? See: der so daliegt in jeder uns bekann-

ten Zeit wie etwas Unveränderbares. Wie ein Auge in diesem Land, das früher ein Dorf bei sich hatte, unser Dorf. Um seine Ostseite gelegt wie ein drangewachsener Halbmond. Ist ein schöner gelegenes Dorf überhaupt denkbar?
Blick übers silbrige Wasser aufs dahinter ansteigende grüne Weideland. In diesem hellen Licht, das stillsteht. Der Sandweg noch inmitten: wie ein gleichgültiges S den Berg hinauf, gesäumt immer noch von alten Weiden mit ihren kurzen dickleibigen grauen Stämmen, grünen Kugelköpfen. Und der Berg, oder nenn ich ihn nur Hügel, überragt von diesem gleich hinter seinem Gipfel beginnenden dunklen Tannenwald, der mich immer noch an Hahnenkämme erinnert.

Und wie abgeräumt aber das Dorf. Wo Höfe standen: nun meist Dickichte aus den alten Bäumen und nun längst wuchernden Sträuchern; gleich denen auf kleinen alten Friedhöfen, die man aufgab und vergaß.

Doch will ich mich euch zuwenden, von denen ich herkomme aus der unübersehbaren Kette der Generationen auf einem langen inneren Weg. Euch mit euren Gärten, Feldern, Wäldern, Seen, Jahreszeiten und all dem vielen zwischen Himmel und Erde, wofür jenen, die (wie man so sagt) immer nur mit der Zeit gegangen sind, der Blick und das Organ offenbar abhanden kamen.
Und wie ich nun die Augen schließe und bin in dieser so eigenartigen, leis summenden Stille, da verwischen sich mir Grenzen; und irgendwann ist mir, als seien Stimmen zu mir herüber gekommen ... Wars vom Ufer gegenüber? Und soll ich nun den Arm ausstrecken – und könnte da etwas berühren?
Doch dort steht, dort geht heute natürlich niemand mehr, so daß es hallig herübertönen könnte, wie ich es von früher erinnere: War hunderte von Metern entfernt und wie neben einem.
Weshalb ich etwas so Irritierendes erzähle? Weil es so war.
Ja, so war das (wie meine Mutter am Schluß ihrer Geschichten immer sagte).

Aber daran war wohl nichts Mystisches, und ich tische durchaus nicht Hirngespinste auf. Doch was ich jetzt zu hören meinte: Es ist wohl eher jenen Stimmen verwandt, die ins Land gekommene Polen noch lange nach dem Krieg aus menschenleeren Ruinen deutscher Gehöfte gehört haben, auch das Knarren von Türen, Lachen und Weinen.
Und wie, wenn es Stimmen wären, die sogar noch etwas weiter zurückreichten als bis in meine Kindheit?
Und was hieße das denn? Haben wir nicht alle schon mal davon gehört, daß die menschlichen Vorstellungen von zeitlicher Abfolge und Erinnerungen an irgendein Früher bloß schiere Künstlichkeit von unserer Veranlagung her sein sollen? Anders gesagt: Der zeitliche Ablauf, überhaupt die Zeit, soll eine Illusion von uns Menschen sein. Es soll sich dabei nur um eine künstliche Ordnung handeln, die der Funktion unseres Gehirns entspricht.
So daß eigentlich alles auf einmal erlebbar wäre? Und jedes zeitliche Nacheinander, alle Geschichte bloß Hirngespinst?
Und was lehrt uns das?! könnte nun mancher lachend fragen. Genau! Oder: Auch was! Oder: Na bitte!
Wieder ernsthaft: Dem mag meinethalben sein, wie dem will. Mir darf man nur nicht damit kommen, es lasse sich für alles, sogar für das Wesentliche, ganz leicht eine Erklärung geben. Gerade mir nicht.

Und hinter meinem Rücken ging es früher die wenigen Stufen hinauf zur Straße, dem Sandweg, und weiter nach oben zu dem bescheidenen Hofplatz.
Und dort also stand das alte Haus, unser Masurenhaus aus grau gewordenem Holz – und **steht** wie selbstverständlich vor mir. Und wurde vernichtet bald nach 45; und dazu gibt es die neuen nun polnischen Herren jener Zeit betreffend nur wenig schmeichelhafte Berichte.
Ich drehe mich nicht um, blicke nicht hinauf: Das wäre ja sinnlos. Denn fragt man mich nun, ob man von Haus und Hof nicht doch etwas vorfindet, wenigstens gewisse Reste, so muß ich antworten: Buchstäblich gar nichts mehr! Alles ist

völlig von der Erde verschwunden und existiert nur noch in meiner Erinnerung:
Der kleine Flur. Die Stube. Die Küche. Die Schlafstube. Unterm Dach eine Kammer zum See raus.
Dieses Haus war zuletzt etwa ein Jahrhundert alt und kein bißchen »moderner« geworden. Und was ereignete sich in ihm alles in diesen knapp hundert Jahren! Es wurde natürlich, wie überall, geliebt und getrauert; es gab Aufregendes und Abenteuerliches – das war zusammengenommen so alltäglich wie seit eh und je überall auf dem Erdball.

Aber: Erzählte ich auf der Reise hierher nicht schon ein bißchen von einem meiner Vorfahren: dem Tobias? Früh schon ungewöhnlichen Menschen in dieser Umgebung, seltsamen Mann immer mehr, der (wie erwähnt) eines Tages sogar die Eisenbahn verschmäht haben soll und zu Fuß die Hunderte von Kilometern nach Hause ging – man stellte sich vor: die damals doch immer noch so moderne Eisenbahn, diesen extraordinären, supergewaltigen Fortschritt –.
Und auch der war also Kind in diesem Haus (als es noch sehr jung war); wie ich selbst ein dreiviertel Jahrhundert später (schon kurz vor des Hauses Ende).

Und bleiben wir nun eine Zeitlang in der Kindheit des Tobias in den sechziger Jahren des 19. Jahrhunderts, so bewegen wir uns auch unter seinen Eltern und Geschwistern – und eine seiner Schwägerinnen war eben meine Großmutter, die Mutter meines Vaters, und als sie alte Frau war, geschah **meine** Kindheit hier.

Ja: Kleines Haus im Dorf. Und immer noch der alte Sandweg und bis zuletzt am Hof entlang, die Asphaltstraßen waren weit weg.
Und unter dem Dach diese Hauses haben zeitweise sieben, acht Menschen gelebt und drei Generationen. Aber was heißt klein, erinnert man sich an andere frühere Wohnungen. Wir Heutigen mit unserm Gemieteten von hundert Quadratme-

tern oder gar Häusern und zweihundert und mehr, den Kinderzimmern und Bädern, sind dafür doch nicht der Maßstab. Ich war mal in dem Zimmer eines kleinen alten Hauses in Odense, in dem der später so berühmte Märchendichter Hans Christian Andersen aufwuchs – bei seiner ganzen Familie, einem halben Dutzend Menschen.
Sechs Leute – bloß hier, in diesem einen Raum? fragte ich da ungläubig.
Ja, betonte die Museums-Frau; und der Vater mußte noch Platz haben zum Reparieren der Schuhe, er war Schuster.
Und die Eltern des Tobias hatten auf dem Boden auch noch allerhand Platz, unter anderem für den Sarg, den man sich damals nach Landessitte zur Trauung geschenkt hatte. Und in dem man im Herbst, auf Stroh gelegt, die Äpfel lagern konnte. Und würde nicht zuerst der Vater Ludwig gehn müssen, der schon länger so kranke Mann?
Ludwig, von dem es noch lange nach seinem Ende im Dorf hieß: Der wollte doch bloß immer, daß seine Kinder was werden!
So sehr ehrgeiziger Mann; wie gesagt: so kranker Mann. Er war seit Jahren nur noch zu leichteren Arbeiten befähigt, Körbeflechten und so was.
Und was wurden denn die Kinder? Sehen wir im Augenblick nur auf den Ältesten, Otto. Der hatte schon am weitesten des Vaters An- und Absichten aufgenommen: war bald nach der Schulentlassung »ins Reich« gegangen, sogar in die Hauptstadt Berlin. Und hatte den Familiennamen geändert: den alten aus Masuren einfach abgelegt und nach einem anderen gegriffen, der betont preußisch/deutsch klingen mußte: Friedrichs. Also nun Otto Friedrichs. Damit konnte man doch wohl eher etwas werden in der Metropole als mit dieser, wie er es offenbar sah, chronischen Belastung durch einen prußischen aus dem hintersten Winkel im Osten. Und dem Vater sagte selbstredend auch zu, daß er immerhin nicht irgendwo im Westen Kohle brach unter der Erde wie so mancher ausgewanderte Masure, sondern daß es im Dorf doch einigermaßen respektvoll hieß: Der arbeitet im weißen Kragen!

Was immer das in diesem Fall besagen mochte. (So wichtig war das ja hier für fast niemanden.) Vielleicht als jemand, der Pakete in einer größeren Firma austrug.
Und mit dem Mädchen, das von den fünf oder sechs länger am Leben blieb, da hatte der Ludwig natürlich auch so seine Pläne. Mit der Marie: die wurde nun zwanzig und war, so sagten die Leute, eigentlich ganz hübsch, so daß es auch hieß: die schöne Marie. Ja: die sollte, so Ludwigs nicht geringe Bemühungen, passabel unter die Haube.

3

Jeder im Dorf kam dann und wann ins Gerede, und Ludwigs Familie an einem Septembertag in einem der Jahre damals.
Da trifft der alte Szczecinowski den Knecht Mattes und fragt: Du bist doch grad beim Ludwig vorbeigekommen – was fiel dir da auf?
Der Mattes, ein ziemlich Langer mit nichts auf den Rippen, ist nicht auf den Kopf gefallen, wenns nicht gerade irgendwo was umsonst gibt und er sich mal wieder besinnungslos säuft – aber was sollte ihm da aufgefallen sein?
Na, der Fritzu, der schleppt doch Fische über Fische ins Haus; hast du wirklich nichts gesehen oder gehört? Und den ganzen Tag raucht der Schornstein, die backen und kochen doch schon vor für was, da wird bald jemand aufs Dach müssen und den Kamin kehren... Und unsre Mieze hats von der Juste selbst, daß der Otto aus Berlin kommt, und sogar mit dieser Stadtfrau, na wie die wohl aussieht; und die werden woanders schlafen. Und die Mieze weiß vielleicht ein bißchen mehr, darf aber wohl nichts sagen, nicht mal uns.
Die haben doch was vor. Und du weißt auch nichts? Na, das wundert mich aber sehr.
Und fragt unsereiner sie direkt, fuhr der Szczecinowski fort, dann grinsen sie bloß und sagen: Nu wart mal ab! Und nicht mal aus dem Jüngsten, dem Tobias, kriegt man was raus, wenn man ihn nach der Schule abpaßt...

Sag mal: Es wird doch keine Hochzeit sein? Die Marie soll ja was mit einem in Wilitzken haben. Aber eine Hochzeit nicht zu Martini, sondern jetzt schon im September? Ich weiß nicht...
Aber da man schon so beim Vorbereiten war, mußte ja raus, worum es ging: Der Hochzeitsbitter mußte rum und einladen. Ja: ein Familienfest, und tatsächlich die Hochzeit der Marie; und da ließ sich der Ludwig nicht lumpen. Und auch die in Wilitzken beim Bräutigam bereiteten sich natürlich vor. Dort wurde ein Schwein geschlachtet und angespannt und das Fleisch hergebracht.
Oja, das ist vollkommen richtig: der so ehrgeizige, der leider so kranke Ludwig. Und auch seine Tochter durfte nicht bei jemanden in einer Schaluppe unterkommen, der womöglich auf einem Gutshof arbeitete und immer nach Fusel stank, billigem Sprit (wie einer von Ludwigs Brüdern), es mußte schon was ein bißchen Beßres sein.
Und so war es tatsächlich ein, wenn auch kleiner, Landwirt geworden, immerhin, Jakob Przyborowski; sogar abstammend, worauf man stolz war, von einem masurischen Dorfgründer des 16. Jahrhunderts, der sich damals das Recht hatte verbriefen lassen, in dem noch dünn besiedelten Land Wälder auszuräumen (wie die gängige Formel lautete) und an einem See das erste Holzhaus aufzurichten. Er war, wie viele damals, aus der Masau gekommen, dem nachbarlichen Masowien.
Aber der Vater des Jakob hatte eine genommen, die eine geborene Biber war, und es wurde erzählt, die hätten auf dem Boden noch eine Uniform der Familie aus dem Salzburgischen. Na ja, der eine hier im Land überwiegend Preußenblut, der andere Deutscher, der dritte mehr aus dem Polnischen, der vierte Salzburger Emigrant – hier war das so: und das legte sich zueinander und war bald eine nicht mehr scheidbare Mischung.

Ja: Nun erst September und für eine Hochzeit also eigentlich noch etwas früh im Jahr; nach Landesart heiratete man

tatsächlich erst im November. Aber sie war wenigstens auf einen Freitag angesetzt, denn das war, wie man seit alters her wußte, der günstigste Tag dafür.
Und nochmals: Alle fünf Kinder des Ludwig sollten es zu etwas bringen. Alle fünf der dreizehn, die nicht früh gestorben waren.
Des Erzählers Besinnung dazu an dem masurischen See: anderswo war das damals nicht anders. In einem Ort an der Weser stieß ich in der Kirche auf das Bild eines Ritters, seiner Frau und ihrer drei Kinder – aber vor dieser Familie lagen dreizehn tote Säuglinge... Da dachte ich wieder daran, wie wenig die guten alten Zeiten in manchem für die Menschen gut waren, und auch an euch, Urgroßvater Ludwig, und daß wohl selten die Hälfte der Kinder Erwachsenenalter erreichte.
Und die alte Formel: Vor dem Tod sind alle gleich. Der König und der Philosoph und der Ausbeuter und der Ausgebeutete – und jener Ritter in seinem Schloß und du, Ludwig, masurischer Kätner. Für alle, mit einem Wort Gustafssons, schließlich die gleiche ungeheure Beleidigung, die darin liegt: daß wir zu nichts werden können.
Und das sei doch so etwas wie eine fast ein bißchen wohltuende, ausgleichende Gerechtigkeit jedenfalls im allerletzten Augenblick?
Wenn da nur nicht dieses völlig blinde, keineswegs dem Wesen und Leben des einzelnen angemessen zuschlagende Schicksal wäre, dessen schlimmste Waffe der Tod ist.

Und wenn es darum ging, einiges für die Hochzeit der Marie noch zu arrangieren, dann war der kranke, in seiner Körperkraft so reduzierte Ludwig doch mehr Kommandeur und Aufpasser: befehlende und auf der Stelle strafende Instanz mit der Rute in der Hand. Und als seine Frau Juste ihm auch etwas nicht richtig machte, da zog er auch ihr eins mit der Haselnußgerte übers Kreuz.
Die Frau des Otto, eine zarte, dunkle, muntre, doch auch etwas vorlaute Großstadtpflanze, wendete sich da augen-

blicklich entsetzt ab: Gabs denn so was noch –. Entfernte sich wortlos. Und der Otto, der in dem Ruf stand, ein Schlaumeier zu sein und sich in alles einzumischen, sagte erstaunlicherweise auch nichts, genierte sich aber offensichtlich vor seiner Frau.

Erinnerung: Noch in meiner Kindheit hörte ich: Die Frauen hattens ja früher manchmal nicht gut. Und dazu der Chronist Töppen: In allgemeinen sei man überzeugt, ohne Prügel nicht durchzukommen, und die Frau ist darauf gefaßt. Und er zitierte Frauen: »Das wissen wir ja, daß der Mann die Frau prügeln muß, aber doch nicht so tüchtig.«
Und die Frau aus Berlin, Jutta, geborene Kubinke: sie hatte das Ärgste einer solch herkömmlichen Roheit wohl auch damals schon für überall überwunden gehalten und mußte nun erschreckt erleben: sie hatte sich geirrt.

Mit dem sonnigen Wetter: Das war natürlich das schiere Glück! (Und insoweit war September eben etwas ganz anderes für Hochzeiten als November.)
Man hatte in dem kleinen Hof vor dem Haus Bretter über Böcke gelegt und Essen und Trinken schon vorbereitet und damit nicht auf die Tenne der Scheune gemußt (in der Stube hätten unmöglich alle Gäste untergebracht werden können).

Und als die nun von Standesamt und Kirche gefahren kamen auf geborgter Kutsche, da hätte der Ludwig sie am liebsten nicht schon vorm Dorfzentrum nach links in den Sandweg nach Hause abbiegen gesehen, sondern sie hätten sich doch mal verfahren können übers Zentrum raus noch auf die andere Seeseite und vielleicht auch in die Straße vom See weg nach Osten, wo die größeren Bauern wohnten. Wenn man sich schon alles hatte soviel kosten lassen... Aber – na gut auch so: Irgendwer würde wie immer rumlungern, bestimmt noch die eine oder andre der nicht geladenen plachandernden Frauen, und es brühwarm rumtratschen, daß man hier gefahren kam wie von hundert Pferden.

Und nun konnte es vor dem Haus richtig losgehn mit Essen und Trinken auf die bekannte, also ausgiebigste masurische Art! Die Przyborowskis hatten also ein ganzes Schwein beigesteuert; und dazu kam all das Geflügel; und die Hechte und Karauschen und Barsche und Schleie – der Fritzu war von den Hechtestechern und Anglern ja einer der raffiniertesten, um nicht zu sagen genialsten. Und der eine, der andre hielt sich nun besonders gern an Plötze, obwohl die doch so viele Spicker haben.
Manchen triefte bald der Saft und das Fett von den Lefzen. Und es wurde weiter genötigt: Nun eßt doch, eßt, es ist ja alles da!
Und Bier und Schnaps standen kalt und mußten sich über mangelnden Zuspruch nicht beschweren. Und der alte Brettschneider schüttelte den Kopf und brummelte: Woher haben die das alles? Hat der Ludwig soviel Körbe verkauft?

Und was war das für ein Geschnatter und Hin und Her unter den Verwandten und Nachbarn und neuen Bekannten aus der Umgebung des Bräutigams aus dem Nachbarkreis! Was wurde da nicht alles vorgeholt!
Haben die Pferde wieder bei der Sandkaule gescheut? fragte einer aus Wilitzken den anderen.
Nein, diesmal sind wir aber über Kalinowen gefahren auf der Hauptstraße, und du hattest recht: Das ist ja gar nicht weiter. An dieser Sandkaule fahr ich nicht mehr vorbei. Der Zigan hat erzählt, dort haben sie mal eine Hexe aufgehängt; und die Pferde sehen ja so was noch und sind nicht mehr zu halten.
Das mit dem Erhängen wußtest du nicht? Es ist hundert Jahre her.
Hundert? Der Zigan sagte: Tausend. Nicht hundert, sondern tausend.
Über diese horrende Differenz gabs noch etwas Auseinandersetzung. Aber die schöne Spätsommersonne und vielleicht mehr noch der Schnaps sorgten auch da für etwas Ausgleich …

Dem Ludwig machte etwas anders Gedanken: Der alte Pawel hatte sich wieder in der Gegend sehen lassen!

Das hatte ihm der Gramatzki erzählt. Und womit mußte man sein Auftauchen wohl diesmal in Verbindung bringen? Der Sohn August des Gramatzki war ihm auf dem Weg zum Dorf begegnet; und als er mit dem Wagen an ihm vorbeifuhr, da sei der Pawel zwar beiseite an den Wegrand getreten, habe ihm aber mit seinem Grinsen so direkt ins Gesicht gesehen. Und man weiß doch, daß das etwas bedeutet, wenn der sich so sehen läßt! sagte der Gramatzki. Der kann mehr als nur essen und beten! Treibt sich ja meistens auf den Waldwegen rum und kommt nur selten raus und quatscht wen an. Dann muß man aber mit was rechnen. Gutem oder Bösem. Und sein August habe gemeint: Es war Schreck bei mir und auch wieder nicht Schreck. Dieser Alte (wie alt ist er eigentlich?) hat doch Macht zu allem. Vielleicht kann es Unglück sein, aber auch Glück. Wies grade kommt. Auch bei dem muß mans nehmen, wies kommt.
Aber weshalb berührte das nun den Ludwig besonders? Hatte sich Pawel doch nicht ihm gezeigt. Ach, vielleicht bloß weil er am Tag der Hochzeit seiner Tochter davon hörte. Oder weil er selbst so marode war und nicht wußte, wie das mit ihm enden sollte und auf jedes Zeichen am Himmel und auf Erden achtete und für sich von keinem etwas Gutes erwartete.
Und was für Geschichten fielen ihm da gleich ein, wenn er bloß den Namen dieses immer ein bißchen Unheimlichen und vielleicht Ewigen, wer weiß, hörte. Sein eigener Vater war mal mit dem Schlitten unterwegs gewesen und hatte den Alten mitgenommen (denn wer weiß, ob es nicht vorteilhafter war, sich mit dem gut zu stellen!). Und da waren im Polommer Forst plötzlich Wölfe aufgetaucht. Und die Pferde wurden natürlich wie verrückt; aber der Pawel brachte sie ohne weiteres zum Stehen. Und stieg ruhig vom Schlitten und trat neben ihn und reckte sich den Wölfen entgegen, der doch gar nicht so kräftige alte Mann. Und erwartete die Bestien.

Stand scheinbar bloß da und ließ den ersten, Leitwolf, nicht aus den Augen.
Und da plötzlich – was war da?! Der Wolf stockte mitten im Lauf, daß der Schnee aufspritzte, und warf sich platt hin und winselte sogar!
Und da jaulten die anderen Viecher, die auch gestoppt hatten, laut auf, und alle machten kehrt und sich schnell aus dem Staub...
Ja: solche Geschichten. Und auch ganz andre. Und glaubte man auch nur die Hälfte davon, so mußte der Mann eigentlich schon auf der Welt gewesen sein, als die Tataren, satanischen Mordbrenner, die masurische Erde mit dem Blut der Hingemordeten einfärbten. Und jedenfalls damals, als der (angeblich) große Friedrich gegen den Rest der Welt zog; und wasweißich. Und schien es, vielleicht, jenen biblischen Gestalten nachmachen zu wollen mit ihren Hunderten an Lebensjahren, zum Beispiel jenem Lamach, der schon wie Luther übersetzt hat, »hundert zwey und achtzig jar alt« war, ehe er erstmals einen Sohn zeugte (den er übrigens Noah nannte), um dann noch ein paar kleine Jahrhundertchen draufzugeben, »und zeuget Söne und Töchter« und so weiter...
War dem Ludwig gar die ganze Geschichte auf den Magen geschlagen, den überempfindlichen, so daß er ihn nun erst recht bis in den Hals hinauf spürte? Und bei dieser von ihm veranstalteten Orgie an Essen und Trinken selbst kaum etwas hinunterbrachte?

Halt, liebe Leser.
Spätestens hier höre ich: Mein Gott, dem einen gehen die Gäule durch, weil sie angeblich ein Gespenst sehn, und der andre glaubt gar ernsthaft an Zauberei – wie kindlich, wie naiv ist das! Und tust du deinen Vorfahren wirklich einen Gefallen, wenn du sie so darstellst. Genau gesehen mag das zwar alles ganz zutreffend sein – sprach doch auch der schon erwähnte Töppen aus genau jener Zeit von einem »Naturvölkchen« und einer »niederen Stufe des Phantasielebens...«.

Aber du willst doch deine früheren Landsleute nicht etwa auch ein bißchen von oben herab behandeln?
Das ganz gewiß nicht! Und wenn das jemand annähme: Wie läge er schief damit!
Denn ich teile überhaupt nicht diese »moderne« Ansicht, daß der einstige sogenannte Aberglaube geringzuschätzen ist. Stammt nicht von Freud, dem so wirkungsvollen Nervenarzt, das Wort, er habe es gewagt, gegen den Einspruch der gestrengen Wissenschaft Partei für die Alten und für den Aberglauben zu nehmen?
Und sah nicht noch Goethe, der unerreicht große Goethe, wie die Dämonen »ihre Pfoten in all dem Spiel haben«? Das war seine Formulierung. Dämonen, die aus trügerischem Blau auf Blitzen herbeireiten oder sich langsam einschleichen wie der Schwamm in eine Hauswand. Sie waren für ihn eine ebenso fest einzukalkulierende Realität wie Depeschen, die damals Thurn und Taxis brachte. (So darüber der greise Wilhelm von Scholz in Hochhuths »Anekdote«.) Und schrieb Goethe nicht sogar dies: »Der Aberglaube gehört zum Wesen des Menschen«; ja er bezeichnet ihn als »die Poesie des Lebens«.
Es ist also viel eher zu fragen, ob nicht die heutigen überheblichen Urteile über die Phänomene Gespenster, Zauberei, Aberglaube bloß Positionen in sinnlicher und seelischer Verarmung entspringen und letztlich irgendwelcher unzureichenden »Wissenschaft« und jedenfalls nicht einem besseren Wissen. (Ich kann das nicht abschließend beurteilen.) Ob es nicht Seminaristen- und sich dem anschließendes Zeitgeist-Denken ist, dem intellektueller Anstrich einen Anschein von Niveau gibt.

Die Mutter des Bräutigams, Sophia Przyborowski geborene Biber, wandte sich abermals an den Ludwig: Aber so iß doch! Du ißt ja gar nicht richtig. Gehts dir mal wieder nicht gut?
Da hatte die Juste, seine Frau, ein Einsehen und antwortete für ihn: Laß man, das wird schon wieder –.

Ja? Sollte es allen Ernstes wieder werden? Er war doch nicht der erste und einzige in der Familie, auf dem dieses Magenleiden wie ein Fluch lag. Man hatte also eine gewisse Erfahrung damit: Sie wurden nicht alt, diese Männer, starben in verhältnismäßig frühen Jahren.
Andre aber hatten mit dem ausgiebigen Essen und Trinken zunächst noch keine Probleme. Allerdings begaben sich immer mehr Männer immer öfter hinter die Scheune am See unten, um zu pinkeln. Und der Samuel Sperling hatte, wie immer, schon die Sabbleritis vom Alkohol her und lud sich plötzlich einen vielleicht drei Jahre alten Neffen auf die Schultern und schlug so mit dem den Sandweg zum Dorf raus ein und redete und redete. Wohin er bloß mit dem Knirps wollte?
Und kurz darauf kam der Tobias, Ludwigs Letztgeborener von wohl noch nicht einmal zehn Jahren, heran und erzählte, der Mattes liege mal wieder wie besinnungslos im Kartoffelgarten am See unten bei den Johannisbeersträuchern. Da meinte jemand: Wie der das bloß immer schafft, so schnell besoffen zu sein! Und die Braut meinte zu ihrem schmucken Landwirt: Den mußten sie ja schon mal in den Misthaufen eingraben, um ihm überhaupt das Leben zu retten.

Die Mutter des Bräutigams trank auch das eine, das andere Glas. Und immer mehr sprudelte es aus ihr heraus. Was mir an euch besonders gefällt, sagte sie unter anderem zum Ludwig, das sind eure ausgeprägten Nasen. Ja. So unterschiedlich ihr sonst auch ausseht: Alle in eurer Familie haben diese Adlernase. Aber du brauchst mir nichts dazu zu sagen, ich weiß es: Das bedeutet Klugheit! Ein Professor, den ich mal in der Stadt sah, hatte auch so eine...

Wie auf ein Stichwort kam da der Tobias wieder: der, wie man wußte, Begabteste unter diesen angeblichen Klugen. Und zu ihm sagte sie: Nun wollen wir doch mal sehen, ob es stimmt, was ich über dich gehört habe. So beantworte mir doch mal die Frage: Wieviel Sterne stehen am Himmel?

Er sah sie groß an; zuckte zuerst auch ein bißchen mit den Schultern. Dann aber sagte er: Dazu brauch ich ein Blatt Papier. Und ging fort; wohl um es zu holen. Er wird es ausrechnen, sagte die Przyborowskische. Tatsächlich: Was für ein kluges Kerlchen!

Doch als der Tobias gleich wieder da war, da verblüffte er sie in ganz anderer Weise: Er ließ den Stift locker über das Blatt hin und her hüpfen, so daß Striche, vor allem aber viele Punkte entstanden, die man bald unmöglich noch zählen konnte. Und sagte dann: So viele Sterne gibt es auch, so viele! Sichtliches riesiges Staunen! Woher er das nun wieder hatte! Und die Przyborowskische konnte bloß noch anmerken: Wirst es weit bringen, Jungchen!

Jetzt wurde eins der plachandernden Weiber (wie man sie so nannte), die meistens zu dritt oder zu viert irgendwo im Dorf herumstanden (aber nur zwei waren eingeladen, weil mit der Braut entfernt verwandt), etwas lauter, und so wurde ihr allgemeiner zugehört.

Da waren neulich die Kurbjuns aus Suleiken bei uns, und da erzählte mir die Adeline, der neue Lehrer bringt den Kindern jetzt bei, die Erde ist eine Kugel. Hat man so was schon mal gehört! Was sind das heute bloß für Lehrer! Na, so ein junger irgendwo aus dem Westen. Wenn ich in die Stadt fahre, fahre ich also auf einer Kugel! Daß ich nicht lache! Und wenn dieser Lehrer dabei von Wissenschaft redet, dann bleibt mir bloß weg mit dieser ganzen Wissenschaft!

Und an dieser Stelle sag ich, der Erzähler, noch einmal: kleines Innehalten, meine Guten!

Und ich frage: Kennt ihr vielleicht die rührende Geschichte des Schweden Gustafsson von dem Mütterchen aus Fläckebo, das sich zum ersten Mal in seinem Leben ein paar Kilometer, nur ein paar, vom Heimatort entfernt – und maßlos erstaunt ausruft: – Herrje, ich hatte keine Ahnung, daß die Welt so groß ist!

Und was soll erstaunlicher daran sein, daß etwa zur gleichen Zeit eine halbe Masurin die von ihr überhaupt nicht erfahrba-

re, bloß von irgendwem behauptete und von den Lehrern in ihrer Kindheit kein einziges Mal erwähnte und erläuterte Kugel- oder Apfelgestalt der Erde für baren Unsinn hielt? Für Verdummerei normaler Menschen?
Und in diesem Zusammenhang komme ich noch einmal mit Goethe, der schrieb: »Ich achte darauf, daß sich mein Denken von den Gegenständen nicht sondere« und der der entschiedenste Gegner des mathematisch-physikalischen Weltbildes war, weil es gänzlich unanschaulich ist. Der (wie Benn formulierte) »eine neue, die alte Wirklichkeit durch Wiedergewinnung eines natürlichen Weltbildes« suchte.

Die zweite der anwesenden alten Frauen war jene, die sich besonders auf die sogenannte Unsittlichkeit in der Welt geworfen hatte. Und als sich nun ein junges Paar (ein Bruder des frisch Verheirateten und seine Braut) in Richtung Felder entfernte, da sagte sie wegwerfend: Sie wisse, wohin so was führe. Und bekräftigte das: Ich weiß, was ich weiß, und es ist doch immer dasselbe!

Ja: die Marie und ihr frisch Angetrauter: sie waren zweifellos ein hübsches Paar. Sogar der Pfarrer hat gelächelt, als er die beiden sah, erzählte einer der Trauzeugen. Und ein anderer gebrauchte nun die gängige Floskel: Passen die nicht zusammen wie Deckel auf Kann?
Aber es gab, wie ja meistens, auch Gemunkel von dieser Art: Vielleicht hätte der sich die doch etwas besser ansehen sollen? Spinnt sie einen guten Faden? Und sie ist böse, fügte ein anderer hinzu – neulich sah ich, wie sie die eigene Mutter schlug.

Es erhob sich der, es stand jene vom Tisch auf: die Gesellschaft zerstreute sich immer mehr. Und der Fritz, der lag auch schon hinter den Fliederbüschen oben auf der Wäschebleiche und schnarchte. Der Schnaps – und das warme Wetter hatte mitgeholfen.
Hatte er auch heute diese mysteriösen, diese geradezu einzigartigen Stiefel an? Trug er die immer noch wie stolz auf sie?

Jedenfalls: Auch ihn hatten sie heute (wie der ständig witzelnde Belusa anmerkte) verkleidet als feinen Mann. Und an seinen Füßen: tatsächlich diese Stiefel!
Also diese Stiefel-Geschichte (die man damals natürlich im Dorf kannte fast so wie eine der Geschichten aus der Bibel):
Eines Tages schickte der Ludwig wieder zwei seiner Söhne in den Wald, damit sie ihm Wurzeln und Ruten schnitten für seine Korbflechterei. Und wie beide da so rumbuddeln am Rand einer kleinen Kiesgrube – was kommt da, o Schreck, zum Vorschein? Allen Ernstes eine mumifizierte Leiche! Und der Mann sah nach einem Soldaten aus und hatte noch Stiefel an, und die schienen noch heil. Na, beim Fritz hielt die Bestürzung nicht lange an. Er griff nach den Beinen respektive Stiefeln, zog sie ab, schüttelte sie aus: Es fielen Sand und Knöchelchen heraus... Und nahm die Stiefel gleich mit nach Hause und besserte die Nähte aus und zog sie an und wurde dann noch lange mit ihnen gesehen.
Aber zu der vielberedeten Frage, wer denn der Tote gewesen ist. Dem alten Krahn wurde ja nachgesagt, er habe zur Zeit der Napoleonischen Kriege einen wohl desertierten Franzosen erschlagen. Aber wäre das nicht vor über einem halben Jahrhundert geschehen? Konnte ein Mensch so lange im Sand liegen und nicht stärker verderben?
Der Johann Krahn war leider schon lange tot; aus dem war nichts mehr herauszukriegen.
Vielleicht steckte ja aber auch etwas ganz anderes hinter der Geschichte.

Genug. Allmählich machte sich eine gewisse Müdigkeit breit, und den Leuten ging etwas der Gesprächsstoff aus; jedenfalls kamen kaum noch Geschichten zur Sprache, denen man so richtig zuhörte.
Jetzt kam der Fritz von der Wäschebleiche herunter, reckte sich und fragte: Habt ihr noch ein Tröpfchen Milch für mich? Na, da reichte man ihm gleich ein Glas von dem Klaren, sozusagen Nachschub.

Die Älteren und die als brav geltenden Töchter waren inzwischen in die Stube gegangen. Und von dorther kam nun viel Lachen und auch Gesang. Ja, man fing an, einige der schönen alten Volkslieder zu singen von Liebe und Treue und Trennungsweh und der Heimat. (Und das war natürlich etwas ganz anderes, als was man heute von einer Bühne herunter als »Volksmusik« angeboten bekommt.) Es waren damals die seit Generationen lebendigen, beseelten Lieder aus Spinnstuben, bei der Feldarbeit und an Feiertagen.

Und dann fand sich allen Ernstes auch der Dorflehrer Drigalski ein. Die Marie war ja seine Schülerin gewesen noch vor einigen Jahren. Und er hatte seine Flöte mitgebracht und ging gleich ins Haus und gab dort den Ton an. Trank aber auch gleich erst mal zwei, drei Schnäpschen.

Der Abend. Die nicht mehr ferne Nacht.
(Und morgen würde es natürlich weitergehen, hier durfte eine Hochzeit doch nicht eine Sache bloß eines lumpigen einzigen Tags sein.)
Jetzt kam auch die Tenne, wenn sie bei einem solchen Gehöfte auch nicht gerade groß war, zum Einsatz. Und die Klarinette und die Teufelsgeige spielten zum Tanz auf, auch das war gut organisiert.
War die alte Auguste, Plachandersche, Moralinsche, noch in der Nähe? Denn vielleicht kenne ja nicht nur ich diese Behauptung des Erzählers Strittmatter: Keine Tanzmusik, die nicht die Gelegenheit abgibt, die Welt mit einigen Neubürgern zu versorgen. (Und vielleicht wars hier sogar noch ein bißchen unbekümmerter als in seiner Lausitz.)
Und hör ich nicht von einigen schon eine ganze Zeitlang: Nu tu mal Butter bei die Fische, laß den Hahn auf die Henne! Und...
Seht ihr: Da kneif ich. Doch warum eigentlich? Gehört nicht alles mit zum Leben – und gerade das, worin soviel Verkrampfung beim Erzählen ist, in ganz besonderer und so vitaler Weise?

Also nun diese eine kleine Geschichte. Ja.
Der Bruno Czylwik, etwas über dreißig und angeblich schon mit einem unehelichen Kind gesegnet, machte sich so heimlich wie möglich mit der Traute davon, dritte der allesamt etwas üppigen Töchter des Bauern Stuhlmacher und angeblich nicht gerade prüde trotz ihrer gerade mal neunzehn Jahre.
Aber der Tobias und ein gleichaltriger Freund Gustav: die hatten auf so was nur gelauert und machten sich indianerhaft hinterher – um mal zu beobachten, wovon die Erwachsenen immer so komisch und heimlich taten.
Wir schenken uns die Erzählung ihrer Anschleichkünste in der beginnenden Dämmerung. Sie erreichten jedenfalls ohne weiteres das Wäldchen bei Karraschs Abbauhof, wo der Bruno und die Traute sich hingesetzt hatten, bald lagen. Und waren nun ganz zitterig vor Aufregung und konnten alles beobachten.
Und noch waren die beiden vor ihnen zugang mit Gewisper und Betatschen. Aber dann lag die Traute neben und auch gleich unter dem Mann. Und jetzt noch ein Augenblick; und da stieß sie einen kleinen Ton heraus; und es hatte etwas angefangen.
Und der Tobias war verwirrt. Der Gustav aber sagte zu laut: Guck bloß! Doch das Paar da hörte auf so was nicht mehr…
Und sollte ich jetzt nicht davon aufhören? Ich hör auf. Ich weiß: Die einen werden nicht einverstanden damit sein; nach der Ansicht andrer aber hab ich es schon zu weit getrieben, und sie drohen mir mit »fiesem Ärger«.
Also ich hör auf.

Und das waren nun gleichsam ein paar Schnappschüsse von jenem großen Fest damals zu der Zeit, als der Tobias Kind war in unserem Haus und der Ludwig der kranke Mann.
Und ein paar kleine Jahrzehnte später war ich selbst hier Kind.
So war das. (Wie bekanntlich meine Mutter am Ende ihrer Geschichten zu sagen pflegte.)

4

Spätestens hier: bei dieser Anspielung auf den Zeitpunkt, da jene Hochzeit geschah und der Tobias etwa zehn war, höre ich natürlich wieder die Frage: Aber ist das alles denn nicht doch ein bißchen reichlich lange her?

Also noch einmal, und in Ruhe.

Ich habe, wie gesagt, bis in mein neuntes Jahr neben der Schwägerin des Tobias in unserem Haus gelebt, sie starb 1943.

Und hätte also auch den Tobias als alten Mann erleben können, wenn er damals zu uns gekommen wäre.

Oder nehmen wir als ein mir naheliegendes Beispiel den großen norwegischen Prosadichter Knut Hamsun: als der zweiundneunzigjährig 1952 starb, war ich schon siebzehn und fing gerade an, seine einzigartigen Romane zu lesen – und der war im selben Jahr geboren worden wie unser Tobias. Allerdings, so kann man jetzt gegen mich einwenden: Vergiß dabei nicht, daß du auch schon die sechzig erreicht hast, alter Knabe.

Das tue ich nun ganz gewiß nicht, wie könnte ich. Und für meinen Sohn, geboren in den sechziger Jahren des zwanzigsten Jahrhunderts, erscheint die zweite Hälfte des vorhergehenden natürlich in ganz anderem Maße fern als für mich.

Aber nochmals halt! So leicht geb ich mich auch jetzt noch nicht geschlagen.

Wenn ich über den Friedhof gehe (und das tue ich nicht selten), lese ich auch Daten auf Grabsteinen.

So unlängst die für einen Großvater meiner Frau. Und erinnerte dabei dies: In der ersten Hälfte der sechziger Jahre fuhren wir mit unserm ersten Kind nicht selten in das schwiegerelterliche Haus, und unter dessen Dach lebte auch noch mit jener alte Mann, und ich unterhielt mich nicht ungern mit dem gebildeten, bis zuletzt klar denkenden Methusalem. Er starb 1965. Und war, wie ich auf dem Grabstein las, 1871 geboren worden – also nur ganz wenig Jahre nach dem Tobias. Und den erlebte noch unser Kind – schon die uns folgende Generation!

Also sollten wir nicht meinen: 1860, 1870, das liegt doch wohl schon nicht mehr bildhaft erfaßbar und konkret vorstellbar hinter uns. Die Wahrheit ist, daß jeder von uns mit irgendwem von seinen Großeltern Umgang hatte oder (wenn er jünger ist) hat, die aus ihren frühen, sechzig oder achtzig Jahre zurückliegenden Zeiten so selbstverständlich erzählten wie wir unsern Enkeln und Kindern von unsrer Kindheit und Jugend in der ersten Hälfte des zwanzigsten Jahrhunderts berichten können.
Und so kann **ich** meinen Kindern und Enkeln nach dem eigenen Erleben erzählen vom sogenannten Dritten Reich und Zweiten Weltkrieg und Flucht vor der Roten Armee und Vertreibung aus einem Land, in dem der wohl überwiegende Teil meiner Vorfahren zu den Ureinwohner gehört hat: den Prußen. Und derlei primitive von Menschen verursachte Vorkommnisse nennt man üblicherweise Geschichte…

Gehen wir also weiterhin in das Leben meines Großonkels Tobias zurück – nicht zuletzt auch deshalb, weil er noch einer jener war, die ihr ganzes langes Leben in unserer Heimat Masuren leben durften und nicht selten in Dörfern, die waren wie seit quasi Olims Zeiten. Und schon meinen Eltern und erst recht mir war das nicht mehr gestattet und möglich. Und er erlebte wohl auch noch die Katastrophe des gewalttätig betriebenen Untergangs unserer ganzen kleinen Welt.

5

Mein nächster Vormittag hier.
Morgens steht die Sonne noch tief, und ich sehe, daß das Gras feucht von Tau ist. Und der See liegt da in unbeschreibbarer Ruhe. Nichts regt sich, nichts geschieht.
Ich gehe auf die andere Seite des Sees, wo das idyllische Land sich am höchsten aufreckt. Stapfe den eindrucksvollsten der hiesigen Hügel hinauf, der sogar eine (wenn auch arg nüchterne) Bezeichnung hat: Höhe 109.

Und da liegt nun alles vor mir, unter mir: der runde oder (wie ich nun sehe) genaugenommen von West nach Ost ein bißchen längliche, also etwas ovale See. Und vor allem um seine Osthälfte, wo das Dorf einmal war, heute schon behäbige Bäume und Sträucher: die Hofstellen anzeigend, überwuchernd. Und dahinter, wie überall hier, dieses unvergleichlich sanfte Hügelland. Und Wald Wald Wald zu allen Horizonten hin.

Alleingelassenheit der Natur. Und diese Ruhe. Ich sage: dieser Frieden.

Das ist und bleibt immer die Welt meiner Wurzeln. Und es ist doch wohl nicht gerade belanglos, wo jemand wurzelt. Jedenfalls sind viele meiner Generation dieser Meinung; immer noch. Und wo wäre eine Begründung, um davon abzurücken.

Meine Welt!

Und die Welt des Tobias.

Weshalb drängen sich mir Erinnerungen an zwei Jahreszeiten besonders auf: den trockenheißen Sommer, den eiskalten Winter, wenn absolut reiner Schnee sich dick wie ein Federbett über das Land gelegt hatte?

Doch nun Sommer.

An einem Sommerabend meiner Kindheit um 1940 kommt die Großmutter aus dem Haus; die Sonne liegt noch auf dem Hof von Westen her. Und die alte, sich sehr aufrecht haltende Frau ist unlängst achtzig geworden, war aber, wird behauptet, noch nie im Leben beim Arzt; und ihr asketisches Gesicht hat etwas von der Strenge und Noblesse alter Indianerhäuptlinge (wie wir sie von Fotos kennen); und dieser Vergleich drängt sich auch auf, weil sie das schwarze Haar (es wurde niemals grau) straff zurückgekämmt trägt und ihr dunkles Kleid von absoluter Schlichtheit ist.

Und es sind zwei Menschen mittleren Alters bei ihr: ein einarmiger (schon im Krieg verletzter?) Mann in auffallend altmodischem, alt machendem Anzug, der etwas von der Beschränktheit und Betulichkeit eines Sektenpredigers hat, und eine dazu reichlich kontrastierende Blondine in leuchtendrotem Kleid mit hervorstechend üppigem Busen. Und ich, schon in der Schule, hatte aufgepaßt, als es hieß, es hätten sich diese beiden Volksgut-Forscher angesagt, um die Greisin auszufragen über Besonderheiten im »alten« Masuren. Ihre Kindheit reichte ja, wie gesagt, zurück bis etwa 1860 in die Voreisenbahnzeit, da mochte aus ihr manches doch inzwischen Geschwundene herauszuholen sein.

Sie setzten sich auf eine Holzbank. Und was Wunder, daß mir aus jenem Gespräch, das ich neugierig belauschte (wann kamen schon mal solche Fremden ins Haus!), vor allem im Gedächtnis geblieben ist, was diesen rätselhaften Tobias betraf.

Durch den Topich, sagte die Oma, war wohl besonders in Gefahr der Tobias.

Also ein Topich! Das ist jetzt aber höchst interessant, hörte ich den Mann sagen. Auch in einem so kleinen See wie hier, sagen Sie, ein Topich?

Und er fragte, ob sie selbst denn den auch mal gesehen habe. Wie sah der aus? Erzählen Sie!

Ja, ein Topich, sagte sie. Es ist ja gerade in diesem See, so klein er auch ist, immer mal wer ertrunken. Einmal, vor ein paar Jahren, ein Junge aus der Stadt. Und es kamen die Eltern und weinten sehr. Und man setzte alles daran und suchte mit dem Boot und langen Stangen und tauchte auch – aber fand ihn nicht. Da warfen sie die Blumen für ihn bloß ins Wasser und gingen...

Es hat schon immer geheißen, fuhr sie fort, in diesem See liegen unten große Bäume. Dort blieb er wohl hängen. Und dort, sagte man, haust der Topich. Und der lockte seine Opfer ja an und zog sie runter zu sich.

Und eines Tages lag der Tobias neben dem Steg in den See im Wasser und soll schon besinnungslos gewesen sein. War wohl auf dem Brett ausgerutscht und reingefallen. Und wie sein Vater ihn so sah wie schon tot, aber er konnte ihn retten, da war er ganz hilflos: Den holt sich der Topich! Wenn dem Jungen das von Geburt an bestimmt ist, daß der böse Geist ihn

holt, für den sind Tag und Stunde festgesetzt, und er kann seinem Schicksal nicht entgehen.
Uns sind doch schon mehr Kinder gestorben, als leben, soll er gesagt haben. Und der vor dem Tobias war, starb nach drei Monaten. Und den Tobias haben wir dann doch zur Taufe durchs Fenster gereicht, nicht über die Schwelle getragen. Und nun doch –.
Und jammerte so und klagte. Sprang aber plötzlich auf: Da hilft, wenn überhaupt was, nur Gott, sagte er. Und machte sich auch gleich auf den Weg zur Kirche ins Nachbardorf, Sie wissen. Um den Herrgott anzuflehen. Denn ist der nicht Herr auch über alle Geister?
Doch die Kirche war, als er dort ankam, verschlossen. Sollte er da ins Pfarrhaus und sich aufschließen lassen? Aber man weiß ja: Ein Gebet zum Schlüsselloch der Kirchtür rein ist so gut wie eins in der Kirche. Und so fiel er auf die Knie und hatte durch das Loch gesprochen. Und auch das war so feierlich und still, sagte er.
Und es hat geholfen!
Und als Tobias´ Vater nach Hause kam, da hat er, so erschöpft und müde er auch war, sich hingesetzt und dem Tobias erstmals ein Pferd aus Holz geschnitzt zum Spielen.
Und da sagte die Mutter auch nichts mehr vom Versegner. Daß man den holen sollte. Denn der Herrgott ist doch immer der Mächtigste.
Und der Tobias blieb am Leben! Von zwölf oder dreizehn Kindern der Familie blieben fünf am Leben. Und lebt wohl auch heute noch, wer weiß; wir haben schon länger nichts mehr von ihm gehört. Und er hat später, als Großer, uns erzählt: Stellt euch vor, damals, das war, als sei ich plötzlich auch **über** dem Wasser. Lag im See – und sah auch von oben auf mich, wie ich im Wasser war und kurz vorm Sterben. Wie wenn ich als großer Vogel still über dem Wasser schwebte und blickte auf mich runter, und lag schon wie tot. Und das Wasser über meinem Körper kräuselte sich, ich sah mich wie durch geriffeltes Glas.
Und der Sektierer (sag ich jetzt mal) blieb hartnäckig der Oma gegenüber: Aber ich muß doch auf meine Frage zurück-

kommen: Haben Sie den Topich tatsächlich mal selbst gesehen? War er wirklich, wie man uns erzählt, ein Männchen wie ein Sechsjähriger, vielleicht mit rotem Kopf oder doch feuerrotem Anzug? Und angeblich behaart und halb, unten, wie ein Fisch?

Die Oma: Und immer mit ganz nassen Haaren?

Also: Sie haben ihn gesehen?

Aber da war die Oma plötzlich ganz überlegen und lachte: Säße ich dann noch hier? Und Sie könnten mich ausfragen?

Wie? fragte nun die mit dem üppigen Busen.

Na, das weiß man doch auch, antwortete die Großmutter: daß nur die den Topich zu sehen oder zu hören bekamen mit seiner gräßlichen oder manchmal auch lockenden süßen Stimme, die er sich dann holte. Vielleicht entkamen sie ihm noch mal und konnten auch von ihm erzählen; aber eines Tages hat er sie sich geholt.

Pause.

Ja, faßte der Sektierer gleichsam zusammen: Das alles deckt sich mit den aus der Literatur des letzten Jahrhunderts uns bekannten und von uns selbst schon dokumentierten Erkenntnissen. Und der Mensch entgeht also, besagt das, nicht dem Schicksal, das jenseitige Mächte ihm bereiten. Und diese Weisheit der alten Masuren will ich doch auch heute noch gelten lassen.

6

Du siehst nur einen melancholischen kleinen See... Du mußt verstehen, daß ich etwas anderes sehe. In meiner Kindheit wimmelte es hier von Menschen.

ars Gustafsson, »Eine Wassererzählung«

Na, das mit dem Erforschen unsres kleinen Volkes, dieses »Naturvölckchens«: auch das fing natürlich schon viel früher an als in meiner Kindheit. Auch das geschah schon damals,

als die Großmutter und der Tobias jung waren in der zweiten Hälfte des neunzehnten Jahrhunderts. Und schon damals verlief sich einer der Erforscher auch in unser kleines Dorf. (Ich komme später darauf.)

Wie aber stand es damals um Neuigkeiten, so richtige Neuigkeiten? Gab es etwa bloß immer die ewigalten Geschichten: um Geburt, Tod und Vergrabenwerden, die Gefahren der Liebe, die vielen Schicksale von Kindern? Und es wurde gesoffen und gelogen und betrogen wie überall auf der Welt? Aber hier versuchte es auch immer noch jemand mit uralter Zauberei, und einen andern warf ein böses Vorzeichen aus seinem Weg – sprechen doch gerade jene erwähnten Chronisten damaliger Zeit von krassem Aberglauben neben allem Kirchlichen. Und ein Jemand machte einer Jemandin ein außereheliches Kind, und wasweißich...

Aber wo denkt ihr hin!

Auch dieser so abseitige Winkel am Ende der preußisch-deutsch regierten Welt sollte doch nicht immer wie beiseite gelegt bleiben. Und wir bewegen uns Ende der sechziger Jahre des vorletzten Jahrhunderts ja gerade in einer Zeit, da die Eisenbahn in Masuren ankam; und nach den Vorstellungen von außerhalb sollte dieser einzigartige Motor des Fortschritts das Land wirtschaftlich und auch zivilisatorisch ganz entschieden voranbringen.

Ja. Und eines Tages passierte damals auch in unserem Dorf etwas wenn nicht Supergewichtiges, so doch noch nie Dagewesenes; offenbar war in diesen neuen Zeiten nichts mehr ganz unmöglich:

Der Landbriefträger Dombrowski tauchte mal wieder im Dorf auf; irgendwer bekam also Post. Na, eine solche Seltenheit wie einst war das natürlich nicht mehr; wenns etwas zu bestellen gab, konnte der gute Mann seit einigen Jahren sogar jeden Tag kommen. Doch wer erhielt hier denn schon groß Post außer dem Bürgermeister und manchmal dem Lehrer.

Aber was war heute das?! War denn der gewiß immer pfiffige Kerl plötzlich ganz übergeschnappt?

Er kam nicht zu Fuß, die Posttasche umgehängt, sondern mit einem noch nie gesehenen Vehikel – was Wunder, daß da gleich Kinder um ihn waren wie aus dem Erdboden geschossen, aufgeregt durcheinanderredeten, riefen, ja krähten. Und gleich danach waren es nicht nur Kinder.
Der alte Wengoborski war sogar einer der ersten, und war doch nun wirklich nicht mehr der Flotteste. Auf seinen Stock gestützt sagte er: Was ist das diesmal bloß für eine Dummheit von dir! Er schüttelte den Kopf.
Dummheit? Von so was wollte der Briefträger aber überhaupt nichts wissen:
Das ist das neueste der Wissenschaft und Technik, sagte er. Aber was verstehst denn du alter Torf- und Hechtstecher schon davon. Für dich ist noch nicht mal die Eisenbahn erfunden. Na, wart mal. Auch dich schubsen sie eines Tages in der Stadt in einen Waggon. Und ab gehts! Vielleicht schaffen sie dich bis nach Berlin, wo unser aller König wohnt.
Also, mein Alter: Dies ist ein – und es folgte ein Wort, von dem die einen hinterher sagten, es habe fast wie »Luzie« geklungen, aber das sei nicht das ganze Wort gewesen.
Und der Tobias erzählte später dem Lehrer Drigalski, er habe »Welluzipet« verstanden, und der nickte und sagte: Das kommt dem schon sehr nahe.
Ja, sagte Drigalski – Veloziped heißt das Vehikel. Hab mir das Ding angesehen. (Denn er war damit bei mir, der Brief war für mich.) Man sagt dieser Konstruktion eine gewisse Zukunft voraus, doch da wird sie wohl noch erheblich verbessert werden müssen, jetzt ist alles immer noch in den Anfängen. Eine Art Laufmaschine ist das, wie du gesehen hast, fuhr Drigalski fort. Ja, das Ding könnte sich durchsetzen als ein Fahrzeug für eine Person, das man mit seinen Füßen antreibt. Und Veloziped, das heißt Schnellfüßler; und unser Dombrowski, der ist also ein Velozipedist.
Woher ich das alles weiß, der ich doch sonst auch nicht viel gebildeter bin als ihr alle hier? sagte Drigalski und lächelte. (Aber damit untertrieb er natürlich sehr: Wenn überhaupt

etwas aus der »großen Welt« hierherdrang, dann doch zuallererst zum Lehrer.)
Na, ich habe darüber gelesen, schloß er. Weltausstellung in Paris – darüber gab es Berichte. Aber woher hat der Kerl das nun schon hier bei unsern Landgeistern und Wölfen!
Das hat er gesagt, erzählte da der Tobias. Hat gesagt: Gestern noch auf der Weltausstellung – und heute führ ichs euch schon vor – quasi am Arsch der Welt.
Drigalski lachte da aus vollem Hals, daß sein Schnapsatem dem Tobias ins Gesicht schlug. Aber er drohte auch unernst mit dem Finger.
Hat er so gesagt, verteidigt sich Tobias.
Drigalski winkte ab.
Ich weiß, ich weiß, sagte der Lehrer. Du hast mal wieder genau aufgepaßt. Und auch darüber müssen wir ja noch reden: Was wir mit dir machen. Ich muß jetzt unbedingt mit denen in der Stadt über dich sprechen.
Aber natürlich hat der Kerl sich das Ding bloß angeschafft, damit ihm die Kinder und die Leute und die Köter zulaufen. Wie einem, der auf dem Drahtseil schwankt von der Kirche zum Rathaus. Der muß doch immer einen Spaß haben; und das ist auch gut so in unsrer trüben Welt überall. Doch wie ers bloß so schnell bekommen hat. Ganz sicher über seinen Bruder in Berlin.
Ja, Tobias: Da sind die Menschen nun seit Adam und Eva auf ihren zwei Füßen gegangen (und manchmal besoffen auch auf allen vieren gekrochen), oder sie haben sich von einem Tier tragen lassen – und uns hat der Allmächtige in seiner Unberechenbarkeit nun dazu ausersehen, von einer Lokomotive gezogen zu werden oder auf dem Veloziped zu strampeln. Fortschritt. Wie soll das alles noch enden. Aber es hatten sich, wie gesagt, um den Postboten nicht nur gleich die Kinder versammelt; es waren fast plötzlich so viele Leute da, als hätte man sie für diese Zeit herbestellt oder, mehr noch, als habe sich ihnen was auf geheimnisvolle Weise mitgeteilt. Es gab Tag für Tag immer nur das übliche, wenns hochkam: eine Hochzeit oder eine Beerdigung. Und heute nun etwas Einmaliges!

Da sah man zwei, drei Bauern und ebenso viele Knechte und die Magd des Bürgermeisters und den Fischer Holzki mit seiner ungewöhnlich dürren, unhübschen Frau (die auch wieder dabei war, ihn wegen irgendwas zu schurigeln). Und der Mattes kam auch vom Feld, und man sah ihn – wie sonst nie – im Laufschritt. Ja, hinterher wurde behauptet, der Bürgermeister sei auch noch gekommen, bloß ein bißchen zu spät: da war der Dombrowski mit seinem Vehikel schon halb im Schulhof verschwunden.

Mit dem Lehrer Drigalski an seiner Seite, der ebenfalls auf die Straße gekommen war zu dem Spektakel – Drigalski, der ja ein bißchen viel trank, im übrigen aber als eine Seele von Mensch galt und als ein besonnener, ja kluger Mann. (Und was die Trinkerei betraf: nach den Ansichten in der Region, damals, bewegte er sich kaum schon im Ungewöhnlichen.)

Und natürlich hatten zwei, drei der plachandernden alten Frauen auch den Braten gerochen! Die Ciernosche und die Kurbjunsche und die Bahlosche. Auch wenn hinterher behauptet wurde, dieser Postmensch und sein Gefährt habe sie überhaupt nicht interessiert, es sei ihnen wieder mal bloß um den eigenen Sermon gegangen: die eine jammerte über das mangelhafte Essen, man wolle sie wohl verhungern lassen; die andere wußte mal wieder den Namen eines Mädchens, das sich von den Kerlen gleich unter den Rock fassen ließ; und die dritte war ja auf ihre alten Tage sehr religiös geworden und zitierte die Bibel und beklagte die Verderbtheit der Welt (und insbesondere die des eigenen jüngsten Sohnes) – ein Sektenführer kam einmal in der Woche aus der Stadt zu ihr und rüstete sie fromm-moralisch auf.

Und der olle Krahn mit seinem Knotenstock. Der greiser und greiser wurde und nicht starb. Alle starben doch irgendwann, viele ja schon im Kindesalter, dieser Veteran nicht. Es wurde sogar gemunkelt, sein Sohn und Erbe – auch schon sechzig – habe sogar an den Totsinger gedacht...

Neuerdings jammerte auch dieser alte Mensch, man wolle ihn verhungern lassen. Und traf das in diesem Fall vielleicht

eher zu? Wollte man ihn auf diese Weise schwächen und loswerden?
Nein. Denn dies von dem verzweifelten Sohn: Diese ewige Fresserei des Alten. Dieses Hineinstopfen! Schaut euch doch nur sein Maul an: keine Lippen mehr, alles schon nach innen geklappt, das Freßloch der reinste Trichter, damits schneller geht und mehr in den Magensack kommt. Ich sag euch: Der frißt mir noch die Haare vom Kopf. Findet das denn nie ein Ende mit solch einem ehemaligen Menschen!
Hunger ist doch nichts Peinliches, habe aber mal der Alte gesagt – mit erstaunlicher Hellsicht und Sprachgewandtheit.
Nun, bei all den Gaffern, legte der Greis plötzlich einem kleinen Mädchen die Hand auf den Kopf. Na, Kerlchen? meinte er – du bist doch ein Jungchen?
Nein – Mädchen.
Pause.
Ach, Junge, Mädchen – wo ist denn da der Unterschied?
Heute ist also Dienstag, sagte er plötzlich laut und bestimmt zum Mattes. So, als stampfe er dabei mit dem Fuß auf.
???
Wußte der vertrocknete alte Knabe tatsächlich wieder, in welchen Tag hinein er lebte?
Da wandten sich auch andre ihm zu, sahen ihn an. Entwickelte er sich womöglich vom Altertum in Richtung Mittelalter? Also ein normales Leben betreffend in die falsche Richtung?
Jedenfalls blickte er nun um sich, registrierte wohl dies und das.
Nein – Sonntag, sagte er plötzlich. Da fielen die Zuhörer gleichsam zusammen, wollten nichts mehr hören – was hatte man von dem alten Blödian denn erwartet!
Doch hätten sie ihm gerade jetzt in die Augen gesehen, dann wäre ihnen möglicherweise der Verdacht gekommen, er könne sie zum besten halten.
Ein Erzschelm!
Ein kleiner Hund, hatte die Faxen auch dicke, sprang an einem Mädchen hoch und kläffte ganz närrisch.

In diesem Augenblick sah man die Inge Dolenga vom Schulhof kommen, etwas phlegmatisch, fast wie gravid – wie immer. Sie ging noch das letzte Jahr zur Schule, hatte aber schon Busen wie eine Achtzehnjährige. Na, daß **der** die Moralinsche etwas nachsagte (sogar, allen Ernstes, etwas mit dem Bürgermeister, der dreimal so alt war), war nachvollziehbarer als in andern Fällen, aber auch nicht unbedingt wahrscheinlicher.

Natürlich kannte man schon immer was mit Rädern: Wagen, Kutschen, das Spinnrad. Aber hier hatte nun jemand ein Gefährt zwischen den Beinen mit einem Rad vorn, einem hinten – was es nicht alles gibt auf der Welt, dachte da die Inge und war so beeindruckt, daß sie den Mund zuzumachen vergaß und man die ganze Zeit sah, daß ihre beiden Vorderzähne etwas weiter auseinanderstanden als üblich, doch das nicht unhübsch.

Und nun kam Lehrer Drigalski höchstselbst und hörte, daß der Velozipedist ja zu ihm wollte, und er ließ sich den Brief nicht einfach auf der Straße aushändigen, sondern mahm den Überbringer mit sich.

Da kreist jetzt erst mal die Flasche, sagte der Mattes.

Davon verstehst du ja was, antwortete jemand.

Und die Leute begannen, sich zu zerstreuen.

7

Die kleine Ingeborg Sommer, die hier etwas Besonderes war als die Tochter des Besitzers des nahen Gutes Dungeln, bekam also so gut wie nichts mehr mit von allem und fragte den etwas älteren Tobias.

Ja: Etwas Besonderes. Die Guts-Familie verkehrte in Stadtkreisen oder sagen wir besser: darüber hinaus in ganz anderen als den dörflichen; sie hob sich nach Besitz und auch Herkunft deutlich von den Leuten hier ab, war von ihnen eigentlich geschieden. Frau Sommer führte durchaus nicht ungern an, daß zur Debatte gestanden hatte oder sogar noch stand (da

blieb sie etwas ungenau), die Familie zu adeln. Aber Herr Sommer sei dafür nicht so recht zu gewinnen: man wolle dann in adeligen Kreisen doch nicht als eine Art Emporkömmling dastehen, dagegen sperre sich sein Stolz! Doch andrerseits: Sei man denn Wisotzki oder Wengoborski?
Zweifellos also waren das Menschen, die eigentlich nicht hierher gehörten; und es sprach immerhin für sie, daß sie es, wie auch immer, ahnten. (Aber wo sind solche Leute, die von dem Land doch ihres Daseins, ihren Nachbarn völlig unbeeindruckt bleiben, überhaupt zu Hause – außer bei ihrem einfältigen Dünkel?)
Doch die neunjährige Inge mit dem hübschen ovalen Gesicht und dem Blondhaar blieb nun auch bei den letzten Leuten stehen, weil sie gerade vorbeikam. Aber zu Hause hatte ihr die Mutter sicher etwas anderes beigebracht.
Und der Tobias war ja bei ganz weitem nicht von so großem Besitz, sondern genaugenommen bloß aus einer Kätner-Familie, und erst sein Vater in seinem für hiesige Verhältnisse ungewöhnlichen Ehrgeiz hatte sich in seinen gesünderen Jahren um eine Stufe hinaufgearbeitet und es zu einem bißchen mehr gebracht, doch noch nicht mal zu einem Pferd.
Der Tobias: ein knapp Zehnjähriger mit strohblondem, etwas welligen Haar, doch eher schüchtern und vor allem auffallend empfindlich in seiner dörflichen Umgebung, leicht sogar zu Tränen erregt. Und es war ihm (ausgerechnet ihm diese Peinlichkeit...) auch schon mal schlecht geworden mitten im Schulunterricht und scheinbar ohne Grund, und er hatte nach draußen gemußt zum kalten Wasser der Pumpe. Und man erzählte, er mache den Eltern Probleme, weil er bei »fremden Leuten« nichts esse. Lehrer Drigalski hat irgendwann zu ihm gesagt: Du wirst es mal nicht leicht haben im Leben. (Aber das war wohl eine der weniger klugen und den Tobias bloß zusätzlich belastenden Bemerkungen des gescheiten Mannes gewesen.)
Und die Ingeborg und der Tobias (aber wäre es allen recht gewesen, sie so in einem Atemzug zu nennen?): Es wurde noch viel später, sogar von der Großmutter zur Zeit meiner

Kindheit, davon erzählt, daß sie ihm damals nicht selten von ihrem Butterbrot abgab, weil er ihr bei diesem und jenem in der Schule half; und es gab ja solche Zeiten, wo seinesgleichen nur etwas trockenes Brot in der Tasche hatte, und der Teig war manchmal noch mit gemahlener Baumrinde oder zerkleinerten Wurzeln gestreckt worden; oder er hatte auch nur ein paar trockene Erbsen mitbekommen.
Ja: Masuren längst nicht in allem Schlaraffenland...

Aber es soll natürlich nicht der Brief vergessen werden, den der Lehrer Drigalski an diesem Tag bekam.
In dem stand: Verehrter Herr Kollege, mein Name ist Friedrich Klopfer, der Name ist Ihnen in der Fachliteratur vielleicht schon mal untergekommen; und ich schreibe Ihnen aus Graudenz an der Weichsel.
Ich arbeite nun nach meinen verstreut erschienenen Aufsätzen an einem größeren Werk über Masuren.
Das Ankommen der Eisenbahn in ihrer Kreisstadt erschließt endlich auch diese Region der modernen Kultur und dem ganzen Fortschritt. Unlängst noch gab es in Ihrem Landstrich ja noch keine einzige befestigte Straße, bloß die ganz unzulänglichen Sandwege; von einer Eisenbahn gar nicht zu reden, wie man sie im Reich doch schon seit über drei Jahrzehnten, einem Menschenalter kennt.
Es wird sich also auch in Masuren vieles verändern! Und Sie, Herr Kollege, als ein Lehrer, werden mir doch wohl beipflichten, daß es damit ein Ende haben soll, daß sich die Masuren jedem Fortschritt verschließen, ja jede Neuerung ihnen anscheinend ein Greul ist. Auch dieses Völkchen kann nicht stehenbleiben, sondern muß sich endlich rückhaltlos der modernen Kultur anschließen. Dies aber wird, wie Kollege Töppen meint, vermutlich nicht eher geschehen, als bis ihre heimischen Überlieferungen untergegangen sind...
Drigalski setzte ab, zeigte zunächst keine Regung.
Aber weshalb ausgerechnet an ihn dieser Brief; wollte er denn mit so einer Geschichte überhaupt etwas zu tun haben? Dieser Klopfer saß also an einem Buch – wollte er denn zunächst

einmal auflisten, was an alten Sitten, Gewohnheiten, überhaupt Herkömmlichem denn nun gefälligst **unterzugehen** hatte?! Archiviert mochte es immerhin noch auf die Nachwelt kommen – aber für das weitere Leben war es zu streichen?
Was schrieb ihm jener Mensch sonst noch? Sein, Drigalskis, Dorf sei nach seinen, Klopfers, Informationen ein besonders abgelegenes Nest, daher für die Zwecke seiner wissenschaftlichen Arbeit doch wohl ein ausgesprochen geeignetes. Und es gelte jetzt also, einiges zu organisieren für des Erforschers Aufenthalt. Und die Mithilfe des geehrten Kollegen werde dabei natürlich sehr benötigt und sei im voraus bedankt!
Oja: Da war dem Drigalski der Kontakt zu einem Mann aufgedrängt worden, der auf der Höhe der Zeit und des Jahrhunderts dachte.
Und dem er einiges arrangieren wollte! Durchaus...

8

Tobias trat vor die Tür in die Sonne; es war gegen Mittag. Und ein Huhn im Hof erschrak vor dieser plötzlichen Bewegung und rannte in den Schutz des Dunklen des Fliederbergs, der sich aus dem sanft ansteigenden Gelände zum Hof hinunterbeugte.
Und morgen würde er vielleicht wieder in die Schule können. Wenn er sie auch noch nicht ganz los war, diese leis den Körper vibrierende, fast summende Schwäche. Er setzte sich auf den Hauklotz vorm Schuppen.
Und der Vater, der beim Drigalski gewesen war, um ihn zu entschuldigen, hatte ihm vom Lehrer ausgerichtet, er solle doch, wenn die Schule aus war, noch ein paar Minuten dort bleiben, er wolle mit ihm reden.
Na, das war wohl deshalb, weil es mit ihm ja weitergehen sollte zur höheren Schule in der Stadt. Und wie er jetzt daran dachte, da ließ es ihn nicht mehr sitzen; und er bewegte sich wie mechanisch zur Straße runter.

Und als habe es ihn gerufen, nun dieses niemals vergeßbare rührende Bild (wie könnte mans anders nennen; und weshalb sollte man):
Da kamen gerade zwei Mädchen von acht, neun Jahren den Sandweg vom Dorf her und hielten sich an der Hand. Und waren vielleicht ein bißchen unsicher oder verlegen; – aber weshalb? Sie wollten, wie gleich klar war, zu ihm.
Und die eine der beiden war ja Ingeborg Sommer. Im hübschen weißen Kleid, und im hellen Haar trug sie eine weiße Schleife. Und die andre: das war die Hilde Cylwik mit ihren langen dunklen Zöpfen.
Guten Tag, guten Tag, sagten sie fast gleichzeitig. Und da mußten sie lachen und ließen die Hände los.
Hier wohnst du, sagte Ingeborg. Wir wollten bloß sehen, ob du wieder gesund bist.
Jaja, sagte er.
Hier, sagte Inge und sah sich um. Euer Haus ist größer, als ich gedacht hab.
Und sie war es eigentlich, die sich dem Weg zum Hof hinauf zuwandte. So gingen sie in den Hof.
Da öffnete die Mutter das Fenster der Stube und lehnte sich raus und sagte: Oh, du hast Besuch, Tobias.
Ja.
Es war bloß dieses Alleralltäglichste, was man sprach; und eine kleine Verlegenheit wohl immer noch bei allen.
Vielleicht sogar bei der Mutter – sah sie doch, daß es das Mädchen vom Gut war.
Tobias sagte: Mein Vater hat uns die Wippe gebaut; wollt ihr wippen?
Und er wandte sich diesem Spielgerät am Rand des Hofes zu. Ein gehöriges Stück eines dicken Stammes war auf den Boden gelegt, befestigt; darüber lag quer ein längeres Brett. Fertig: eine Wippe!
Ja, laß uns wippen, sagte Ingeborg gleich; ich hab sowas schon mal gemacht. Aber zuerst du, meinte sie zu Hilde.
Bloß daß dein schönes Kleid nicht schmutzig wird, rief die Mutter vom Fenster her.

Doch es hörte anscheinend keiner hin; da sah sie nicht länger zu, richtete sich auf, ging ins Haus.
Ingeborg hatte das kleine Sträußchen, das sie mitgebracht hatte, auf den Hauklotz gelegt, und sich unbekümmert nun doch als erste auf das eine Ende des Bretts gesetzt. Und sah auffordernd zu Tobias.
Da zog der das anre Ende des Bretts runter und bestieg es; und sie begannen zu wippen; und Hilde sah zu. Dieses hübsche Mädchen vom Gut mit dem so ebenmäßigen Gesicht. Und wie sie mitmachte! Und irgendwie erregte das den Tobias; und sie war die erste, die ihn auf diese Weise bewegte und ihm so gefiel. Ach ja, wo auch immer: So sind solche Geschichten nun mal überall.
Jetzt du, sagte Ingeborg zur Hilde, bremst ab und erhob sich von dem Brett. Und so wippten dann auch Hilde und Tobias. Und Inge sah zu. Aber dann begann sie, vor den beiden rumzuhüpfen, und sie sang: Ich bin fröhlich, ich sing ein Lied...
Und war doch eigentlich schon ein Mädchen von bald zehn Jahren...
Und es konnte ja passieren, daß eine Kutsche sie von der Schule abholte. Und einmal kam sogar der Vater, Gutsherr Sommer, geritten, und sie bestieg das zweite Pferd, das er mitgebracht hatte; und hoch zu Roß gings im Trab aus dem Dorf nach Hause. Und irgendwer sagte: Die bekommt ja jetzt Reitstunden.
Und Tobias kannte natürlich das Gut hinterm Berg und war mal mit Gustav bis vors Tor gewesen. Und dieses Bild stand seither vor ihm: zuletzt, nach einem kleinen Waldstück, stand man vor zwei hohen steinernen Säulen: der Toreinfahrt, und es ging direkt auf die imposante Freitreppe des Gutshauses zu.
Aber durch dieses Tor war er nie gegangen. Und hatte auch von keinem der Kinder des Dorfs gehört, daß es das getan hätte. (Bloß auf den etwas seitab liegenden Hof des Gestüts kam gelegentlich dieser und jener: wo die Deckstation des Gutsherrn war und die Bauern die Stuten zu den Hengsten brachten.)

Ich muß nach Haus, sagte plötzlich Ingeborg. Und du bist wieder gesund, Tobias, das ist schön.
Doch das klang jetzt etwas förmlich, ja wie angelernt.
Und das war alles.
Und als die drei zuletzt noch einen Moment zusammenstanden, da trat sie vor Tobias und fragte: Wie schreibt man eigentlich Brot? Mit t oder mit d hinten?
Pause.
Mit t, antwortete er.
Und dachte: Ist sie deshalb gekommen? Hab ich ihr für so was gefehlt?
Und sah dann den beiden nach, wie sie sich schon entfernten. Und jetzt jede für sich ging. Und die Inge hatte es tatsächlich eilig.
Er drehte sich um zum Hof.
Und da sah er auf dem Hauklotz das Sträußchen, das vielleicht für ihn mitgebracht, aber dann vergessen worden war.
Er nahm es an sich.

9

Und nun meint ihr vielleicht, mir schon auf die Schliche gekommen zu sein? Daß ich womöglich eine Geschichte erzählen könnte von der großen Liebe von Kindheit an und auch noch behindert (und damit erhöhrt) durch gesellschaftliche Schranken? Wie ihr es gelesen haben könntet in berühmten Romanen und Novellen vom Ende des letzten Jahrhunderts?
Wartets ab. Denn einstweilen ist nur dies sicher: daß wir weiterhin durch das masurische Dorf um 1870 gehen; oder um 1940, als ich dort Kind war. Und daß dort Menschen lebten, wie damals die Menschen überall waren seit Adam und Eva. Und wir jedenfalls lichtjahrefern waren von heutigen Erscheinungen, für die eine große deutsche Illustrierte titelte: »LIEBE online« ja sogar von der »Faszination einer Liebe online« sprach, und weiter von »Love parade« im Netz, »electronic affairs« und einem »elektronischen Lover« – und eine US-

Soziologin bereits eine Revolution unseres geistigen und erotischen Lebens vermeldete...
Liebe Leser! Dazu sage ich denn doch ohne jedes Fragezeichen, daß inzwischen offenbar Regionen menschlicher Dürftigkeit erreicht sind, die seit den frühesten Tagen der Menschheit oder den Zeiten des Sokrates oder des Laotse unvorstellbar waren. Und gewisse US-Soziologen betreffend: Ist nicht spätestens seit der Diagnose »Vom Geistesleben des modernen Amerika« Knut Hamsuns anzunehmen, daß eine Formulierung wie die zitierte von dort zu erwarten ist?
So lautet meine Antwort.

Nächster Morgen.
Hatte Tobias Hilde, dieses sanfte und doch auch nicht unhübsche Mädchen, nicht ein bißchen zurückgesetzt gegenüber der anderen in ihrem weißen Kleid?
So dachte er.
Ob sie wohl schon zur Schule gegangen war? Er wollte sie abholen!
Der Flur des überaus einfachen alten Masurenhauses. Er öffnete die Tür zu der Stube links.
Da war sie voller Leute. Es waren, meinte er, acht oder sogar zehn Menschen jeden Alters. Aber das konnte doch wohl nicht sein, wie sollte man so beengt zusammenleben, schlafen. Oder vielleicht doch? Es war ja das sogenannte Armeleutehaus des Dorfs.
Und wie er sie da so stehen sah wie in einem leis grauen Dunst, ja: sie standen beieinander wie Stumme, und als täten sie das tags und auch nachts immer, und sahen zu ihm her vielleicht bloß wegen des Geräuschs des Türöffnens, da brachte er nur heraus: Na, Hilde?
(Und hat sich dann lange geschämt wegen dieser unbeholfenen Reaktion.)
An diesem Tag kam er zusammen mit Hilde zur Schule.
Und war mittags zum erstenmal in Lehrer Drigalskis Büro. Stand, während der Alte hinter dem Schreibtisch saß und mit dem Stuhl kippelte, vor ihm.

Ach ja, die Bücher des Lehrers in dem Regal hinter ihm. Schweifen wir ab zu diesen Büchern.
Es waren vielleicht dreißig. Darunter gabs beachtliche Literatur: den »Anton Reiser« des Karl Philipp Moritz; »Sommergeschichten und Lieder« von Storm (enthielt dieses Buch nicht auch die bis in unsere Zeiten berühmte Novelle »Immensee«?); »Soll und Haben« von Freytag; Raabes »Hungerpastor« und Gerstäckers »Flußpiraten des Mississippi«. Dazu Autoren der Region: einen Roman des Neidenburgers Ferdinand Gregorovius (späteren Chronisten der Stadt Rom) mit dem Titel »Werdomar und Wladislaw«; und die vor wenigen Jahren erschienenen »Erinnerungen aus meinem Leben« des viel angefeindeten »Pfaffenspiegel«-Verfassers Otto von Corvin aus Gumbinnen (wer darf denn ungestraft von den üblen Seiten der Kirchengeschichte reden?). Daneben auch Kurioses oder zumindest Ungewöhnliches: ein Buch über Piraterie; irgendwas von Heinrich Heine über den Fliegenden Holländer; und ein offenbar schon ziemlich altes Werk, das erstaunlichste Buch hier von allen: »Chronicon oder Beschreibung der Stadt und des Stiffts Bardowick« (war das nicht jener einst bis ins Hoch-Mittelalter dominierende Ort an der damaligen Reichsgrenze im heutigen Lüneburgischen, den Heinrich der Löwe zerstört hat?). Und dies und das.
Woher ich das so genau weiß?
Darf ich bei dieser Gelegenheit vielleicht daran erinnern, daß alles Erzählen seit Homers oder meinethalben Olims Zeiten »persönlicher Einfall und dokumentierende Geschichte« ist (wie Benn über den Roman sagte)?
Und während ich den Drigalski vor mir sehe (den ich nie sah: der zur Zeit meiner Kindheit schon ein halbes Jahr unter der Erde lag), Suffkopp und Weisen, meine ich mich, gegen jede Möglichkeit, an seine Bibliothek geradezu anschaulich zu erinnern. Und sage so bestimmt wie meine Mutter: So war das!
Jetzt sagte Drigalski zu Tobias:
Bei der Hochzeit deiner Schwester, da fragte ich deinen Vater:

Wann ist die Marie eigentlich geboren? Da brummte er zuerst bloß was vor sich hin; kam mit der Frage offenbar nicht klar. Aber ich ließ natürlich nicht locker: Wann ist die Marjell geboren? Da zuckte er die Schultern: Sie müssen sie schon selbst fragen. Oder: Der Tobias weiß –.
Der Tobias weiß –. Woher hast du das bloß, Bengel, in dieser armen Familie? Ja, und nun hab ich schon mit dem Direktor vom Königlichen Gymnasium gesprochen –.
Also, du weißt das jetzt. Und nu lauf, Kerlchen. Du wirst aufs Gymnasium gehen. Auch wenn eine Frau Sommer, Hochwohlgeboren, der Ansicht ist, das stehe nur ihresgleichen zu. Aber nun gerade! Gerade auch deshalb. Und was die eigene Nachkommenschaft der besagten Dame betrifft: da kann sie ganz beruhigt sein. Sie wird sich nicht grämen müssen, auch dort mit Krethi und Plethi zusammenkommen zu müssen – weil nämlich Fräulein Tochter mangels ausreichender Begabung dort nicht auch Aufnahme finden wird. Du weißt –.
Ja, lauf!
Nein, wart noch! Du liest ja. Moment, ich geb dir mal den »Rienzi«-Roman von Bulwer mit. Interessante Sache.

10

Stunde um Stunde hier am See unten: schon so lange Vergangenes heraufholend, wie es einst war, wohl war.
Aber das Geräusch der fahrenden Eisenbahn von Westen her über den großen Laschmiaden-See habe ich doch noch nicht gehört? Ist auch sie untergegangen?
Und spielte doch einst eine so extraordinäre, ja gewaltige Rolle! Dieser höchstens zehn Kilometer hinter Wald und See gebaute Schienenstrang war ja der erste, der mitten hinein ins Masurische drang wie eine Injektionsnadel, durch die sich dann manche Einspritzung vornehmen, aber auch Blut abzapfen läßt. Und hat unbestreitbar die hiesige Welt verändert.
Und ist nun vielleicht auch nur noch ein Mosaiksteinchen in einem Erinnerungsbild für Chronisten und Heimatmuseen?

Als Kind hörte ich hier manchmal von Westen über den Wald her einen langsam anschwellenden Ton: ein Geräusch nicht aus der Natur und wie leis schmerzend. Ich bilde mir ein: abends; doch vielleicht achtete ich tagsüber weniger darauf. Und irgendwer sagte mal: Das ist wieder die Bahn – wenn man sie so hört, gibts Regen.
Wann bin ich das erste Mal Bahn gefahren? Da war ich wohl schon acht oder neun. Andere Zeiten, andere Ansichten – als heute, da man (sagen wir) auf den Kanaren in den Hotels nicht wenig Eltern mit kleinen Kindern antrifft. Und mit mir ist man also acht Jahre lang nicht mal ein paar Kilometer mit einem doch nicht weit entfernten Zug gefahren.
Und der Großonkel Tobias, die Oma Hilde: die konnten in ihren frühen Jahren eine Eisenbahn also noch gar nicht kennen – weil es in Masuren noch nicht eine einzige gab. Die Eisenbahn hatte hier in meiner Kindheit um 1940 gerade mal eine Geschichte von etwa siebzig Jahren.
Aber Goethe zum Beispiel hat ja ein solches Verkehrsmittel niemals kennengelernt. (Und drängt das nicht die Frage auf, ob denn das rasch und womöglich weite Reisen die Menschen auch in ihrem Menschsein bereichert hat? Ob wir darin seit Goethe durch den sogenannten Fortschritt weitergekommen sind? Und das ist eine sachliche Frage, die mit Fortschrittsfeindlichkeit nichts zu tun hat, bloß etwas mit der Devise: »Erkenne die Lage«.)
Also, Tobias, du warst schon etwa zehn, als der schwarze Koloß, genannt Lokomotive, auf der einen Schienenspur, ein paar Waggons ziehend, von Rastenburg her sich in die Kreisstadt schlängelte. (Daß die in den Abteilen sitzenden Menschen die Geschwindigkeit des Gefährts nicht überstehen, Hühner und andere Tiere beim Anblick des durchs Land rasenden Ungetüms tot umfallen würden: das befürchtete man ein Menschenalter nach Nürnberg-Fürth natürlich nicht mehr.)
Aber ein bißchen etwas Beklemmendes nicht nur für das Kind Tobias hatte das schon: wie der (auf seiner Jungfernfahrt hier mit Blumen geschmückte) Koloß schnaubte, schnaufte,

fauchte, Qualm wie gewaltsam aus dem Schornstein nach oben pumpend – sogar: mal pfiff! Und durchaus den Eindruck von Sichabmühen beim keuchenden Ziehen der Last machte. Aber die schweren Treib- und Kuppelstangen, die Räder wurden immer langsamer, kamen im Bahnhof ganz zum Stillstand.
Von all den Einzelheiten bekamst du wohl im Moment scheinbar wenig mit. Und hast sie doch gesehen und konntest sie hinterher heraufholen.
So bei deinem Lehrer, dem ollen Drigalski, der dich ausfragte. Jaja, meinte der: so ist sie auch in Masuren angekommen, von der nun, so könnte man grad meinen, jetzt alles Menschenheil hier erwartet wird! Und wie viele haben bis zuletzt ernsthaft geglaubt: die Natur, die unbezwingbaren dunklen Mächte werden es zu verhindern wissen: Und wie bekam dieser Glaube Auftrieb, als der im Moor aufgeschüttete Damm absackte und der durch den See ganz in den Fluten verschwand! Er läßt sich das doch nicht gefallen, seht ihr – der Topich! Ein Damm, der ihm den See teilt! lachte einer. Ganz so von oben herab hättens die Herren Baumeister nicht treiben sollen! Mitten durch einen See, statt den kleinen Umweg um ihn herum – wie sie es dann doch **mußten**.
Ja, er hat schon recht, der Doktor Klopfer, sagte Drigalski, vieles wird sich nun hier verändern. Hast du in der Stadt was darüber gehört, daß die Garnison gewaltig vergrößert werden soll, neue Kasernen gebaut werden?
Nein, das hatte Tobias nicht; doch vielleicht bloß deshalb nicht, weil es ihn zu wenig interessierte. Aber er erzählte dem Lehrer etwas von zwei seltsamen Kerlen, die, kaum aus dem Zug gestiegen, sich halblaut darüber unterhalten hatten, wo nun damit anfangen, den Leuten hier irgendwelche Wundertropfen zu verkaufen.
Jaja, natürlich, sagte Drigalski, auch das bringt uns die Eisenbahn. Auch solchen »Fortschritt«. Und sogar also schon mit dem allerersten Zug –.
Und seine Frage wieder aufnehmend: Von viel größerer militärischer Wichtigkeit ist die Rede, die unsre gute alte

Stadt nun bekommen soll. Es sind also vielleicht noch mehr die militärischen Gründe als die verständlichen wirtschaftlichen. Aber bisher hat uns das doch auch nicht gerade gefehlt: Krieg und Pest haben doch auch ohne Eisenbahn immer reichlich zu uns gefunden.

O guter Alter! Dessen Dasein ja noch ein Stückchen weiter zurückreichte in noch natürlichere Zeiten als für jemanden meiner Großelterngeneration. Der aus jenem Jahr 1820 stammte, als der französische Kaiser Napoleon, der so viele Menschen in Schlachten getrieben hatte und Abertausende in den Tod, auf irgendeiner winzigen Insel elendiglich als Krebskranker verendet war. Und in dieses Dorf hier gesteckt worden war, als um die Mitte des Jahrhunderts erneut ein Napoleon Kaiser in Frankreich wurde. Aber hierher drang von vielen Weltereignissen ja nur ein Bild wie aus dünnem Dunst: fast gar keins. (Und ein Lehrer war in den Dörfern überhaupt derjenige, der gewisse Informationen aus der Welt heranzog und manches davon auch unter die Leute brachte.)

Und was nun das von ihm angesprochene Interesse der Regierenden an der Eisenbahn betraf: deckt sich das nicht außerordentlich mit Äußerungen Raabes in seinem letzten Werk »Altershausen« und dem Kommentar eines seiner Biografen dazu: daß die Eisenbahn »nur Assoziationen des **Untergangs**« erwecke, denn die Bahnlinie war »mehr zu Kriegs- als zu Friedenszwecken« gebaut worden...

Ja: Und nicht einmal zwei Jahre nach dem Hurra über diese erste Eisenbahn in Masuren gabs ja schon den Krieg gegen Frankreich 70/71.

Da wurden Männer und Burschen in anstrengenden Fußmärschen zu Bahnhöfen geführt, um (wie der Schriftsteller Fritz Skowronnek – allerdings »mit Freude« – beobachtete) »aus der Enge der Heimat durch ganz Deutschland bis in Feindesland« transportiert zu werden...

Drigalski wird auch das eher ironisch, vielleicht sogar sarkastisch kommentiert haben: in großer Zahl, nun endlich, Soldaten auch aus Masuren...

Zum Bürgermeister aber sagte er in jener Zeit bloß: Du hast doch hoffentlich wenigstens zwei Uhren im Haus?!
?! Weshalb denn gleich zwei?
Na, für den Fall, daß eine mal stehenbleibt! Und du pünktlich zum Zug mußt – vielleicht in den Krieg! Hast du sie dir denn noch nicht richtig angeguckt mitten auf dem Bahnhofsgebäude: die alles beherrschende Uhr? Und dir gemerkt: Die Eisenbahn hat Fahr**pläne, Termine**? Euer Leben ausgerichtet nach Sonnenaufgang und Sonnenuntergang ist ein für allemal vorbei! Sorg also für viele Uhren im Haus und im Dorf, damit ihr immer mitkriegt, **was die Stunde geschlagen hat**! Geh mit der **Zeit**! Das war doch folgsam so, mein Alter! Und ich muß dich nicht auf deine oberste Aufgabe als preußischer Lehrer verweisen: Die Bürger zu Untertanen zu erziehen, sie zu einem Objekt der damaligen Obrigkeit zu machen!

11

Ich erzähle ja nicht die ganze Lebensgeschichte des Tobias, quasi eine Bildungsgeschichte in jener, wie auch immer, in der deutschen Literatur bis heute gängigen Weise. Liefere nicht die lückenlose Entwicklung eines Charakters. Ich skizziere nur ein paar Bilder: Stationen einer, wie ich meine, bemerkenswerten Menschen-Existenz. Die in vielem dann so einig gewesen ist mit der Art meines kleinen Volkes.
Er kam also auf die höhere Schule in der Stadt (eine angesehene Anstalt: die älteste, bedeutendste ihrer Art in der Region; kein Geringerer als Wilhelm von Humboldt hatte die einstige Fürstenschule zum Gymnasium gemacht).
Kommst du zurecht? fragte ihn Drigalski; – ich hab dir das ja eingebrockt. Aber glaub nicht, daß ich dir mit meinem Wissen noch groß helfen könnte. Und bei dir zu Hause ja erst recht niemand...
Na, Tobias fiel dort wohl nur ausnahmsweise mal positiv oder negativ auf. Und etwas anderes hatte man ja auch nicht erwarten können.

Und es vergingen die Jahre seiner Kindheit – mit manchem Frühjahr und Sommer und Herbst und Winter, wie überall auf dem alten Erdball.
Er wurde konfirmiert. Da besorgte der Vater einen Anzug günstig »beim Juden«.
Dieser Junge, der doch sein ganzer Stolz war! Der alles erfüllte, was er für eins seiner Kinder kaum zu erhoffen gewagt hatte.

Die endenden sechziger, die siebziger Jahre des neunzehnten Jahrhunderts:
Da wurde ein Mann namens Gandhi geboren, die SPD gegründet, und ein Katholik wollte Bismarck umbringen, der gerade das Zweite Deutsche Reich gegründet hatte. Afrika wurde erforscht, und Schliemann grub Troja aus; und ein gewisser Otto entwickelte den Viertaktmotor, und ein gewisser Bell ein brauchbares Telefon, und Edison seine Glühlampe. Böcklin malte ein »Selbstbildnis mit Tod«; Verdi komponierte die »Aida«, Wagner den »Ring des Nibelungen«, Johann Strauß die »Fledermaus«. Tolstoi veröffentlichte »Krieg und Frieden«, Ibsen »Nora«, Storm die so löbliche antifeudale Novelle »Aquis submersus«; und es starb der dänische Dichter Hans Christian Andersen. Und Darwin behauptete in dem Werk »Die Abstammung des Menschen« unsere Herkunft aus dem Tierreich.
Dies alles – natürlich noch wesentlich mehr – geschah in nur dem einen Jahrzehnt, als mein Großonkel auf das Gymnasium in der Stadt ging.

Aber: Was davon berührte die Menschen in dem Dorf hinter den Hügeln und Wäldern? Und soll man es schlecht oder gut nennen, daß sowenig davon bei ihnen ankam?
Tobias allerdings bekam nun erheblich mehr davon mit als früher.
Doch seht: Schon wieder war Winter.
Hols der Pikollos: ganz Masuren lag nun – na, was sag ich – unter zwei Metern Schnee! So daß der gute Drigalski nicht einmal mit den Haaren noch daraus hervorgucken konnte ...

Das Fallen von Schneeflocken, großen Flocken. Diese absolute Lautlosigkeit. Das so ungemein Beruhigende. Du hältst inne und siehst bloß hin. Und die Stille auch danach, die unvergleichliche Klarheit. Und die Höfe und Häuser sind zu ganz auf sich gestellten Einsiedeleien und Klausen geworden. Und trifft man mal mit diesem und jenem zusammen, so geht es in dieser Zeit ja erst recht hoch her mit Schabernack und gruseligen Geschichten, und die grüne Vierkantige kreist.

Apropos Drigalski. Tobias geht ins Dorf, dem Vater etwas besorgen, da kommt ihm der Lehrer mit einer ganzen Herde von Jungs und Mädchen entgegen, die sichtlich etwas vorhaben, fröhlich schnattern.

Na, du Herr Gymnasiast, kennst du deine alten Freunde noch? sagt spaßig Drigalski. Komm mit, wir wollen einen Schneemann bauen am See unten, wie ihn die Welt noch nicht gesehen hat!

Ja, sie bauten einen, der seinesgleichen suchte: doppelt so hoch wurde wie die Kinder! Und Arme hatte, die er in den Hüften stützte, und eine Reihe Knöpfe über Brust und Bauch, und Augen und Mund und Nase, und sogar ein Grübchen auf der rechten Wange! Und natürlich eine Tabakpfeife im Mund und selbstverständlich einen großen schwarzen Hut auf dem Kopf!

Und guck: Es fand sich auch dieser und jener Erwachsene ein und zeigt seine Bewunderung. Solch einen Riese hab ich ja noch nie gesehen, wie seid ihr da bloß hochgekommen zum Gesicht und zum Hut? sagte eins der plachandernden Weiber. Da lachten die Kinder.

Ja. Und wenn ich jetzt diese Dorfkinder ansehe, die nun ihr Werk umstehen und sich daran erfreuen (und das vor weit mehr als hundert Jahren, und von damals lebt schon lange keiner mehr), dann bitte ich, mir zu ersparen, auf die Beschäftigungen und sogenannten Zerstreuungen etwa Gleichaltriger von heute zu kommen, mit denen wir Lehrer es in der Schule zu tun haben. Aber das zielt ja beileibe nicht auf die Kinder...

Ich komme lieber anderswann darauf.

Denn all diese entfernten Geschichten: über ein Jahrhundert alt (zur Zeit des Tobias) oder etwa fünfzig Jahre (meine Kindheit), zu erzählen bekommt doch erst dann so recht einen Sinn, wenn wir sie in Beziehung zu unserm Heute sehen.

12

An einem dieser klirrenden Wintertage schickte die Mutter den Tobias zum Nachbarn Krahn zum Milchholen. Und dort hatten sich Vater und Sohn mal wieder gewaltig in den Haaren:

Wohin mit der Schaufel?! schrie der Alte dem etwas Jüngeren hinterher. Eine Grube machen, was?! Einem von uns das Grab machen?!

Na: Aber damit erfaßte der Alte die Welt nicht mehr so ganz: denn erstens waren die zwölf Nächte noch gar nicht dran, wo eine Grube ausheben bedeuten konnte, einem Angehörigen das Grab zu schaufeln; und zweitens: wie sollte der Sohn nun wohl mit der Blechschippe in den steinharten Boden kommen?

Doch sie waren mal wieder bei ihrem Thema eins: Aber wart, ich hol dich nach! drohte jetzt der Alte. Dreimal werd ich dich rufen. So jung bist du ja auch nicht mehr, es kommt deine Zeit. Ich werd dich holen.

Ja: Sohn Gottlieb war tatsächlich arg in die Jahre gekommen, schon so lange nicht mehr das Gottliebchen und das Jungchen, da mußte man dem Vater recht geben – die beiden wurden sich ja geradezu immer altersähnlicher, würde man sie nicht bald für Brüder halten? Und der Alte ging und ging nicht vom Zeitlichen ins Ewige oder wenigstens aufs Altenteil. Und dann war da ja auch noch die Frau des Gottliebs, Lovisa – sollte die denn niemals Bäuerin werden, was dachte diese Geißel von einem Schwiegervater sich, der einem ständig über die Beine stolperte, lästig und bloß immer hungrig war wie ein Vielfraß.

Und da wir beim Thema Sterben sind: Der Tod kümmert sich ja nicht um Eis und Schnee, hat immer Jahreszeit (Drigalski sagte es mal noch platter: Gestorben wird immer!) – und vor wenigen Wochen an der Schwelle zum Winter, da hätte es doch fast jene Oma getroffen, die zu allen Beerdigungen ging, Begräbnis-Oma.

Reichlich spät, schon gegen Abend, ging sie noch auf den Freidhof. Was sollte das diesmal? Jedenfalls: Dämmrig war es an vielen Stellen dieses Waldfriedhofs sogar am Tag – plötzlich stolpert sie, stürzt, und es bricht etwas hörbar im rechten Bein; ja, da brach etwas.

In Panik wollte sie sofort wieder hoch. Aber in dem Bein war kein Halt mehr, es war ab (dachte sie), und sie schlug augenblicklich wieder hin; wollte sich mit dem rechten Arm noch abstützen, aber dabei verletzte sie sich noch zusätzlich.

Sie wußte nicht gleich, was geschehen ist, hatte nur deutlich dieses Knacken im Bein gehört. Das Bewußtsein von Schmerzen kam erst danach. Dann aber die Erkenntnis, daß sie hilflos war, gleichsam wie ein auf den Rücken gekipptes Insekt, das sich nicht davonmachen konnte – doch sie konnte ja nicht mal mehr mit allen Armen und Beinen in der Luft strampeln – und wozu auch? Es hätte kein bißchen geholfen.

Sollte sie rufen, schreien? Aber wer konnte sie hören? Vielleicht wer auf dem Abbauhof unten, so weit war der von hier ja nicht entfernt. Doch was würde man dort denken? etwa: Hört doch bloß – vom Friedhof! Was ist das jetzt bloß wieder für ein Spuk! Und würde man nicht die Türe abschließen und sich die Ohren zuhalten?

Sie rief trotzdem ein paarmal, so laut sie konnte. Alles blieb still. Es war hoffnungslos.

Und inzwischen war es ganz dunkel. Und sie spürte: Es wurde kälter.

Doch gottlob: Weder regnete es, noch fror es in dieser Nacht. Dieser schlimmen, dieser entsetzlichen, nicht enden wollenden Nacht auf dem Friedhof. Es tat nun auch ziemlich weh, im Bein und auch am Arm. Aber sie bewegte, so gut es ging,

die heilen Gleider, um sich wachzuhalten und auch ein bißchen warm zu werden.
Und so Stunde um Stunde. War es jetzt vielleicht Mitternacht? Erst Mitternacht! Oder hoffentlich doch schon ein bißchen später?
Und dann dämmerte es endlich. Und sie hörte etwas – es war der auf der Straße näher kommende Wagen des Milchfahrers.
Und nun rief sie nicht vergebens – und wurde gerettet.
Und wurde vom Arzt in der Stadt wieder zusammengeflickt.
Und war jetzt, mitten im Schneewinter, o nicht geringes Wunder, schon halbwegs auf den Beinen. Ja, gewissermaßen sogar bei ihrer alten Profession: Als der Milchfahrer nochmals nach ihr schaute, da waren es schon wieder ihre alten Geschichten: Etwas von schwarzen Strümpfen habe sie geträumt, die sie hervorholen solle; und sie wisse ja, was das bedeute, nur zu gut wisse sie das.
Richtig, bester Drigalski: Gestorben wird immer.
Aber erst starb in diesen Tagen ein Neugeborenes auf einem der Höfe. Und auch der Tochter des Ludwig, die nach auswärts geheiratet hatte, starb ein Kind.
Und dann drängte sich gerade in diesen Augenblicken eine weitere technische Rarität ins Gerede des Dorfes und schien plötzlich von nicht geringer Bedeutung zu sein. Nach dem Fahrrad war es wieder ein Wunderding des Fortschritts in dem Ort am See: die erste Petroleumlampe.
Und wo war sie zu bewundern? Etwa beim Gemeindevorsteher oder einem großen Bauern oder beim Lehrer? Weit gefehlt. Nicht dort – sondern allen Ernstes beim Ludwig.
Hatten die vielleicht auf dem Gut schon so etwas? Oder noch nicht mal dort? Aber doch wohl ja; wie hätte das sonst ausgesehen bei Besuch aus den Honoratiorenkreisen. Doch das Gut war das Gut, nicht das Dorf; weshalb sollte man die mit bedenken, deren Anwesen man von hier aus nicht mal sah.
Es war wieder eine Sache des ungewöhnlichen Ehrgeizes des Vaters gewesen. Der Sohn in Berlin, der Neunmalgescheite (dem man nach der Hochzeit seiner Schwester aber auch nachsagte, er sei wohl ans Saufen gekommen) hatte bei

einem Besuch davon erzählt, und da mußte das Wunderding dem Alten herbeigeschafft werden. Und hatte ihn nun trotz Eis und Schnee erreicht als ein Geschenk für Weihnachten, er bekam seinen Willen.

Und er bestaunte das Gerät geradezu nicht weniger als der Tobias damals die Lokomotive in der Stadt. Und untersuchte alles genau, drehte am Docht und sagte: Na, da werden wir ein paar Leute zu uns einladen, und es soll die grüne Vierkantige mit einem bekannt guten Bärenfang die Runde machen.

Und dann doch ein plötzlicher Todesfall: Es starb die Mutter vom Gritzo. Ja, diesmal kein Kind, sondern eine alte Frau: die von jenen schlanken, sich bis zuletzt aufrecht haltenden Großmüttern, deren Gesicht ein mühsames Leben eine außerordentliche Würde gegeben hatte.

Tobias ging an der Seite der Mutter in jenes Haus, man war entfernt verwandt. Da lag die tote Greisin im offenen Sarg im Wohnzimmer, der Leib absolut reglos, das Gesicht wächsern. Und er hörte, wie man zu den beiden vielleicht sechs bis acht Jahre alten Enkeln, die sie sich ansahen, sagte: Sie schläft –.

Ja: Da stand der Sarg nun – doch wie ihn unter die Erde bringen bei dem so tief gefrorenen Boden? Und seht, sagten die Leute, sie hat doch wieder recht gehabt, die Alte, mit ihrem Geunke.

Aber dieser Winter machte den Menschen ja noch andere quälende Probleme: der Frost drang in die einfachen Keller unter den Häusern, die Kartoffeln begannen anzufrieren, was sollte bloß werden. Man versuchte alles mögliche mit Stroh und Heu und auch alter Kleidung.

Und es kamen Weihnachten heran und die zwölf Nächte. Und als man am Heiligen Abend beim Ludwig zusammensaß beim milden Licht dieser einzigartigen modernen Wunderlampe und dem Weihnachtsbaum im Schummrigen einer Stubenecke, da trank der Vater auch etwas von diesem Rotwein, den ihm der Sohn im Ruhrgebiet hatte zukommen lassen (Dahlhausen hieß die Stadt, wo er als Maurer untergekommen war). Aber das dauerte nicht lange, da zeigte sich: dieses schöne schmackhafte Getränk vertrug er mit seinem Magen nicht.

Und mußte sich hinlegen und war allem Anschein nach sterbenskrank.
Also wieder etwas, das ihn zu Boden warf und aussehen ließ, als könne er nicht leben und nicht sterben.
War auch am nächsten Tag, Weihnachts-Feiertag, noch wie ausgewrungen. Hatte aber schon geradezu Übung darin und machte die Juste und den Fritz und den Tobias nachdrücklich aufmerksam auf einiges (als ob sies nicht noch aus den vergangenen Jahren gewußt hätten), was nun an den Zwölfen in Haus und Stall zu unterlassen war. Jetzt bloß keine Wäsche waschen und aufhängen – oder wollt ihr Unglück anziehen? Und auch nicht den Dreck in Stube und Flur zusammenfegen und nach draußen schütten – da würde man ja das Glück mit aus dem Haus werfen! Da denkt ihr doch hoffentlich dran?! Und jetzt ja kein Klunkermus auf den Tisch, weder morgens noch abends noch sonst – wir wollen doch nicht, daß im Frühjahr die Küken und Gissel mit Geschwüren schlüpfen.
Aber eins dürft ihr ja, was man bei den Bauern nicht darf, sagte er mit einem Anflug von Schelmerei: Nähen! Und war doch eigentlich ein zu allem andern als zum Scherzen neigender Mann. Denn wer keine trächtigen Kühe besitzt, dem können auch nicht Kälber geboren werden mit zugenähten Ohren!
Nein, das war wirklich nicht möglich...
Oja, dies nun war eine stille Zeit gewissermaßen zum Atemholen, da fast alle Tätigkeit in jedem Haus und Hof unterblieb. Denn nach alter Überzeugung wurde doch jetzt in den Zwölfen, je nachdem, wie man sich verhielt, der Grund gelegt für viel Schicksal im kommenden Jahr. Auch für Schicksal, das allein die unberechenbaren Mächte bestimmten und manchmal durch Vorzeichen ankündigten.
Und ist daran nicht das erstaunlichste, daß gerade diese Menschen, die den Zufällen des Lebens und Brutalitäten des Schicksals eher noch hilfloser ausgeliefert waren, so fest daran glaubten, das eigene Verhalten könne ja Wohl oder Wehe beeinflussen?

Und was ließ sich für die kommende Zeit aus Anzeichen ablesen? Waren nicht zum Beispiel die Fische, die der Fritz für das Silvesteressen aus der Wuhne gezogen hatte, eher mittelprächtig als ausgesprochen groß? So daß mit Geldsegen im kommenden Jahr nicht zu rechnen war? (Aber wurde der so kleinen Leuten überhaupt je zuteil?)
Doch die mit Kohle auf die Türen gemalten Kreuze würden immerhin gegen die bösen Mächte helfen. Und auf der Schwelle des Stalls lag ja auch noch die Axt gegen sie...
Würden die Tiere im Stall wohl auch wieder reden in dieser besonderen Nacht? In der Stunde dieser Mitternacht sprachen bekanntlich die Tiere. Aber da durfte doch keiner mehr zu ihnen hinein...
Und wie war nachher beim Kirchgang dieser oder jener Schatten vor dem Portal zu deuten, der sich um irgendeinen Menschen bewegte? Denn schon dämmerte es ja zur Zeit des Heiligabend-Gottesdienstes im benachbarten Kirchdorf, und es stand bereits der Mond am Himmel.
Oh, und in dieser einzigartigen Nacht waren ja auch die Toten dort und später unter den Lebenden, das wußte man doch seit den ältesten Zeiten! Es würden die Geister der Verstorbenen nachts auch ins heimatliche Haus kommen – so heizte man noch ordentlich ein für sie, damit sie sich daheim wärmen konnten, und ließ das Licht brennen, und stellte ihnen auch die Waschschüssel hin und natürlich was zu essen...
Genug von all diesem damals doch so Lebendigen und Selbstverständlichen. Und von all den munteren Spielen im Haus. Und von dem Lärmen um Mitternacht, um die bösen Geister zu verscheuchen. Und wie man dann am Neujahrstag alles genau beobachtete und es auszudeuten versuchte.
Auch zur Zeit meiner Kindheit, längst eine der Flugzeuge und Rundfunkgeräte, hatte sich vieles davon noch nicht verloren...

Nur noch zu diesem: Hatte der Gritzo tatsächlich am Westhimmel eine Kiste gesehen? Aber nur er behauptete so was und niemand im Dorf sonst? Und weshalb wurde er denn

nicht deutlicher, soviel man auch fragte: über welchem Haus hat sie gestanden? Weshalb wollte er dazu nichts sagen? Bloß dieses ewige: Ich weiß, was ich weiß. Und: Es kommt, wie es kommen soll.
Und sonst hatte man nichts am Himmel gesehen? Keinen Hochzeitsstrauß? Oder gar etwas, das einer Wiege ähnelte? Und auch nicht noch einen weiteren Sarg?

13

Meine frühesten Erinnerungen an meine Heimatstadt verknüpfen sich naturgemäß mit dem Gymnasium, dessen harte Bänke ich vom Herbst 1870 an fast zehn Jahre lang gedrückt habe. Die Zeit war nicht immer erfreulich.

Richard Skowronnek, »Jugenderinnerungen«

Der Herr Direktor des Gymnasiums, Professor Zänk, wollte wohl einmal aller Welt und vor allem jedem heranwachsenden preußischen Untertanen demonstrieren, welches der ihm zugewiesene Platz im Reich war – oder was sonst sollte der von dir inszenierte Unfug, Schafskopf?
Oja, wir reden ja immer auch von der historischen Zeit, die die Menschen zu durchleben haben, den gesellschaftlichen und politischen Gegebenheiten in dieser Zeit, ihren Gesetzen und Unarten. Und schrieb nicht über die damalige der Dichter Theodor Storm von »frecher Junkerherrschaft«? Und wir reden für das damalige Preußen vom Dreiklassenwahlrecht, das erklärtermaßen auf dem Prinzip der Ungleichheit der Bürger beruhte und für viele im In- und Ausland als »Hort der Reaktion« galt. Und war es denn nicht eine den Lehrern vom Staat zugewiesene Aufgabe, auch diese Ungleichheit der Stadt und dem Erdkreis einzuprägen? Also: Wer wenig besaß oder fast gar nichts, dessen Stimme zählte auch entsprechend wenig, so war das. Und das sollte jenem und seinen Mitmenschen denn auch ordentlich bewußt gemacht werden.

Der Herr Direktor Professor Zänk ließ also die Klasse des Tobias aufstehen, strammstehen.
Die Söhne unserer lieben Honoratioren, ist das klar!, als erste: Setzen!
Erhebliche Bewegung in den Reihen. Danach stand längst nicht mehr die Hälfte.
Aber war denn so ganz eindeutig in jedem Fall, wer sich zu den Honoratioren zählen durfte?
Eigentlich ja. Vom Land die Gutsbesitzer. In der Stadt: jedenfalls die reichen Kaufleute, die Studierten auch. (Und was so was damals bedeutete, kann man bei dem etwa zur gleichen Zeit wie unser Tobias geborenen Ostpreußen Hermann Sudermann finden: sein Eingeständnis, der große Schmerz seiner Kindheit sei gewesen, daß sein Elternhaus sich nicht zu den Honoratioren zählen durfte...)
Doch einen von denen mit dem Privileg, den Hintern schon auf der Holzbank haben zu dürfen als Sproß lieber Honoratioren, den sah der Herr Direktor denn doch etwas nachdenklich an. Aber sollte er sich mit dessen Vater anlegen, der sichtlich immer mehr empor kam, am Ende noch Herr Kommerzienrat werden konnte? Vorsichtshalber nicht.
Nun der Mittelstand, sagte Zänk. Dazu gibt es doch wohl auch keine Fragen. Dein Vater ist Gastwirt, Richard; und deiner mittlerer Beamter, August. Setzen!
Wieder die geräuschvollen Bewegungen in den Bänken.
Ja – und danach standen also nur noch zwei.
Beides Kinder vom Land. Der Sohn eines Dorfschmieds, Otto; und unser Tobias.
Der Direktor hatte ihnen schon den Rücken zugedreht, um hinters Pult zu gehen. Die Sache war erledigt.
Aber hatte er nicht eine Kleinigkeit vergessen? Setzen! rief er doch noch.
Machte Tobias lauter solche Erfahrungen? Oder irgendwelche mit diesen durch die Bank blasierten Primanern, die sich immer was rausnahmen und manchmal grundlos auf Jüngere einprügelten?
Nein. Es gab auch Überraschungen von gegenteiliger Art.

Er bekam zum Beispiel Deutschunterricht bei einem noch jungen Dr. Bäuerle, Berliner schwäbischer Herkunft, den man vielleicht nicht gerade mit seinem Einverständnis in die Region der Wälder und Wölfe (fast schon in Polen) versetzt hatte. Er galt als Liberaler, ja manchen schon als Linker, was ihnen suspekt erschien.
Auch der hielt sich an die Lehrpläne. Natürlich. Also wenn zum Beispiel ein Aufsatz zu schreiben war über: Wie beurteilt Lessing in der Hamburgischen Dramaturgie den Charakter der Franzosen? (Wie es denn im Hinblick auf die französische Sprache in einer Anweisung jener Zeit nach 70/71 hieß, sie sei »überhaupt nur als Nebensache zu behandeln«. Soviel, marginal, zum Thema Erzfeind...)
Aber einige Tage nach jener Demonstration der Dreiklassen-Einteilung der Bürger in der Schulklasse des Tobias fragte er beiläufig diesen, ob er nicht vielleicht auch mal was von einem lebenden Dichter, Theodor Storm, lesen möchte: von dem sei unlängst eine bemerkenswerte Novelle erschienen: »Aquis submersus« – ein allerdings, da habe er ihn als sein Lehrer pflichtgemäß vor einer solchen Lektüre auch etwas zu warnen, mit den Junkern und den Priestern nicht gerade freundlich umspringender Schriftsteller, ja: nicht ganz unkritisch –.
Diese kleine Szene: Da trug der Bäuerle gleich mehrere Bücher unter dem Arm, es war vor der Aula; und Tobias sah auf sie. Und darauf des Lehrers Frage.
O dieser Bäuerle! Denn es blieb ja nicht bei dieser einen Buchempfehlung, die den herrschenden Kreisen sozusagen Ohrfeigen versetzte. Ja: ein Liberaler ohne Zweifel – und vielleicht schon eher ein Linker. Sogar von Georg Friedrich Daumer lieh er ihm etwas, der ein Gegner des Christentums als einer angeblich lebensfeindlichen Religion gewesen war, jedenfalls eine Zeitlang, ehe er sich zu den Katholiken gesellte, und alles war wieder gut. (Aber die Schilderung dieser Konversion bekam Tobias nicht empfohlen.) Sogar Otto von Corvin kam mal zur Sprache – aber nur, betonte der Lehrer, weil der aus Insterburg stamme und auch gut diese Stadt hier

kenne, nicht wegen seines berüchtigten »Pfaffenspiegels«. Und nun lebe der Mann irgendwo im Reich.

Dies zu dem Gymnasium in der Stadt und zu Lessing und Schiller und Goethe und Latein und Griechisch und Polnisch und Englisch (aber damals interessierte sich in manchem Jahr nicht ein einziger für diese Sprache) und Mathmatik und den naturwissenschaftlichen Fächern.
Nur dies.
Und Masuren begann ja unmittelbar nach den letzten Häusern dieser Stadt. Auch die Straße war dann gleich ländlich... Diese noch vor gar nicht langer Zeit unbefestigte Straße als die Hauptverbindung zu der nächsten Stadt. Aber die abzweigenden Wege erst recht zu den Hügeln und Wäldern und blinkenden Seen waren fast überall die alten Sandwege; und führten zu den kleinen Dörfern mit ihren grau gewordenen Holzhäusern (und es hatte dorthin ja nicht die geringste Eile).
Wem begegnete Tobias auf seinem Schulweg nicht alles. Frauen nicht selten, die im Sommer barfuß, verstaubt, verschwitzt vom Feld nach Haus gingen; sie hatten Unkraut gerupft oder Rüben verzogen oder, später im Jahr, Korn gebunden. Manchmal waren sie auch zu mehreren, und sie sangen eins der Volkslieder, die sie alle kannten. Ja: Wie mühevoll der Tag auch gewesen sein mochte: Es war ihre Art, daß sie sangen.
Und ein andermal trabt ein Pferdegespann an ihm vorbei, und die auf dem Bauernwagen machen bloß Fratzen zu ihm hin, und es fällt ihnen nicht ein, ihn ein Stück mitzunehmen. Sie fuchteln mit den Armen, krakeelen, lachen ohne jeden ersichtlichen Grund – kommen wohl vom Markt und sind wie üblich nicht mehr ganz nüchtern.
Und es ist ja ein Heimweg zu Fuß von jedesmal bald zwei Stunden. Und wenn er zum Friedhof ein Stück vor dem Dorf kommt, dann ist es manchmal im Herbst schon dunkel.
Dieser angst machende Friedhof! Weshalb wurden bloß immer solche Schauergeschichten über ihn erzählt. Hatte es jetzt im Gebüsch nicht ein Geräusch gegeben? Einmal: Bellte

da nicht in der Nähe, es mußte doch auf der andern Seite des Friedhofs sein, ein Hund? Und wenn sogar ein schwarzer? Das war doch Bellen gewesen, er hatte es doch gehört – aber gleich auch wieder völlige Stille? Stieß man nicht manchmal im Land auf Hunde, von denen es hieß, sie seien Gespenster und sogar Tote und verfolgten Menschen?
Ein andermal meinte er, im Friedhofs-Dickicht ein Licht gesehen zu haben. Wie sollte er sich das erklären?
Wenn es schon dunkel war, lief er am Friedhof vorbei, so gut er es konnte. Und hielt erst dort an zum Verschnaufen, wo die Straße den Hohlweg zum Dorf hinunter abfiel.
Aber wie ganz anders war alles, wenn er mit dem Milchfahrer mitfahren konnte, der also die Milchkannen aus dem Dorf in die Stadt fuhr und dies und das.
Ja: guter Tadeusz, nun bin ich bei dir angekommen, der du doch eine kleine Zeitlang eine Hauptgestalt meiner Erzählung sein sollst. Denn noch in meiner Kindheit (und das war Jahrzehnte nach deinem Tod) erzählte meine Großmutter von dir wie von einer Fabelgestalt: **der** wußte Geschichten! Und hat erzählt und erzählt! Was grad irgendwo passiert war. Oder auch vor zwanzig oder vor hundert Jahren. Auch so ganz alte Sachen, auch die kannte er noch. Ich glaube, sagte sie, der hat sich manchmal, wenn er alleine war, auch bloß selber was erzählt.
Ja, Tadeusz: so wurdest du zu einer mir so vertrauten Figur, als hätte ich dich noch kennengelernt, manchmal neben dir auf dem Wagen gesessen. Und hast doch schon deine Existenz aufgegeben ein Menschenalter vor meiner Geburt. Bist in der Neujahrsnacht der Jahrhundertwende (ich wiederhole: In der Neujahrsnacht der Jahrhundertwende!) hinübergegangen in die andere Welt. Aber war es denn für dich eine so andere? Manchmal denke ich: gerade für dich war eine Grenze zwischen dieser hier und der anderen doch gar nicht so deutlich gezogen. Warst jedenfalls für das neue Jahrhundert: dieses verhängnisvolle zwanzigste, nicht mehr da.
Denn du warst noch einer aus dem Stamm derer, die die alten Lieder und Geschichten anderswann von Burg zu Burg tru-

gen. Oder zu deiner Zeit von Markt zu Markt, von Spinnstube zu Spinnstube. Und auch veränderten: reduzierten und vermehrten. Bis jener Welt, deren erheblicher Teil sie waren, allmählich der Garaus gemacht wurde.

Aber nun hatte der Tadeusz ja öfter den Tobias auf dem Wagen neben sich. Guter Mann, der du soviel behauptetest aus der tiefsten Überzeugung heraus, so oft sagtest: so war das! Und was davon fiel damals alles in den Tobias!
Und nicht zuletzt deshalb ja die Erinnerung daran. Was sah er, hörte er gerade auf dem Milchwagen an Masurischem, Heimatlichem; und schien es vielleicht zu vergessen für eine gewisse Zeit, aber irgendwann regte es sich wieder: kam herauf nach zwanzig oder dreißig Jahren oder einem halben Jahrhundert …
Als die kleine Guste damals verschwand, und sie suchten und suchten sie (aber sie hatte sich bloß verirrt), da war für den Tadeusz das natürlich die übliche Geschichte von der Babainsa, die die Kinder ins Kornfeld zog; und die Guste hatte bloß noch mal Glück gehabt.
Und weshalb der alte Krahn nicht stirbt? Weil der einfach nicht krank wird. Und weshalb das nicht? Weil der es von irgendwoher besser versteht als alle andern, die »Seele« aus dem Kalmusstiel zu ziehen. Und das hat man dir doch wohl beigebracht: Wer dieses Fleisch in der richtigen Weise zu essen vermag, der bleibt gesund.
So ist das.
Oder hast du gehört, wie der Teufel seine Großmutter umgebracht hat? Er zog das Satansweib so wild auf einem Schlitten den Berg runter, daß sie dabei umkippte und umkam. Und das passierte nicht weit von hier!
Aber es waren ja nicht nur solche alten Geschichten (und ich rede erst gar nicht von denen, wo ein Geist den Kopf unter dem Arm trug).
Doch eine von den alten sei noch erzählt, denn sie hat mit unserm Dorf zu tun. Ich meine die von dem Fußabdruck des Teufels in dem großen Stein hinterm See (der denn auch bis

zuletzt Teufelsstein hieß). Deutlich zu sehen sind die große Zehe und drei weitere Zehen – aber die Ferse, was war denn das?, wie von einem Hahnenfuß. Und der Schwarze soll damals so in Wut gewesen sein über eine schlaue Bäuerin, die ihn hinters Licht geführt hatte, daß er mit dem Fuß gegen den Stein schlug und für ewige Zeiten diesen Abdruck hinterließ, bevor er wieder zur Hölle fuhr.

Nein, nicht nur solche Sagen, Legenden, Anekdoten und wasweißich: schon von vorgestern und nicht mehr ganz so gewichtig, und Leute von heute reden da wohl von Kamellen und sogar von Schnurren. Sondern auch seltsame, um nicht zu sagen schier unglaubliche Ereignisse aus der damaligen Gegenwart, die Chronist Töppen ja im Blick hatte, als er, wie gesagt, in jener Zeit schrieb, daß sich in Masuren vor aller Augen Dinge ereignen, die »in aller übrigen Welt unerhört sind«.

Da kam zum Beispiel eines Tages der alte Dombrowski ganz verwirrt nach Hause, außer Atem auch, setzte sich erst mal, rief nach der Flasche und brachte dann hervor: Der kleine Eichwald an der Straße nach Schareiken, ihr kennt doch diesen Eichwald – den gibt es nicht mehr! Der ist im Boden versunken, und dort ist nun ein kleiner See, grad so, als sei er schon immer da gewesen.

Aber ganz so einseitig, hier der ewige Geschichten-Mann und sagen wir mal seine Monologe und dort der endlos lauschende Schüler, war die Sache denn doch nicht. Manchmal nahm auch der Gymnasiast, und vielleicht angehende Student, das Wort. Denn was brachte man ihm nicht alles bei auf der hohen Schule, wovon doch ein einfacher Mann vom Dorf nicht mal die Andeutung einer Ahnung hatte und was der seinerseits für ähnlich skurril hielt wie ein sogenannter Gebildeter die Geschichten des masurischen Erzählers bloß für grotesk.

Was erfuhr Tobias zum Beispiel nicht alles zur Geschichte der Heimat. Und heißt es nicht schon in der Bibel: Wes das Herz voll ist, des geht der Mund über?

Sie hatten gerade den Tatareneinfall von 1656 durchgenommen, das wohl bis dahin barbarischste Ereignis in der masurischen Geschichte: wovon das Land im Dreißigjährigen Krieg verschont geblieben war, das wurde ihm nun in nur zwei Wochen gleichsam nachgeholt mit Sengen und Brennen und Plündern und Morden – etwa die Hälfte der Menschen war am Ende getötet oder verschleppt, und manche Städte und Dörfer waren so verwüstet, daß bald kaum noch die Stelle zu erkennen war, wo sie gestanden hatten.

Und wie Tobias nun Einzelheiten anschaulich zu machen begann von, wie ers gelernt hatte, den wilden Bestien der Tataren, die als Helfer der Polen über das schutzlose Land hergefallen waren: wie Kinder und Greise langsam zu Tode gequält wurden, Säuglinge gegen Bäume geschleudert; wie man Menschen während des Gottesdienstes allesamt niedermetzelte, daß die Wände von Kirchen noch lange mit Blut bespritzt waren; wie man schließlich Mädchen und Frauen, Knaben und Jünglinge, zusammengekoppelt wie eine Viehherde, in die Türkei trieb, um sie als Sklaven zu verkaufen.

– da warf der Tadeusz plötzlich ein: Darüber unterhalt dich mal mit dem alten Riszöffski aus Piasken, der war damals dabei, konnte sich zuletzt aber in den Wald retten.

Verwirrung bei Tobias. Pause.

Doch dann konterte er nach Maßgabe seiner Bildung: Aber dann müßte der doch mindestens 230, 240 Jahre alt sein!

Tadeusz: Das kann ja sein.

Pause.

Tobias: Das kann nicht sein. So alt wird doch kein Mensch.

Da lachte Tadeusz, wurde immer bestimmter: Der Riszöffski hat doch das Dorf gegründet, und das war zur Zeit des Doktor Luther, der unsere Kirche geschaffen hat, wie man weiß. Oder der Alte ist der Bruder von dem Dorfgründer, da will ich mich nicht so festlegen. Oder sie haben das zusammen gemacht. Egal. Und der andre brach auf der Flucht vor den Tataren ins Eis ein, es war ja, wie du sagst, erst Oktober, da

trug das doch noch nicht. Nur einer von den beiden konnte sich retten, so oder so.
Aber die Kontroverse war damit noch nicht ad acta gelegt. Denn als sie ein paar Tage später durch das Kirchdorf fuhren und der junge Pfarrer lief ihnen über den Weg als ein gelehrter und natürlich bibelfester Mann, da sprach der Tadeusz den in durchaus gewählter Weise an: Ob denn ein Mensch nicht zweihundert Jahre alt werden könne und vielleicht sogar noch etwas älter? Was er dazu als ein vielstudierter Mann einfachen Menschen für eine Auskunft geben könne?
Na, da mußte sich der Diener Gottes offenbar nicht lange besinnen: Kein Zweifel daran, guter Mann, überhaupt kein Zweifel! Die Bibel als das Buch der Bücher für alles lehrt uns doch im ersten Buch Mose, daß schon Adam, unser Stammvater, 930 Jahre gelebt hat. Aber damit wurde er noch nicht mal so alt wie Methusalem, der 969 Jahre erreichte. Und sogar Henoch, der siebente der zehn Urväter, den Gott hinwegnahm, weil er ein so göttliches Leben führte – »und ward nicht mehr gesehen«, berichtet uns die Bibel –, brachte es auf 365. Und da willst du schon an zweihundert Jahren zweifeln oder einem bißchen mehr? Zweifelt nicht mehr, Brüder, und fahrt mit Gott!
Kaum waren sie außer Hörweite des Pfarrers, da sagte Tadeusz: Na siehst du, mein Junge! Und vielleicht wurden die Menschen ja auch manchmal fünf oder sechs Meter groß, ich hörte mal was von Riesen. Aber das weiß ich nicht.

14

Und so driftete ein Jahr nach dem andern an den Menschen vorbei und quasi hinter sie; und jedesmal Frühling und Sommer und Herbst und Winter.
Und Tobias wurde sechzehn und auch achtzehn. Und besuchte weiter das Gymnasium in der Stadt. Und war nun recht fleißig; der ehrgeizige Vater mußte zufrieden mit ihm

sein. Ja: Er wollte etwas werden! Wollte sich auch aller Hilfe würdig erweisen, um mal, gleich einem Fazit, am Grab seines armseligen Vaters stehen und denken zu können: Wieviel er ihm verdankte, daß er ihn nicht auch zu einem Bauern gegeben und dort hatte arbeiten lassen, wie es üblich war nicht nur für so kleine Leute. Das wäre doch unproblematisch und am unaufwendigsten gewesen wie nur irgendwas, kaum wer hätte da nachgefragt und sich daran gestoßen (außer vielleicht Lehrer Drigalski mit einem gewissen Bedauern darüber). Es gab ja immer mal Knechte mit überdurchschnittlicher Intelligenz und ihren Träumen von Höherem, die sich niemals erfüllten. Und er würde sich immer verneigen vor diesem Vater, der ein so beschwertes Leben fristen mußte.

Ja: Tobias war herangewachsen.

Und wieder ging ein Frühjahr zu Ende, und es war fast schon Sommer. Und eines Tages wieder eins von diesen Bettelweibern am Straßenrand, und die Schnapsflasche fehlte natürlich nicht. Und die Frau war ja noch gar nicht so alt, schien ihm (oder hätte seine Mutter doch schon sein können?), und lachte wie über ihn spottend, als er schon halb vorbei war an ihr, und rief dann was und winkte mit der Flasche, wie um ihn zurückzuholen – und sprang auf und riß, als er hinsah, den Rock hoch und spreizte stehend etwas die Oberschenkel und war dort ganz nackt ...

Und da wollte er doch bloß weg und wagte nicht, sich noch einmal umzudrehen, und dachte: Sie wird doch nicht hinter mir her kommen ... Und hörte sie wild lachen, und wieder in diesem Ton des Verspottens...

Ein anderer Tag, nicht fern von jenem. Und wieder beim Tadeusz auf dem Wagen. Und der hatte eine seiner Geschichten erst halb erzählt: die von den Krazno Lutki, kleinen Viechern, die einen Menschen auszehren konnten – da unterbrach er selbst sich plötzlich:

Da reitet sie wieder, und immer ganz allein – die Prinzessin!

Und Tobias hatte dem Tadeusz ja schon gar nicht mehr

zugehört: Bloß noch dieses Bild vor sich gehabt: das nun auch so gut wie erwachsene Mädchen, hoch zu Roß –.
Ja, sagte er zum Tadeusz. Tat, als wende er sich gleichgültig davon ab.
Prinzessin: Das hatte ja geradezu respektvoll geklungen. Oder doch auch ein bißchen abfällig?
Und einmal noch sah Tobias hin aus den Augenwinkeln wie bloß flüchtig. Und würde etwas von diesem Bild, und was es in ihm bewegte in diesen Augenblicken, doch wohl niemals vergessen: Die Inge auf dem Pferd. Über das frühsommerliche Feld.
Und Tadeusz – aber hatte er denn die Geschichte von den Krazno Lutki überhaupt beendet? – erzählte jetzt eine alte Sage von einer Nixe, die einen jungen Mann zu sich auf den Seegrund holte. Der hatte Liebeskummer und fuhr oft allein mit dem Boot raus. Und sah eines Abends plötzlich ein hübsches Mädchen im Wasser und dachte bloß an seine Geliebte und meinte, er müsse sie doch herausholen. Aber wie er ins Wasser sprang, da zog es ihn auf den Grund, denn er hatte die Nixe des Sees gesehen. Und die brachte ihn damit als Menschen um.
So ist das, mein Junge, sagte Tadeusz wie so oft.

15

Nun wirds aber wieder mit Macht Frühling, sagte die Mutter. Wie das alles austreibt und grün wird, man kann direkt zugucken. In ein paar Tagen blüht die Pflaume und bald auch unsre Kirsche; und der Flieder hat schon dicke Knospen. Da werden die Leberblümchen im Wald vielleicht schon verblüht sein und dann auch die Himmelsschlüssel; und man war noch nicht mal dort, so vergeht die Zeit.

Da machte sich Tobias auf in Richtung großer See hinterm Wald. Eigentlich wollte er ja nur in den Wald und zu einer einzigartigen Lichtung, die man Bubrinä nannte. Und dort

gab es ja all die Blumen: Leberblümchen und Himmelsschlüssel, von denen die Mutter gesprochen hatte, und er wollte ihr wenigstens einen kleinen Strauß holen.
Und wie er schon auf seinem Weg im hohen Wald ist und die Sonne auf den Stämmen und Ästen und der warme Geruch von Nadeln und Harz – da kommt ihm ein junges Mädchen entgegen, ja, allein. Und er wagt kaum hinzusehen, nur ganz flüchtig, will sich keinesfalls in den Geruch irgendeiner Aufdringlichkeit oder gar Anzüglichkeit bringen; und geht rascher und wie kraftvoller.
Und sie sagen nichts zueinander, grüßen sich nicht mal. Und sind schon aneinander vorbei.
Doch da hat er plötzlich ein so seltsames Empfinden im Körper: zieht es ihn kaum bezwingbar zu ihr zurück, als müsse er umkehren, sich wenigstens noch einmal umdrehen.
Er gibt dem aber nicht nach.
Und in diesen Augenblicken nichts weiter.
Aber dies ein weiteres der unverlierbaren Bilder für ihn aus seiner frühen Jugend. Und so war mit dieser Begegnung, die doch eigentlich nicht mal richtig eine war, noch nicht schon alles zu Ende.
Und irgendwann damals hörte er noch über eine der Töchter des Lehrers des Nachbardorfs, daß man sie manchmal allein im Wald sehe; und ob die denn keine Angst habe.
Aber, ja: Das sollte also noch nicht alles sein. Und mochten zunächst auch Jahre vergehen, viele Jahre.

Irgendwann in diesem Frühjahr träumte er, jemand erzähle ihm: an einem bestimmten, auffälligen Strauch am Waldrand draußen höre man manchmal Schlangen-**Musik**.
Von Schlangen? Das war ihm niemals ganz geheuer. Es gab ja böse Schlangen, vor denen man sich hüten mußte.
Doch **Musik**? Vielleicht sogar ein richtiges Lied? Welch eine erregende Vorstellung.
Aber was war denn aus dem andern von den beiden Mädchen geworden, die einst zu ihm auf den Hof gekommen waren, um nach ihm als Krankem zu sehen? Und war das nicht auch

schon bald zehn Jahre her; und mußte die nicht genauso erwachsen sein?
Guck an, ja: die Hilde war nun auch sechzehn oder siebzehn und bemerkenswert als junge Frau und längst bei einem Bauern in Stellung.
Und es war durchaus nicht so, daß Tobias und sie sich aus den Augen verloren hätten, im Gegenteil. Manchmal trafen sie sich im Dorf, gingen ein paar Schritte miteinander. Und eines Tages in diesem Frühjahr wurden sie auch außerhalb des Dorfes gesehen. Und auch am Waldrand waren sie noch zusammen; saßen nebeneinander im Gras, ja. In der Sonne. Und was die Moralinsche von so was auch in diesem Fall hielt, darüber wollen wir erst gar nicht reden. Und neuerdings machte diese Plachandersche ja auch immer noch eine Handbewegung, als wolle sie etwas Schmutziges wegwischen, und sagte dazu ein verächtliches Äääh! Aber da war sie in diesem Fall von der Wahrheit doch ein gehöriges Stück entfernt; ihre Phantasie war um einiges zu einfältig, um nicht zu sagen beschränkt und verdorben, um sich die Zaghaftigkeit, Schüchternheit der beiden jungen Leute vorzustellen.
Die dort wieder mal am Waldrand saßen, ja, bei den nun blühenden kleinen Erdbeeren. Und ihre Schultern berührten sich wohl auch; und Tobias sah auf die nackten Mädchenbeine. Aber sie sprachen doch über etwas recht Belangloses. Und es wurde ja auch Zeit, daß die Hilde wieder zur Arbeit ging; sie sprang auf.

Wie dem auch war, wie so was auch sei:
Wir sind also ganz offensichtlich beim Thema junge Liebe angekommen, und damit beim Vertracktesten überhaupt (darüber kann man gewiß nicht streiten). Und da gab es nun die Hilde, Dienstmädchen. Aber, irgendwie doch auch noch die andre: Gutsherrn-Tochter hoch zu Pferd.
Liebe! Sollten wir da nicht überhaupt sagen: Schwamm drüber? Und kein einziges Wort mehr über dieses Thema?
Denn denkt man an diese steinalte Sache, die immer und

immer wieder Menschen zu Toren macht: all diese aufwühlenden Vorstellungen von erschütternd großer Liebe! Romeo und Julia, Johannes und Victoria, die zwei Königskinder. Aber gibt es so was so unvergleichlich bewegend auch in der Wirklichkeit? Oder nur in Büchern? Und die verdrehen uns zusätzlich und tückisch den Kopf, diese Bücher, gaukeln uns die Illusion der Nacherlebbarkeit vor: So was könnte doch auch einem selbst zustoßen, o wie wäre das groß- und einzigartig!

Aber mit dem wirklichen Leben hat es doch wenig zu tun? Oder?!

Ist das jetzt meine Frage – oder die des Lesers?

Jedenfalls: Die Geschichte, die zu erzählen ich ja längst angefangen habe, sei, also, alles andere als eine ihrer Art nach ganz neuartige?

Oh, müßige Leser (wie Cervantes euch zu nennen beliebte): Wie käme ich wohl dazu, in solch einem Fall Originalität zu beanspruchen? Da es doch, so Faulkner, seit eh und je nur ein und dasselbe zu erzählen gibt auf dieser Welt? So daß eine solche Geschichte nicht erst ein paarmal, sondern hunderte Male erzählt worden ist – in allen Erdteilen und vielleicht auch schon auf allen Meeren. Und auch schon mehrmals von mir …

Ewige Liebe! Da hörte ich von einem Südamerikaner, der habe ein dickes Buch darüber geschrieben, daß ein Verehrer auf die Angebetete einundfünfzig Jahre und ein paar zerquetschte (sprich: Monate, Wochen, Tage) gewartet hat.

So.

Und nun kommt unsereiner banausenhaft mit seiner Lebenserfahrung und fragt: Was können wir bloß von so was halten? Verändert sich nicht jeder von uns ständig, und die Dame sollte nicht durch die Welt, in der sie lebt, entstellt worden sein? Und der junge Mann von einst sich bloß zum Greis hin entwickelt haben und zu eigentlich nichts sonst?

Also, das ist doch nur Literatur, das sind Märchen (aber muß ich erst sagen, daß ich gegen beides nicht das Geringste habe? Ganz im Gegenteil?)

Und so also zu der anderen: Ingeborg Sommer.

Hatte Tobias sie nicht unlängst aus einiger Entfernung in der Stadt gesehen mit ihrer Mutter? Doch sie verschwanden gerade in einem Geschäft. War sie vielleicht nicht mehr bei Verwandten in Berlin, um, wie immer wieder urbi et orbi verkündet worden war, die höhere Töchterschule zu besuchen?
(Und Drigalski konnte auch da sein Lästermaul nicht ganz heraushalten, kommentierte mit gespielter Sachlichkeit: Das sei eine Anstalt, in der Herrschaften einen Platz unter ihresgleichen bekommen, das sei Bildungswesen von angemessen besonderer Art.
Oh, die Menschheit und die feinen Leute! sagte er auch noch – aber dies nun nur zu Tobias.)

Der Sohn des Kätners ging umher und grübelte.
Es war in der Stadt am See unten. Er war nun Oberprimaner; und seine Schulzeit hier ging zu Ende. All diese seltsamen Jahre für den Jungen aus dem so bescheidenen Haus im Dorf draußen. Und Zweifel daran, daß er den Abschluß schaffen würde, mußte man nicht haben.
Er sah auf – und, ja, da war es im ersten Augenblick doch fast so etwas wie ein leises Erschrecken: denn die ihm da entgegenkam und auf ihn zukam und unbekümmert lächelte, das war keine andere als Ingeborg.
Wie lange hatte er sie nicht wirklich gesehen, aus der Nähe gesehen? Wie viele Jahre? Und wie sie nun gleich bei ihm sein wird, da sieht er, was für eine große, hübsche, andeutungsweise ein bißchen üppige junge Frau sie geworden ist. Blondes, leicht rötliches Haar. Er sieht auch etwas von den Waden über den Knöcheln. Ja: Sie war fast so groß wie er …
Und sie gehen zusammen so selbstverständlich weiter wie zwei, die verabredet waren.
Und sagen sich dies und das. Und nichts davon ist der Rede wert.
Und gehen dann über Stufen. Und berühren sich dabei immer wieder wie ganz flüchtig, greifen sich in Arm- und Hüfthöhe, wie um ein Stolpern des andern zu verhindern.

Und sie sagt plötzlich: Auch du wirst nun fort von hier gehen?
Ja. Darauf wird es hinauslaufen. Aber es ist noch nicht endgültig entschieden.
Und er sagt nicht, daß es vor allem die Frage ist, wie man es denn finanziell überhaupt schaffen könnte. Studieren, der Traum, in Königsberg oder Greifswald oder Berlin – doch woher das Geld dafür nehmen?
Ich fahre in drei Tagen nach Berlin zurück, sagt sie. Dann nehmen wir ja jetzt wieder Abschied, antwortet er, um einen gleichgültigen Ton bemüht.
Und wie sonnig der Tag ist. Und wie das Wasser des Sees leuchtet. Und drüben die Insel. Und das Gefängnis-Gebäude auf ihr.
Aber wenn sie jemand so beieinander sah – was würde der denken?
Und dann stolpert sie tatsächlich ein bißchen und erschrickt; und er faßt spontan nach ihr. Wird sich aber dessen bewußt, wendet sich leicht ab. Und es geht ihm durch den Kopf, und er ist selbst überrascht darüber, was er sagt: Na, das sah jetzt aber tatsächlich so aus, als wollten wir Abschied nehmen …
Tobias! sagt sie da etwas lauter. Und das klingt wie: Du hast unrecht!
Und da steht sie plötzlich direkt vor ihm und ist ganz entschlossen: **Am liebsten so!** sagt sie und umarmt ihn und küßt ihn auf den Mund.

Gegen Abend. Er ist noch einmal am See unten. Geht noch einmal diesen Weg. Nun allein.
Weinst du nun erst recht (wenn auch äußerlich nicht sichtbar).
Aber, jedenfalls: Du wirst dich nicht unter ihr Fenster stellen, wenn die Herrschaften drinnen Hochzeit machen, irgendwann: **ihre** Hochzeit mit irgendwem, und lärmen und lachen. Und andre, wie üblich, von draußen durch die Scheiben gucken. **Nicht du.**

16
Flieg hinaus!

Die Mutter möchte doch jemanden, der sich auskennt, hören und geht mutig zum alten Drigalski. Vielleicht schreibt er in ihrem Sinne ja sogar einen Brief – nach Berlin an ihren Sohn. Halt, denkt man jetzt möglicherweise – aber den hätte doch mindestens so gut der Tobias schreiben können!
Richtig. Doch um ihn ging es ja gerade. Und so sollte diesmal nicht er schreiben.
Vielleicht zum ersten Mal in ihrem Leben betrieb diese gute Frau so etwas wie eine eigene Politik, sie ganz auf sich gestellt.
Diesen Brief sollte ihr nicht jemand aus der Familie schreiben. Aber der Gang zu Drigalski deswegen war andererseits auch ein guter Vorwand, um mal mit dem klugen Mann über ihr großes Problem, ihre Sorgen reden zu können. Der Lehrer hatten ihrem Tobias schon geholfen wie niemand sonst im Dorf. Ja, andere wären da vielleicht eher mißgünstig gewesen. Und heute brauchte sie eine Hilfe wie noch niemals vorher.
Was war dieser Frau, deren Art nun Jahrzehnte hindurch eher ein selbstverständliches, schweigendes Tun war und nicht Zergrübeln und Reden, in letzter Zeit alles durch den Kopf gegangen!
Ihr Tobias sollte studieren! War das nicht gerade ihr großer, ihr einzigartiger **Sieg** gewesen über ihren Mann Ludwig; – und dieser **eine** Sieg durfte doch nicht vergebens errungen worden sein!
Hatte sie es denn auch nur ein zweites Mal in einer so wichtigen Sache unternommen, sich gegen ihn zu stellen und standzuhalten und ihn am Ende zu überwinden?
Noch beim Drandenken nach all der Zeit kamen ihr fast die Tränen.
Zu den Soldaten solle er nach dem Abitur, hatte Vater Ludwig gemeint. Dort könne er doch viel werden, vielleicht sogar General! Und wenn er zu Besuch käme in seiner Uniform...

Diese Vorstellung hatte ihn sichtbar bewegt. Sein Sohn: gekleidet als Offizier! Und damit doch über allen hier; **weit** über allen!
Aber sie, die alle Entscheidungen immer bloß hingenommen hatte, klaglos und nur ins eigene Innere reagierend: Diesmal hatte sie zu weinen begonnen. **Lehrer** solle er werden – oder **Förster**...
(Und dieses Förster: Hatte es da mal was gegeben in ihrer Jugend? Es war ja nicht nur dieses eine Mal, daß sie von dem Bild eines jungen Grünrocks nicht loskam und nun also diesen Traum auch ihrem Mann gegenüber präsentierte.)
Und General?! hatte sie mit all ihrer Vernunft gedacht. Wurden das nicht nur Adelige? So blöd die vielleicht auch waren und so begabt jemand wie ihr Sohn auch sein mochte.
Und soll er denn an die Front müssen und fallen?! hatte sie gesagt.
Und das Unerwartete, das so Erstaunliche geschah: Ludwig hatte darauf nicht eins seiner üblichen Machtworte gesprochen. Sondern ihr sogar die Hand auf den Arm gelegt und gesagt: Na, laß mal, wir werden sehen –.
Und damit war noch alles offengeblieben. Er hatte ihr ja mit keinem einzigen Wort widersprochen. Und war das für sie nicht ein Sieg? Dieses eine Mal?
Und er durfte nun doch nicht verspielt werden.
Bloß: Wie es schaffen? Gebe Gott, dachte sie, Drigalski wußte auch diesmal einen Weg.

O mein Tobias, Großonkel, gleichsam Wahlvater auch, und eine Art Lehrer, und vielleicht etwas wie, mit allem Zögern gesagt: Alter ego (»das andere Ich«):
Heute vermag ich nicht mehr auf diesen Berg hinterm See zu blicken, wesentlichstes Naturbild noch aus der eigenen Kindheit, ohne daran zu denken, daß in dir sich irgendwann die Vorstellung vom Fliegen, vielleicht: Davonfliegen, Hinausfliegen, erhob. Und nicht bloß als ein so flüchtiger Gedanke, wie ihn mancher mal hat: Ach, könnte man doch wie die Vögel fliegen... Dieser Berg, dieser Berg hinter dem

See – und konnte denn der Mensch tatsächlich niemals fliegen?!
Wieder saß er oben, sah von hier oben, diesem Berg, über den See, so kleinen See doch bloß, weit in das von soviel Wald bedeckte Land hinaus bis an Horizonte (irgendwo). Und erblickte plötzlich jenen einen Vogel, Krähe nur, der sich in die Luft erhob am halben Berg. Und segelte in Richtung See – und flog, flog über den See (als wäre das gar nichts) – und verlor sich in die Weite. Und ein Mensch sollte es nicht mal über diesen kleinen See schaffen?
Tobias beobachtete diesen Vogel: wie ders machte. So also ging das! Und ein Mensch sollte das, wie auch immer, niemals nachmachen können? Konnte doch schwimmen lernen, schwimmen dann wie ein Fisch – aber nicht fliegen wie ein Vogel?
Und doch war es wohl nicht nur ein solches Beobachten, dieses Theoretisieren. Sondern mehr noch ein Traum (vielleicht ähnlich jenem, von dem ich erzählte: Als ich hoch über düstrem Land lag, die Arme weit ausgebreitet gleich Flügeln und so nackt, wie der Mensch auf die Welt kommt).
Ja: Ausbrechen, endlich, aus einer von vielem doch auch bedrückten Kindheit und frühen Jugend. Vielleicht fliegend entfliehen gleich jenem Dädalus, angeblichen Ahnherrn der Vorstellung menschlichen Fliegens (von dem die Mythe berichtet): der sogar in einem Labyrinth gefangengehalten wurde und fliegend entkam.
Ob Tobias damals etwas von den Arbeiten Leonardo da Vincis in Italien um 1500 gehört haben konnte? – Vielleicht stand ja auch darüber etwas sogar in diesem Sammelsurium von Bibliothek des Drigalski?
Ich weiß es nicht; und das muß einen ja auch nicht weiter beschäftigen. Bloß: Dort auf diesem unserm Berg wird er geträumt, fabuliert haben: den ewigalten Traum gerade junger Menschen vom Sichaufschwingen, vom Abschütteln des Einengenden. Dort oben.

Und aufs Fliegen gesehen, wie wir es heute kennen: Damals gingen die Gedanken ja noch zu etwas ganz anderem: nicht

zu einem Flugzeug, wie es barbarisch das alte Dresden samt so vielen Menschen verbrannte und Hiroshima vernichtete. Es waren noch ganz die Wünsche und Vorstellungen der Mythen, des Leonardo, Schneiders von Ulm, (späteren) Lilienthal. Träume von Flügeln, wie der Vogel sie hat. Das war noch nicht kalte Technik und gleich auch grausame Kriegsmaschine.
Und wenn ich, wie gesagt, heute beim Blick auf unsern Berg auch des Tobias´ Fluggedanken erinnere, so kommen mir nicht Kampf-Monstren in den Sinn, sondern Lilienthals (der aber erst in den neunziger Jahren »dran« war) luftige, wesenhafte und nicht maschinenhafte Gebilde, und ich sehe ihn damit hier den masurischen Berg hinunterstolpern und nicht einen märkischen, hier seine halsbrecherischen Versuche machen (bei denen er schließlich umkam).

An diesem Punkt meiner zugegeben etwas wortreichen Erzählung ist die Frage natürlich nur zu berechtigt: Was denn war Wirklichkeit bei diesem Tobias, belegbare Wirklichkeit; oder was hast du dir da, Erzähler, bloß zurechtgelegt, ausgemalt oder sogar ganz ausgedacht, und – das mag man mir immerhin zugute halten – es ist dir inzwischen so greifbar wie etwas Erfahrenes und in der Erinnerung Aufbewahrtes? Und irgendwann wirst auch du selbst nicht mehr so recht wissen, was tatsächlich geschehen sein soll und was dein Vorstellungsvermögen hinzugetan hat?
Da antworte ich: Für mich spricht jedenfalls die Wahrscheinlichkeit. Es ist doch bei einem jungen Mann wie dem Tobias nur zu oft das gleiche: dieses Sichwasausdenkenwollen; und – vielleicht verrückte – Weiterkommenwollen. Aber später gelangt man möglicherweise zu etwas mehr Gescheitheit und stellt sich dann die Frage, wozu so was denn gut sein soll. Und ob es nicht auch einen anderen, vielleicht menschengemäßeren oder aus dem inneren Selbst kommenden Weg gibt als dieses ewige abendländische »strebend sich Bemühen«.

Einen Weg vielleicht sogar im Sinne des Verhaltens jenes Hamsunschen Abel Brodersen: Alle wollen etwas werden, aber nicht ich.

Doch sollte sich von den Flugvorstellungen des Tobias nicht vielleicht eine Skizze erhalten haben, und sogar bis in meine Kindheit? Es war tatsächlich mal die Rede davon. Und irgendwer, der angeblich was davon verstand, soll einen Blick darauf geworfen haben und noch einen und noch einen und gesagt haben: Nicht schlecht, gar nicht schlecht! Ja: So hätte es, irgendwie, doch gehen können.

II
Große Welt, kleine Welt

Potschü, ein Schüler des Laotse,
sprach eines Tages zu diesem:
»Gehen wir auf Reisen und sehen
wir uns die Welt an.«
Laotse: »Wozu eigentlich? Die Welt
ist genau so wie dieser Ort hier.«

Lin Yutang, »Die Weisheit des Laotse«

1

Da gehe ich nun umher, und ich errichte mir gleichsam mein untergegangenes Dorf. Nicht als ein Schöpfer erzähle ich ja (wie mans von den wirklich großen Dichtern erwartet, ja von ihnen fordert), sondern als so etwas wie ein Wiedererwecker, sogar: Totenerwecker.
Ja: Ich will mir das kleine Dorf wieder aufbauen! Und durch mein Dorf gehen und erst recht auf Menschen stoßen, wie ich sie noch im Sinne habe aus der Kindheit.
Und ich bleibe stehen vor dem kleinen Sandstreifen am Ostrand des Sees; und gehe in die Hocke und male mit dem Zeigefinger die Wege des Dorfs (die es noch gibt) in den Sand. Und ich will anfangen, ihnen aus dem Gedächtnis die Höfe und Häuser von früher beizugeben.
Doch sah ich nicht bei der jüngsten Ruine: der des Hauses des Bürgermeisters, eine noch fast heile Dachpfanne?
Und so beeile ich mich dorthin und nehme sie an mich und gleich auch einen mir für mein Vorhaben geeignet erscheinenden kleinen spitzen Stein. Und das ist jetzt etwas ganz anderes: mit dem Steinchen ritze ich die Umrisse des Sees auf meine Ziegeltafel, und die Wege und die Höfe und Gebäude. Und bringe es für unser kleines Dorf auf sechzehn Wohnhäuser.
Und so habe ich nun vor mir unser Dorf, wie es war. Ein so bescheidenes Dorf. Und mancher noch der Großeltern-Generation, von der vor allem ich ein paar Geschichten zu erzählen versuche, kam sein Lebtag nicht weiter hinaus als bis in die Kreisstadt, diese genau besehen auch bloß kleine, aber für sie so große Stadt... zu Fuß in etwa zwei Stunden.
Das Dorf, und ein Jahr wie das andere, war ihre ganze Welt.
Und nun also hier nichts, nichts davon noch da.
Ich denke immer wieder: das kann doch nicht sein. Das kann doch nicht so gemeint sein. Und vielleicht ist ja alles bloß eine Zeitlang wie weggewunschen von der schlimmen Fee oder den bösen Geistern. Aber so ganz durften die doch früher nie obsiegen; und will denn das Gute sich nicht auch diesmal schließlich noch durchsetzen?

Siegt nicht am Ende immer das Gute – im Märchen?
Ja: Im Märchen! Und etwas anderes wird doch ein Lehrer wie ich: mit seiner fatalen Lebenserfahrung, seinem fatalen Wissen um die Unzugänglichkeit des Menschen für die Erfahrung (wie Benn es formulierte) niemandem auftischen wollen. Mit dem Sieg des Guten ist es in Wirklichkeit doch wohl bloß wie mit dem Glückhaben, von dem Konfuzius sagt, daß es nur ein Zusammentreffen von törichten Zufällen ist.

Und nun ist es wirklich allerhöchste Zeit, daß ich was dazu sage, daß ich immer wieder mal mit Zitaten komme! Er ist Lehrer, denkt der nachsichtige Leser wohl schon längst; er kann den Lehrer nicht verbergen.
Ach Gott – wenn ihr meint.
Doch das wäre nur die eine Erklärung.
Die andere: Sollte denn ein Erzähler zu jedem seiner Themen und allen Einzelheiten das Rad selbst erfinden müssen? Das doch inzwischen für fast jeden Kasus von den großen Schriftstellern und den genialen Denkern längst erfunden worden ist? Ist nicht diese Frage dazu denn immerhin überzeugend: Wie sollte der einzelne, auf sich allein gestellte Erzähler all das halbwegs brauchbar aus sich selbst hervorholen können, was so viele, ach so viele hochbegabte Leute zusammengenommen erkannt und der Welt präsentiert haben?

Diese Zeichnung meines Dorfs.
Und das jenseits des Sees am weitesten links liegende Haus war ein kleines weißes Gebäude, Insthaus, die Längsseite mit der Tür unserm Hof schräg zugewandt. Und habe ich in der Kindheit dort nicht öfter beobachtet, wie jemand hinauskam, um etwas zu erledigen? Zum Schuppen ging, der zum Wasser hin stand, Holz holte für den Ofen oder Eier aus Hühnernestern? Oder sich schnurstracks aufmachte ins Dorf?

Was hatte es zunächst im Dorf für Gerede darüber gegeben! Himmel, war denn so was Pompöses die Möglichkeit! Darf

man denn sowas überhaupt? hatte ein Handwerker gefragt; muß man da nicht eine Genehmigung vom Landratsamt haben?
Sollte denn bei uns nach Telefon (beim Bürgermeister), Auto (Bürgermeister und Lehrer), sogar Lokomobile (auf einem der großen Bauernhöfe) auch die Eitelkeit Einzug halten?
Und dann war dieser Bauer tot. Einer der ersten, die in Polen fielen.
Und meine Mutter sagte immer noch: Dieser Verrückte mit seinen Buchstaben über der Tür. Doch nicht ohne hinzuzufügen: Der arme Kerl...
Meine »Landkarte« des Dorfs auf der Dachpfanne. Und ganz links am See, diesem Dorf gegenüber, also der Teufelsstein, wo »der Schwarze«, wie man sagte, den Abdruck seines Koschels, seiner Kralle hinterlassen hatte. Weil in diesem kleinen Dorf bei seinen redlichen Menschen für ihn nichts zu holen war. (Bis irgendwann von einem, der den Hof schon fast versoffen hatte, behauptet wurde, man habe ihn bei Vollmond nackt im Kornfeld sitzen sehen, um mit dem Satan in Verbindung zu treten.)
Und war es nicht dort, wo der Tobias später die Christel aus dem Nachbardorf, Tochter des Lehrers, immer wieder traf – sein »Waldmädchen« früherer Jahre?
Ja. Dort soll es gewesen sein. Ich bin so gut wie sicher. Und nach mir wird hier wohl niemand mehr solche Erinnerungen haben und Erzählungen davon anbieten.
Alles wird eines Tages so total vergessen sein wie die Schicksale jener, für die an einem benachbarten Seeufer Wohnplätze in der Steinzeit nachgewiesen wurden.

2

Aus Berlin, der für die meisten unvorstellbaren Stadt, ist der Student in das kleine Dorf gekommen!
Mit dem Milchfahrer kam er wieder wie früher so oft nach Hause.

Wie früher? War denn dieser junge Mann mit einer so fein verzierten Mütze (ja, er behielt auf dem Heimweg seine Studentenmütze auf und hatte dazu ein zierliches Stöckchen) noch der Tobias von früher? Sohn eines Kätners bei den sieben masurischen Zwergen hinter den Bergen? Der immer, wie es hieß, doch so nette Junge mit dem freundlichen Gesicht? Der, noch als Schüler, leicht in Tränen ausbrach? Und nichts bei andern Leuten aß? Und doch wohl der Klügste war von allen hier (auch dies die Meinung der Leute)?
Aber dann wurde es tatsächlich wie früher! Der eine der beiden auf dem Milchwagen lief wieder über von alten und neuen Geschichten vom Leben im Dorf und darüber hinaus, von den Lebenden und den Toten und den dunklen Mächten mit ihren Pfoten in jedem Spiel. Und der andere war nun erst recht vollgestopft mit Bildung und Wissen und – großer Gott – allem Fortschritt.
Da konnte man doch neuerdings auch mit jemandem sprechen, der weit entfernt von einem war und den man also gar nicht sah, es mußte bloß jeder der beiden einen Apparat an Mund und Ohr haben, verbunden durch einen Draht.
Sag bloß, meinte der Milchfahrer und versuchte, sich so was vorzustellen. Er dachte nach, sagte dann: Also der eine ist in der Schule und der andre beim Gemeindevorsteher, und die beiden können sich hören?
Nicht nur so was, dozierte Tobias. Es kann der eine sogar in Berlin sein und der andre hier in unsrer Stadt; und man muß bloß eine Leitung zwischen den beiden haben. Denn auch das ist eine Sache des elektrischen Stroms, in den die Schallwellen der Sprache umgewandelt werden und am andern Ende wieder zurückverwandelt in Wörter.
Sag bloß, meinte der andre wieder; was es nicht alles gibt im Himmel und auf Erden! Und man kann es sich nicht erklären.
Aber nach solchen Exkursen, denen er durchaus mit Interesse zuhörte wie auch allem andren aus der Menschen- und Geisterwelt, kam doch auch er wieder zum Zuge. Oder Tobias hat ihn diesmal sogar ausdrücklich nach dem Neuesten im Dorf gefragt.

Oja, es wurde tüchtig geboren und gestorben, wie immer. Und die rätselhaften Geschichten endeten nie. Oder man erklärte sie sich hier durchaus, aber die sogenannten gebildeten Leute da draußen hätten darüber bloß nachsichtig gelächelt.
Oder sogar abfällig von Naivität gesprochen, wie es ihre Art war.
Aber haben diese Neunmalklugen denn nie darüber nachgedacht, was Naivität eigentlich besagt? In einem Wörterbuch steht dies: »Natürlichkeit, Unbefangenheit, Offenheit; Treuherzigkeit, Kindlichkeit, Arglosigkeit« – und was davon, bitteschön, wären abtragliche Eigenschaften?! Also: Naivität im ursprünglichen Sinn lasse ich durchaus gelten.
Daß der große Schwiderski so bald nach seiner Hochzeit gestorben war, nur ein Jahr später, hatte er, meinten die Leute, nur der Sophie Demski, Dienstmädchen aus einem der Nachbardörfer, zu verdanken, die, wie man weiß, vorher die Beine für ihn breitgemacht hatte. Der soll mir nicht mehr glücklich werden im Leben! hatte die Sophie doch immer wieder gedroht. Nicht mehr glücklich! Und richtig...
Und daß das letzte Kind vom Jenzewski nicht alt werden würde, war doch auch von vornherein klar – geboren am 1. August, einem, wie du weißt, Tobias, der schlimmsten Tage im Jahr, weil da Kain den Abel erschlug. Ja: So ein armer Wurm kann nicht bestehen in der Welt.
Sie kamen gerade an der Kirche vorbei. Da meinte der Milchfahrer: Und deinem Bruder Fritz sagt man ja neuerdings nach, daß er hexen kann, der Lorbaß. Soll es doch fertiggebracht haben, nach dem Abendmahl mit dem Peitschchen hinter dem Altar zu knallen und es dann schnell zu verstecken. Obwohl doch der Pfarrer immer so aufpaßt.
Na, der bringt alles fertig, euer Fritz, das weiß man ja. Soll sogar mit dem gesprochen haben, den sie den unsterblichen, den ewigen Masur nennen, der schon ein paar hundert Jahre alt ist (der Pfarrer hat uns so was bestätigt, du weißt noch?). Wer spricht denn mit dem. Und jetzt verrate ich dir mal was: Der stirbt nie! Oder stirbt vielleicht, aber taucht irgendwo

wieder auf. Ewiger Masur. Ach, mein Junge, wenn wir alles wüßten, was möglich ist...
Bald nach der Kirche: Da hüpfte ein kleines Mädchen auf einem Bein auf der Straße und sang immer wieder:
Opa ist tot! Opa ist tot!
Na, wer war denn dieser Großvater, der in die Grube gefahren war?
Aber Gott, mochten die beiden auf dem Milchwagen denken: Der eine starb dann, der andre anderswann, für den Weltenlauf war alles bedeutungslos, nicht weiter der Rede wert.
Einem kleinen Mädchen im Dorf langte es immerhin zu einem munteren Gehüpfe und einem Liedchen, und das war vielleicht schon mehr als üblich. Sela!
Nun kommt das Mädchen aus dem Gleichgewicht und muß auch mit dem zweiten Bein auf die Erde.
Opa ist tot –. Sie bricht plötzlich ab, wie wenn eine Glocke zu läuten aufhört.
Aber hatte sie nicht zwischendurch sogar gesungen: Opa ist auch tot? Waren hier denn gleich mehrere zu Gott gegangen? War hier plötzlich ein Nest an Todesfällen? Doch nicht etwa wieder etwas so ähnlich wie die große Pest: die große Sense damals (wann?)? Gottes großer Ratzefummel?
Opa ist tot. Opa ist tot. Opa ist tot.

Nun: Da war also irgendein Opa gestorben. Gerade erst?
Oder schon vor einem Jahr?
Wie gesagt: Auch das wohl nicht weiter der Rede wert.
Bilden wir uns doch nichts ein.
Oder, lieber Leser, kann man etwa wiederlegen, was in Heinrich Meyers Goethe-Buch steht: Ein Mensch ist vor der Ewigkeit des Lebens vielleicht nicht wichtiger als eine Wespe, und eine Kathedrale ist nicht mehr wert als ein Wespennest. Die Äußerungen eines Menschen sind nicht mehr als das Summen einer Fliege.
Noch einmal: Sela.
Ja, sagte der Milchfahrer, als sie aus dem Dorf waren, der Mattes ist während deiner Abwesenheit auch gestorben. Aber

bei dem war es ja der Sprit, der viele billige Sprit. Und als er nicht mehr dreimal sein Abbild im Abendmahlskelch sehen konnte, da wird er selbst gewußt haben: Es ist soweit...

Und Tobias ging mit Studentenmütze und Stöckchen auch mal durchs Dorf. Und der eine, der andre sah ihn so. Und mancher schüttelte vielleicht den Kopf. Aber hatte man nicht gerade hier auch allerhand Sinn für Skurriles, und gab das nicht immerhin Anlaß, sich wieder was zu erzählen?

Und dann hatte er auch noch eine weiße Hose an! Wer trug denn eine weiße Hose. Auch darüber zerriß sich sicher mindestens einer den Mund.

Dachte dieser Tobias womöglich auch noch daran, daß man ihn jetzt doch besonders anreden könnte? Vielleicht mit »Student« oder so? Na, jedenfalls schlug er das niemandem vor. So war er doch überhaupt nicht.

Woher aber dieser kleine Hang zum feinen Max? Wo kam es her? Natürlich: Man denkt da an den Vater. Aber das erklärt es doch noch nicht. Und es konnte auch nicht bloß Nachahmung von irgendwas sein, was mal einer der Vorfahren sah – so was zieht sich doch wohl nicht auffallend durch die Generationen.

Sollte man vielleicht sogar anfangen, nach einem Beleg für höhere Abkunft zu suchen? Und irgendein Seitentrieb war dann auf dem Hintern zu Tal geschlittert, und das endete, vorläufig, beim Kätnerhaus. Der Bruder in Berlin (also jener, der den Namen änderte) war an einen Namensforscher geraten, der von sich aus stracks auf die Suche beim polnischen Schlachta-Adel ging. Warum nicht? Viele dort verarmten; mancher in Masuren kam vielleicht aus jenem armen Adel, ohne es zu wissen. Doch er wurde nicht fündig – natürlich nicht: der Name kam nicht aus dem Masowischen.

Wenn der Vater noch alles mitbekommen hätte! Er hätte an Tobias' Auftreten jedenfalls nichts auszusetzen gehabt. War doch auf diesen seiner Söhne immer besonders stolz gewesen.

Aber Ludwig lebte ja nicht mehr.

Lebte nicht mehr?!

Davon muß ich noch erzählen. Ist gestorben in jener Zeit, als Tobias sich bereits für Berlin rüstete. Hatte diesen schlimmen Tod eines zuletzt Magenkrebs-Kranken; man wünscht so was seinem allerärgsten Feind nicht. Sagte irgendwann zur Frau: Wenn man hier liegt und krümmt sich wie ein Wurm vor Schmerzen, dann kriegt man Lust aufs Sterben. Sprang aber am nächsten Tag plötzlich aus dem Bett, fuchtelte abwehrend mit den Armen und schrie: Ich will noch nicht! Ich will noch nicht! Ich will noch nicht!

Aber stand eine solche Attacke da schon nicht mehr durch, sank zu Boden.

Und verlangte nach der Bärenfang-Flasche.

Und als die Juste nicht wollte, das sei doch jetzt überhaupt nichts für ihn, da flüsterte er bloß noch: Ist doch schon alles egal –.

Da gab sie ihm noch einemal seinen guten Bärenfang. zum letzten Mal.

Er starb in der folgenden Nacht. Und damit hatten sie alle noch nicht gerechnet. Auch der Arzt nicht. Und er hatte doch noch allen zugewinkt und sogar ein kleines Lächeln versucht, bevor sie die Lampe ausmachten. Und das war das Letzte, was sie von dem Lebenden sahen und immer im Gedächtnis haben würden. Denn nachts ist er eingeschlafen für immer von Auszehrung und Erschöpfung und lag am nächsten Morgen so starr da. Und war doch erst in seinen späten fünfziger Jahren.

Und auch die Juste neben ihm hatte nichts gemerkt: Er hatte sein Leiden bis zuletzt durchgestanden in geradezu heroischer Weise. Und hätte auch noch, wie jener spanische Cid, sich als Toter aufrecht aufs Pferd binden lassen für die Schlacht, wenn das den Seinen irgendwie hätte helfen können.

Und hatte sein Haus aber bestellt, ja, obwohl er doch noch nicht fortwollte. Wer sollte Herr des kleinen Besitzes werden? Der Älteste , Otto in Berlin, kam nicht in Frage. Und der Fritzu ohne den vom Vater geforderten Drang nach Mehr, ohne Strebsamkeit und alle Beständigkeit, ewig großer Junge, doch auch nicht. Und Tobias ging ja einen ganz anderen Weg.

Ruft mir den Karl! befahl er. Ja, da blieb nur der Karl im fernen Ruhrgebiet als Geeigneter, den man hier schon lange nicht mehr gesehen hatte, ja fast schon nicht mehr mit auf der Liste. Karl, der gelernte Maurer, fleißiger Handwerker, der überall sein Auskommen fand. Karl: Ein Erbauer in mehr als einer Hinsicht. Und der sterbenskranke Vater hatte noch rechtzeitig nach ihm gerufen: Er kam nach Hause vor dessen Tod. Und übernahm das Haus und das bißchen Land. Der kommt zurecht mit allem, hatte Ludwig zu Juste gesagt.

Die Mutter fragte nun Tobias aus nach Otto, dem Ältesten, bei dem er also untergekommen war.
Na ja, meinte Tobias und wurde sichtlich wortkarg.
Druckste herum und driftete ab ins Allgemeine. Berlin, sagte er: Das ist ja nicht nur der Kaiser und Bismarck und die reichen Leute. Das ist auch nicht bloß die Gegend um das Schloß und das Brandenburger Tor und die feine Welt Unter den Linden. Wenn ihr wüßtet, wie elend manche Menschen dort leben, dann würdet ihr euch hier erst recht wie im Paradies vorkommen. Manche in Bracken. Manche überhaupt ohne Wohnung.
Ohne Wohnung, sagte die Mutter verständnislos. Aber doch der Otto Gott sei Dank nicht. Der ist doch nicht im Elend.
Es klang fast wie ein bißchen aufgebracht.
Aber viele, viele Menschen leben in sehr kleinen Wohnungen. Wie wären die glücklich über ein kleines Haus wie unsres hier.
Aber der Otto! warf die Mutter wieder ein, nun fast schon ein bißchen ärgerlich.
Pause.
Auch der Otto wäre natürlich darüber froh. Gott sei Dank haben sie ja noch nicht Kinder. Er lebt ja neben den Schwiegereltern.
Und, wie lebst denn du da?
Na, wie der Otto und die andern.

Tobias traf auch den Siegfried, Mitschüler von hier.
Und das wurde ein ganz anderes Lied! Denn Siegfried kam von einem der großen Bauernhöfe; und sollte nun doch erfahren,

was das hieß: Berlin, Reichshauptstadt, seit kurzem Millionenstadt (doch er sagte nicht auch: Babylon, »wo das Getöse der Menschen ist«); ja: eins der großen Zentren der Erde!
Und mochte Siegfried auch zu den Reichen des Dorfs gehören: die Kaiserstadt und die Höhe der Zeit erlebte jedenfalls er, Tobias, nicht der andre. Und so war in diesem Gespräch bloß von Schloß und Brandenburger Tor und Siegessäule die Rede und von Unter den Linden und Friedrichstraße und Café Bauer. Und wie sollte sich der Siegfried solche Großartigkeiten vorstellen können, der so was noch nie gesehen hatte. Und dann das Bogenlicht in der Leipziger Straße! Und auch hier etwas über den Fernsprecher. Und sogar etwas über die Entdeckung der Mikroben durch irgendeinen Franzosen.

Noch am selben Abend erklärte der Siegfried einiges davon seiner Familie. In Berlin machen sie jetzt die Nacht zum Tag, sagte er. In einer Straße haben sie schon so helle Lampen, daß immer Tag ist. Und aus Frankreich kam die Nachricht, daß winzig kleine Tierchen, die man gar nicht sieht, all die Krankheiten machen. Vieles können wir uns hier bei uns ja gar nicht vorstellen.
Pause.
Da begann der Vater plötzlich laut zu lachen: Können wir nicht? Wissen wir denn nicht seit Ewigkeiten, daß die »weißen Leute« und die »Fettleute« und die »kalten Leute« in die Menschen fahren und sie krank machen – alles ganz kleine Würmer mit bunten Köpfen? Und es muß der Versegner kommen und sie austreiben? Hör mir doch auf damit, daß wir hier nicht genug wissen! Da muß wirklich erst so ein Franzose kommen und uns was von kleinen Tierchen erzählen. Sind die – wie heißen sie doch gleich? – Wissenschaftler also auch schon drauf gekommen? Ich sage euch: Vielleicht wissen wir schon lange viel mehr als solche Wissenschaftler in den großen Städten. Und die sollten sich nicht so aufspielen: Wir wissen mehr!

Und Tobias trifft natürlich auch seinen alten Schulfreund Gustav, und sie gehen zusammen raus aufs Feld. So sind sie hier schon herumgelaufen vor zwölf oder zehn Jahren und waren damals acht oder neun. Und sahen, wer ackerte oder schon erntete, und halfen manchmal auch beim Kartoffelausmachen und bekamen ein Stück Brot mit dick Butter drauf dafür.

Dem Gustav war auch wieder und wieder durch den Kopf gegangen, ob er nicht auch ins Ruhrgebiet auswandern sollte wie so mancher aus dem Kreis, dem Dorf – dem Knechtsein entkommen, nicht immer von der Hand in den Mund leben, und in der Hand manchmal kaum etwas haben. Er hatte sich auch mit dem Karl über dessen Erfahrungen unterhalten. Aber er hatte hier ja auch noch seine Braut, die Ida.

Und du? sagte er nun.

Pause.

Und als der Tobias immer noch nicht antwortete: Die Ingeborg soll ja auch in Berlin sein. Habt ihr euch eigentlich dort getroffen?

Nein.

Na, das find ich aber seltsam, entgegnete Gustav. Da seid ihr aus demselben Dorf in derselben Stadt und seht euch nicht. Und habt euch doch immer gut verstanden. Ich weiß doch –.

Ja, sagte Tobias. Sagte bloß : Ja.

Und sonst? bohrte der Gustav, guter Schulfreund, weiter.

Sonst? Was?

Na, nu tu doch nicht so. Sonst auch nichts mit Frauen?

Ach Gott. Du stellst Fragen –.

Ja.

Also, sagte da Tobias. Und begann tatsächlich, etwas zu erzählen: Da treff ich doch gestern in der Stadt die Alma Wandersleben mit ihrer Mutter. Ich kenn die Alma ja aus der Zeit auf dem Gymnasium. Und die Alte gleich die Liebenswürdigkeit in Person, und: Student?, und in Berlin?, und ich soll sie doch mal besuchen. Und sie hätten ja auch gewisse Bekannte bei uns draußen: die Sommers.

Wen denn sonst, meinte Gustav. Reich zu Reich gesellt sich gern. Aber hat dich denn diese Alma je interessiert?

Nein.

Habt ihr die nicht Nonne genannt?
Ja.
Pause.
Ja, meinte da auch Gustav. Und ging weg davon. Die Ida und ich möchten ja irgendwann mal heiraten. Und wenn ich nicht auf unserem Hof bleibe – Knecht bei einem andern werd ich nicht. Dann geh ich doch noch in den Westen. So schlecht soll es dort ja gar nicht sein, sagt auch euer Karl.
Ja.
Pause.
Und in Berlin ist also nichts mit Frauen? fing Gustav wieder an. Laß dir doch nicht so die Würmer aus der Nase zieh. Die Inge vom Gut hast du jedenfalls nicht getroffen?
Nein. Das sagte ich schon.
Doch so ganz zäh wollte Tobias sich in dem Gespräch mit dem alten Kumpan wohl nicht zeigen, und so begann er doch noch:
Gott ja, sagte er. In einem meiner Seminare, da gibt es einen aus Hannover, der hat sich mir etwas angeschlossen. Und hatte so was wie eine Freundin, aber die Sache wollte nicht so richtig laufen. Und da kam er auf die fatale Idee, ich sollte mich doch auch mal mit ihr treffen und sie aushorchen im Hinblick auf ihn. Und was meinst du: Da gab die mir allen Ernstes zu verstehen, daß ihr eigentlich etwas an mir liegt.
Nein –!
Doch. Himmel, wie mir das unangenehm war! Dem Freund gegenüber! Und da warf ich dann in die Waagschale, was für ein armer Schlucker ich bin, und dachte, sie damit kuriert zu haben ein für allemal.
Und?
Das sei ihr ganz gleichgültig. Absolut gleichgültig, sagte sie. Und ob ich denn wisse, wie es diesbezüglich um sie bestellt sei? Vielleicht ja auch nicht sehr viel anders?
Nein, sagte ich, das wisse ich nicht.
Ihr gehe es nur um den Menschen und wie man zueinander stehe. Und schon gar nicht um diesen oder jenen sozialen Status oder was auch immer. Sie wolle ja auch einzig und allein um

ihrer selbst willen geliebt werden und nicht wegen irgendwelcher Dinge außerhalb ihrer Person. Und es gehe ihr, das wolle sie allerdings auch gleich sagen, um die Selbständigkeit der Frau; und so öffne sie sich mir gegenüber auch gleich ohne jede Rücksicht darauf, was man ihr an angeblichen guten Sitten beigebracht habe. Was eine Frau, die etwas auf sich hält, tun darf und was sie nicht tun darf. Das zähle für sie nicht.
Gut, sagte Gustav.
Und ich muß dir auch noch erzählen, daß sie eine ungewöhnlich hübsche junge Frau ist. Du kennst die griechischen Statuen nicht, wie solltest du – das sind Darstellungen ideal schöner Frauen. Mit denen kann sie durchaus konkurrieren. Wenn es also nur darum ginge –
Und davon wolltest du mir nichts erzählen? warf Gustav ein.
Das ist ja noch nicht alles. Etwas von ihren Ansichten habe ich schon angedeutet – ist da nicht zuviel Theoretisieren? Und so was kommt immer wieder hoch, wenn wir miteinander reden.
Und so weiß ich noch nicht, sagte Tobias. Und ob einen das nicht einschränken, ja sogar herabsetzen könnte –. Ich will ihr nichts von ihrem Selbstbewußtsein nehmen – aber ob sie mich immer mich selbst sein lassen würde, ohne daran herumzustutzen? Jedenfalls versucht sie, auch mir ihre Ansichten einzureden.
So sage ich: Es ist alles offen.

Tobias stieß natürlich auch auf Drigalski, seinen alten Lehrer und Wohltäter.
Na, Herr Student mit Mütze und Stock? sagte der humorig (obwohl Tobias da weder das eine noch das andere zur Schau stellte). Und was macht mein Berlin, die große Welt? Immer rasanter der Fortschritt, nicht wahr? Na, irgendwann reden wir darüber.
Ich muß aber morgen schon fahren.
Ich sagte ja nicht: Heute, morgen, übermorgen. Vielleicht aber im nächsten Jahr. Oder im übernächsten. So schnell werden sich die Menschen und die Zeiten nirgendwo ändern.

3

Der gute Drigalski war ja längst angenommen im Dorf. Sogar sein grimmiger, manchmal geradezu sarkastischer Humor wurde längst akzeptiert als zu diesem Mann nun mal gehörig, der der wohl auffallendste Sonderling in einem an Sonderlingen niemals armen Dorf war.

Zur erheblichen Mehrung seines Ansehens hatte damals, das war aber nun auch schon so manches Jahr her, seine Verulkung jenes Historikers und vor allem Volkskundlers beigetragen, der gekommen war, wie um irgendwelche europäischen Exoten zu erfassen nach Maßgabe seiner Wissenschaft. Da war Drigalski endgültig zu einem der Ihren geworden, ja der besten von ihnen.

Um Aberglaube in Masuren ging es auch jenem Dr. Klopfer, um Geister und Kobolde, folgend jenem Töppen, der bekanntlich 1870 publiziert hatte, hier klammere sich an das Heilige und Kirchliche immer noch der krasseste Aberglaube. Ob das allen Ernstes noch so sei (hahaha), hatte Klopfer Drigalski gefragt. Ob man hier womöglich gar behaupte, dergleichen selbst gesehen zu haben – vielleicht unter Zuhilfenahme von Schnaps, der hierzulande ja angeblich besonders reichlich durch den Schlund fließe (hahaha).

Ja, hatte da Drigalski geantwortet, solche Zeugen gibt es hier. Und nach einer kleinen Pause hinzugefügt: Doch die von ihnen angeführten Phänomene sollen sogar von studierten Leuten bestätigt worden sein – vielleicht mit, allerdings in einigen Fällen zweifelsfrei auch ohne Nachhilfe von Alkohol. Was Sie nicht sagen! Na ja, auch ich kenne da einiges aus der Literatur. Und nun sitze ich ja einem gebildeten Menschen gegenüber, Schulmann –.

Apropos Schnaps, sagte Drigalski. Es ist dem Herrn Doktor also nicht entgangen, daß wir hierzulande diesem mildgütigen Getränk im allgemeinen nicht so abgeneigt sind. War da doch neulich im Bericht eines Pfarrers sogar eine solche Schauermär (so bezeichne ich das) zu lesen, in einem seiner Dörfer seien von einhundertzwanzig seiner Schäfchen minde-

stens sechzig starke Trinker, Frauen keineswegs ausgenommen. Und sogar Kinder, denen man den Bärenfang von klein auf einflöße als Medizin gegen eigentlich alles, angefangen bei Schlafstörungen, habe er schon durch den Garten torkeln sehen und begehrlich ein Wörtlein lallen. Honignaps.
Das ist doch alles hochinteressant! sagte der Klopfer und machte sich eine Notiz. Und ich sehe bei Ihnen eine gewisse Neigung für unsere Wissenschaft – und diesen Bericht haben Sie vielleicht sogar aufbewahrt?
Morgen, antwortete Drigalski; Sie sollen ihn gleich morgen früh bekommen. Denn nun zum Corpus delicti (wie wir Gebildeten sagen) selbst: Bevorzugen der Herr Doktor den milderen, mit Honig verdünnten oder gar den reinen klaren?
Der Klopfer hatte das befürchtet, wand sich nun in Verlegenheit: Gewisse gesundheitliche Gründe legten es ihm leider nahe –.
Aber nicht doch! reagierte da Drigalski. Hier gehe es um masurische Sitte und Gewohnheit, also doch des Doktors Forschungsgebiet. Und vor allem um die ja vorbildlich praktizierte Gastfreundschaft dieses kleinen Volkes.
Lassen Sie also mich, Ihren Gastgeber, entscheiden, fuhr er fort. Und obwohl ich gewohnheitsmäßig den guten klaren bevorzuge, sei es Ihnen zuliebe nun der gütige alte Bärenfang, der milde. Moment! sagte er (und holte das Literfläschchen und zwei prächtige Gläser, die jedem wohlhabenden Haus Ehre gemacht hätten).
Nach dem ersten, noch sehr gesitteten Gläschen sagte Drigalski auf die Flasche deutend: Die wird geleert!
Das verhüte der Himmel! antwortete Klopfer sichtlich erschreckt. Ich sage ja –. Also gewiß nicht –.
Drigalski nahm das eigentliche Thema auf: Also die Geistererscheinungen hier in diesem schönen Lande, nach denen Sie fragen, Geister in Seen und Wäldern und Bäumen und Sträuchern und sogar Häusern: da ließe sich für Sie etwas arrangieren. Womit ich meine: Ich kenne da einen jungen Mann, mit dem könnte ich ja mal reden. Er erzählte mir unlängst erst, an einem bestimmten Ort zu gewisser Stunde ein solches

Naturwesen sogar mehrmals gesehen zu haben. Hinter einem kleinen See im Wald bei Nacht; und einmal habe ihm dieser Geist sogar zugewinkt –.
Was Sie nicht sagen! Das ist doch genau das, was ich für meine Forschungsarbeit benötige.
Also, ich rede mit dem Mann, sagte der Lehrer. Will ihn noch etwas genauer befragen.
Ja, sehr gut, seien Sie bedankt, sagte Klopfer. Und das bewegte ihn offenbar so sehr, lenkte ihn auch von gewissen Vorsätzen ab, daß er selbst auf die Flasche deutete und um einen kleinen Nachschub bat. (Und als Drigalski später nochmals diese Flasche betreffend meinte: Die wird leer, da kam von des Wissenschaftlers Seite jedenfalls kein Einspruch mehr – wars nicht sogar die Andeutung eines Nickens?)
Klopfer verfiel zwischendurch in eine elegisch redselige Phase. Und erläuterte da auch: Als ein moderner, aufgeklärter Mensch halte er von Aberglauben natürlich wenig. Andererseits verbiete ihm sein Forschungsauftrag jede Voreingenommenheit; und erstaunlicherweise habe er ja auch bei renommierten Autoren der Zunft ernstzunehmende Hinweise auf Phänomene gefunden, die die exakte Wissenschaft leugne.
Freilich: Für den größten Teil des folgendes Tags fiel Klopfer für die Forschungarbeit zunächst einmal aus – was er so begründete: Wie befürchtet aus den erwähnten gesundheitlichen Ursachen.

Doch nun zu der zugesagten Geistererscheinung und der Rolle des jungen Jan dabei.
Oja, es war eine Rolle. Und die Szenerie lag also fest: hinter dem kleinen Schwarzen See im Wald. Und der Akteur dürfe nicht zu sehr herausgestellt werden; und bitte auch keine Nacht mit allzu sehr verdeutlichendem Mondlicht.
Unter dem Laken wolle er nackt sein, meinte Jan. Und falls er bis dahin einen großen Hecht fange, wolle er den mitnehmen, um mit ihm zu winken.
Das ist gut, das ist sogar prächtig! lobte der Lehrer. Unterstreicht es doch die Naturhaftigkeit der Erscheinung.

So also das Arrangement, das durch Klopfer in die Literatur eingehen sollte als der »mit den eigenen Augen gesehene Naturgeist von geradezu menschlicher Gestalt im Wald in der Nähe eines masurischen Dorfs«.
Und das Ansehen Drigalskis im Dorf stieg, wie gesagt, durch diese Geschichte mächtig und nun ins Endgültige: Was hatte da so ein Hergelaufener in dem herumzutun, was allein ihre Sache war? Es mochte damit sein, wie es wollte – aber irgendwelche Schlaumeier von draußen sollten sich da heraushalten! Sonst **mußte** man sie doch einfach zum Narren halten!
Und der alte Kurbjun merkte dazu bloß noch an: Am Schwarzen See, da hat es doch immer Geister gegeben. Fragt mal den Gustav Wrobel – ach so, der ist ja schon tot.

Was es Neues hier gibt? sagte Drigalski zu Tobias, als der ihn doch noch am selben Tag und vor seiner Abreise besuchte. (Aber Tobias hatte danach doch gar nicht gefragt.)
Na, die Bibersche hat ihre Katze in einen Sack gesteckt und totgeschlagen, weil die ihr angeblich zwei Küken gefressen hatte – was ich anzweifle: die Alte konnte doch noch nie zählen. Und zu den plachandernden Weibern: von denen stirbt ja auch mal eine, aber es gibt Nachschub. Und die Bibersche, die immer von irgendwelchem Unheil unkte, die nennen sie jetzt rundheraus nur noch Unke.
Damit bist du auf dem laufenden.
Und was aber macht mein Berlin? fragte er. Was hast du den Leuten hier nicht alles vom Fortschritt erzählt! Du bist ja zum reinsten Apostel des Neuen geworden, wenn ich das alles richtig ausdeute!
Ich habe das Glück, sagte Tobias, in einer Stadt zu sein, die heute den Fortschritt betreffend von keiner anderen in der Welt übertroffen wird. Sagt man. Wie brodelt das Leben dort! Es wird überall gebaut und produziert. An allen Ecken und Enden. Das läßt eine ländliche Welt wie diese hier natürlich immer weiter hinter sich.
Gewiß, sagte Drigalski. Das ist nicht aufzuhalten. Wenn wir nur nicht zu unkritisch allem gegenüber würden, uns bloß

noch von allem Neuen blenden ließen. Andererseits: Vielleicht muß man sich auch vor allzu einfacher Kritik hüten; vielleicht ist ja alles viel komplizierter, als es dieser Alte und Provinzler hier sieht. Hüte dich also vor ihm (dabei lachte er allerdings).

Und wie stehts um unsern Sozialismus? fragte Drigalski plötzlich.

Erschrak da Tobias ein bißchen? Wie kam sein alter Lehrer, Weiser, denn darauf?

Na, hast du dich nie gefragt, weshalb ein so begabtes Kerlchen wie ich in den allerhintersten preußischen Winkel gesteckt wurde, zu den Sandwegen und Wölfen? An die vielleicht kleinste Schule im ganzen Reich? Hab ich etwa den Sohn eines Landrats zu sehr mit dem Stock traktiert (und so was sollte sich ein Bürgerlicher einem Adelssproß gegenüber doch nicht herausnehmen)? Oder der Frau Schulrat unter den Rock gefaßt? Weit gefehlt – es war eine gewisse politische Unzuverlässigkeit (wie es hieß), mein Sohn. So ist das. Also dorthin mit dem Drigalski, wo die Leute von solchen Ideen nichts verstehen und er am wenigsten anrichten kann mit seiner fatalen Neigung, den Menschen es etwas besser einrichten zu wollen, als es so viele von ihnen heute haben.

Pause.

Tobias ist nun doch sprachlos.

Du wirst doch die sozialistischen Ideen zumindest kennengelernt haben, zumal an der Uni. Heute ist das ja nichts so Exotisches mehr wie zu meiner Zeit. Damals waren wir jungen Menschen ja noch bewegt von 1848. Und Freiheit hieß für uns natürlich nicht: Feudalismus und die Privilegien einiger weniger und die Arroganz des Adels und der Neureichen. Sondern es kam auch noch von Französischer Revolution her und: »Der Mensch ist frei geboren, aber überall liegt er in Ketten«.

Ja – und weil ich so dachte, wurde ich hierher versetzt zu euch. Da kannst du mal sehen, wie die in der Metropole (und jetzt auch noch Reichshauptstadt) diese Region hier einschätzen: es ist so etwas wie ihre Strafkolonie. Aber wir wollen es für uns behalten, was das hier wirklich ist: dieses **Paradies**.

Pause.
Natürlich, sagte Tobias, wird auch über die gesellschaftlichen Theorien diskutiert. Das ist ja unsre Gegenwart und Zukunft. Über die Frauenemanzipation. Und den Sozialismus. Ich war sogar mit in der einen und anderen Versammlung.
Ja? Und?! Da war Drigalski höchst gespannt.
Bei den Marxisten: Da dachte ich offen gesagt zum ersten Mal in Berlin: Ich bin wohl nicht der Richtige für so was. Für das Rechthaberische und auch gleich Dogmatische – auf jedes Gegenargument wurde wie mit einer Kriegserklärung reagiert. Und einer, der mal den Religionsstifter höchstselbst (der unlängst starb) noch erlebt hat, schilderte ihn mir als einen unangenehmen Menschen in seiner Erscheinung, seinem Auftreten: alles immer auf Vernichtung jeden Widerstands eingestellt, ein Diktator. Und irgendwer sei aufgesprungen und habe gerufen: Wo habt ihr denn den Scheiterhaufen? und sei hinausgelaufen.
Und Tobias sagte: Keine Frage, die sich mir so sehr stellt wie diese: Konnte jemand, der so absolut rechthaberisch war, wirklich recht haben? Der auch jeden Gleichgesinnten, der nur in Details von seinen Absichten abwich, zu vernichten versuchte? Konnte von so jemandem tatsächlich eine bessere Welt kommen?
Gut, sagte Drigalski, das ist kritisch gedacht. Und sagte noch einmal: Gut. Aber als mich damals die Strafaktion traf, da war ich zu der Bewegung eigentlich schon auf Distanz gegangen. Was nicht heißt, daß ich die heutigen Mißstände nicht weiterhin als solche sehe. Mir war klargeworden etwas so Einfaches, daß du bestimmt erstaunt sein wirst, weil es auf den ersten Blick mit Weltanschauung und Politik nichts zu tun zu haben scheint: die absolute Abwesenheit, das völlige Fehlen von Humor bei jenen Leuten. Und ich dachte: Das hatten wir doch schon einmal – kannst du dir vorstellen, daß ein Großinquisitor gelacht hat?
Ja, mein Junge, dies nun wirklich ein Rat: Wenn jemand keinen Humor hat – dann lauf ganz schnell weg!

Aber diese Kritik ist, wie gesagt, nur das eine. Und das andere bleibt: daß ich die Absicht niemals aufgeben werde, den Unterdrückern und Schmarotzern überall endlich die Zähne zu ziehen. So beschränkt solche Leute auch immer sein mögen: Ihre allein auf die gesellschaftliche Herkunft gegründeten Privilegien gestatten es ihnen, den Rest der Menschheit, die Vielen, ungestraft zu ramponieren oder doch wenigstens zu beleidigen. Halt dich auch von solchen fern, sagte er zu Tobias (und man hätte heraushören können, er wisse, warum er das gerade zu ihm sage) – früher oder später verletzen sie jeden, und die Narben bleiben dir für immer.

Es ist ja noch nicht so lange her, daß solche Barbaren ihre Untertanen und Arbeiter nach Belieben durchprügeln lassen konnten.

Auch hier in der Gegend unterstanden die Menschen mal einem solchen »Amtmann«. Nein, ich muß sagen: Sie waren ihm ausgeliefert. All das ist überliefert, und der Name des Peinigers ist noch unvergessen: Johann Stern alias Gwiazdowski. Sein liebstes Folterinstrument war übrigens der Spanische Mantel, den der Verurteilte durch den Ort tragen mußte: ein glockenförmiges Gefäß aus Eichenholz, innen mit eisernen Stacheln besetzt.

Der Unmensch trieb es mit solchen »harten Proceduren« und »Plackereyen« gegen die Untertanen so weit, daß tatsächlich in die Hauptstadt von der Gefahr berichtet wurde, viele Bauern von hier könnten seinetwegen nach Polen entfliehen. Aber den Rest der Geschichte kann ich mir sparen: eine Krähe hackt natürlich der anderen kein Auge aus, gewisse Maßnahmen gegen ihn waren also nur eine vorübergehende Sache, am Ende wurde er in das Amt wieder eingesetzt. Und konnte die Bauern und wen auch immer wieder pressen und drangsalieren, wo es nur ging.

Wo wäre man denn hingekommen, eine »Obrigkeit« wie ihn zu maßregeln. Das hätte ja die Autorität untergraben.

Pause.

Ich hüte mich allerdings auch den gesellschaftlichen Bessergestellten gegenüber vor Schwarzweißmalerei. Will ihnen gegenüber nicht genauso ungerecht sein, wie es viele von ihnen uns gegenüber sind. Solche und solche natürlich auch unter denen. Nur: Von denen ist jeder Leuteschinder und sogar Idiot von vornherein natürlich bessergestellt, darf den Rest der Welt kujonieren. Und eben das ist zu beseitigen.

Aber manchmal meine ich auch herauszuhören, Sie hätten was gegen den wissenschaftlichen und technischen Fortschritt, sagte Tobias. Irre ich mich da? Ist es denn nicht so, daß viele Maschinen, die erfunden werden, den Menschen immer mehr von ihrer täglichen harten Arbeit abnehmen?
Ach, mein Junge! Die Phänomene sind im Kern ja so leicht zu erkennen und so einfach zu beurteilen, daß man es kaum auszusprechen wagt, um sich nicht die Vorhaltung einer Simplifikation einzuhandeln oder gar die, man rutsche ab ins Allgemeinplatzhafte. Aber läßt sich das folgende denn widerlegen? Die Erleichterung des Alltags ist das eine und zweifellos sehr Bedeutsame. Das Profitmachen des Kapitalisten das andere. Und das dritte und Schrecklichste ist: Hat es je eine größere Erfindung gegeben, die nicht auch gleich auf ihre Eignung für die Kriegsmaschinerie überprüft worden wäre?
So habe ich denn meine Verbannung aus dem Zentrum (vielleicht: dort mit der Aussicht auf den Posten eines Rektors oder gar Schulrats) in dieses Land hier bald als eine Versetzung in eine Oase der Zivilisation schätzen gelernt.
In der ich meinen Lebenslauf auch zu beenden gedenke.
Und eines Tages wirst du mich auf dem hiesigen Friedhof finden.

4

Aber sollte Tobias über all dem Neuen, mitunter schlechthin Aufregenden, der täglichen »großen Welt« in Berlin, die Ingeborg vom Gutshof daheim haben vergessen können?
Sie waren also eine Zeitlang in derselben großen Stadt – und er versuchte nicht, sie zu treffen?

Bekam vielleicht nicht heraus, wo sie dort wohnte? Oder erfuhr es, aber ging niemals dorthin, um sie – und sei es wenigstens aus einiger Entfernung – zu sehen, und nichts weiter? Und ohne daß sie es mitbekam?

Was habt ihr für Vorstellungen von junger Liebe?

Ein Nachmittag auf dem Alexanderplatz. Das Bild wird immer noch beherrscht von Pferdedroschken, über einem halben Dutzend solcher Gefährte. Doch auch schon Straßenbahnen. Und über die Stadtbahn-Brücke rattert irgendwann, mächtigen Qualm ausstoßend, ein Personenzug.

Es war Juni. Daheim in Masuren blühten nun wohl in den Dorfgärten die Fliederbüsche. (Daran dachte er angesichts dieser baum- und strauchlosen Platz-Wüste ganz besonders.)

Und ging dann noch ein paar Minuten lang weiter, die Königsstraße hinunter.

War es an diesem Tag oder einem anderen, daß er sie tatsächlich sah? Und wie lange hatte er wohl in der Nähe des Hauses, in dem sie wohnte, darauf gewartet? Eine Stunde oder länger?

Waren sie denn verabredet, und sie war nicht gekommen, einfach nicht gekommen?

Doch wie hätten sie verabredet sein können?

Sie trug das Haar hochgesteckt nach der Mode, einen hübschen Hut. Und in dem langen dunklen Kleid erschien sie ihm auch schlanker, erwachsener, als er sie erinnerte. Aber diese Kleidung war ja bloß wie die von allen Damen hier. Sie: ein Fräulein sogenannter besserer Kreise in der Hauptstadt.

Er meinte, sie wirke so – alltäglich, so – gleichgültig.

Aber wie hätte es denn anders sein sollen? Sie war aus dem Haus gekommen, vielleicht mit so gut wie nichts beschäftigt. Entfernte sich ganz selbstverständlich die Straße hinunter.

Ingeborg.

Dieses Gesicht, dieses Gesicht. Dieser unvergleichlich weiche Zug um den Mund. Damit war es jedoch ganz unzureichend gesagt. Aber ließ es sich überhaupt besser sagen; und weshalb.

Ja. Nein. Es traf alles so zu, wie es ihm gerade durch den Kopf ging. Und war doch auch noch anders. Er bekam diese Erre-

gung nicht aus seinem Innern, sobald er bloß an sie dachte – und nun sah er sie sogar!
Sah sie weggehen.
Warum es ablehnen wollen: Es war für ihn noch immer nur sie. (Und andern gegenüber, die sich viel mehr um ihn bemühten, war das wohl geradezu ungerecht.) Und wie lange schon. Und wie lange noch.
Und doch ging er nun nicht einfach zu ihr hin. Nein. Und würde jedenfalls nicht mit zugucken, wenn sie eines Tages im hellerleuchteten Gutshaus feierten, ihre Hochzeit mit irgendwem feierten. Man sie zu jemanden ins Nest getan hatte. Wie man so sagte: Zu Tisch und Bett –.
Ja, so formulierte man doch.
Und hatte er gegen seinen Vorsatz einen kleinen Moment lang doch noch gedacht, zu ihr zu gehen, so wandte er sich nun abrupt ab und entfernte sich wie plötzlich in großer Eile.

Und irgendwann fragte er sich natürlich auch dies: Wars vor allem, weil sie so unerreichbar schien als die Tochter eines Gutsherrn und erst recht einer in Überheblichkeit beschränkten Gutsherrin? Für ihn: aus einer Kate im Dorf? Und wenn sie wenigstens das fünfte oder siebente Kind gewesen wäre und sozusagen ein Versorgungsfall: auch solche nachrangigen Kinder sollten ja unter die Haube. Aber das einzige Mädchen. Da machte man sich mehr als ehrgeizige Pläne.
O Tobias: Du und dein Kopfinhalt. Nicht nur, daß du diesbezüglich alles kurz und klein reflektierst – du kommst ja auch noch aus den Seelenwelten Masurens.

Wie also hätte es anders sein sollen: Sie trafen sich erst wieder, zufällig, als der Student Tobias Ferien hatte zu Hause. Begegneten sich in der Stadt.
Hatte er vielleicht gewartet wie in der Nähe des Alexanderplatzes? O nein. Und überhaupt: Auf eine solche Weise machte er sich nicht irgendwo noch einmal lächerlich, vor sich selbst lächerlich.

Und es war ja auch wieder sie, die plötzlich vor ihm stand, ihn ansprach. Er hatte sie gar nicht kommen sehen.
Du –! sagte sie und machte eine kleine Bewegung zu ihm hin, als wolle sie ihn umarmen oder wenigstens berühren. Oder mißverstand er das? Er war so überrascht, irritiert, hätte sich darauf wohl unbedacht eingelassen. Doch er berührte nur leicht ihren Oberarm. Und es wurden dann zwischen ihnen auch nicht viele Sätze. Während derer sie auffallend unruhig erschien.
Du bist wieder hier, sagte sie. Weshalb eigentlich haben wir uns nie in Berlin gesehen?
Ja, weshalb –? sagte er bloß. Setzte die Wörter steif, als verteidige er sich mit aller Vorsicht, um nichts für sich Nachteiliges zu sagen. Irgendwann kam mir zu Ohren, es gibt da für dich einen jungen Pfarrer –.
Zuckte sie ein bißchen zusammen?
Pause.
Und das störte dich? Siehst du es so? Und ich hörte, du seist viel mit einer Fabrikantentochter zusammen, die –.
Er, überrascht: Woher hast du das –.
Da lachte sie: Unterschätze mich nicht! Ich war doch auch in Berlin.
Ja.
Dann hatte er begriffen: Zufällig konnte sie es jedenfalls nicht erfahren haben in der riesigen Stadt. So hatte auch sie –.
Und er sagte: Na, es gibt dort ja dies und das, du weißt. Und es wird zuviel geredet. Je gescheiter die Leute zu sein meinen, um so mehr reden sie. Aber ich bin doch vor allem dort, um zu studieren. Alles andre zählt weniger.
Pause.
Was wirst du eigentlich werden? fragte sie plötzlich. Ich hörte auch, du sollst tüchtig sein. Vielleicht wirst du sogar – Professor?
Ja, fuhr sie fort (wie von der eigenen Vorstellung überwältigt): Werd Professor! Stell dir vor, wenn du Professor werden würdest! Dann wärst du ja mehr als jeder andre hier!
Pause.

Es hallte ja gleichsam in ihm nach... Professor!... mehr als jeder andre hier...
Doch dann sagte er, und tat es wie lauernd: Aber man würde auch dann nicht vergessen... die Herkunft...
Ja, sagte sie unbetont (wohl ohne darüber nachgedacht zu haben).
Hier in der Gegend würde das niemand vergessen.
Ja.
Da wandte er sich zur Seite.
Doch beherrschte sich gleich wieder, drehte sich ihr wieder zu. So ist das nun mal (dachte er; oder so ähnlich).
Und das Gespräch war in diesem Augenblick zu Ende; es blieb bei diesen wenigen Sätzen.
Und er verstand nun auch ihre Unruhe: Er sah plötzlich ihre Mutter vor dem Boriss-Geschäft drei, vier Häuser weiter, und die winkte die Tochter herbei. Und winkte gleich noch einmal; und schon deutlich heftiger.
Ja ich muß –, sagte Ingeborg und deutete mit dem Kopf dorthin.
Ja, geh nur, sagte er, und es gelang ihm wohl ein einigermaßen gleichgültiger Ton.
(Als sage er kühl: Was solls.)

5

Zwei Tage danach war Tobias wieder abgereist.
Doch drei, vier Wochen später war plötzlich der andere Berliner ganz überraschend da, Otto. Bei dem Tobias wohnte. War da, erklärte nichts, setzte sich fest.
Schien sich der nicht am deutlichsten von der Familie und dem Dorf abgenabelt zu haben – bis zur Änderung des Namens?
Was war denn nun der Anlaß für sein Auftauchen, was hatte das für einen Sinn? Wollte dieser Mann nur ein bißchen ausspannen (wie man heute sagen würde:) vom Großstadt-Streß? Andere vier Wände sehen, zumal man, wie gesagt, beengt leb-

te (und auch noch seit Tobias' Eß- und Schlafgängertums)? Jedenfalls: Er war allein gekommen, die Frau begleitete ihn nicht.
Nun gut, sie waren zu der damaligen Zeit ja nur zu dritt unter dem Dach des Masurenhauses; so war es also nicht anders, als wenn Tobias in die Ferien gekommen wäre.
Und die Mutter, in ihrer hinnehmenden Art, war ohnehin nicht eine, die gleich bohrende Fragen stellte.
Das tat schon eher der Erbe, Karl. Als drei, vier Wochen vergangen waren, die Leute im Dorf über den Fall auch zu reden angefangen hatten, vor allem: daß er ausgerechnet mit dem bekannt stärksten Trinker im Ort, dem Knecht Schrubba, loszog (der seinen Kopfinhalt doch wohl schon ziemlich versoffen hatte), da befragte er den Bruder auf seine ruhige, das Notwendige ins Auge fassende Art nach dessen weiteren Plänen.
Mag sein, daß Otto an diesem Tag schon allerhand getrunken hatte (es war nicht zu überriechen, daß er nach Fusel roch, **billigem** Fusel) und deshalb eine genauere Antwort schuldig blieb.
Jedenfalls bekam Karl sie nicht. Da wurde er denn doch laut: Wart nur, dich werden sie auch bald in Dung eingraben müssen wie deinen Saufkumpan. Was ist bloß aus dir geworden!
Und Karl verlegte sich danach auf ein Gespräch mit der Mutter: bedrängte sie, doch auch mal mit dem Sohn und Bruder zu reden wegen dessen endlosen rätselhaften Aufenthalts fernab von Frau und Arbeit – auf sie würde er doch hören müssen.
Die bekanntermaßen aber weder Talent noch Neigung zum Inquisitorischen hatte; davon war auszugehen.
Wie gehts eigentlich bei euch dem Tobias? fing sie an.
Ach, wie solls dem gehen. Wies uns allen geht, antwortete Otto.
Na, er studiert doch fleißig?
Ja, er studiert. Man kriegt ihn kaum mit. Sitzt in der Ecke mit seinen Büchern. Studiert.
Pause. Längere Pause. Dann schien der Mutter wieder etwas eingefallen zu sein: Sag mal, ist da was mit einem Mädchen?
Mädchen? Na ja. Ich hab ihn mal ein bißchen ausgefragt. Ist

ja der Bruder. Es war nicht viel aus ihm rauszukriegen. Aber er hat wohl sogar eine Reiche. Wundre dich also nicht, wenn der hier eines Tages mit einem Ring am Finger ankommt.
Mit einem Ring –. Der Tobias –. Und ist doch noch jung.
Ja. Und soviel hab ich immerhin aus ihm rausgekriegt: Erst nachdem sie und Tobias sich einigermaßen einig waren, und das ist noch nicht lange her, erzählte sie ihm: Sie kommt aus dem Ruhrgebiet, und der Vater ist ein reicher Fabrikant, und man kann sich alles leisten. Aber sie wollte erst ganz sicher sein, daß es dem Tobias um sie ging und nicht um ihr Geld. So hat sie ihm das nicht gleich erzählt.
Eine so Reiche? Nun schien die Mutter geradezu verwirrt zu sein.
Aber er hat uns doch gar nichts erzählt. Und du meinst, die heiraten vielleicht? Aber er ist doch noch nicht verlobt?
Na, noch nicht richtig.
Na siehst du. Noch nicht verlobt, sagte die Mutter. So ganz kam sie mit der Geschichte wohl nicht klar.
Jedenfalls eine reiche Frau. Wenn es dabei bleibt. Wollen wir also hoffen, daß es bleibt, meinte Otto noch.
Und jetzt will ich mal wieder, sagte er und stand auf.
Bleib sitzen! entgegnete da die Mutter mit einer für sie ungewöhnlichen Bestimmtheit.
Denn wie ist es mit dir? sagte sie.
Mit mir? Wie –?
Ja, mit dir! Mußt du denn nicht wieder zu deiner Frau und deiner Arbeit?
Laß mal –.
Du antwortest bloß: Laß mal. Aber ich laß nicht! Mußt du nicht wieder nach Berlin?
Ich hab freibekommen, versuchte er zu scherzen.
Pause.
Otto – was ist los mit dir?!
Was soll denn los sein. Ich war so lange in Berlin. Und jetzt bin ich hier. Ist hier denn nicht mein Elternhaus? Und wenn ihr mich nicht mehr haben wollt, dann geh ich weg. Die Welt ist groß. Wer ist damit nicht einverstanden.

Otto, sagte sie bloß. Wie gut, daß Vater das nicht mehr erleben mußte.
Und sie schüttelte traurig den Kopf. Und es war alles gesagt.
Und er stand auf, ohne noch einmal zurückgehalten zu werden. Drehte sich aber wie unentschlossen einmal um sich selbst.
Und die Mutter schüttelte noch einmal den Kopf. Wenn Vater doch noch da wäre! sagte sie.
Da machte er sich aus der Stube, als fliehe er vor etwas, und gleich auch aus dem Haus.

Lassen wir den Otto, dessen Berliner Angelegenheiten so undurchsichtig geworden waren. Und der an die Flasche gekommen zu sein schien.
Wenden wir uns wieder Tobias zu: Was der so trieb.
War er zu Hause im Dorf, dann saß er meistens auch über irgendeinem Buch und »was zum Schreiben«. Am liebsten hinter den Fliederbüschen oberhalb des Hauses bei der großen Linde. Immer lernend. Student.
Oder bot sich auch mal dem Karl an, wenn der rausging auf das kleine Stückchen Land, das der Vater irgendwie hatte an sich bringen können. Ja: War sich auch nicht zu schade für ein bißchen Feldarbeit, der gewordene Stadtmensch.
Oder bot sich an, irgendwo was zu angeln. Ein Gericht Fische half ihnen ja immer.
Und dann wieder bei seinen Büchern.

Tobias und Mädchen? Was bekam man hier im Dorf davon mit? Wenn da was war, dann spielte es sich nur in Berlin ab. Ein bißchen war da vielleicht mal mit der Tochter vom Gut gewesen. Oder übertrieb man schon mit so einer Aussage? Er hat ihr manchmal, hieß es, in der Schule geholfen. Doch das war lange her. Und mit denen vom Gut hatte man ja sowieso besser möglichst wenig zu tun. Und neuerdings wollte man von der Mutter des Mädchens ja auch gehört haben, in Berlin habe die Ingeborg einen aus der hochwohlgeborenen eigenen Verwandtschaft kennengelernt, angehenden Pfarrer. Und das

war doch wohl die von den Eltern in Aussicht genommene Verbindung.
Aber hatte sich denn nicht auch für Tobias in Berlin eine andere Beziehung ergeben? Zu einem Mädchen mit – wie der Otto, allerdings nicht immer klar im Kopf, prahlte – viel Geld? Der arme Junge und die Geldprinzessin – was wollte der Bursche eigentlich noch alles erreichen?
Doch hatte er nicht eine Zeitlang auch was mit einer hier aus dem Dorf? Der Hilde? War nicht die Moralinsche stock und steif dabei geblieben, mit der sei er auch in die Büsche gekrochen? (Was auch immer an diesen ständigen Behauptungen von ihr sein mochte oder nicht.) Und dies stand immerhin fest: daß die Hilde mal zu ihm nach Berlin zu irgendeinem Fest gereist war.
Aber der Wahrheit nun die Ehre: Das hätte sie vielleicht besser nicht tun sollen. Denn wie hätte sie sich unter seinen Studenten-Bekannten und einigen dazugehörenden Stadtmädchen ungezwungen bewegen und wohl fühlen können? Wurde sie, als eine Landpomeranze in deren Augen, nicht vielleicht sogar Anlaß für Überheblichkeiten? Und Tobias bekam das sogar mit? Und: Einmal beobachtete er sie, wie sie mit zweien etwa ihres Alters zusammenstand (und man wußte sich offenbar nichts zu sagen), und er erschrak fast über ihren ganz hilflosen Gesichtsausdruck, und das traf ihn nachhaltiger, nicht bloß für den Augenblick.
Setzte sich in ihm fest.
War es deshalb, daß er seit schon einiger Zeit der Moralinschen nun wirklich keinen Anlaß mehr gab, ihn und die Hilde in Beziehung zu irgendeinem Treiben in Gebüschen zu bringen?
Oder doch eher wegen besagter Berlinerin mit dem sagenhaften Geld; und da war ja sogar schon von Verlobung die Rede.
Aber was denn nun, noch einmal aus der Perspektive der Leute gefragt, die ganze Zeit über mit der dritten: der vom Gut? Tatsächlich gar nichts mehr? War so die Liebe?
Was sollte man bloß darauf antworten? Also auch hier: Nicht klare Feststellungen, sondern noch offene Fragen.
Und wir sollten es wohl einstweilen bei den Fragen belassen.

6
»Muttersprache, Mutterlaut...«

Liebe Leser: Ihr erinnert euch auch noch an jene Fußreise des Tobias aus der vorpommerschen (und zeitweise, bis ins 19. Jahrhundert hinein, schwedischen) Universitätsstadt Greifswald ins masurische Zuhause? Diese viele Tage lange Heimkehr zu Fuß, die längst gebaute Eisenbahn wie verschmähend?
Fußreise, die – wie ich meine – schon so etwas wie Trotz war und ein Zurechtkommenwollen mit dem Herkömmlichen dem Menschen Zugeteilten (und noch vor dem schnelleren Reiten und dem Fahren im tiergezogenen Wagen)?
Ja, wie ein Anfang war einer Rückkehr aus »der großen Welt« und ihren galoppierenden Veränderungen und saisonalen Ansichten ins Heimatliche: Masuren und seinen dunklen Wäldern und Hügeln und Seen.
Und es begleitete ihn eine Zeitlang ein Hund, ihm zugelaufener Wolfshund.
Und dann am Ende ein alter Masur bei ihm, der alte Masur.
Gut. Man erinnert sich.

Also wir sind mitten in den achtziger Jahren des neunzehnten Jahrhunderts und wollen festhalten den **Stand der Dinge** (denn wir wollen ja nicht den Überblick verlieren, den »großen Durchblick«):
Das war damals, als das Deutsche Kaiserreich es andern Europäern gleichtat und in Afrika die ersten Kolonien erwarb. Und man in Chicago die ersten Wolkenkratzer hochzog. Und Benz das erste Auto der Welt baute, einen dreirädrigen Wagen. Aber auch irgendwer (dessen Namen ich nicht nennen mag) ein Maschinengewehr konstruierte. Und Johann Strauß den Zigeunerbaron komponierte. Und Richard Wagner starb und auch der liebenswürdige Spitzweg. Und wir große Prosadichter hatten: Storm, Fontane, Raabe und noch manchen weiteren.

Noch ziemlich zu Anfang, nicht weit weg von der Oder, kamen Tobias und der Hund durch ein kleines Dorf, von dem er bald alles vergessen (weil nur flüchtig angeschaut) hatte – nicht aber dieses eine: einen wunderschön wuchernden Blumengarten vor einem bescheidenen Bauernhaus. Und da stand vor ihm plötzlich das Bild der Mutter in einem fast gleichen Garten, **ihrem** Garten. Ja: Ein solcher Anblick war es, der ihn am unmittelbarsten zu dieser Frau hinführte. **Mutter**.

Garten, den sie, die sonst so sehr alles Hinnehmende, durchgesetzt hatte (darüber wurde auch später noch geredet). Vor dem Haus immer Blumen, und dort nicht wie überall sonst Kohl und Möhren und Kartoffeln. Und die Erinnerung daran sollte doch wohl bleiben weit über ihren Tod hinaus.

Die Mutter: Diese so bescheidene, doch sich immer so aufrecht haltende Frau. Dunkel auch jetzt in den höheren Jahren das schlicht zurückgekämmte Haar. Dunkel nun auch stets die Kleidung. Ja: Haltung. Und (so zögerlich man nun mit diesem Wort auch sein mag): Stil.

Ich sprach immer noch ein bißchen zu wenig davon, was dem Tobias so alles durch den Kopf lief in jenen vielen Tagen. Vor allem: Woher es denn kommen mochte, daß er unterwegs, und immer wieder, so intensiv und anschaulich auf sie hingelenkt wurde: die Mutter.

Und er sieht diese Frau, Mutter, das manchmal so kärgliche Täglichbrot ein bißchen aufbessern: mal pflückt sie am Feldrand Sauerampfer für eine einfache Suppe, mal wilden Kümmel für das Sauerkohl-Faß im Herbst. Und bringt vom Wald ein paar Erdbeeren heim oder Blaubeeren oder sogar Himbeeren.

Nur so was? Kam sie nicht irgendwann im Herbst nach Hause und weinte? Ihr taten die Hände so weh vor Kälte – sie hatte auf dem elterlichen Feld Kartoffeln nachsammeln gedurft.

Ja. Es waren aufs Äußere gesehen durchweg ärmliche Alltage. Hatte er sie nicht sogar mal der Nachbarin erzählen gehört, gestern sei ihr bloß eine Tasse Milch geblieben, alles andre sollten doch die Kinder haben. Wie gut, daß in diesem Land die fischreichen Seen manche Mahlzeit hergaben.

Und weshalb drängte sich ihm nun plötzlich das Bild der Barbara dazwischen, Reichen in Berlin, und seiner Verbindung zu ihr?

Weil, wie ihm jetzt erst recht bewußt wurde, eine größere Gegensätzlichkeit kaum denkbar war als die dieser beiden Frauen? Daheim die Mutter ganz in der alten Welt: der in dieser Welt übliche Platz einer Frau, so war das für sie nun mal, wer stellte da was in Frage. Sie trug Verantwortung in der Familie. Und es gab manchen Hinweis darauf, daß sie dabei wohl sehr viel erlebte.

Und in der Großstadt die andre: die sich so gut wie alles leisten konnte (auch jede Weltanschauung). Aber wurde nicht vieles irritiert durch Vorstellungen davon, daß eigentlich das meiste radikal verändert werden müsse (denn es waren nicht nur die in jeder Zeit notwendigen Bemühungen um Verbesserungen Schritt für Schritt gemeint).

Und auch er, Tobias, sollte in diese An- und Absichten ja möglichst eingepaßt werden! Von ihren Vorstellungen möglichst viel übernehmen!

Hatte sie ihn nicht sogar gefragt, ob er sich nicht vorstellen könne, noch umzusatteln? Jurist und Anwalt werden. Die Sache des Fortschritts vor allem der Frauenbewegung benötige mutige Verteidiger, die es auf sich nähmen, jene juristisch zu vertreten, die ihrer modernen Ansichten wegen in Schwierigkeiten gerieten. (Und um die Kosten dieses weiteren Studierens solle er sich keinerlei Gedanken machen.)

Ja: Also der vollendete Gegensatz zu seiner Mutter.

Und warf das für ihn nun nicht noch drängender die Frage auf, ob er denn sein weiteres Leben in ständiger Auseinandersetzung damit sein wollte?

Wir können doch, selbstverständlich, nicht annehmen, daß Tobias zu den Ansichten der Frauenrechtlerinnen vor über hundert Jahren eine Ansicht wie von heute hatte – oder meint das jemand? Als es zum Beispiel noch lange kein Wahlrecht für Frauen gab; aber allen Ernstes einen Bund zur Bekämpfung der Frauenemanzipation.

Doch hatte Tobias einen erheblichen Teil der Beziehung zu Barbara nicht schon hinter sich gelassen? Durch den Entschluß, Berlin aufzugeben?

Und das betraf nicht nur die Verbindung zu ihr. Sondern auch seine früheren Vorstellungen, möglichst viel zu werden auf den Schienen des Fortschritts. Wie, wenn er nur einer gewissen Schwerkraft nachgab, um dort anzukommen, wo der Platz für jemanden wie ihn in der Welt war?

Er hatte die Verbindung zu Barbara nicht beendet. Sie schrieben sich; sie besuchten sich. Doch die Entfernung aus ihrer Nähe war nicht fehlzudeuten.

Hatte er nicht irgendwann gelesen, jede nähere Beziehung zu einem Menschen mache einen »reicher und reifer«? Und wenn der Wert dieser vielleicht am meisten darin lag, daß er sich über sich selbst klarer wurde als je vorher – nämlich von welcher Art er **nicht** war? So hatte er ihr doch sehr viel zu verdanken und würde das nie vergessen.

Aber noch einen Augenblick lang zu der Frage, ob denn die Menschen früher, hier: eine Frau und Mutter, bei all ihrer Eingeschränktheit überhaupt glücklich sein konnten. Bejaht man das, so ist mit Widerspruch gewiß zu rechnen.

So liefere ich denn ein weiteres Zitat ab; diesmal allerdings nicht von einer Berühmtheit, sondern von einem Mann mit allerdings unbestreitbarer Lebenserfahrung und -klugheit: dem Gemeindevorsteher eines masurischen Dorfs, der, nachdem er wegen seiner politischen Einstellung 1933 sein Amt hatte aufgeben müssen, eine Ortsgeschichte schrieb und im Jahr meiner Geburt damit hervortrat.

Dort fand ich: Unsere Vorfahren »sind glücklich gewesen«, denn sie waren »trotz schwerer Arbeit mit sich und ihrem Los zufrieden«. Eine gewisse moderne Kultur hatte »den inneren Menschen« noch nicht »abgestumpft«. »Ein überaus wahrnehmbares Zeichen der inneren Zufriedenheit und des

Glücks« seien die vielen Volkslieder gewesen, die sie bei der Arbeit »aus innerem Drange heraus« sangen.

Aber kam denn nicht auch die Mutter aus deutlich besseren Verhältnissen: von einem großen Hof? Und hatte man dort nicht vielleicht andere Träume als ihr weiteres Leben? Und war sie nicht auch noch ein besonders hübsches Mädchen?
Oder ist das schon zu heutig gedacht? Und sie war ja nicht eins der älteren Kinder. Und den Hof bekam jedenfalls der Älteste. Immerhin aber konnte sie das Häuschen, Kätnerhaus, in dem sie lebten, in die Ehe einbringen, und das war doch viel, sehr viel.

In einem andern der vielen kleinen Dörfer, durch die er kam, lag die Front eines alten Hauses in der Abendsonne – und nahe der Haustür sah er eine alte Frau auf einem Stuhl. Döste sie oder summte sie etwas vor sich hin? Als er näher kam: Sie sang leise für sich...
Wie sehr ihn auch dieser Anblick rührte! Mutter!, dachte er wieder. Die nun auch eine alte Frau geworden war. Gern ein bißchen vor dem Haus in der Sonne saß. Dann auch eins der alten masurischen Lieder sang. Und wenn sie so allein und unbeschäftigt war: meistens eins von Liebesleid. Oder ein Kirchenlied. Und das dann manchmal recht laut. Oder ebenfalls nur in sich hinein.
Und er erinnerte sich an ein besonders trauriges Lied, das sie immer wieder sang. Von einem Mädchen, das weinend auf den Geliebten wartete – aber der hatte längst eine andere. Da brach der Verlassenen das Herz. Und auch die Vögel sangen in der Birke, unter der sie, so jung aus der Welt gehend, begraben wurde, nur Klagelieder...
Ja: Wie oft er sie das singen gehört hatte. Ach: Immer wieder. Zu oft. Aber wieso dann immer wieder von solchem Liebesleid? Während sie bei der Arbeit, in Bewegung doch Munteres, ja Spaßiges von sich gab? Und: Drückte sie da nicht vielleicht auch etwas von sich selbst aus? Das schon ach so lange

zurückliegen mochte? Und hat sie es damals schon gesungen: als Mädchen, junge Frau? Haben solche Lieder denn nicht vor allem deshalb die Zeit überdauert, weil sie Geschichten erzählen, die sich wie auch immer ewig wiederholen?
Ja: sie war einmal ein schönes Mädchen. Nach dem auch wohl manch andrer als der ehrgeizige Ludwig (wie es in den alten Liedern hieß:) »in Liebe entbrannt« gewesen sein mochte. Und vielleicht hat ihr einer von denen sehr gefallen – aber spielte das denn die entscheidende Rolle? Ein schmucker Forstmensch vielleicht? Oder sogar ein junger Lehrer? Doch damals entschieden letztlich die Eltern.
Konnte aber übersehen werden, daß – nachdem seit ihrer Jugend viele Jahre vergangen waren – immer noch jemand sie offenbar verehrte? Es ist von keinem anderen als von dem Dorflehrer Drigalski die Rede.
(Obwohl das nicht zuletzt von den plachandernden Weibern doch wohl auch reichlich aufgebauscht wurde. Ja bis hin zu Munkeleien, Drigalski schieße vielleicht was für das Studium des Tobias zu.)
Mein Gott: So hätte er, der Tobias (das geht ihm durch den Sinn), ja auch der Sohn eines Försters, Lehrers, Gemeindevorstehers sein können? Und daß er so herausfiel aus der Art der andern in seiner Familie, wäre dann etwas erklärbarer...
Ach, was für abwegige Gedanken! Er winkte geradezu ab.
Und war es denn nicht so, daß man – jedenfalls seit geraumer Zeit schon – meinen konnte, das Interesse irgendwelcher Männer berühre sie gar nicht? Gleichsam: Als registriere sie es nicht mehr.

Doch weshalb nun all die Gedanken des Tobias an die Mutter? Bloß wegen einiger einfacher Anstöße? Einem Blumengarten, einem Stuhl bei einer Haustür? Hatte es die nicht schon immer irgendwo gegeben? Und er hatte sie doch nicht in gleicher Weise aufgenommen?
Hatte sie ihn nicht immer deutlich weniger beschäftigt als der umtriebige Vater, der sie alle angetrieben hatte? Daß sie etwas werden sollten im Dorf und in der Welt?

Ging das nicht bis an den Rand fast einer Geringschätzung, so daß er sich nun hätte fragen können: War er, Tobias, ihr gegenüber immer gerecht gewesen? In ihrer (wie ihm irgendwann durch den Kopf ging) geradezu pflanzenhaften Art neben diesem gleich einem Kutscher der Schnellpost ständig die Peitsche schwingenden Vater?
Und plötzlich, nicht wenig überrascht, ja reichlich irritiert, darüber nachzudenken: Kam er selbst sogar mehr von ihr her? Und driftete, je mehr er alles bloß Angelernte durchschaute, so daß es von ihm abfiel, wie ganz natürlich der mütterlichen Art zu?
Und was er hier nun machte. Diese lange Wanderung nach Hause, das jedenfalls war kein Verhalten mehr im Sinne des Vaters; sondern dazu hätte **sie** geneigt.
Aber war nicht auch seine eigene Einstellung bisher immer sehr verständlich gewesen? Alle wollten »etwas werden«, er doch auch. Und hielt man sich da nicht eher an einen ehrgeizigen Vater, mochten dessen Antreibereien manchmal auch zu bedrängend gewesen sein? Hatte nicht irgendwer im Dorf mal von ihm, Tobias, gesagt, er habe sogar einen Gang »ganz wie der Vater«? Und dieser Hund, seltsame ihn begleitende Hund: hatte der ihm nicht eben so etwas wie einen Stups gegeben: als ob er sich etwas beeilen solle – und sogar bei so was war ihm der Vater in den Sinn gekommen?

Thorn an der Weichsel. Hälfte des Wegs. Ja, darüber sprachen wir schon. Und ich wiederhole davon nur: Unverlierbarer Anblick einer europäischen Stadt aus alter Zeit.
Kopernikus-Stadt. Auch davon erzählte ich schon. Und es sei bloß noch einmal gesagt: Mann, der die Welt, »die Umläufe der Himmelskörper«, so darstellte, wie sie **in Wirklichkeit** sind – und nicht, wie eine damals allmächtige Institution es bei Androhung von Mundtotmachen und Folter und grausamster Hinrichtung zu denken befahl.
Und dies ist es, was über das bloß Faktische (die Angelegenheit der Naturwissenschaft) weit hinausgeht, weil es den Menschen in seiner jeweiligen Existenz betrifft. Es gibt sie zu allen Zeiten: die Dogmatiker und ihre absolute Intoleranz. Und für

das Opfer macht es keinen Unterschied, ob es im Namen einer Weltanschauung oder einer Kirche umgebracht wird.
Und gleich bleibt also zu allen Zeiten auch die Verpflichtung, die Gewaltherrschaft jeder rücksichtslos rechthaberischen Autorität, jeder Intoleranz zu brechen. Und sage niemand, heute dürfe man doch jeden Gedanken auch äußern. Gewiß: Derzeit brennen keine Scheiterhaufen. Aber hat Baring etwa unrecht damit, daß es entgegen der selbstgefälligen Überzeugung, unser Land kenne keine Tabus mehr, im Bereich einiger brenzliger Probleme ein erhebliches Denkverbot gibt?

Was aber hatte Tobias, neben allen Einwänden und vieler Gleichgültigkeit, schon immer von der Mutter her beeindruckt?
Dies: ihre Neigung, es etwas schöner haben zu wollen als andere in ähnlicher Lage. Was brach da immer wieder hervor? Eine Erinnerung? Doch so etwas wie ein früher Traum? Oder bloß eine Sehnsucht? Der schönen Tochter eines großen Bauern, die man dann doch bloß in eine Kätner-Hütte gegeben hatte?
Ihr Vater ließ sich irgendwann malen. Ja: Da gab es in der Stadt einen gewissen Friedrich Wilhelm Preiske, der das als ein Handwerk betrieb und auf manchen wohlhabenden Hof kam und den Patriarchen auf der Leinwand verewigte. Und dieses Portrait, »garantiert lebensecht«: die Juste brachte es fertig, daß sie es mitbekam in das kleine Haus, und dort zierte es dann die beste Wand, grad als sei sie eine in einer Großbauernstube. Mein Vater! sagte sie manchmal nicht ohne Stolz zu einem Besucher.
War dieser Vater für sie die vielleicht wichtigste Männergestalt in ihrem ganzen Leben?
Manchmal kam er ja auch über ihre Schwelle, sah in ihre Stube. Fragte den Ludwig rundheraus: Sie hat es doch gut bei dir?! Und war das nicht jedesmal wie eine Beschützer-Geste, auf die man besser gar nichts sagte?
Und dann starb er. Alter Herr, der bis zuletzt noch viel umhergegangen war am Knotenstock. Mal hier, mal dort im Dorf

oder auf dem Feld plötzlich vor einem gestanden hatte wie aus dem Boden entstiegen, und dies und das gefragt und erzählt hatte. Eine allgemein respektierte Erscheinung.
Starb ganz plötzlich. Eines Morgens sagte die Juste zum Ludwig: Ich habe geträumt, daß man mir sagte: Zieh dich schwarz an. Du weißt, was das bedeutet. Und wie so ganz ohne Kraft ich heute bin. Ohne alle Kraft.
Und dann kam das Dienstmädchen vom elterlichen Hof: Der Vater war tot.
Und war also auch nicht mehr da als ihr Beschützer. Gegen einen in seiner Krankheit immer unleidiger werdenden Mann.

So war das Leben dieser auf ihre bescheidene, fast lautlose Weise stolzen Frau doch nicht selten freudlos? Mühsal und Fatalismus?
Noch einmal: Es war so und so wie jedes Menschenleben. Und sie empfand wohl öfter, und auch tiefer, Freude als ihr Mann, der Streber.
War es nicht reinste Zufriedenheit, was sie ausfüllte, wenn ihr etwas gut gelang: und sei es, äußerlich gesehen, etwas so Bescheidenes wie ein Laib Brot im Ofen. Oder wenn sie eins ihrer Kinder beobachtete, und das hatte gerade Spaß an irgendwas.
Und Tobias denkt: Sie hat doch manchmal so etwas wie Stolz auf mich, eins dieser Kinder, durchblicken lassen. Ganz nach ihrer Art, so was nur anzudeuten. Als sei ich ihr näher, irgendwie auch aus etwas anspruchsvollerer Welt.
Ihr Lachen! denkt er. Ihr manchmal so lebhaftes Lachen! (Und er hat sich schon, auf einen Ellbogen gestützt, ins Gras geworfen am Wasser eines masurischen Sees.) Und da rede man doch nicht von Freudlosigkeit! Ihr schallendes Lachen beim Anblick eines kurios erscheinenden Menschen (und manchmal machte sie ihn nach). Oder angesichts einer clownesken Szene. Oder einer irgendwie komischen Formulierung.
Nicht mal der alte Pfarrer blieb da verschont – wenn sie nachmachte, wie er hinter der viel flinkeren Magd herlief, der

dickliche Mann, und die Hand zur Ohrfeige schon ausgeholt hielt und sie doch niemals zu fassen bekam.
Und sie hatte nicht nur ein gewisses komödiantisches Talent, sondern auch Sinn für Formulierungen. Dreh dich hier nicht rum wie ein Furz im Taschentuch! konnte sie drastisch zu einem der Kinder sagen, das ihr im Weg war.
Ja: Das war jedesmal ein Vergnügen. Und nicht zuletzt für sie.
Also neben ihrer üblichen Zurückhaltung und überwiegenden Lautlosigkeit doch auch solche plötzlichen Ausbrüche an Lebhaftigkeit, Heiterkeit, Lachen – nicht nur auf Freud und Leid, auch auf nur ein Temperament war sie nicht ausschließlich festzulegen.
Und wenn Drigalski sie immer geradezu wie eine Dame behandelte: Tobias war sich sicher, daß ihr dabei, auch wenn sie sich nichts anmerken ließ, jedesmal warm ums Herz wurde.

Nun ist Tobias zu Hause angekommen.
Er sieht, daß Karl die Leiter ans Haus gestellt hat und aufs Dach gestiegen ist. Was wollte er dort?
Er sagt: Es bleibt dabei: Ich seh auch von hier oben nicht weiter als bis zu Krahns Wald. Was für Wetter wird: Ich seh das erst, wenns über den Wald kommt.
Ach –, sagte er, als werde ihm nun erst bewußt, daß Tobias da ist. Und, sagt er: Gut, daß du gekommen bist –. Sie liegt da drin –. (Er deutet mit dem Kopf zur Wohnstube hin.)
Ist einfach eingeschlafen. Kam morgens nicht raus wie immer. Und dann sahen wir: Sie ist so leise weggegangen, wie sie zuletzt immer gelebt hat –.
Pause. Tobias ist aufs höchste erschüttert.
Also das war es –, sagte er dann langsam. Ich hätte es wissen können: Es ging um ihr Ende –.
Pause.
Ja, so ist das, sagt Karl ganz unbetont. Aber wie war die Fahrt? fragt er dann.
Ich bin nicht gefahren. Es war keine Fahrt.
Bruder Karl versteht das nicht. Sagt aber nichts. Kommt nun die Leiter hinunter.

Und dann, als werde ihm etwas bewußt: Aber woher wußtest du –.
Eine Antwort wartete er jedoch nicht ab, sondern macht gleich darauf eine wie abwinkende Geste mit der Hand: Laß –, ich weiß –.
Pause.
Tobias dreht sich weg. Einen Augenblick später geht er mit dem Zweig, den er mitgebracht und noch in der Hand hat, ins Haus. Wenigstens er soll nur für sie sein, ihre reglos gewordenen Hände.

7

Einige Monate später ist Tobias wieder zu Hause. Weshalb diesmal?
Das kleine Haus der Familie, in dem früher die Eltern und fünf Heranwachsende gelebt hatten, war ja nun fast leer. Der Vater tot, auch die Mutter begraben, die Tochter auswärts verheiratet, der eine Bruder in Berlin (oder sonstwo) – Tobias traf nur noch zwei unter dem Dach an: Karl, den Erben und Fortführer, und Fritz, diesen Menschen von so besonderer Art, ich sag mal: Masuren reinsten Wassers. Die beiden Übriggebliebenen konnten es sich fast großzügig einrichten: der eine unten, der andere in der Stube im Giebel mit dem Blick auf den See. Fritz: Dort oben du!
Und sie beide unbeweibt. Karl, (wie man heute sagen würde:) weil er nicht gerade der große Aufreißer war, kein Mensch von (dies erst recht in Neuesthochdeutsch:) Feten und Fun. Nur gut, daß er ansehnlich war, hübsche Augen hatte, die für ihn sprachen, der so ungern redete, lieber ganz schwieg, sonst wären seine Probleme mit Frauen noch größer gewesen.
Und der Fritz das Gegenteil davon. Es war mal diese, mal jene Verlustierung im Dorf und der Umgebung; und es kam schon auch vor, daß er sich Weibern (und dies im Hinblick auf seine Vorlieben kein allzu deplazierter Ausdruck) in nicht gerade der feinsten Art näherte: einem Faun gleich bis hin zum andeutungsweisen Herzeigen des männlichen Liebesinstruments.

Die Moralinsche hätte sich durchaus nur auf ihn zu konzentrieren brauchen und wäre ausreichend nach ihrer Vorliebe beschäftigt gewesen. Und es gab durchaus auch wahre Dramen unter den von ihm in die Welt gesetzten Geschichten...
Doch nun ging Karl allen Ernstes auf Freiersfüßen! Und wenn er so was tat, dann war natürlich auch das bei ihm die übliche grundsolide Sache. Da gab es von einem gewissen Augenblick an dann kein Zaudern und Zögern mehr.
Es war die Hilde, die er heiraten würde. Tochter nur kleiner Leute, aber –. Was besonders zu erwähnen ist: Einigen galt sie als das schönste Mädchen ihres Alters im Dorf. Da kommt die Hilde, sagten sie, die wird doch mit jedem Tag hübscher.
Sie brachte nicht gerade eine üppige Mitgift ins Haus. Doch Karl wäre nicht der Karl gewesen, wenn er nicht mehr Wert darauf gelegt hätte, daß sie einen guten Faden spann und überhaupt tüchtig zupacken würde in Haus und Hof.
Karl war jedenfalls so angesehen im Dorf, daß er ein solch hübsches und tüchtiges Mädchen ohne weiteres bekam.
Aber nun endlich zu der Frage: Kennen wir diese Hilde nicht längst?
Stand die nicht irgendwann, irgendwie sogar für den Studenten in der Familie zur Debatte?
Ja: zur Debatte. Mehr noch deshalb, weil im Dorf natürlich viel darüber geredet wurde (und nicht nur von der gewissen Moralinschen), daß sie besagtem Studenten sogar nach Berlin »nachfuhr«. Und was dort auswärts zwischen den beiden wohl geschehen sein mochte...
Und nun der Bruder Karl... Da sagte denn Fritz zu Tobias: Du kanntest die doch auch mal, vorsichtig ausgedrückt. Na siehst du: Jetzt wird sie wenigstens deine Schwägerin. So bleibt das in der Familie...
Doch halt: Hatte nicht Vater Ludwig mal zur Juste gesagt: **Die** heiratet der Tobias nicht? Und jetzt nahm der Karl und Erbe sie?
Na: Es mochte ja auch für einen ehrgeizigen Vater einen Unterschied gemacht haben, ob es eine Sache war in heimisch ländlicher Welt (in die die Hilde längst wieder und unproblematisch zurückgekehrt war). Unter Berücksich-

tigung von Mitgift und Landfrauen-Solidarität. Oder im Hinblick auf den Studenten, für den doch wohl ganz andere Vorstellungen des Verstorbenen gegolten hatten.
Übrigens noch ein Wort zu dieser Mitgift: Für die Verwirklichung des gewiß größten Traums des Kätners langte sie nicht: ein Pferd?
Oder vielleicht hätte sie ausgereicht? Aber Karl sah und bewertete das abschließend denn doch nüchtern: Ein Pferd – da er keinen Stall dafür hatte und, vor allem, doch nicht genug Land, um es richtig einzusetzen und auch um Futter anzubauen für das Tier.
Ein Traum also, der weiterhin Traum blieb. Aber fügen wir hinzu: Noch ist nicht aller Tage Abend.
Und schätzen wir doch auch jene unsrer großen Träume nicht gering ein, die nicht wahr werden! Welch ein bedeutender Teil von uns sind auch sie! Ja, weiß Gott nicht der unwichtigste!
Karl hatte seinen Beruf, mußte nicht noch bei Bauern arbeiten wie Fritz, verdiente Geld als Maurer. Und nun als nächstes sein Plan, das Haus, das bislang eine Art Kate war, nicht unerheblich zu vergrößern! Hatte er dafür nicht schon manches Stück Holz hinter dem Gebäude zum oberen Garten hin gelagert? Holz, das er im Lauf seiner Handwerks-Arbeit zum Beispiel aus Restbeständen günstig hatte erwerben können? Oja, seine junge Frau, und wenn denn noch Kinderchen kamen: die sollten es gut bei ihm haben und durchaus nicht armselig.

Tobias besuchte Drigalski.
Was hab ich gehört? empfing ihn der, – du studierst nicht mehr in der Metropole der Metropolen? Weltstadt des Reichs?
Ja, ich bin schon eine Zeitlang nicht mehr dort.
Erzähl!
Es gab eine Reihe von Gründen. Zunächst einen ganz äußerlichen: Meinem Bruder haben sie den Stuhl vor die Tür gesetzt, da mußte auch ich mich nach einer anderen Bleibe umsehn.
Und warum nicht in Berlin?
Das sogenannte »geistige Klima« dort hing mir zum Hals raus. Einerseits: Am deutschen Wesen wird die Welt genesen,

wir sind die Größten. Auch: die intelligenteste Nation der Welt. Wie oft hörte ich das ohne die Spur einer Einschränkung. Andererseits: Wenn bei uns tatsächlich alles im Idealzustand wäre: Wieso dann das Bedürfnis so vieler sogenannter Fortschrittlicher, Männer wie Frauen, die Welt zu verbessern? Sprechen denn die beiden Seiten nicht von demselben Land?
Und dann nahm mich Pfingsten ein Studienfreund nach Hamburg in seine Familie mit. Und im Museum sah ich Caspar David Friedrichs Gemälde »Wiesen bei Greifswald«. Mein Gott: Wiesen, Wiesen vor der alten und noch so überschaubaren Stadt; und diese Luft und Weite! Und Tiere vor der Stadt wie hier bei uns auf dem Land; und vorn zwei spielende, springende Fohlen! Das Anheimelnde dieser ländlichen Ruhe bis zum hohen Himmel hinauf – und dies war also auch eine Universitätsstadt! Da war mit einemmal dieser Steinhaufen Berlin für mich nicht mehr akzeptabel, dieser Ameisenhaufen.
Und Greifswald hat ja eine altberühmte Universität. Die, als die Stadt zu Schweden gehörte, die älteste schwedische war, älter noch als Uppsala. Und diese »hohe Schule« hat, wie es heißt, erheblich zum Sieg der Reformation und der Aufklärung beigetragen.
Wundert es Sie da noch, daß ich so schnell wie möglich aus der Metropole: von Pomp und Protz, aber viel Elend auch, fortwollte zu den Wiesen und den Fohlen? Ich bin ja längst nicht mehr so im Fahrwasser der »großen Welt« – und was einem denn morgen wieder als ein riesiger Fortschritt aufgetischt werden wird. Es war höchste Zeit, daß ich Distanz zu alledem bekam.
Und so ging ich nach Greifswald. Ein bißchen Arbeit finde ich immer auch dort, um die schmale Kasse aufzubessern. Und hab ein Zimmerchen bescheidenster Art unter dem Dach bei einer alten, zarten Witwe. Und ja, es gab anfangs manchen Augenblick, da guckte ich bloß aus dem Fenster – nicht mehr eines Hinterhofs, sondern ich sah zu, wie das gelb und braun gewordene Land nach unten taumelte.
Und dann kam Schnee. Und der Blick verfing sich im Gewirbel leichter, großer Flocken. Und da stand erst recht vor mir unser Dorf hier, und plötzlich ein Bild davon, wie sich rechts und

links beim Weg an unserm Haus vorbei die weißen Wände bildeten und wohl einen ganzen Meter hoch wurden aus dem von der Straße geschaufelten Schnee.
Drigalski, der die ganze Zeit nur kleine, zustimmende Gesten gemacht, genickt hatte, sagte nun lächelnd: Das war ja ein ganzer Vortrag. Und zuletzt sogar poetisch. Doch ich habe dich wohl verstanden.
Pause.
Aber jetzt hör mir mal gut zu: Wie wärs mit noch einem erheblichen Stück weiter nach Osten? sagte Drigalski. Wir haben hier ja nun gerade eine Zeit der Veränderungen. Überall, wohin man sieht, neue Leute. Der alte Pfarrer gibt auf, es geht wohl nicht mehr. Und ein gewisser Gutsbesitzer Sommer hat da ja einen jungen Popen sogar adligen Geblüts in der Verwandtschaft, der –. Wie der liebe Gott doch manchen der Seinen alles nach Wunsch regelt. Und der junge Mann ist nach allem, was man vorab zu hören bekam, ebenso bibelfest wie auch zur näheren Aufnahme in die Familie des Großgrundbesitzers geeignet. Ein entfernter Verwandter noch, doch ein naher solls werden.
Pause.
Du sagst nichts, meinte Drigalski. Bin ich dir, diese Sommers betreffend, doch zu sehr Schwarzweißmaler? Ach, mein Junge. Aber lassen wir auch das.
Ja, und in dem Dorf da oben, fuhr Drigalski fort, wurde eine zweite Lehrerstelle geschaffen und – ein kleiner Ausgleich zu der üblichen Westwanderung der Menschen von hier – mit einem Mann aus Westfalen besetzt. Der vertritt wohl, aber das ist ja nicht erstaunlich, das betont fortschrittliche Denken, wie es bei uns hier noch nicht so richtig angekommen ist. Vielleicht ist ihm ja sogar ein bißchen die Aufgabe aufgetragen worden, das Hinterwäldlertum unserer Leute zu reduzieren; er soll ja bei seiner Begrüßungsansprache die Vokabel vom Naturvölkchen am äußersten Ende des Reiches aufgenommen haben. Na, du wirst ihn vielleicht kennenlernen.
Bleibt aber noch die Stelle hier im Dorf; denn auch für mich wird es allmählich Zeit. Und da der Gutsherr nur eine Tochter hat und wohl keinen zweiten Versorgungsfall in der Familie für

diese Region, mag es ja sein, daß mein Wort die Nachfolge betreffend etwas zählt. Und hiermit sei also beschlossen und verkündet, daß ich nur zu gern dich auf diesem Platz sähe – wenn du nur wolltest! Ja, das ist eine recht erfreuliche Vorstellung für mich. Ich weiß nicht genau, wie es mit den Zwischenstationen und dem Abschluß deines geisteswissenschaftlichen Studiums steht, deinen bisherigen Plänen in die akademische Laufbahn hinein. Es müßte ja hier auch keine Sache für immer sein. Vielleicht bloß für einige wenige Jahre, um deine Kasse für das Weitere aufzufüllen?
Das Formale, schloß Drigalski: eine gewisse Examination vor der Zuteilung der Stelle, wäre in annehmbarer Zeit ja wohl hinzukriegen, denke ich.
Tobias war so überrascht, daß er zunächst nur eine Geste momentaner Unentschlossenheit machte. Des Zögerns. Sag nichts, sag nicht gleich was, ging Drigalski dazwischen. Ich weiß: Dein Vater hat dich wohl eher als Professor, wenn nicht gar als Dekan gesehen. Aber deiner Mutter wäre mein Vorschlag recht gewesen, glaub mir. Folgen wir der Mutter. Denk darüber nach.
Ja, sagte Tobias. Sagte nun immerhin das.
Reden wir einstweilen von etwas anderm, meinte Drigalski. Wie stehts denn mit den sogenannten zwischenmenschlichen Beziehungen? Es war doch bis hierher sogar von einer Eheschließung die Rede, einer Heirat in die reichsten Kreise hinein. Hat die Dame – Drigalski lachte – es sich bei einem so verqueren Fall wie dir noch einmal überlegt? Oder ging sie an ein Kloster oder, sagen wir, an die vorhin von dir erwähnten Vorwärtsstürmenden verloren?
Kleine Pause.
Allen Ernstes, sagte Tobias dann: Eher an die Letztgenannten; und ich kann ein solches Tempo nicht mithalten. Die Barbara ist da an einen Kreis von Verehrerinnen der Otto-Peters geraten; und die Anhängerinnen sind ja nicht immer so überzeugend wie die Urheberin selbst. Ich weiß noch nicht, was ich letztlich von alledem halten kann.
Also eine sogenannte Hängepartie?

Vielleicht das. Vielleicht auch schon weniger als das.
Drigalski schüttelte den Kopf. Ich kann mir das ein bißchen vorstellen. Und wie schade immer, wenn bei an sich wichtigen Anliegen Phrasen Einzug halten. Und nicht mehr jenem dunklen Drang allein gefolgt wird, der, so Goethe, uns den rechten Weg doch bewußtmacht. Aber was strapazier ich hier meine bescheidene Bildung. Bloß noch soviel: Die Deutschen, scheint mir, sind für die Krankheit besonders anfällig, in die Extreme wegzudriften, und eine vernunftbestimmte Mitte wird von ihnen nur zu gern diffamiert.
So ähnlich denke auch ich, antwortete Tobias.

Halten wir uns nicht zu lange bei der Hochzeit Karls und Hildes auf.
Der Vater der Braut hatte allen Ernstes den Fotografen aus der Stadt bestellt, und der gruppierte die etwa fünfzehn Leutchen vor eine Ecke der guten Stube. Die Eltern der Hilde: vor allem die Mutter, klein und korpulent, präsidierte geradezu, als sei sie der eigentliche Mittelpunkt. (Vater und Mutter des Bräutigams waren, wie wir wissen, bereits verstorben.)
Drei Geschwister der Braut, darunter der hagere, etwas dröge Hoferbe mit seinen auffallend abstehenden Ohren, die Hände zwischen den Knien gefaltet. Und drei ihres nun Angetrauten: die Schwester, Fritz, Tobias. Einige wenige Verwandte und Freunde beider Seiten. Kein großer Aufwand also.
Aber wie fein herausgeputzt sich all diese einfachen Leute hatten! Auch der Fritzu – und sein Anblick wohl der verwunderlichste: auch er im dunklen Anzug, mit Frackhemd sogar und Fliege. Ob er selbst das alles ganz ernst nahm?
Das Brautpaar, von den Brauteltern eingerahmt, wirkte mit am förmlichsten. Der Bräutigam neben der hübschen Braut etwas selbstverständlicher als sie, die geradezu fragend dreinblickte; doch er war ja einige Jahre älter als sie.
Weshalb ich dieses Bild in einigen Einzelheiten so genau wiedergeben kann? Es hing an der Wand noch in meiner Kindheit...

Übrigens zeigte Karl an diesem Tag sogar eine gewisse humorige Seite seines Wesens. Zum Beispiel als er eine kleine Anekdote erzählte, die er aus dem Ruhrgebiet mitgebracht hatte: von einem Engländer (die man dort offenbar nicht für besonders intelligent hielt) und dem dicken englischen Nebel. Stellt euch vor, sagte er, der dumme Kerl streckte die Hand mit dem Handschuh in den Nebel rein, und als er sie wieder rauszog, war der Handschuh weg! Und soviel er dann auch in dem Nebel stocherte, als sei der an derselben Stelle geblieben und nicht runtergefallen: der Handschuh blieb natürlich verschwunden!

Ihr seid aber eher neugierig darauf, wie Hilde und Tobias sich gegeneinander verhielten, als sie sich beim Vorbereiten der Hochzeit wiedersahen?
Auch da gibt es nicht viel zu erzählen. Etwas unsicher waren sie beide, dies offensichtlich. Sagten bloß etwas wie: Na, wie gehts dir denn so? Und dir? Und eine gewisse Befangenheit hielt sie auch davon ab, einer alten, zu Ende gegangenen Geschichte törichtes Zeug hinterherzureden.
Nur einen kleinen Satz sagte Hilde doch noch, hatte ihn sich vielleicht seit Tagen zurechtgelegt: Was das Leben so alles mit uns macht.

8

Tatsächlich wurde Tobias einige Monate später zunächst Schulhelfer in seinem masurischen Heimatdorf.
Welch eine seltsame Sache: in der Schule, dem Schulzimmer, wo er selbst vor Jahren in den Holzbänken gesessen hatte.
Ein kleines Mädchen fragte er: Und du bist dem Saworra seine?
Ja.
Und dein Opa heißt Franz?
Zögern. Dann: Der ist tot.
So. Der ist also auch schon tot.

Drigalski kam, brachte einen Stuhl mit, setzte sich neben das Pult. Mach weiter, flüsterte er.
So ist der Tobias auch ein Schulmeister geworden, sagte er später fast stolz. Aber ich wußte es ja: Du würdest jedenfalls deinen Weg machen.

Tobias schlief in einer Kammer unter dem Dach der Schule. Das stand ihm zu. Und es war ihm auch recht und lieber so. Einer gewissen familiären Konstellation wegen, ja.
Es gab auch noch eine andere Begründung dafür: Das elterliche Haus befand sich noch im Umbau, wurde von Karl deutlich vergrößert. Ein Schlafzimmer für die Jungverheirateten kam hinzu. Und, o Wunder (worauf wollte dieser Karl denn noch hinaus): das alte Schilf kam vom Dach, es bekam ziegelrote Pfannen.
Karl mauerte und sägte in jeder freien Minute, arbeitete mit Äxten und Stemmeisen, hämmerte und verputzte.
Und dabei half ihm auch Tobias nach Kräften. Fand sich oft ein und zeigte sich geschickt – handwerkliche Talente der Vorfahren lagen offenbar auch in ihm, das hatte man dem Büchermenschen so gar nicht zugetraut.

Und eines Tages fand sich bei ihm der Lehrer aus dem Westen ein, August Meyer aus Gelsenkirchen im Ruhrgebiet. War den Sandweg über den Berg, hinter dem das Nachbardorf lag, gekommen, »zur Kontaktaufnahme mit dem jungen Kollegen«.
Da hat man nun die Theorien der heutigen Pädagogik und der Seminare gebüffelt, und dann hier – entschuldigen Sie, Sie sind ja von hier – so manches doch noch Stein- und Bronzezeit! Das mit der Prügelei mehr als anderswo mag ja begrenzt noch angehen, da nach der Erfahrung auch liberaler Kollegen manchmal ohne die Zuchtrute nicht auszukommen ist, besonders bei Naturkindern wie hier. Aber sonst –.
Vergessen Sie bei allem nicht, was die Menschen in diesem Weltwinkel für ihr bäuerliches Leben wirklich brauchen, sagte Tobias. Und was nicht. Jedenfalls wohl kaum etwas über

die alten Pharaonen in Ägypten und die Newtonsche Farbenlehre und nicht mal was über den Lehrsatz des Pythagoras.
Aber wenigstens doch die **Grundzüge** der modernen Naturwissenschaften! sagte August Meyer. Wenigstens eine **Ahnung** davon sollten doch auch die hiesigen Schüler bekommen!
Ich halte es mit Goethe, entgegnete Tobias. Der von irgendwelchen abstrakten, mathematisch formulierbaren Naturgesetzen bekanntlich kaum etwas hielt. Sondern dem es auf die anschauliche Erfassung der einfachen Formen ankam. Die Menschen müssen heimisch gehalten werden in ihrer Welt, wir müssen ihnen vermitteln, was sie auch nach der eigenen Beobachtung verstehen können. Alles andere ist irgendwelches Zeug, das den normalen Menschen bestenfalls verwirrt.
Sie erstaunen mich! meinte Meyer. Haben doch genauso studiert wie ich, und sogar in Berlin.
Vielleicht gerade deshalb, antwortete Tobias.
Wollen Sie denn die Kinder hier weiterhin vom allgemeinen Fortschritt im Reich abkoppeln? sagte darauf Meyer, den Kopf schüttelnd. Das sind sie doch immer noch allzusehr.
Durchaus nicht, entgegnete Tobias. Doch was ist denn wirklich ein Fortschritt heutzutage? Ich halte Goethes soeben zitierte Position für den Maßstab und die gängige Wissenschafts-Ausrichtung auf Messen und Wiegen hin und Formeln und Abstraktionen für durchaus problematisch. Und ich berufe mich ja, wie gesagt, nicht auf Quacksalber und Sektierer, sondern auf Goethe.
Und noch wichtiger, fuhr Tobias fort: Ich kenne die Kinder hier. Bin ja selbst vor noch nicht allzu vielen Jahren hier aufgewachsen und zur Schule gegangen. (Und meine Mutter, die vor kurzem starb, konnte weder lesen noch schreiben – und hat ihr Leben vorbildhaft gemeistert.) Die schönsten, weil ergiebigsten Schulstunden bei meinem alten Lehrer Drigalski waren die, wenn er mit uns aus dem Dorf hinausging und wir uns an einen Wegrand setzten. Wir lernten sofort, wenn er uns etwas in die Hand gab, wir es anfassen konnten. Dies ist Kümmel – man kann die Körner gebrauchen beim Brot-

backen und fürs Sauerkraut. Und dies ist Wegerich, eine alte Heilpflanze, Spitzwegerichsaft gibts gegen Husten. Oder er bestellte uns abends und erklärte uns den Sternenhimmel und die Mondphasen. Das alles sahen wir selbst und begriffen es also.

Na, soviel denn dazu für heute, sagte Meyer. Ich sehe, wir haben da noch allerhand zu diskutieren. Ich bin nämlich weiterhin in vielem nicht Ihrer Ansicht.

Übrigens: Die Tochter meines verehrten ersten Lehrers kennt Sie. Als ich gestern davon sprach, Sie aufzusuchen, da sagte sie gleich: den kenn ich! Ich traf ihn mal auf einem Waldweg, es ist Jahre her, und dann niemals wieder. Ein seltsam nachdenklicher Mensch wohl?

Vielleicht. Wir sprachen damals kein Wort miteinander. Aber wie merkwürdig: Ich hab die Begegnung nicht vergessen.

Und ich auch nicht! rief Tobias aus. Und habe sie doch auch niemals mehr zu Gesicht gekriegt. Das ist ja überhaupt etwas Erstaunliches: Viele angeblich so wichtige Dinge vergißt man restlos – und Kleinigkeiten von vor langer Zeit stehen plötzlich wie ein Bild vor einem, als sei es gestern gewesen.

Pause.

Nun lächelte Meyer: Na, da ihr beide ja nicht aus der Welt seid, könnt ihr euch doch irgendwann wiedersehen.

9

Doch zunächst gab es für Tobias ein Wiedersehen mit einer andern Frau. Und diese Begegnung war von Anfang an noch um einiges erstaunlicher.

Es kam Barbara aus Berlin angereist und ließ sich aus der Stadt mit einer Droschke ins Dorf bringen.

Ja: Es war das reiche Fräulein, die Fabrikantentochter aus dem Westen, die es so sehr darauf angelegt hatte, um ihrer selbst willen geliebt zu werden. Und es hatte also schon geheißen: Der Tobias und sie, das würde wohl auf eine feste Verbindung hinauslaufen.

Doch vor allem eine Freundin namens Belle zog sie in einen Kreis von Verfechterinnen der Frauenherrschaft, bei Belle einschließlich der Verehrung einer weiblichen Gottheit. Und da wurde für ihn manches anders.

Tobias war maßlos erstaunt, sie so plötzlich vor sich zu haben – hier in dem entlegenen Dorf und nach Monaten, in denen auch der schriftliche Kontakt dünner geworden war, nachdem er eines Tages klar erklärt hatte: Unsere Ansichten unterscheiden sich im Grundsätzlichen! *Ihr* seid Streiterinnen, Kämpferinnen. Gut. *Ich* aber bin von andrer Art: Für Bekämpfungen, Kriege nicht zu haben. Meine Ziele sind die Versöhnung von Gegensätzen, ein möglichst weitgehendes Miteinander.

Und sie nun hier? Ja: Es war schier unglaublich.

Wolf, sagte sie. Hier laß mich dich Wolf nennen – obwohl du kein grimmiger Wolf bist, alles andere als das. Aber gibt es hier nicht noch Wölfe? Und vielleicht auch Luchse? Sag ich besser Luchs? Da du doch so viel Verstand hast und scharf beobachtest?

Sag Tobias, lächelte er.

Ja? Aber es sollte etwas mit diesem Land zu tun haben, an dem du offenbar so hängst. Doch gut: Tobias.

Kleine Pause.

Hat sie schon immer soviel dahergeredet? dachte er. Ja, das hat sie wohl? Und früher, da sie mich noch nicht so verunsichert hatte, fiel es mir bloß nicht so auf? Oder ist auch das anders bei ihr geworden – können andre einen so sehr verändern?

Wolf, sagte sie. Tobias. Ja, sieh: Ich habe es auf mich genommen und bin gekommen. Es müssen doch ein paar Sätze zwischen uns gesagt werden. Klare Sätze. Das müßte doch möglich sein?

So will sie einen formellen Schlußstrich? Geklärte Verhältnisse? Nun gut, dachte er, um Unaufgeregtheit bemüht.

Aber deshalb eine so beschwerliche Reise? Du hättest mir schreiben können, sagte er. Was hast du da auf dich genommen.

Doch im selben Augenblick bereute er, das gesagt zu haben. Wie sie so vor ihm stand – betont feines Fräulein aus der Stadt (doch hätte sie sich denn wie eine Bäurin kleiden sollen fürs Dorf?), etwas unsicher wohl sogar, als frage sie: Bin ich dir nicht willkommen?, da war er sich seiner Sache nicht mehr ganz so sicher. Kann ich dir etwas anbieten? fragte er. Groß ist die Auswahl hier allerdings nicht –.
Nein, nein –.
Dann laß uns, wenn es dir recht ist, ein bißchen hinausgehen bei dem schönen Wetter. Oder – verzeih meine Gedankenlosigkeit – möchtest du erst ein bißchen ausruhen?
Nein –. Laß uns ruhig gehen –.
Und so gingen sie den Sandweg zum Dorf hinaus und ein kleines Stück den Hügel hinauf nach Norden. Ja. Setzten sich dann ins Gras: den See vor sich im Tal und das kleine Dorf um seine linke Hälfte.
(So wird es gewesen sein. Ich sehe es vor mir. Und es ist noch die alte ganze Welt hier. O dieses Dorf wie noch in meiner Kindheit! Und nun alles so lange her.)
Es ist schön hier, sagte sie. Ja, es ist wunderschön. Aber, um gleich damit anzufangen: Ein Mensch wie du, der doch auch etwas ganz anderes kennengelernt hat – nun immer bloß hier? Und immer Dorflehrer? Erklär mir das doch noch einmal, ich verstehe es nicht.
Pause.
Ich meinerseits, sagte er fast leise, habe zuletzt manche von den von dir geäußerten Ansichten, mehr noch: manches in deinem Verhalten auch nicht mehr verstehen können.
Sag es! Sag alles, was du darüber denkst! Ich weiß, trotz allem, immer noch nicht so recht, weshalb – wie nenn ich es – diese gewisse Entfremdung – ach, das ist nicht das richtige Wort – zwischen uns.
Und sie legte ihm die Hand auf den Arm.
Es war doch zuletzt, und das weißt du, vor allem diese eine Szene zwischen uns, sagte er. Als ich dich ruhig fragte, ob dieser Bieler dir denn auch was bedeute. Und du mir gleich eine Antwort gabst wie einen Schlag ins Gesicht. Als seiest

nicht mehr du das, die da antwortet. Sondern, vielleicht, deine Freundin Belle oder diese oder jene von gleicher Art. Diese deine Antwort: Weshalb überhaupt so eine Frage! Glaubst du etwa, ich bin dein **Eigentum**?! Allein zu deiner **Verfügung**? Weshalb plötzlich, eines Tages, ein solcher Ausbruch?
Hatte ich nicht viele deiner bisherigen Vorstellungen zur Verbesserung der Lage der Frauen für nur zu berechtigt gehalten, sollte nicht die Gleichberechtigung der Frau eine Selbstverständlichkeit sein? Und wir hatten uns unsere Gedanken und Empfindungen immer in aller Gelassenheit mitgeteilt? Und nun eine solche Attacke?
Also meinetwegen, fuhr er fort. Wessen Voraussetzungen so sind, daß er meint, statt eines anzustrebenden größtmöglichen Miteinanders solle es weiterhin ein bloß etwas verändertes Gegeneinander geben, wenn diese immer so laute Belle das meint, dann mag sie die Dinge so sehen. Aber du –? Ist das auch dir gemäß? Habe ich dich denn bis dahin nicht richtig gesehen? Gemeint, du habest doch soviel innere Substanz, daß es dich vor **Phrasen** jedenfalls bewahrt?
Weshalb schätzt du das bloß so hoch ein? fragte sie.
Weil da etwas kaputtging. Ich hatte dich doch so gemocht, wie du bis dahin gewesen bist. Auch wenn unsere Ansichten nicht immer die gleichen waren. Und nun wolltest du offenbar nicht mehr so, sondern ganz anders sein. Und mir überließt du nur noch die Entscheidung, dir darin zu folgen – oder nicht mehr.
Tobias: All das nahmst du zu ernst.
Pause.
Das meine ich nicht.
Da war das eine, sagte sie; unsere Gedanken und unsere Vorstellungen und unser Kampf. Aber doch immer auch das andere, durch nichts von mir beherrschbare und veränderbare: Meine Liebe zu dir –.
Er senkte den Kopf.
Meinst auch du, fragte er, daß wir unsere Ansichten ändern können –, aber doch nicht unser Empfinden und unser Wesen? Es wäre eine gewisse Beruhigung für mich. Doch

warum sagtest du mir so was nicht gleich? Als du meine tiefe Betroffenheit sahst? Ließt mich zu lange, **allzu lange**, allein mit meiner Erschütterung? Weil du dich vor deinen Freundinnen endlich dazu durchgerungen hattest, in ihrem Sinne eine betont moderne Frau zu sein? Und dich nicht gleich wieder so schwach vor ihnen zeigen konntest, daß du es mir gegenüber relativiertest?!
Tobias, sagte sie; – du hast wirklich sehr viel darüber nachgedacht. Aber glaube mir: Es war **allzu viel**.
Aber ich krieg dich wieder hin! sagte sie plötzlich und fast munter. Ich hab dich doch immer hingekriegt! Du weißt. Ich krieg dich wieder hin –.
Doch weshalb hast du dich gleich ans Ende der Welt verzogen – hier versteckt? fragte sie.
Da versuchte er es mit einem Scherz: Weil das Wolfs-Art ist. Und irgendwann stürz ich aus diesen Wäldern, um euch ganz schlimm zu erschrecken!
Im Ernst, sagte sie. Ich hab mich ein bißchen erkundigt. Das erste: Du hast doch ganz andere Möglichkeiten. Es heißt: Du bist sehr begabt, könntest als Geistes- und Sprachwissenschaftler viel erreichen. Und das weißt du doch selbst. Das zweite: Du hast allerdings finanzielle Probleme. Mußt zwischendurch immer Geld verdienen. Aber das muß doch nicht sein, da kann ich dir doch helfen; ich sag das ja nicht zum erstenmal. Denn das hier kann und darf doch nicht schon die letzte Station sein für dich. Höre: Ich helfe dir.
Da geht nicht, sagte er und stand auf. Das geht erst recht nicht. Und du weißt das.
Aber warum nicht? Noch einmal: Warum nicht? Wenn es nur eine Frage des Stolzes ist, dann ist es törichter Stolz. Und es sollte eine Frage nüchterner Überlegung sein.
Er hatte sich wieder neben sie gesetzt.
Komm jedenfalls zurück in die Stadt. Vergrab dich nicht hier.
Du sagtest doch selbst, antwortete er mit leiser Ironie: es ist schön hier... Und fuhr ernst fort: Und sind denn die großen Städte, »wo das Getöse der Menschen ist« (wie man seit dem Altertum weiß), wirklich der menschlichen Weisheit letzter

Schluß? Ich glaube das immer weniger. Mit all ihren Unis und Forschern und heute schon von niemanden mehr überschaubaren Bergen an theoretischem Wissen? Wozu das Ganze? Führt uns das nicht vielleicht bloß weg von etwas Wesentlicherem? Aber auch das will ich ja nicht mehr: Große Worte über etwas machen.
Ja: Es ist wunderschön hier, sagte sie. Aber – und nun sag ich das ganz direkt – ich möchte dich bei mir haben. Wo auch ich leben kann Tag für Tag. Und hier kann ich das nicht. Das verstehst du doch – oder? Also, komm zurück zu mir.
Und. Ich helfe dir. Laß uns zusammen leben.

Ihre weiteren Gespräche verliefen nicht erheblich anders. Aber es war etwas klargestellt, und es war immerhin wieder Offenheit und eine gewisse Vertrautheit zwischen ihnen. Und dann reiste sie zurück.

Konfrontationen können uns nach allgemeiner Ansicht weiterbringen: sie machen uns selbst-bewußter. Bei Tobias schlug das nun wohl dahingehend aus, daß er künftig seine Ansichten noch deutlicher, noch unmißverständlicher vertreten wollte als bisher.

10

Unangemeldet kam der Schulrat aus der Kreisstadt zu einer Art Visitation.
Das war längst überfällig. Doch der ältere Herr galt ja nicht nur als streng und rechthaberisch, sondern ebenso als nicht gerade fleißig.
Tobias kannte ihn natürlich schon. Und hatte noch erheblich mehr über ihn gehört. Er kam irgendwo aus dem Reich und war gewiß nicht wegen irgendwelcher nicht genehmer idealistischer Ansichten hierher abgestellt worden. Äußerlich gesehen war er höchstens mittelgroß und etwas dicklich.
Weshalb kam ein kleines Mädchen, als es ihn erblickte, aus

der Bank und nahm wie hilfesuchend Tobias' Hand? Hatte sich bis zu den Kleinen herumgesprochen, daß dieser Schulrat kaum eine Klasse verließ, ohne daß ein Exempel statuiert worden war: er das Erlebnis der Verprügelung eines Kindes gehabt hatte?

Der Mann hatte gedient. Und da er es jedem gegenüber (ob der es hören wollte oder nicht) im Laufe der ersten fünf Sätze herausstrich, galt diese Tatsache als eine der verbreitetsten im Kreis.

Doch inzwischen waren ja auch die ihn bestimmenden Elemente nicht mehr die damals vielzitierten Blut und Eisen – aber offenbar noch Rohrstock und Rute.

Liebe Kinder, die ihr alle Kinder unsrer Majestät des Kaisers seid, begann er seinen Sermon. Und dozierte über die Pflichten des einzelnen als Soldat und Untertan, die eingeprägt zu bekommen vornehmste Pflicht des Kindes sei. Pflicht und Gehorsam! sagte er: Das sind die wichtigsten Vokabeln. Und daß Ungehorsam Strafe nach sich ziehe: Das lehre doch schon die Bibel. Ordnung und Disziplin seien auch weiterhin unverzichtbare Säulen der Weltgeltung Preußens und nun des Reiches. Und das Ziel, Kinder, muß sein: ein freudig geleisteter Gehorsam!

Sodann eine gewisse Examination: Fragen wir ab, was die Kinder für heute aufgehabt haben, Herr Kollege! Ich muß wissen, wie es um den Fleiß in Ihrer Schule bestellt ist. Um Fleiß und, wie gesagt, Folgsamkeit und Gehorsam.

Das ging eine Zeitlang gut bis leidlich, veranlaßte den Schulrat nur gelegentlich zu einem Stirnrunzeln, tadelnden: Nana –!

Bis zum Bruno. Einem schmalen, blassen Neunjährigen. Der einige Rechenkunststücke, die hatten gelernt werden sollen, so gut wie gar nicht beherrschte.

Der ist unschuldig, warf Tobias ein. Sonst ein guter Schüler. Doch er war krank.

Da wird der Herr Schulrat und Major, als habe er die Intervention des Lehrers gar nicht zur Kenntnis genommen, aber sehr böse: Hattet ihr das nicht auch auf?! Antwort!!

Ja, antworteten zwei oder drei Kinder ängstlich, als Bruno sich nichts zu sagen getraute.
Na, dann greifen wir doch mal zum Schüler-Tröster! rief der Schulrat. Na, was ist –?! sagte er zu Tobias. Schreiten Sie zur Tat!
Aber auf dem Pult lag ja kein Stock. Und der Lehrer reagierte nicht.
Den Stock her! schrie da der Schulrat.
Ich sagte schon: Der Junge ist entschuldigt, er war krank, antwortete Tobias, immer noch einigermaßen ruhig.
Den Stock!
So etwas benötigen wir hier nicht.
Ja – was ist denn hier los?! Der Schulrat war nun sichtlich äußerst wütend. Unsinn! schrie er. Das ist neumodischer Unsinn, Herr – Schulhelfer!
Und er griff in seine Hosentasche, holte ein Taschenmesser heraus, ging auf einen Lulatsch in der hintersten Bank zu: Marsch! Schneid mir einen Stock! Aber einen ordentlichen!
Bruno stand da: bleich, vielleicht auch jetzt noch nicht ganz gesund. Und begann zu weinen.
Ja –, was bist denn du für eine Memme! rief da der Schulrat. Was soll denn aus so einem für ein Soldat werden! Augenblicklich hörst du auf! Du hast doch noch gar keinen Grund – den kriegst du erst noch!
Herr Schulrat, ich wiederhole es in aller Unmißverständlichkeit, sagte Tobias nun betont laut und langsam: Der Schüler war krank. Ist erst seit gestern wieder hier. Hat also viel nachzuholen. Er ist von mir, seinem Lehrer, entschuldigt.
Ja: Er sagte das laut, akzentuiert, kühl.
Wollen Sie das mir überlassen! rief der Schulrat. Das ist doch Unsinn! sagte er wieder. Was sind das hier für dumme Sitten! Aber nicht in meinem Kreis, nicht in meinem Kreis! Ich demonstriere nun also vor allem Ihnen, was das heißt: Ordnung, Disziplin. Ein Schüler weiß, daß Faulheit Strafe nach sich zieht. Also **muß** er diese Strafe bekommen! Ohne den Stock ist bei diesen Bengels doch nicht Ordnung zu hal-

ten! Hat man Ihnen denn diese Erfahrung so vieler Lehrer-Generationen nicht beigebracht, – Schulhelfer?!
Der Lulatsch war zurück, übergab dem Schulrat die in Auftrag gegebene ordentliche Rute.
Aja! sagte der, ließ sie anerkennend durch die Luft pfeifen. Rutchen, Rutchen, du mein Gutchen! sagte er.
So! sagte er. Und da ihm längst klar war, daß er diesmal selbst tätig werden mußte, wenn es denn zu einer Abstrafung kommen sollte (obwohl ihm schon nach der verbalen Auseinandersetzung Schweißperlen auf der Oberlippe standen), winkte er den Bruno zu sich: Her mit dir!
Professor Wengener, einer meiner Lehrer, sagte Tobias laut und schon wie drohend, nennt das Steinzeit-Pädagogik, Herr Schulrat. Damals, als die Menschen noch in Höhlen lebten...
Halten Sie endlich den Mund!
Und schon hatte er nach Bruno gegriffen, obwohl Tobias ihm halb in den Weg getreten war.
Es ist Ihnen zuviel neumodischer Unfug beigebracht worden! Entschieden zuviel! Aber hier bestimme immer noch ich!
Und er hielt schon den Jungen in Nackenhöhe gepackt wie ein hilfloses Kaninchen, um ihn über die vorderste Bank zu legen.
Da hatte Tobias sich vor ihn gestellt, sah ihm von oben herab direkt in die Augen – und nahm ihm ganz plötzlich die Rute weg, um sie, knacks, knacks, zu zerbrechen und weit fort in eine Ecke zu werfen.
Sie –!! schrie da der Schulrat auf und griff nach Tobias' Brust.
Fassen Sie mich nicht an! sagte der ebenso laut. Das wird nicht gut für Sie ausgehen!
Er trat einen Schritt zurück. Doch der Schulrat rückte nach, wollte ihm offenbar sogar ans Ohr greifen, um ihn zu maßregeln wie einen Lümmel –
– da hatte Tobias ausgeholt und dem Herrn Schulrat und Major eine klatschende Ohrfeige versetzt!
Der war in diesem Moment wohl so völlig fassungslos gegenüber dem ihm absolut Unbegreifbaren, daß er etwas torkelte, seitwärts in Richtung Pult griff, ins Leere griff und nach unten einknickte.

Kam aber noch einmal hoch, machte instinktiv eine halbe Bewegung in Richtung Tobias, eine Art Angriff, wollte etwas schimpfen, es entstand aber kein verständliches Wort – und da Tobias ihm rasch auswich, stolperte er endgültig zu Boden. Dies, Herr Schulrat, da es Ihre Art zu diskutieren ist! Und ich ja den Mund halten soll!

»Achtkantig« sei dieser böse Schulrat zu Boden geflogen, verbreitete sich in Windeseile im Dorf. Ja: Es war von Fliegen die Rede – unzutreffend (da hätte ja der grimmige Herr bei seiner Korpulenz Flügel haben müssen).
Was für ein Ereignis im Dorf, was für ein Ereignis! Die Leute kamen aus den Häusern und sprachen auf der Straße darüber.
Und Tobias hatte sich abgewendet, dem Schulrat einfach den Rücken zugewendet, ruhig seine Sachen auf dem Pult zusammengepackt. Ging zur Tür, drehte sich aber noch einmal um und winkte den Kindern wie einen Abschied zu. Ging hinaus. So daß er auch nicht hätte aussagen können, in welchem Zustand sich der Schulrat schließlich befand. Er hatte noch eine Art Stöhnlaut von dessen Seite vernommen, sich aber mit keinem Blick darum gekümmert.

So ließ Tobias einen geprügelten und vor allem gedemütigten Schulrat zurück, der gewisse Prinzipien banalisiert hatte bis zur Karikatur. Vor allen Schülern eines kleinen Dorfs, denen doch eine Demonstration zum Thema Zucht und Strafe sich hatte einprägen sollen.
Und am nächsten Morgen fuhr ein durchaus gelöster Tobias mit seinem alten Freund, dem Milchfahrer, in die Stadt, als sei gar nichts Besonderes geschehen.
Und der erzählte immer noch seine Geschichten von allen Merkwürdigkeiten unter der Sonne.
Aber sagte plötzlich: Und dann gibt es da noch die Geschichte von einem mutigen jungen Lehrer, der einem üblen Schulrat eine solche Ohrfeige versetzte, daß der durch die ganze Klasse flog. Ja: Durch die ganze Klasse! Und das war die gewaltigste Ohrfeige, von der man je in Masuren gehört hat!

Tobias soll die Anstellung formgerecht gekündigt haben: Er gedenke, das Universitätsstudium wieder aufzunehmen, und zwar mit dem Ziel eines etwas anderen Abschlusses. Und, vermerkte er noch: Der bisherige sehr verdiente Lehrer Drigalski sei nach Rücksprache bereit, den Schulbetrieb für eine gewisse Übergangszeit weiterzuführen.

Und Tobias reiste ab. Und ging fort für allerhand Jahre.

III
Die Heimkehr

Der Forstmeister und seine Frau...
stammen aus dem Westen und sind
daher etwas verwundert über die hiesige
Bevölkerung, vorwiegend wohl deshalb,
weil die Leute so ganz ohne Bedürfnis
und ohne Ehrgeiz sind.

Marion Gräfin Dönhoff, »Ritt durch Masuren«, 1941

Hier ist das Kleine, das meine
Seele sucht, das außerordentlich
Große, das meine Seele sucht; ich
ergebe mich und will nicht weiter.

Knut Hamsun, »Die Nachbarstadt«

1

Unlängst stieß ich auf einen Roman und fing ihn gleich zu lesen an, da er in der Kindheit unsres Tobias in Masuren spielt und von einem Masuren aus der näheren Umgebung geschrieben wurde, Richard Skowronnek.
Was da nicht alles geschieht! (Heute spräche man wohl begeistert von »action«.) Es wird geschmuggelt, gewildert sowieso, und der Förster erschießt aus dem Hinterhalt nicht nur einen Bauern, sondern auch dessen zwei älteste Söhne. Na, und dann die Rachepläne des jüngsten Bauernsohns, zusammen mit einem hünenhaften Knecht!
Aber, meine Lieben: Es verliebt sich der vorsätzliche Rächer – in des Försters Töchterlein!
Die weiteren Details des dramatischen Geschehens nur andeutungsweise: das liebliche Kind ist aber schon einem andern versprochen; will vor Verzweiflung ins Wasser gehen. Am Ende aber doch Friede-Freude-Eierkuchen – sogar: die Witwe des erschossenen Bauern drückt dem – reumütigen – Förster in dessen Sterbestunde die Augen zu...
Und nun ich als Erzähler: der sich alle bloß literarischen Dramatisierungen verkneift (die im alltäglichen Leben in unserer Region ja auch nicht gerade im Vordergrund standen): Ich halte mich vor allem an das übliche Leben üblicher Leute. Ihre Plackerei. Ihr mühsames Über-die-Runden-Kommen.
Ist das, ihr lieben Leser, euch schon nicht so ganz recht? Sollte ich nicht einen Totschlag, eine skrupellose Erbschleicherei, einen handfesten Betrug oder wenigstens einen Pferde-Diebstahl bedenken? (Könnte denn nicht hinter dem Rücken des Karl der Tobias noch mal mit der Hilde...? Auch wenn die dem Bruder inzwischen einige Kinder geboren hat?)
Oder sollte ich nicht zumindest das widerwärtige Schicksal ins Spiel bringen, dessen Schändlichkeit ich ja nun wirklich kennenlernte? Jedenfalls: Etwas Fernsehgemäßes, damit der eine, die andre nicht doch vor die Glotze will.
Gemach. Wir sind ja noch nicht am Ende.

Sollte ich mir nun nicht endlich einen Spaten besorgen und dort zu graben anfangen, wo ich auf den Keller unter dem Haus stoßen könnte, vielleicht noch vorhandene Teile des Kellers? Und ich weiß ja auch in etwa noch, wo Mutter vor der Flucht einiges, vor allem das Geschirr, im Garten vergraben hat (was mag nicht heute noch alles in masurischer Erde dergestalt aufbewahrt sein?)?
Na, das mit dem Geschirr ist belanglos. Doch hörte ich nicht in der Familie, und sogar mehrmals, vom Tobias sei noch ein Koffer im Hause gewesen mit alten Schwarten, aber auch einigen Notizen? Vielleicht auf dem Boden? Aber doch eher im Regal im Keller.
Notizen von Tobias?! Wäre das nicht was?! Na –! Und vielleicht sogar eine Flugzeug-Zeichnung? Nicht auszudenken!
Wie also, wenn ich den Schatzgräber machte?
Zunächst aber gebe ich meiner an den Zeitgeist unangepaßten Art nach noch eins drauf: Denke bei meinem Erzählen nicht nur an Action (Äktschen) wie in Krimis und Schnulzen, sondern erst recht an ruhige **Bilder**. Stelle mir sogar ein **Gemälde** vor, das unser Dorf zeigt. Wenn ich wieder im Haus in Westfalen bin, will ich doch die Adresse jenes gebildeten alten Herrn heraussuchen, der mir eines Tages einen ganz wunderbar »nach der Natur gemalten« masurischen See schickte, dessen so besonntes Wasser durch Bäume heraufblinkt. Ihm traue ich zu, daß er nach ein paar alten Fotos ein Bild meines Heimatdorfs in etwa hinbekommt, wie es einst war.

2

Ja: Tobias kam allerhand Jahre nicht ins Dorf seiner Kindheit und zu den Brüdern und der Schwägerin, mit der, wie man immer noch sagte, er mal »was gehabt« hatte. Aus verschiedenen Gründen wurde es eine so lange Zeit.

Der neue Kaiser Wilhelm II., der noch genauso jung war wie ein norwegischer Prosadichter namens Knut Hamsun, der

mit dem Roman »Hunger« auf sich aufmerksam machte (und wie unser Tobias!), nämlich um die dreißig, entließ unterdessen den fünfundsiebzigjährigen Reichskanzler Bismarck. Und Benz und Daimler bauten Kraftwagen und begründeten den Siegeszug des Autos auf den Straßen.
Und was ereignete sich nicht alles in Literatur, Musik und Kunst! Die Lagerlöf veröffentlichte »Gösta Berling«, Hauptmann »Die Weber«, Kipling das »Dschungelbuch«, Fontane »Effi Briest« und jener Hamsun, wie gesagt, »Hunger«. Puccini komponierte unter anderem »La Boheme« und Munch schuf »Der Schrei«.
Und die Bauern und die Landarbeiter setzten immer wieder (wie es in dem Lied heißt) »im Märzen« die Felder und Wiesen instand und eggten und säten und flehten um eine gute Ernte: denn waren ihnen Sonne und Regen, jedes zur richtigen Zeit, nicht günstig, so war ja alle Mühe vergeblich gewesen.

Der Kurbjun kam zu Fuß aus dem Kirchdorf und ging die Abkürzung über den Friedhof und den Feldweg am Moor entlang, der an dem kleinen Abbauhof der Filons vorbeilief.
Und hinterher im Dorf, als er die beiden Krahns, Vater und Sohn, traf, da liefs bei ihm über: Bei den Filons ist einer, ich sah nur seinen Rücken, als er ins Haus ging, das war ja keiner von denen, das ist ein Fremder. Fremder – oder auch nicht Fremder.
So? Sag mal. Und du hast ihn aber nicht erkannt?
Nein, Aber wenn ich nicht wüßte –. Doch der würd ja nicht bei den Filons sein, sondern zu Hause –?
Nun sag schon, wen meinst du –?
Ach, lieber nicht. Da muß ich mich ja irren.
Na, dann nicht, dachten die Krahns wohl. Was soll das Gerede. Und sie ließen den Kurbjun einfach stehen.
Wartet. Wenn ich nur etwas sicherer wär, sagte der noch. Doch da hatten die beiden sich schon entfernt; und er hieb nun ärgerlich mit der Hand durch die Luft und setzte sich auch wieder in Bewegung.
Am nächsten Tag kam die Alma Filon ins Dorf; und da war die Geschichte schon etwas rum, und sie mußte herhalten:

Ihr habt Besuch? Einen Mann? Und wer ist es denn?
Aber die Alma lächelte bloß, zuckte sogar noch mit den Schultern – und ging einfach weiter.
Dumme Pute, sagte einer hinter ihr her.
Na, damit war das Ganze erst recht zu einer Geschichte geworden, über die man plachanderte. Wars jemand aus der Verwandtschaft, wie einer meinte – kam die Filonsche nicht irgendwo aus der Johannisburger Heide? Aber hätte es da nicht bei der Alma geheißen: Ach, bloß der –. Und sie hätte nicht solch ein Theater gemacht? Nein, das konnte nicht sein, da mußte etwas ganz andres dahinterstecken.
Doch dann passierte das auf dem Gut mit der Frau Sommer: Sie fiel vom Pferd und brach sich die Hand; und es war dort Heulen und Jammern. Und da die hohe Frau ihrer ganzen Art wegen nicht gerade Freunde im Dorf hatte, gab es viel Schadenfreude. Die kleinen Strafen verteilt der liebe Gott schon hier auf der Erde, meinte jemand.
Jedenfalls war nun das plötzlich Tagesgespräch Nummer eins; der Mann bei den Filons hatte an Interessantheit verloren.
Aber nicht ganz. Und sogar die Hilde begann davon zu reden, sagte zum Karl mit einem Unterton des Geheimnisvollen: Hast du schon gehört, daß beim Filon einer ist?
Pause.
Na, wer.
Da würdest du dich aber wundern! nach allem, was man so munkeln hört.
Pause.
Ach, er schwieg ja lieber, als daß er sich auf Redereien und nun gar irgendwelche Spekulationen einließ. Und sie würde es auch herausplappern, so war das doch immer. Sie konnte so was ja nicht bei sich halten.
Aber diesmal sagte sie bloß noch, vielleicht war sie ein bißchen verärgert: Krieg es mal selbst raus. Es reden ja schon viele darüber. Und wars deshalb, daß der Fritz abends zu den Filons rausging? Hatte der Kurbjun seine Vermutung doch nicht ganz für sich behalten wollen?

In der Dämmerung klopfte der Fritz dort an. Sie hatten schon die Petroleumlampe auf dem Tisch. Und bei dem Gustav und der Alma – da saß er ja!
Da sitzt er!
Und steht auf und umarmt den Fritz und lacht: Ich wußte doch, daß ihr mich bald finden würdet! Und besonders dir entgeht ja nichts.
Und der Fritz gab ihm die Hand. Und sie klopften sich auf die Schulter.
Warum kommst du denn nicht nach Hause? fragte Fritz dann doch gleich.
Ach, bloß nicht sofort, antwortete Tobias. Nachdem ich so lange nicht da war. Langsame Annäherung, statt euch sofort zu überfallen, du verstehst...
Und er lachte wieder.
Und wo das Haus inzwischen auch wieder so voll ist, sagte er. Mein Gott, schon fünf Kinder unterm Dach. Das stimmt doch: fünf?
Ja, fünf.
Na siehst du. Da kann man doch nicht einfach auf der Schwelle stehen und auch noch ein Bett verlangen. Und wie ich hier so vorbeikam und reinguckte, da behielten die mich ja erst mal... Und ich blieb, zur Erkundung des Terrains, wie ein Gebildeter wie ich so was nennt, hahaha.
Aber ich komm nach Hause. Ja. Ich komm.
Fritz guckte sich den Bruder etwas näher an. Wie das Leben vergeht, sagte er. Ein bißchen grau wirst auch du schon.
Tobias: Ja. Ich bin ja mal zu Fuß von jenseits der Oder hierher gekommen – ich weiß nicht, ob ich heute so was noch wagen würde.
Na, sagte die Alma. Natürlich würdest du das. Wir sind doch immer noch junge Leute.
Ich nicht mehr so ganz.
Aber da griff nun auch Gustav ein, indem er auf die Vierkantige auf dem Tisch deutete, ein weiteres Glas hatte er auch schon geholt, und einschenkte.

So war Tobias wieder in seiner Heimat. Nach, wie sie beim Drübernachdenken nur bestätigen konnten, wohl neun Jahren, einer langen Zeit.
Und es wurde ein munterer Abend.

Ehe er nach Hause: zu seiner Familie ins Dorf, ging, nahm er sich am nächsten Tag noch den Filon vor. Komm, geh mit mir auf den Friedhof. Ihr lebt hier ja fast im Schatten des Friedhofs, wer könnte mich da besser begleiten.
Und sie gingen auf den Friedhof von seiner Hinterseite, von unten her.
Ja: neuere und neueste Gräber. Und wie immer längst nicht alle mit einem Grabstein mit Namen – weiß Gott nicht. Im Dorf hatten ja nicht alle das Geld dafür.
Aber auf einem der Steine, da steht unter dem Namen der Beerdigten auch schon der Name des Bauern samt seinem Geburtsdatum. Und da meinte Tobias: Jetzt fehlt also nur noch das Todesdatum – aber eines Tages ist auch das erledigt.
Sie gingen ein paar Schritte weiter. Hier liegt der Biallas, sagte Filon.
Der Biallas. Hat der denn noch wenigstens irgendwann seine Bienen bekommen? Sein größter Wunsch waren doch Bienen.
Nein.
Na, fuhr Tobias fort (und den tieferen Sinn davon mochte Filon vielleicht nicht verstehen): Immerhin liegt hier wohl kaum einer, der sich totgeschuftet hat, weil er sich für unentbehrlich hielt. Aber da müßtest du mal auf einen Friedhof westlich der Oder gehen. O die vielen armen Tröpfe dort – aber soll man sie bedauern?
Und den Milchfahrer haben wir im letzten Frühjahr begraben. Dort, sagte Filon.
Den Milchfahrer? Mein Gott –. Und ich dachte, auch der ist so was wie ein ewiger Masur, so ewig wie seine Geschichten.
Er ging zu seinem Grab. Ja: Das war doch ein Teil meiner Kindheit, ein großer Teil. Was hab ich alles von ihm gehört, wenn ich mit auf dem Wagen saß. Ein Fabulant wie aus Tausendundeiner Nacht, der alles wußte vom lieben Gott bis zur

Erde und runter zum Teufel. Und es war doch wohl immer etwas Masurisches. Und nun tot –.
Ja, und die Eisenbahn haben wir auch hier schon lange. Aber in Amerika (las ich), da haben sie den ersten Toten durch ein Auto: da hat ein Kraftwagen schon einen Menschen auf der Straße totgefahren. Da ist denn so jemand und auch meine Art wohl nicht mehr sonderlich gefragt.
Tobias stand immer noch vor des Milchfahrers Grab und hielt den Kopf gesenkt.
Entschuldige, sagte er dann, als er sich zum Filon umdrehte.
Aber es hat sich hier ja noch nicht alles verändert, sagte er plötzlich kalt. Dort bei den Kindergräbern – es sind wieder viele dazugekommen.
(Und kenne ich, der ich jetzt davon erzähle, denn auch nur einen einzigen Namen der acht von dreizehn Kindern meiner Großeltern väterlicherseits, die im Kindesalter starben? Von den Ursachen für ihr frühes Sterben und irgendwelchen Daten ganz zu schweigen?)
Nehme ich zutreffend an, fragte Tobias, daß auch im letzten Jahrzehnt im Dorf wieder viele Kinder geboren wurden, und **etwa die Hälfte von ihnen** ist schon tot?
Pause.
Etwa die Hälfte..., sinnierte Filon. Ja, das mag wohl stimmen.
Ach du – sogenannter – lieber Gott! Ja: Vor allem in diesem Zusammenhang nenne ich dich einen **sogenannten** lieben.
Komm, sagte er zum Filon. Es reicht mir schon. Laß uns gehn.

3

Tobias träumte etwas Vages, wie Hingetuschtes von einer Elfe. Farbenbunt gekleidet und auffallend freundlich, und sie saß mitten auf dem See!
Eine Elfe auf dem Wasser? Aber war nicht eine Nixe auch eine Art Elfe? Also das kein Problem: Weshalb sollte ein solches Wesen nicht mitten auf dem See sein?

Und, fiel ihm da ein: Hatte vielleicht jene Ballade Fontanes (der unlängst in Berlin gestorben war) einen Anstoß zu dem Traum gegeben? Ballade, die von einer Elfenkönigin erzählt, die den Reimer Thomas überaus glücklich macht?
Ach Gott –. Tobias schüttelte, wie leicht unbehaglich berührt, den Kopf. Die vielen frühen Jahre, da so was durchaus in seinem Empfinden gewesen war, ja im Erleben, solche etwas sentimentale Poesie: Das lag doch wohl inzwischen hinter ihm? Und dies wollte er nicht beklagen.
Und es war ja auch nichts dauerhaft gut ausgegangen. Die Geschichten von dem strebsamen Jungen aus dem armen Haus und dem Fräulein vom Schloß tun das nie. Und andere, in die das unendlich blöde Schicksal hineingepfuscht, erst recht nicht.
Aber wenn jenes Wesen mit lockender Elfenmelodie ihn meinte zurückgeholt zu haben quasi in den Schoß seiner Herkunft?
Ach –. Wieder schüttelte er wie ein bißchen unangenehm berührt den Kopf. Es war ja vor allem etwas ganz anderes, verzeiht: lange Bedachtes, das ihn zu diesem Punkt – jetzt und hier – gebracht hatte. Jedenfalls nicht sentimentale Poesie.
Und er schlief wieder ein.
Und träumte dann noch etwas von kräftiger rötlicher Sonne im Untergehen, die auf die dem Dorf zugewandte Ostseite des Waldes fiel. Dort aber nur besonders ins Auge stach: denn natürlich färbte sich auch das nahe Dorf rot ein.
Aber von Osten kommt doch nicht die Abendsonne? Und weshalb knüpft sich daran für ihn die Formulierung: Es ist spät geworden?
Und schließlich ging ihm auch noch etwas von »schwarzer Finsternis« durch den Kopf.
Grelle Abendröte von der falschen: der Ostseite her, und endend in totaler Finsternis?
Der dritte Traum in dieser Nacht aber war dann vollends erschreckend und machte ihm geradezu angst:
Jenseits des Sees sah er nichts mehr vom Dorf, kein Gebäude, aber einen stummen dunklen Zug auf dem Sandweg:

Schwarzgekleidete mit Zylinder trugen hintereinandergehend drei oder vier Särge.
Ein zu simples, zu aufdringliches, ja prophetisches Bild – im nachhinein allzu passend ausgedacht?
Aber ich behaupte: So träumte er es damals nun mal.

Tobias war also wieder im Dorf.
Doch was war diesmal, zumal nach so vielen Jahren der Abwesenheit, der Anlaß oder Grund, wieder nach Hause zu kommen?
War das eigentlich nicht der Rede wert – oder doch von Gewicht? Nach und nach wird einiges dazu klarwerden.
Nächster Morgen. Hätte er nun nicht den kürzesten Weg von dem Abbauhof ins Dorf nehmen können: an der Westecke, Hechtecke des Sees vorbei, und dann war er schon so gut wie zu Hause?
Er stieg noch einmal zum Friedhof hinauf, nun allein.
Bloß, um so auf die Hauptstraße zum Ort zu kommen? Und auf demselben Weg zurückkehren zu können, den er einst für die plötzliche Abreise genommen hatte nach dem hier unvergessenen Vorfall in der Schule?
Dieser so ungestaltete Friedhof eines kleinen Dorfs. Mehr ein kleiner Wald, Hain, zwischen dessen Bäumen und Sträuchern die Abgelebten begraben wurden. Wo sie alle todsicher ankamen nach dem Leben: diesem Mosaik meistens aus lauter Banalitäten. Wo sie dann niemals mehr noch beeinträchtigt werden konnten. Wo sie, wie man so sagt, die ewige Ruhe fanden.
Das Grab des so lange von seinem Leib her gequälten Vaters. Das der meistens stillen Mutter, die so oft bloß gesagt hatte: Es kommt, wie es kommt. Die Gräber der Kinder, die gleich überzähliger Pflanzen herausgerissen worden waren und geradezu fortgeworfen: jedenfalls keine Chance für ein Leben bekommen hatten.
Und noch einmal das Grab des Milchfahrers und größten Erzählers: täglich in die Stadt, wo man nach Anschluß und Verbindung grapschte zu Fortschritt und Bildung, wie

sie in den Metropolen dominierten jenseits der Oder. Und jedesmal zurück in das Dorf, wohin davon nicht sehr viel drang und die Menschenwelt war wie in früheren Zeiten. Und noch reicher war: und wo er seine Geschichten herhatte, die wahr sein mochten oder erfunden und meistens wohl gemischt waren aus beidem. Und von heute oder von vorgestern oder aus den frühesten Zeiten der Menschen sein konnten und ihrem ewigen Ringen mit dem Nichterklärbaren, Unberechenbaren. Das soviel Glauben und (nur von Beschränkten belächelten) Aberglauben hervorgebracht hatte.

Und Tobias geht schließlich die Straße hinunter mitten ins Dorf zu den Höfen und Häusern.

Und da stößt er, allen Ernstes, gleich auf drei alte Frauen, die wieder mal plachandern. Mein Gott, ja – wie er das doch kannte!

Die Moralinsche, die Begräbnisoma (so lebte die noch und hatte in den letzten Jahren weiterhin so manchen zur Grube begleitet) – doch wer war diesmal die dritte? Die Krahnsche? War sie es? War die so alt geworden? Und wars der reine Zufall, daß nicht die Grubertsche mit dabei war, die doch auch keinen Klatsch ausließ – gab es die etwa nicht mehr?

Gewiß, alles nicht mehr ganz so wie früher, das würde er nach und nach erfahren – und im Grunde wohl doch noch wie früher.

Er grüßte freundlich mit einer Handbewegung. Und da antwortete die Moralinsche: Na, Tobias –.

Wie selbstverständlich. Und weiter brauchte man sich ihrer Ansicht nach dabei nicht aufzuhalten.

Er: Ihr kennt mich also noch –?

Das scheint zumindest die Moralinsche nicht zu verstehen: Wie meinst du –.

Na, weil ich so lange nicht hier war.

So, sagte sie. Sagte bloß: So. Und wandte sich wieder den andern beiden und ihrer aller Geschichten zu.

Und er bog in den Weg ein am See entlang nach Hause.

4

Willst du noch einen Teller Klunkermus? Ich machs dir warm; es ist mit frischer Milch, fragte Hilde.
Klunkermus –, das ist ja –, antwortete Tobias fast gerührt.
Natürlich war auch sie die etwa zehn Jahre ältere, hatte nicht mehr so ganz das glatte Mädchengesicht, die Helligkeit um die Augen. Ja: War so viele Jahre schon die Frau des Hauses, Mutter ihrer derzeit fünf Kinder.
Das mit dem schlafen –, fing der Karl an. Auch das größer gemachte Haus ist schon fast wieder zu klein. Im Schlafzimmer liegen sie zu Kopf- und zu Fußend - na, wir kennen das –.
Ich hätte dir sowieso einen Vorschlag gemacht, sagte Tobias.
Wenn wir den Walter aus der Stube auch zu uns nehmen, könntest du hier in Mutters Bett –, fuhr Karl fort.
Laß, unterbrach Tobias. Die Sache ist die, daß ich diesmal vielleicht etwas länger bleibe, hier zu Hause. Und daß euch das aber nichts wegnehmen soll. Also, können wir beiden denn nicht oben im Giebel zum Berg einen Verschlag – na eine kleine Stube – bauen? Du und ich? Eine Geldfrage ist das nicht, ich komme dafür auf. Und wenn ich dann wieder weg bin, habt ihr ein Zimmerchen mehr. Und noch was: Sozusagen als Arbeitslohn kriegst du von mir das beste Fahrrad, das wir in der Stadt auftreiben können…

Doch das Allernaheliegendste war nun, an die Bebauung des Gartens zu denken, sie jedenfalls wo noch nötig vorzubereiten. Es war ja Frühling geworden: der Apfel, die Birne hatten das Laub schon zur Hälfte ausgetrieben, zeigten die Blütenknospen. Und auch der Flieder zur Straße hin hatte Zweige bereits kurz vor der Blüte.
Wann war Vollmond, und danach nahm er ab? Dann mußten die Kartoffeln in die Erde und die Roten Rüben. Für den Kohl aber (damits Kumst für den Winter gab) war abnehmender Mond abzuwarten.
O dieser tüchtige Karl! Um aus dem kleinen Hof wenigstens alles herauszuholen, was irgend möglich war, hatte er also

zur Straße hin diese Mauer von etwa einem Meter Höhe errichtet und vom Höhergelegenen: vom Hof her hinterfüllt, um in dem Gelände, das zum See hin ja erheblich abfiel, doch halbwegs eine Ebene zu bekommen und damit auch einen besseren und größeren Garten.
Und diese Mauer hatte er, der Maurer, natürlich professionell hinbekommen: aus Feldsteinen erbaut und kunstgerecht verfugt, erfüllt sie nicht nur den praktischen Zweck, sondern war auch noch eine Zierde, niemand im Dorf hatte dergleichen.

Und es springt eins der Kinder im Hof herum, es ist der Älteste, und der ist schon acht. (Und nach ihm waren zwei Mädchen da und ein Junge und wieder ein Mädchen, und dieses jüngste war noch nicht mal ein Jahr alt.) Und der Walter war ein blonder Lockenkopf (schlug da der starke preußische Anteil an der Familie durch: kam das her von den Ureinwohnern des Landes, die hier schon gelebt haben, als Rom noch nicht mal gegründet war?).
Und Tobias kam nach Hause und sah auf den Jungen, wie der zur Wippe ging, um etwas zu richten. Und war, sich erinnernd, auch davon ein bißchen bewegt: dieses einfache Spielgerät gab es ja schon an gleicher Stelle, als er selbst ein Kind war, und wie lange war das her, Jahrzehnte. Und sogar die damals auch noch kleine Ingeborg...
Und, meine Guten: Bei meiner Vorstellung dieses Augenblicks von Karls, meines Großvaters, Ältestem bin auch ich sehr gerührt. Denn der muntre Bursche, den ich vor mir sehe und der natürlich auch hier, in dieser Welt, aufwuchs und so selbstverständlich fleißig werden sollte wie sein Vater: er wurde **mein Vater**...

Und Tobias ging ins Haus; und Schwägerin Hilde machte sich aus der Küche bemerkbar.
Sauerampfer-Suppe mit Eierstich, sagte sie, als er herangekommen war; – die magst du doch auch?
Sie hatte ja längst gemerkt, wie sehr er zum Einfachen aus der Kindheit neigte. Zu dem Einfachen, das nicht bedeutete:

Armseligen. (Marginalie: Wieviel davon reden einem eigentlich die angeblichen Weltverbesserer, oder die Geschäftemacher, ein: daß das Bescheidene das Minderwertigere ist?)

Und wie er sie da so hantieren sah: nackte Arme, ja, vor allem: diese schönen, hellen Oberarme... und sie drehte sich ihm auch noch zu, lächelte...

Da trat er einen Schritt zurück und sagte etwas von: Er wolle vor dem Essen rasch noch das Angelzeug richten. Und fing sich vollends und scherzte: Mal sehen, ob ich das überhaut noch kann: euch was mit der Angel aus dem See ziehen...

Aber da hatte er sich schon abgewendet und war fortgegangen.

Die Hilde. Als alte Frau hat sie einmal davon erzählt, sie habe ja irgendwann sogar mit einem berühmten masurischen Dichter getanzt. Bloß – getanzt? Hat einer scherzhaft gefragt. Darauf hat sie gelächelt – und ließ das nicht alle Möglichkeiten offen?

Nun gut: Doch höchstwahrscheinlich bloß getanzt. Aber es kam doch nicht aus Kopf und Mund der Moralinschen, daß der Karl ihr nicht zu sehr trauen sollte. Und war daran alles bloß Dorfgeklatsche?

Bis in meine Kindheit hinein hielt sich jedenfalls, ihre Kinder hätten darüber gewitzelt, ob sie denn auch wirklich alle ihres offiziellen Vaters Sprößlinge seien... Und ein völlig aus der Luft gegriffener Scherz sei das vielleicht nicht einmal gewesen...

Nun: Ohne den geringsten Zweifel war mein Vater Walter des Karls Nachkomme, glich er ihm im Wesen doch so sehr, wenig hingegen der Mutter Hilde, die (wie man heute so sagt) »nichts anbrennen ließ«; eher wieder der fatalistischen Großmutter Juste.

Aber diese Konstellation: daß da zwei, die mal was »miteinander gehabt« hatten, nun unter dem Dach des engen Holzhauses »aufeinandersaßen« – wäre es nicht eher erstaunlich gewesen, wenn das nicht zu Gerede und Spekulationen im

Dorf geführt hätte (und dabei noch nicht mal an die alten Plachandernden gedacht...)?
Doch ich, der ich Tobias eigentlich so gut kenne wie mich selbst, ich verbürge mich dafür: Nichts mehr zwischen ihm und der nunmehrigen Ehefrau des Bruders. Und das lag gewiß eher an ihm, der dem Karl immer ein verläßlicher Freund war.
(Und auch hier flechte ich also keine Literarisierung ein, die an dieser Stelle doch besonders leicht zu konstruieren wäre...)

Und eines baldigen Tages fuhren die beiden: Tobias und Karl, ja alles holen, was sie für den Ausbau unter dem Dach: zum Berg und zur großen Linde hin, noch benötigten. Latten und Bretter und Farben und allerhand Kleinzeug – und sogar ein Fenster! Und oben auf dem geliehenen Wagen lag doch tatsächlich auch ein ganz prächtiges Fahrrad!
Na, da guckten sich einige im Dorf die Augen aus und hatten wieder über etwas Nichtalltägliches zu reden.
Und mußte man sich nicht auch weiter am meisten über den Karl wundern und plachandern?
Eines Sonntags kam Tobias dazu, wie der Bruder unterhalb des Hofs am See beim Schuppen auf dem schmalen Streifen Land mit dem Zollstock hantierte, etwas vermaß und offensichtlich Eckpunkte mit Stöcken in den Boden markierte und, wie er den Bruder sah, zufrieden nickte und sagte. Ja, es ginge. So ginge es.
Tobias lächelte und fragte mit einer Geste, ohne ein Wort zu gebrauchen.
Auch hier könnte ich erweitern, sagte Karl. Stall und Scheune unter einem Dach.
O dieser Karl. Und wenn sein Vater Ludwig das alles noch erlebt hätte. Daß dieser seiner Söhne so fleißig war über alle Hoffnungen hinaus.
Und daß ihm offenbar keine Mühe zuviel war. Er gehörte gewiß zu denen, wo man fragt: Kann der auch aus nichts noch etwas schaffen? Bloß mit Fleiß und hoher Intelligenz für

den Alltag? Das Haus schon größer gemacht. Die schöne Mauer an der Straße. Und nun dachte dieser Mensch auch an ein größeres Gebäude für Stall und Scheune! O du mein Großvater. Ja: großer Vater. Und es war doch nicht bloß Mühe im Hinblick auf dich selbst, du dachtest immer an die Deinen.

Aber war alles nicht die gleiche Geschichte wie die von einem Pferd? Dachte Tobias wohl. Und sagte: Du müßtest ein größeres Stück Land haben.

Ja: Dafür möchte man sich gerne krummlegen.

Will denn hier irgendwer mal was verkaufen? Halt die Ohren offen.

Und auch dafür fand der tüchtige Mann noch Zeit: Am folgenden Sonntag sah man ihn am See sitzen und etwas schnitzen. Etwas aus Holz – und immer besser war zu erkennen, was es wurde: ein Pferdchen. Und auch da überkam Tobias Rührung: Hatte nicht auch sein Vater Ludwig mal für ihn mit so was dagesessen? Mein Gott: Bei diesen Landmännern immer der Traum vom Pferd…

Und dieses Pferdchen wollte Karl nun dem Walter, seinem Ältesten, geben.

Und am nächsten Tag, Anfang der Woche, da war Karl wieder per Rad unterwegs mit dem Rucksack auf dem Rücken, und aus dem ragte ein kleines Stück die Wasserwaage raus.

Ja, er ging nun nicht mehr zu Fuß in eins der Nachbardörfer oder auf einen der Abbauhöfe, sondern er besaß nun dieses prächtige Fahrrad.

(Noch Jahrzehnte später erzählte mir ein alter Mann, wie gut er sich an diesen Handwerker auf dem Rad erinnre, und besonders an diese hervorlugende Wasserwaage auf dem Rücken – und behauptete: Es habe sich damals nicht jeder so zeigen gedurft, das sei ein Privileg des gelernten Maurers gewesen.)

Großvater Karl. Der du auch allzu früh umgebracht wurdest und schon so lange von deinem mühevollen Leben ausruhst.

5

Was lebte, und wenn auch in nur vager Vorstellung der Menschen, immer noch von dem alten Gott Puskaitis, dem man einst besonders zugetan gewesen ist? Wald- und Baumgott, dem der Holunder heilig war, unter dem er angeblich wohnte?
»Alles in der Natur verehrten sie wie Gott«, schrieb ja ein Ordensgeistlicher des 14. Jahrhunderts über die alten Preußen. Gewiß: Alles in der Natur.
Und was ihm auch dabei durch den Kopf gegangen sein mag (und ein üblicher Evangelischer war er doch auch): Karl pflanzte nun in die eine Ecke seines Gartens einen neuen Holunderstrauch.
Karl: Landmann aus dem Geschlecht jener, die an den Segen der Erde zu glauben vermochten. So unberechenbar sie auch immer sein mochte, diese Natur, diese Erde: man war mit ihr geradezu schicksalhaft verbunden.

Und irgendwann fragte der so wortkarge Karl seinen Bruder Tobias doch: Was ist eigentlich aus der Geschichte mit der Fabrikantentochter geworden?
Die gibt es nicht mehr. Sie ist tot, sagte Tobias.
Karl zuckte sichtlich zusammen. Daß er sich nicht gern mit Worten an andere wandte, bedeutete ja nicht, daß ihr Wohl und Wehe ihn auch nur wenig berührte. Und diese junge Frau war doch mal sogar hierher gekommen, um den Bruder wieder in ihre Welt zu holen, die sogenannte große Welt.
Es ist nun schon etwa zwei Jahre her, begann Tobias zu erzählen; da schrieb sie mir, ob ich sie nicht noch mal in Berlin besuchen könne, sie fahre zu ihrer Familie in den Westen zurück. Und obwohl sie noch nicht so recht etwas durchblicken ließ, klang der Briegf irgendwie so – ausweglos, daß ich mich beeilte, zu ihr zu kommen.
Es war ja kaum noch etwas für eine gemeinsame Zukunft zwischen uns, seit uns klargeworden war, daß sie nicht den Weg mit mir im eher Zurückgezogenen gehen wollte und ich

nicht ihren im möglichst Zentralen, eher Lauten. Aber wir waren uns doch freundschaftlich nahe geblieben durch all die Jahre.
Und dann sah ich sie: offensichtlich ziehmlich krank. Entkräftet, ermüdet. Müde vor allem um die Augen, im Blick. Es erschütterte mich zutiefst. Sie, die immer so voller Elan gewesen war, Bestimmtheit, auch (ja) Bestimmenwollen: Hör mal, mach das so und so, anders wird da nichts draus. Und nun –. Hatte ich sie nicht sogar größer in Erinnerung?
Und sie wollte, wie gesagt, zu ihrer Familie nach Hause.
Es war wohl Krebs.
Vielleicht sehen wir uns zum letzten Mal, sagte sie irgendwann in diesen Stunden. Hatte sie da schon alle Hoffnung aufgegeben? Das, so schien mir schließlich, wohl nicht. Es war ja überhaupt nicht ihre Art, auch nur einen Augenblick zu früh zu resignieren.
Tobias machte eine größere Pause. Der Bruder, der so genau hingehört hatte, sah ihn im Mitleid nur an.
Und wie stand da wieder alles vor Tobias, wovon er nun nichts erzählte. Diese schöne junge Frau, blonde Frau gleichsam in allem. Und wie er sie entschieden hatte unterbrechen wollen, als sie das mit dem Sehen zum letzten Mal sagte – doch gleich ihr Abwinken – aber auch das nur wie noch halb. Und schien nicht auch, als sei alles bloße Theoretisieren von ihr abgefallen, als sei es früher bloß an sie herangetragen, in sie hineingetragen worden? Und meinte sie dann nicht sogar: Du fragtest mich mal, ob denn alles auch **meinem** Wesen gemäß sei, wie ich mich gab. Hätte ich das nur ernster genommen und nicht bloß wie eine der unzähligen Bemerkungen in unseren vielen Diskussionen. Und nun ist vielleicht alles gleichgültig?
Und war sie ihm da nicht näher gewesen als irgendwann seit langem? Und nichts, nichts davon konnte vielleicht noch von Belang sein?
Und wenn das nun schon alles war? Sagte sie irgendwann. Und wozu war ich überhaupt auf der Welt? Was hab ich denn zuwege gebracht?

Und zuletzt, wie sie sich so kraftlos an ihn lehnte: Ja, ich gehe nun zurück nach Hause.
Und wie sie sich von ihm gelöst hatte: Du hörst jedenfalls noch von mir.
Und sie ging. Aber wie sie sich dann noch einmal zu ihm umdrehte – und ihm zulächelte – war das nicht ganz wie ungezählte Male vorher – wie immer... Und wollte er da nicht doch wieder für sie hoffen? An das Wunder glauben?
Ein solch letzter Augenblick, den wir niemals vergessen.

Warum **sie**? Warum gerade sie? sagte Tobias zum Bruder. Diese Frage, mit der ein Mensch niemals zurande kommt.
Ja, ich hörte noch einmal von ihr. Nicht lange danach. Ich hatte ja Tag für Tag darauf gewartet.
Und da war sie schon tot. Ich bekam noch einen Brief von ihr, als sie nicht mehr lebte.
Ich werde veranlassen, schrieb sie, daß dieser Brief an dich erst abgeschickt wird, wenn es mich nicht mehr gibt.
Und nichts erzählte Tobias dem Bruder von dem, was in diesem Brief stand.
Sie denke nun, da es nach menschlichem Ermessen keine Hoffnung mehr gebe, über so vieles nach – und meistens in eine andere Richtung als früher. Aber rede mit niemandem mehr darüber – denn was für einen Sinn sollte das noch haben? Und auch ihm wolle sie doch nur noch soviel sagen: Sie drifte in ihrem Nachdenken wohl etwa dorthin, wo er schon länger sei. Und wäre das schon früher für sie so gewesen – dann hätten sie vielleicht viel mehr gemeinsam haben können?
Denn das, was doch gar nicht so wichtig war, schrieb sie (aber nun erst wisse sie das so richtig) – das stand uns wohl immer zu sehr im Weg? Dir? Und auch mir?
Aber weshalb denn immer ihr Ehrgeiz, etwas zu verändern, zu verbessern in dieser Welt, dafür rastlos aktiv zu sein? (Es war, als stelle sie diese Frage sich selbst.) Du weißt, schrieb sie: Auch ich kam nicht aus einer seit langem schon angesehenen Familie, also aus einem seit langem schon selbst-

verständlichen Selbstbewußtsein und einer daraus resultierenden inneren Sicherheit und Gelassenheit. Vater war als Industrieller rasch hochgekommen in dieser Zeit, er hat viel Glück gehabt, wohl auch kräftige Ellbogen – ist aber für die alte gesellschaftlich dominierende Clique doch immer das geblieben, was sie einen Emporkömmling nennen und, wo immer ihnen möglich, von oben herab behandeln.
Und das ging auch an mir nicht spurlos vorüber. Bloß wegen seinem vielen Geld, hörte ich so oft uns alle betreffend. Und wollte deshalb auch niemals dieses Geldes wegen eingeschätzt, sondern um meiner selbst willen geliebt werden – du weißt. Und wohl nicht gerade zuletzt deshalb wollte ich als Kämpferin für den Fortschritt für uns Frauen möglichst viel erreichen. Also selbst etwas leisten und Anerkennung finden.
Aber es ist ja nun so müßig, darüber Worte zu verlieren. Da mir keine Zeit mehr zugestanden wird, etwas so – oder anders – zu machen. Doch es war das mich Beherrschende so vieler Jahre, und so spreche ich zu dir trotzdem noch einmal darüber.
Und du, mein so lieber Tobias: Geh unbedingt weiter deinen Weg ganz nach deinen Vorstellungen! Dann wird dir am Ende wenigstens eine Genugtuung gegeben sein, die mir versagt bleibt. Ach, wie vieles ist so zerrissen für mich und muß es nun immer bleiben. Geh unbedingt deinen eigenen Weg! Den ich so gerne noch begleitet hätte – und sei es auch nur eine Zeitlang, und vielleicht auch bloß als eine Betrachterin aus einer gewissen Distanz –.
Und ich kann es nun zuletzt doch nicht lassen, das zu tun, was ich dir immer schon anbot: nämlich dir etwas Geld zu überschreiben. Von der Lebenden wolltest du es niemals nehmen – der Toten wirst du es hoffentlich nicht abschlagen.
Und bloß noch dieses Daliegen, und es wird immer nur qualvoller. Ich quäle mich doch bloß noch zum Tod hin.
Meine Eltern hatten auch eine Tochter. Und du, mein lieber Tobias, eine dir so treue Freundin.

Und Tobias noch einmal zu Bruder Karl, und nun überaus heftig: Und sie starb also einen so bösartigen, einen so bösen Tod! Und warum, warum gerade sie?! Die noch so jung war, deren Leben noch so ungelebt war?! Warum wieder mal jemand, der es jedenfalls doch immer nur gut meinte?
Und alles Geld der Welt und die allerbesten Ärzte konnten sie nicht retten.
Wenn das eigene Leben dann doch nicht immer nur weiter ginge! Sich weiter Jahr an Jahr reihte!
Aber für mich war das der letzte Grund, der endgültig entscheidende, nach und nach draußen alle Angelegenheiten zu regeln und dann hierher zu kommen. Und alles Weitere jedenfalls von hier aus anzugehen.
Nun weißt du es.

6

Ich weiß ganz sicher, daß ich eine Seele habe; und alle Bücher, mit denen die Materialisten die Welt heimgesucht haben, können mich nicht vom Gegenteil überzeugen.

Laurence Sterne, »Sentimental Journey«

Ein sonniger Vormittag.
Wie selbstverständlich das Wasser des Sees glitzerte. Wie so völlig unberirrt die Ruhe, die Stille waren.
Tobias band den alten Holzkahn los, ruderte hinaus.
Hielt irgendwann an, zog die Ruder ein. Legte sich ins Boot, die Augen zum Himmel gerichtet. Schaute einer dicken schneeweißen Wolke zu, wie sie sehr, sehr langsam weiter segelte.
Oder lag der Kahn nicht völlig bewegungslos, driftete unmerklich weiter – und die Wolke stand still?
Plötzlich eine Fliege auf dem Rücken seiner linken Hand.
Er betrachtete sie, sagte: Wo kommst du denn her? Bist du mit mir mitgefahren?
Sie flog auf, er sah sie nicht mehr.

Bleib bloß hier! sagte er da. Weiß ich denn, ob du so weit fliegen kannst – von hier bis aufs Land? Laß dich lieber zurückrudern.
Und mit einemmal war sie tatsächlich wieder da, und wieder etwa auf der gleichen Stelle des Handrückens.
Er sah sie sich näher an.
Na, putzt du dir die Beinchen? fragte er.
Konnte man nicht geradezu an eine Zutraulichkeit des kleinen Wesens denken? Wie, ging ihm andeutungsweise durch den Kopf, wenn doch etwas war an den Vorstellungen von Reinkarnation: und auch eine Menschenseele ging nach dem Tod tatsächlich über in ein anderes Wesen – wieder einen Menschen oder ein Tier (und vielleicht sogar eine Fliege) oder sogar eine Pflanze? Ja, warum nicht in eine Biene oder eine Fliege? Woran nicht nur die Ureinwohner auch Masurens, die Preußen, geglaubt haben, sondern große Religionen des Ostens es tun und mancher bedeutende Dichter und Denker auch des Westens?
Und dann ruderte er zurück.
Sah plötzlich, wie eine Wespe aufs Wasser fiel und im selben Moment wild zu strampeln begann, um nicht unterzugehen.
Na, wen haben wir denn da noch? sagte er. Und nach der Fliege suchend: Siehst du, so kanns gehen.
Er wollte unter die Wespe fassen, sie in die Luft schaufeln. Aber da war es ihr gerade gelungen, selbst aufzusteigen.
Er sah ihr nach – gleich am Ufer ließ sie sich auf einen Stein fallen, wie total erschöpft.

Er sah an der großen Birke in Hofnähe hinauf: Mein Gott, die war vor einigen Tagen doch noch ein fast kahler Baum.
Und nun hatte sie sich schon all ihre hellgrünen Blättchen zugelegt, jedes inzwischen pfenniggroß.
Es ging mit Macht auf Pfingsten zu.

Hatte er endlich angefangen, wieder genau hinzusehen? Und was war ihm in den letzten Jahren alles entgangen, so vielen Jahren, ehe er hierher zurückkehrte?

Die Himmelsschlüssel, auch die Buschwindröschen verblühten bereits in diesem Jahr. Die ersten Monate waren ja schon vorüber. Der Anfang des Sprießens aus der Erde, des frühen Blühens: diese schönste Zeit, er hatte sie nicht richtig mitbekommen, nicht erlebt.
War nicht alles in immer schlimmerer Eile gewesen, immer hektischer vorbeigejagt? Und dann dieses unvergleichliche altchinesische Bild: Das Menschenleben auf dieser Welt ist nur wie die Gestalt eines Schimmels, der an einer Felsenschlucht vorbeiflitzt.
Ihm war, als krampfe sich ihm etwas zusammen.
Allerhöchste Zeit jedenfalls zumindest für ein Innehalten, sich eine Zeitlang in den Schatten eines Baumes setzen.

»Aber es gilt, unseren Garten zu bebauen.«
Hilde hatte ihren Mann Karl, den so sehr aufs Praktische, Nützliche hin Begabten, dazu überreden können, doch auch noch ein paar mehr Blumen vor dem Haus haben zu dürfen als seine Mutter – jetzt, da der Garten von ihm vergrößert worden war.
Und da war Tobias gleich bei der Hand: Ob er sich dabei nützlich machen könne, sie solle es nur sagen.
Wolle sie dies oder jenes aus Feld und Wald haben? Er könne es dort ausgraben, ihr bringen, Glockenblumen vielleicht, Margeriten, Goldruten, das schöne Zittergras? Himmelsschlüssel, Leberblümchen? Maiglöckchen?
Und was möchtest du einsäen? Ich fahr in die Stadt. Vielleicht leiht mir Karl mal sein Fahrrad.
Oja, da hatte sie Wünsche. Reseda, Löwenmäulchen, Ringelblumen. Und drei oder vier Dahlien wär natürlich schön!

Aus heiterem Himmel, wie man so sagt, starb in einem der Nachbardörfer der schon etwas bejahrte Lehrer, und augenblicklich kam das Gerede auf, Tobias werde sich um die freie Stelle bewerben. Denn war er nicht Lehrer?
Obwohl gar nicht so unklug schien, was jemand dazu sagte:

Wo der hier damals den Schulrat zu Boden geschlagen hat? Und dann abgehauen ist? Das wird nichts.
Aber auch der alte Drigalski – oja, es gab ihn noch –, mit dem Tobias Kontakt hielt, nährte die Vermutung, der werde wieder Lehrer in Masuren sein. Und noch schwerer wog: Aus dem Mund des Ortsvorstehers jenes Dorfes wollte man sogar schon gehört haben, daß er sich für diese Kandidatur verwendet habe.
Alerdings habe Tobias noch keine Bewerbung eingereicht.

Doch jene ja nicht unbegründet angesprochene Handgreiflichkeit gegenüber dem alten Schulrat?
Nun: der war schon nicht mehr im Amt, lebte sogar nicht mehr.
Und das hatte damals übrigens keine weiteren Folgen gehabt. Tobias war abgereist und hatte wie gesagt in aller Form die Anstellung aufgegeben. Und der Schulrat: Kommißkopf und Zuchtmeister, hatte dann offenbar ein bißchen nachgedacht: Sollte er sein ihm ja nicht gerade zum Ruhme gereichendes Debakel auch noch detailliert schwarz auf weiß in irgendwelche Akten bringen? Für alle Zeiten aufbewahren? Er hielt es wohl für erträglicher, seinen Züchtiger nicht rachsüchtig zu verfolgen.
So war das alles nicht amtlich geworden und offiziell nicht von Gewicht.

Und die Tage gingen ins Land. Tobias fuhr in die Stadt wegen der Blumensamen; aber er brachte noch etwas anderes mit. Diesmal hatte er, bei aller bekannten Bescheidenheit, auch für sich etwas eingekauft.
Hatte er unlängst nicht den Karl gefragt: Kriegt man in der Stadt eigentlich auch Klaviere zu kaufen?
Klaviere? (Hatte hier im Dorf denn jemand ein Klavier?)
Das sei natürlich nur eine rhetorische Frage – anders gesagt: Ein Scherz! Denn wohin in seiner kleinen Kammer mit einem solchen Großtier? Die mit der Pritsche, dem Brett vor dem Fensterchen als Tisch-Ersatz und einem Stuhl schon voll war?

Also ein Klavier konnte es nicht sein, was Tobias ins Dorf brachte. Aber eine Klarinette. Und schon gegen Abend sah man ihn oben bei der Linde sitzen und eine melodische, melancholische Weise probieren.

Doch zu dieser vakanten Lehrerstelle.
Plötzlich hieß es, sie werde mit einem jungen Lehrer aus Dortmund besetzt. Der sei schon unterwegs.
Bäh, noch so einer aus dem Ruhrgebiet (liegt Dortmund im Ruhrgebiet?), hieß es. Hat man hier nicht genug an einem solchen neumodschen Klugscheißer oben hinterm Berg?
Aber Tobias? Inzwischen nur noch kreisweit bekannter gebildeter Nichtstuer?
Einer der ersten und jedenfalls kompetentesten, der sich dazu äußerte, war der Pfarrer, Ehemann der Tochter vom Gut: Tobias habe keinerlei Anstalten gemacht, sich zu bewerben, trotz mehrerer Fürsprecher und guter Aussichten. Niemand habe ihm dazu etwas entlocken können. Wie hätte man da anders verfahren können angesichts einer solchen totalen Gleichgültigkeit?

Kaum war von alledem keine Rede mehr, da kam Tobias betreffend eine ganz andere Geschichte in den Dorfklatsch. Und nicht mal von einer Seite, die für so was immer die erste Quelle war. So daß man es wohl etwas ernster zu nehmen hatte.
Wir sprachen schon über den Teufelsstein. Also, der stand am dem Dorf entgegengesetzten Ufer des Sees als ein fast mannshoher Findling, der eine rätselhafte Abbildung zeigte: der Teufel selbst sei es gewesen, hieß es, der dort mit aller Gewalt seinen Fuß hineingeschlagen habe wohl in größter Wut. Jedenfalls sehe man eine Fußspur des Teufels.
Und von dort hörte man an einem schon warmen Frühlingsabend die Klarinette des Tobias; und da es eine jener märchenhaft halligen Dämmerstunden war, in denen die Laute so deutlich über das Wasser getragen wurden, als entstünden sie neben einem, wurde mancher aufmerksam.

Ja: Und dann sei den Berg hinunter eine Frau gekommen. Zu ihm. Und da habe sein Spielen aufgehört. Und kurz darauf habe man die beiden auch nicht mehr sehen können; sie hätten sich, das sei doch wohl die einzige Erklärung dafür, hinter den Stein gesetzt und vielleicht sogar ins Gras gelegt.
Und diese Frau, da war sich irgendwer ganz sicher: Das sei niemand anderes als die Tochter des alten Lehrers aus dem Nachbardorf.
Die hier anscheinend keinen Anschluß fand und doch auch schon deutlich über dreißig war. Und angeblich auch auswärts nicht zurande gekommen war. Hieß es nicht, ein Verehrer von weit weg habe sie mal mitgenommen zu seinen Eltern? Doch dort sollen sie sie gleich behandelt haben wie ein Landei und ein fünftes Rad am Wagen, so daß sie schleunigst wieder abreiste.
Und Tobias? War nicht das letzte, was man diesbezüglich über ihn gehört hatte, etwas von einer Beziehung oder sogar Ehe in Berlin? Allerdings auch irgendwelchen Schwierigkeiten? Und nun dies hier? Und gleich eine so handfeste Sache?

Doch jetzt war Pfingsten! Und waren unsre Masuren nicht überzeugt davon, daß nirgendwo sonst dieses Fest so schlechthin wunderbar gefeiert werde wie bei ihnen?
Nun stand ja alles im frischesten Grün und der schönsten Blüte! Und jedes Tor, jede Haustür, ja auch Fenster und Giebel wurden mit Birkenzweigen geschmückt.
Würziger Kalmus-Geruch kam in die Stuben.
Ach ja, es ist zu erwähnen, wovor gewisse Birkenzweige und Pfingstlaub einen bewahrten! Das Haus vor Blitzschlag, das Vieh im Stall vor Krankheit, die Felder vor schlechter Ernte.
Und nun am Pfingstfest fuhren die geschmückten Pferdewagen hinaus voller fröhlicher Menschen mit Gesang und Musik. Und Tobias, der einem der Gefährte nachsah, auf dem auch Bruder Fritz mitfuhr, wußte von Kindheit an: Irgendwo auf einer Waldlichtung oder an einem See würden sie anhalten und vom Wagen springen und, heißa!, so richtig loslegen mit Tanzen und Trinken auch – und zu dem besonderen Kapi-

tel dabei befragt die selbsternannte Expertin im Dorf: unsere Moralinsche!

7

Rede an dem kleinen masurischen See gegen Sir Winston Churchill: die Frage betreffend, was er als einer der »drei Großen« bei Kriegsende auch meinem kleinen Volk angetan hat.

Eine schiere Fiktion nun: **hier**, wo in meiner Kindheit ein menschenwarmes Dorf war und nur noch leergeräumte Stätte ist (und meine Erinnerung an das Einstige), will ich auch dieses mir Vorgestellte, Erdachte nicht unterdrücken und verschweigen:
Wie, wenn ich die Stirn hätte, hierher einen jener bei Kriegsende »Entscheidenden« zu zitieren? Um ihn mir, wie man so sagt, mal zur Brust zu nehmen angesichts dieser zur Wüstung gemachten Menschen-Heimat? Sozusagen Gerichtstag zu halten auf meine kleine, gewiß etwas subjektive, aber jedenfalls unmißverständliche Weise? Und wenigstens einmal einen von solchen »Weltgestaltern und -veränderern« die Folgen ihres Tuns für die **einzelnen Menschen** vor Augen zu führen ...
Ja: all die einzelnen Menschen, die am Ende immer und immer die Opfer solcher Figuren werden. Figuren, die irgendwelche Umstände zur Herrschaft spülten und oft allzuwenig kritisiert in die Geschichtsbücher.
Denn mit welcher Berechtigung sollten eigentlich immer nur die Täter mit ihren dann alles bis zur Unerträglichkeit schönenden Interpretationen und auch noch Selbstbeweihräucherungen das Wort führen dürfen, also jene, die Unheil angerichtet haben; aber kaum jemals einer von den so vielen Betroffenen: Ramponierten, Opfern? Soll für die stets nur gelten: Vogel friß – oder stirb – jedenfalls: Halt den Schnabel?!

Ja: Nun dreht mal einer (ich) den Spieß um! Und fordert einen jener Täter mit der Auswirkung auf Millionen Menschen vor sein kleines Tribunal... (Denn auch die professionellen Historiker diskutieren selten Einzelschicksale, sondern die großen Posten, addieren zu irgendwelchen Summen, ziehen ihr Fazit – und heraus kommen Formeln und nicht anschauliche Bilder von Verbrechen an einzelnen.)

Wenden wir uns also ihnen zu: jenen Verursachern.

Hitler, ruft ihr da als erstes – der ja alles auslöste. Die masurischen Menschen wären doch wohl noch hier in ihrer Heimat wie seit Jahrhunderten, wenn es ihn und den von ihm angefangenen Krieg nicht gegeben hätte.

Ja.

Und Stalin, höre ich dann. Denn dieser Dschugaschwilli war auch ein »Stählerner« im Hinblick auf Verbrechen. Fast jeden Tag erfahren wir mehr darüber, wie er »zu großer Brutalität fähig« war und seinen Zielen ungehemmt »Millionen von Menschen« opferte. Und er war es ja, der aus reiner Habgier die Curzon-Linie als polnische Ostgrenze forderte und von Roosevelt und Churchill zugestanden bekam – samt seiner »Entschädigung« Polens auf Kosten Deutschlands bis an die Oder.

Aber Hitler und Stalin: über die das Urteil längst gesprochen ist: hierher in mein Heimatdorf?! Da schreie ich auf: Nein! Nein! Nein!

Groß ist die Auswahl dann also nicht mehr – aber auch nicht sonderlich attraktiv: Von »zwei kranken Männern und einem Massenmörder« spricht ja Wolf Jobst Siedler im Hinblick auf die drei zu Jalta und Potsdam. Und nachdem wir den Massenmörder ausgeschlossen haben, bleibt also nur die Wahl zwischen den beiden Kranken.

Und da ihr mir den verhängnisvollen Illusionisten aus den USA doch wohl auch nicht zumuten wollt – ist die letzte Möglichkeit eben jener Sir von der Insel, der nach dem Krieg ja sogar von Deutschen geehrt wurde (zu Aachen).

Doch auch Sie betreffend, Sir, gleich erst mal dies: Nur zu gerne hätte ich auch Sie mir **hier** erspart. Ich habs nämlich nicht gern mit Menschen, die mir derart unsympathisch sind wie Sie.

Und zwar unsympathisch vor allem deshalb, weil der Krieg für Sie die größte aller Stimulanzien war; Sie sich (wie Sie selbst aussprachen) im Krieg am glücklichsten fühlten.
Was ist von einer solchen Einstellung für die Menschheit zu erwarten? Mir jedenfalls liegt so was so lichtjahrefern, daß ich Zeit für eine ganz umfassende Beschäftigung mit Ihnen nicht aufwenden möchte.
Ja Sie würden mich überhaupt nicht interessieren, Sir, wenn nicht auch wir Masuren Opfer von Entscheidungen geworden wären, die die »drei Großen«, also auch Sie, trafen und zu verantworten haben. Und nur deshalb rede ich zu Ihnen.
Also: Ob Sie in Ihrem England aufs Ganze gesehen als eine große Persönlichkeit gelten – das ist für mich gleichgültig. Nicht gleichgültig läßt mich einzig und allein Ihre Rolle bei der Zerstörung des herkömmlichen Masuren und des kleinen Volkes, aus dem ich komme.
Was waren Sie damals eigentlich, Sir? Ein »Held der freien Welt« zur Zeit Hitlers? Oder doch eher (wie Sie nicht ein Deutscher, sondern Ihr Landsmann Irving darstellt) ein »machtbesessener, ruhmsüchtiger Zyniker, Opportunist, Feigling und Trinker«?
Aufs Ganze gesehen mag auch darüber streiten, wer immer das will – das beschäftigt mich, wie gesagt, nicht. Nur, wie all das sich auf uns auswirkte, die wir hier im Osten Deutschlands unsere Heimat hatten und 1945 wie Vieh über die Oder nach Westen getrieben wurden.
Den Vertretern sogenannter political correctness (die immer zu wissen meinen, wie man sich politisch korrekt verhält, und meistens auch dazu neigen, jene herunterzumachen, die ihnen nicht in allem zustimmen können) folge ich insoweit:
Die deutsche Welt, einst mit geprägt von Dichtern und Denkern, die zu den größten des Abendlandes gehören, wurde in nur zwei Jahrzehnten derart aus dem Gleis gebracht, daß auch ich mit dem Entsetzlichen, schier Unglaublichen nicht fertig werde.
Ja: Deutsche haben damals soviel in Europa angerichtet – wie

steht es da um die These, daß nicht wir es sein sollten, die auch die Untaten anderer in jener Zeit mit erwähnen?
Nur zu gern orientierte ich mich daran, wenn diese Untaten von jenen Völkern, die sie begingen, selbst so aufgearbeitet werden würden, wie es die deutschen betreffend unbestreitbar geschehen ist. Auch nur halbwegs so umfassend beim Namen genannt und angemessen bedauert. Das ist man den Opfern unbedingt schuldig.

Aber Ihre Selbstgerechtigkeit bei allem, Sir, ist natürlich das kleinere Übel. Wenngleich sie für jeden, der einen rigorosen Humanismus vertritt (nämlich: ein Verbrechen ist in jedem Fall ein Verbrechen), schlechthin nicht erträglich ist.
Doch ich hätte wohl, Sir, das Gespräch mit Ihnen damit anfangen sollen, daß ich Sie nicht in eine Stube, unsere gute Stube, bitten kann – deren Ausstattung ohnehin immer meilenweit von dem Komfort entfernt war, den Sie zu Lebzeiten gewohnt waren.
Aber auch all unsre Bescheidenheiten, in manchem: Armseligkeiten, haben Sie uns ja entwendet, in Teheran, Jalta, Potsdam usw.
Sie müssen nun also wohl oder übel wie ich mit einem Stein hier am See als Sitzgelegenheit auskommen.
Und auch sonst kann ich Ihnen keine der Annehmlichkeiten bieten, die Sie lebenslang gewohnt waren. Kein Buddelchen jenes Whiskys, den Sie zeitweise wohl eher reichlich konsumierten (Ihr Minister Beaverbrook wird Sie ja nicht grundlos Old Bottleneck, alte Schnapsdrossel, genannt haben. Aber dafür hätten Sie früher hierzulande noch am ehesten Nachsicht gefunden – und mit einem guten Klaren hätte man Ihnen auch aushelfen können). Nichts von jenem Kaviar, den Sie, wie man weiß, in Jalta von den Russen schon zum Frühstück forderten. So etwas hat man hier im Dorf natürlich nie auch nur kennengelernt.
Aber an der Not, die nun zur völligen Abwesenheit von der bei uns doch immer so ausgeprägten Gastfreundschaft führte, haben Sie ja kräftig mitgewebt; – oder? (Ja: Wie gern war

früher jeder von uns Gastgeber! Kein Besucher, der nicht vollgestopft und abgefüllt von einem masurischen Hof heimging – und was »zum Mitgeben« war selbst in den bescheidenen unserer Häuser noch da ...)
Und schließlich, Sir, muß ich Ihnen auch noch gestehen, daß Sie in dem Haus, das einst hier stand und das unsre war, nicht gerade respektiert waren; und das, lange bevor wir auch nur ein Wort darüber lasen, was Sie uns betreffend mit angerichtet haben. Und das hatte wenig zu tun mit der Nazi-Propaganda gegen Sie – sondern beinahe alles mit dem feinen Gespür meiner Mutter für das Unaufrichtige (bei Ihnen ja bis hin zur Doppelzüngigkeit), vor allem aber das Eitle, Angeberische, wie sie es Ihrer Art, sich zu geben, ablas. Deshalb habe ich sie oft sagen gehört: Dieser Kurchill, hahaha!
Und daß sie Ihren Namen nicht korrekt aussprach, lag beileibe nicht daran, daß sie in der masurischen Volksschule kurz nach dem Ersten Weltkrieg natürlich nicht Englisch gelernt hatte – sie hat ja später diesen Namen oft im Radio gehört.
Der Grund dafür, Sir, war, daß diese Frau eines Landwirts sich doch allen Ernstes anmaßte, Sie nicht so ganz ernst zu nehmen. Noch heute höre ich dabei ihr Lachen: weil sie Sie mal wieder ein bißchen ridikül fand...
Aber damit hat sie natürlich die Folgen Ihres Tun und Lassens ganz maßlos unterschätzt. Ja, das muß ich hier doch klarstellen. Denn wurden nicht gerade Sie niemals müde zu betonen, daß Sie gegen Ende des Kriegs zu jenen »drei Großen« gehört haben, die als so wenige Menschen über das Schicksal so vieler entschieden – nämlich vor allem Menschen hier im Osten Deutschlands? Und leider zu Recht konnten Sie auch noch hinzufügen: ... wie noch nie in der Geschichte.
Ja. (Aber hätte Mutter so sehr unrecht gehabt, wenn sie auch diese Ihrer Selbsteinordnungen für die Geschichtsschreibung zu den Belegen für Ihre anscheinend unzügelbare Eitelkeit gestellt hätte?)
Ja: Schauen Sie sich hier nun etwas um! Ich wünsche das ausdrücklich, Sir!

Hier, an den See grenzend, stand also der Hof meiner Eltern und Vorfahren. Haben Generation um Generation Menschen gelebt, kleine Krauter (wie man so sagt), die sich für ein meist kärgliches Täglichbrot abmühten. Doch sind denn solche Menschen vor der Ewigkeit des Lebens auch nur ein Jota weniger wert als Euer Hochwohlgeboren?

Und erblickt man hier heute noch etwas davon? Von besagter »Existenzgrundlage« für Menschen, für die sich auch noch mein Vater krummlegte?

Mein Vater. Für ihn und sein Schicksal, dem so viel andere von hier glichen, erwähne ich nur diese wenigen unbestreitbaren Fakten:

Nicht in der Nazi-Partei gewesen. Natürlich nicht gefragt worden, ob er den Krieg will. Ob er Soldat werden will (damals war er übrigens siebenunddreißig). In sowjetische Gefangenschaft geraten; als Zwangsarbeiter nach Rußland verschleppt. Dort wurde seine Gesundheit ruiniert. Sein Hof und Besitz in Masuren wurde ihm zur gleichen Zeit weggenommen. Als der kranke Mann (der dann nur noch wenige Jahre zu leben hatte) endlich zurück nach Deutschland durfte, hatte er sich bei den besitzlosen Heimatvertriebenen einzureihen.

So also sah das Schicksal mancher Deutscher aus, die für Sie, wie man weiß, immer »Hunnen« waren und blieben.

Warum wurde einem solchen Mann so übel mitgespielt? Weil er Deutscher war. Weshalb sonst?

Das gilt allerdings nicht nur für die Zeit von 1945 und danach. Diese Frage ist also nicht nur an Sie als an einen von denen zu richten, die siegerwillkürlich die Enteignungen und Vertreibungen beschlossen haben. Aber erheblich an Sie.

Man widerspreche mir, wenn ich für meinen Vater auch nur eine unzutreffende Feststellung gemacht habe. Aber gefälligst nur dann. Denn auf das Schicksal meines Vaters bezogen, ist mir jedes Geschwätz schlechthin unerträglich.

Infolge der Entscheidungen von euch ach so »Großen« ist unser Hof nicht nur uns weggenommen worden, sondern dann auch ganz von der Erde verschwunden. Wer mit einem üblichen menschlichen Empfinden vermag darin auch nur die Andeutung von etwas Sinnvollem zu sehen? Sträucher und Stauden haben, wie Sie sich, Sir, ja überzeugen können, die Stätte überwuchert...

Und spielten hier nicht auch immer wieder Kinder? Damit Sie sich jetzt nur dies vorstellen. Und saß nicht einst eine alte Frau manchmal in der Abendsonne vor dem Haus und las gläubig durchdrungen von ihrem allmächtigen Herrgott in der Bibel? Hätte meine fromm gewordene Oma sich vorstellen können, daß Christenmenschen ihren Nachkommen ein solches Schicksal bereiten könnten, wie das dann geschah?

Oder schauen Sie, Sir, auf die Reste jenes kleinen Mäuerchens aus Feldsteinen – die gibt es immerhin noch auch ein halbes Jahrhundert nach Ihrem Tabula-rasa-Machen (wenn ich mich recht erinnere, war das eine Ihrer Formulierungen). Einer jener Menschen, aus denen ich herkomme, hat es ein bißchen hübscher haben wollen. Und auch das ist also dem Verfall ausgeliefert.

Und sehen Sie über die Osthälfte des kleinen Sees vor uns. Ich bitte sehr, Sir!

Hier also war über vierhundert Jahren lang ein Dorf, in dem – wie in den andern masurischen Dörfern – Menschen gesiedelt und sich gemischt haben, die aus den unterschiedlichsten Gegenden unsres alten Europa stammten: Prußen als die Ureinwohner seit Jahrtausenden, Deutsch aus vielen Provinzen, polnische Masowier, Salzburger, Emigranten und so weiter – es war also ein Mischvolk, das sich hier gebildet hatte, eine Brücke zwischen Östlichem und Westlichem – welch ein nicht zu unterschätzendes, ja welch ein großes Vorbild bei allen heutigen Diskussionen über ein gemeinsames europäisches Haus!

Haben Sie an so etwas um 1945 auch nur einen Augenblick lang gedacht? Oder war es bloß wahrhaft beschränkte Ignoranz und Mangel an wirklichem Weitblick, was Sie damals bestimmte, Sir? Und zu einem solchen Vernichtungs-»Werk« führte?

Weshalb ist unser Dorf untergegangen, Sir?!
Und kommen Sie mir nun bitte nicht nur wieder mit den voraufgegangenen Verbrechen Ihres Feindes! Kein Deutscher bei Verstand wird bestreiten, daß zur Zeit des Zweiten Weltkriegs von Nazis »die grauenhaftesten Verbrechen unsrer Geschichte begangen« oder veranlaßt wurden.
Doch wollten Sie denn darauf mit jenem »Aug um Auge, Zahn um Zahn« antworten? Einem solchen Niveau? Nein? Aber weshalb haben Sie dann den gaunerschlauen Habgierigkeiten des »Stählernen« aus Sowjetrußland Ihre Zustimmung nicht wenigstens zu einem erheblichen Teil versagt?
Über Ihr diesbezügliches Verhalten kann es doch nur **ein** Urteil geben!
Hier also, an meinem kleinen See und vernichteten Dorf, ist nach **Ihrer** Rolle gefragt. Ob der Sproß einer alten Demokratie und damit doch natürlicher Antipode der Hitler und Stalin (wer denn sonst?!) tatsächlich vehement und konsequent für Menschenrechte gestritten hat, sich von jenen souverän abhebend. Also auch die Vertreibung von Millionen Deutschen aus ihrer jahrhundertealten Heimat (aber die »Westverschiebung« ihres Staates zog ja auch sehr viele Polen in Mitleidenschaft) mit allen ihm zur Verfügung stehenden Mitteln zu verhindern versucht hat.
Doch waren, ganz im Gegenteil, nicht sogar Sie es, der Stalin schom im Winter 1942 die »Westverschiebung« Deutschlands vorschlug, »woran man ursprünglich im Kreml gar nicht gedacht hatte« (Siedler)?! So daß Sie also wohl sogar den Erfinder-Status dafür beanspruchen können? Und hatten Sie dann nicht auch eine wahrlich schlimme Vokabel für diese Vertreibung von über zehn Millionen Menschen aus ihrer Heimat im bis dahin deutschen Osten parat: Man würde all diese Menschen in den Westen »transferieren«?
Und ob der Demokrat Churchill dann auch den Morgenthau-Plan aus den USA, dieses (so der Historiker Michael Freund) »Kriegsziel des Hasses« (das ihn an die grauenvolle Zerstörung Karthagos erinnerte), entrüstet abgelehnt hat?
Die Historiker berichten uns auch diesbezüglich von einem

Ihrerseits wahrhaft jämmerlichen Verhalten, Sir. Begründet nennt Diwald Sie also den Schwächsten der »drei Großen«. Und sagt: Jalta, das war Stalin. Da Sie ihm letztlich die Wünsche erfüllten.

Denn gingen Ihre Einwände je, wie man feststellte, über die »Routinevorbehalte des normalen Diplomatengebrauchs hinaus«?

Und im britischen Unterhaus **plädierten** Sie dann sogar dafür, was Michael Freund »die große, furchtbare Amputation Deutschlands im Osten« (betreffend ein Viertel des Reichsgebiets) nannte: im Dezember 44 gaben Sie bekannt, daß Sie sich für besagte »Westverschiebung« Polens und die »Totalaustreibung der Deutschen« eingesetzt haben.

Eingesetzt!

Und Sie gaben noch eins drauf: tönten, man werde reinen Tisch machen. Und daß Sie die Aussicht dieses »Bevölkerungsaustauschs« ebensowenig beunruhige wie die großen Umsiedlungen, die doch unter modernen Bedingungen viel leichter durchgeführt werden könnten als je zuvor.

Westverschiebung. Totalaustreibung. Bevölkerungsaustausch, Tabula rasa. Selbst einem davon nicht Betroffenen müßte doch übel werden nur bei Gedanken an so etwas. Und was bewegte Sie? Sie also schliefen bei alldem ruhig... Sie, der Vertreter der alten Demokratie...

Aber war das Ihre einzige auch uns Masuren mit betreffende üble Beteiligung damals?

Die zweite bekam bloß deshalb nicht noch schrecklicheres Gewicht, weil Roosevelt und Ihnen als seinem Mitspieler einige Menschen des eigenen Lagers mit Vernunft und Anstand in den Arm fielen.

Ja. Wir Deutschen könnten die Namen von Roosevelt und Churchill durchaus vergessen, sollten uns aber erinnern vor allem an jenen Cordell Hull, dessen Opposition damals dazu führte, daß Roosevelt eine bereits erteilte Unterschrift zurückzog.

Ich spreche vom Morgenthau-Plan, diesen »Fieberphantasien des Hasses« in den USA.

Man sehe sich diesen schauerlichen Plan eines Mannes näher an, der vielleicht eher ein Fall für den Psychiater war – und dazu hatten auch Sie, Sir, bereits genickt, auch das sollte mit Ihrer Zustimmung durchgeführt werden: nämlich die Beseitigung meines Vaterlandes als Industrienation, die, wie es hieß, Zurückwandlung in ein Agrarland, ein Weideland. Sie strebten also einen kathargischen Frieden im Industriezeitalter an (Freund) – und der Name der Stadt Karthago steht ja seit über zweitausend Jahren für die brutale Beseitigung eines Gegners und Konkurrenten, also für eine Untat noch vor Christentum und formulierten Menschenrechten. Dorthin sollte es nun zurückgehen.

Ich denke auch dabei an das Schicksal der damaligen Ostdeutschen. Man hatte uns also nicht nur über Weichsel und Oder getrieben, sondern wir sollten dann auch mit in einem Gebilde vegetieren müssen, dem man nach der Amputation auch noch eine Art Kastration zu verordnen gedachte.

Noch einmal: Und Ihre Rolle dabei, Sir? Die eines Sprosses der alten englischen Familie der Herzöge von Marlborough, die ihren Sitz (ihren Geburtsort!) nach dem bayerischen Schlachtort Blindheim Blenheim Palace nannte. Antwort: Der wahrhaft monströse Plan, die Deutschen »gerade noch in einer geschichts- und staatenlosen Erbärmlichkeit bestehen zu lassen« (Freund), hatte »auch die Billigung Churchills gefunden«...

Kommen wir zurück auf die meinesgleichen besonders betreffende »Totalaustreibung der Deutschen«, die uns die Heimat nahm. Es waren nicht hundert oder tausend Menschen, denen man dieses Menschen-Unrecht mit Ihrer Zustimmung antat, wir reden von mindestens elf Millionen, die östlich von Oder und Neiße lebten.

Und sosehr Sie sich von Einzelheiten ihrer Kleinheit wegen abwenden mögen: Hier nun erwähne ich doch noch einmal meine Familie. Sie stammt also überwiegend von den Ureinwohnern des Landes ab, und so sprechen wir davon, daß Vorfahren von mir hier zu Hause waren seit Jahrtausenden.

Ich nehme Ihr Wort darüber auf, daß Sie damals zu den so wenigen gehörten, die über das Schicksal so vieler entschieden. Ja: Es war die gigantischste Völkerwanderung der Geschichte, zu der auch Sie Menschen zwangen und die auch Sie also vor der Geschichte zu verantworten haben.

Und wenn es irgendwann einmal geheißen hatte, die Vertreibungen sollten in geordneter und humaner Weise erfolgen, so kann man im heutigen Wissen um das, was wirklich geschah, nur von Entsetzlichem sprechen. Weit über zwei Millionen Menschen sind auf der Flucht oder während der Vertreibung aus dem deutschen Osten zu Tode gekommen.

Es mißfällt Ihnen trotz aller meiner konkreten Vorhaltungen, Sir, daß ich, ein Deutscher, Sie also zwangsläufig einen Zerstörer nennen muß? Dann hören Sie sich dies über Sie von einem Ihrer Landsleute, David Irving, an: »Er war nur selten ein Schöpfer, immer ein Zerstörer – von Städten, Denkmälern und Kunstwerken, von Menschen, Grenzen, von Monarchien und letztlich auch des Empires seines eigenen Landes... Seine Gleichgültigkeit gegenüber dem allgemeinen Leiden wurde wieder und wieder dokumentiert...«

Und noch hinzugefügt eine der jüngsten Verlautbarungen zu diesem Thema aus **Ihrem** Lager: die des ersten im 21. Jahrhundert gewählten US-Präsidenten George W. Bush.

Ethnische Säuberungen sind nach Bushs Ansicht immer ein Verbrechen gegen die Menschlichkeit, »gleichgültig, wer sie an wem verübt«.

Und er erklärte dem Institut für German American Relations (deutsch-amerikanische Beziehungen) in Pittsburgh auf die Vertreibung der Deutschen aus ihrer Heimat im Osten bezogen »Einer der schwersten Fälle kultureller Ausrottung (im Original: »cultural extermination«) traf vor fünfundfünfzig Jahren die Deutschen.« Er geht von fünfzehn bis siebzehn Millionen aus, die Opfer wurden »der schlimmsten Zeit ethnischer Säuberung in der ganzen Weltgeschichte, der ethnischen Säuberung 1944-1945.«

Wie gesagt: Dies von dem führenden Amerikaner am Beginn des 21. Jahrhunderts. Von dem Sie Kritik denn ja wohl annehmen müssen.
Und wie sehr einig mit dieser Verurteilung Ihres Verhaltens rufe ich da jenem Präsidenten über den Ozean zu: Danke, George Double-U!
Und kommen Sie mir jetzt bloß nicht auch noch mit der Behauptung, es gebe nun mal bessere und schlechtere Völker, oder gar: gute und schlechte, und das Ihre gehöre natürlich zu den ersteren, und das unsre zu den minderwertigen, und als ein solches sei es 1945 zu behandeln gewesen.
Gerade die Untaten nicht nur der Leute Stalins, sondern auch des angloamerikanischen Lagers in der letzten Phase des Kriegs haben doch erheblich dazu beigetragen, eine solche These zu widerlegen: Die Bombenangriffe auf deutsche Städte, von denen manche mit uns Flüchtlingen überfüllt waren, nennt Thamer eine schwer begreifliche Orgie von Haß und Rache, und Golo Mann bezeichnet sie als nächtliche Massenmorde. Damals wurden deutsche Städte zu Friedhöfen gebombt.
Ja: Ein halbes Jahrhundert nach Ihrem Sieger-Gebaren (an das ich mich in vielen Einzelheiten nur zu gut erinnere) ist auch jemandem wie mir immerhin so viel Selbstbewußtsein zugewachsen, daß ich alle Völker in gleicher Weise unter die Lupe nehme und bei allen doch in etwa ähnliche Stärken und Schwächen entdecke. Und jede andere Behauptung erscheint mir aufs Ganze gesehen abwegig und nicht selten zur Vernebelung eigener Untaten herbeigeholt.
Den erwähnten Goethe beteffend merkt übrigens einer seiner Biographen, Heinrich Meyer, an: Dem Dichter des »Faust« wäre es »unmöglich erschienen, daß Millionen Menschen aus ihrer Heimat vertrieben werden könnten.«
Darin unterschied er sich also sehr deutlich von Ihnen…

Ja: Auch ich, der ich 1945 ein Kind von erst zehn Jahren war und also niemandem etwas zuleide getan hatte, floh von dem

Ort, an dem wir uns nun befinden, mit der Mutter und vier noch kleineren Geschwistern vor der Roten Armee, deren Greueltaten (dem Ehrenburg zugeschriebenen Wort entsprechend: »Es gibt nichts Schöneres als deutsche Leichen«) zahllose Bände füllen.

Vae victis! soll der gallische Heerführer Brennus bei seiner Eroberung Roms im Altertum ausgerufen haben – Wehe den Besiegten!

Und galt das nicht auch für die Menschen jedenfalls Ostdeutschlands, die der Roten Armee in die Hände fielen? In manchen Städten Ostpreußens wurden die Daheimgebliebenen einfach niedergemäht. Anderswo genügten saubere Hände und in Ordnung gehaltene Kleidung, um als Kapitalist aussortiert und sofort erschossen zu werden. Und dann das Niederträchtigste, was ein Sieger dem Besiegten antun kann: die Vergewaltigung der Frauen. Die Quellen sprechen von der größten Massenvergewaltigung aller Zeiten. Und da sollte man nicht auch von unerträglicher Barbarei sprechen dürfen?

Und nach der Flucht erlebte ich in Norddeutschland Ihre britischen Landsleute als Eroberer und Besatzer. Und bedenke ich, Sir, nun dies alles auch Ihnen gegenüber, so ist und bleibt die einzige Ideologie, die ich gelten lasse, die des rigorosen Humanismus. Und das besagt ja (befragen Sie, wie ich es tat, ein Lexikon): Denken und Handeln im Bewußtsein der Würde des Menschen. Streben nach einer echten Menschlichkeit. Denn ich vermag einfach nicht zu glauben, daß die Menschheit auch nur einen Schritt weiterkommen kann, wenn nicht endlich diese Verlogenheit fallengelassen wird: daß immer nur die Verbrecher der Gegner vor Augen geführt werden und daß die der eigenen Seite doch so verständlich sind, weil sie als Reaktion erfolgten und also auch nicht weiter behandelt werden sollten.

Es sollte doch ganz selbstverständlich sein, daß die Ächtung **aller** Verbrechen ohne Unterschied erfolgt (so wie es für das Opfer ohne Belang ist, von wem es beschädigt oder umgebracht wird).

Nur so können wir etwas gewinnen für die Heutigen in aller Welt und die nach uns Kommenden.
Und auch von Ihnen und Ihresgleichen, Sir, sondre ich mich damit doch wohl deutlich ab.

Ja. Schauen Sie sich hier noch einmal um! Ein kleiner See. Und nichts mehr von dem Dorf. Und kein Hof mehr, der meiner Familie Heimat war. Und nicht ein einziger Mensch meines Volkes noch hier. Es ist ganz der »reine Tisch«, den Sie herbeiwünschten.
Und der eine der Generation meiner Eltern liegt auf einem kleinen Friedhof im Niedersächsischen, der andre auf dem einer Stadt in Süddeutschland, und der dritte ist entwurzelt im Ruhrgebiet unter die Räder gekommen und dort wohl eher ver- als geendet.
Und. Und. Und.
Von der Bibel her haben wir in unserer Sprache die Formulierung: In alle Winde zerstreut.

Ja, ich hasse das 20. Jahrhundert!
Diesen Satz hörte ich von Ihrem alliierten General Patton, der als ein »unkonventioneller Soldat« galt. Ich hasse es insoweit auch Ihretwegen, Sir: der Sie aus einer alten Demokratie kamen und doch nicht bloß Gegenbilder zu den Unmenschlichkeiten der Diktatoren und Ideologen aufrichteten, sondern zu so vielem genickt haben, was die Stalin und Morgenthau ausbrüteten.

Und, Sir, ich habe Ihnen nun nur noch zu sagen: Ich ertrage auch Sie hier nicht einen Augenblick länger! An diesem guten Ort der Jahrhunderte menschlicher Menschen.
Und in dem Bewußtsein, daß also auch Sie sich an den Lebensläufen so vieler meiner Landsleute vergangen haben, muß ich mich ja wohl nicht noch groß um Stilfragen kümmern. Und rufe Ihnen daher zu: Gehen Sie mir aus den Augen! Steigen Sie wieder in Ihre Unsterblichkeits-Kiste!

8

»... es würde doch niemand glauben,
wenn ich erzähle, wie es wirklich war.«

Film »Merlin«, 1998

Nun vor hundert Jahren. Etwa hundert Jahre ist das alles her. Und jetzt nehmen wir uns mal meinen Großonkel Fritz, Bruer des Tobias und des Karl, etwas näher vor.
Der damals gerade wieder mit einer seiner Geschichten ins Gerede kam.
Da war er an einem Juniabend vom Angeln im großen Nachbarsee im Westen unterwegs nach Hause. Als er bei der Torfkaule in der Nähe des Gutshofs den Pferdeknecht heftig lamentieren und ihm Zeichen machen sah. Komm doch, bitte, bitte...
Machte der Fritz natürlich. Und da spaddelte ein Pferd im Wasser der Kaule mit ihren steilen Rändern und war offenbar oberhalb seiner Hufe gefesselt, und es war ja nicht irgendein Gaul, sondern des Gutsherrn bevorzugtes Reitpferd, Heinz. Und der Knecht jammerte bloß, weil das Tier nicht rauskommen konnte und er selbst keinen Rat wußte.
Mein Gott, es ist doch sein Liebster! wimmerte er.
Da verlor Fritz sich nicht auch an Worte, sondern griff zur Angeltasche und holte ein Messer raus – und zog sich aus und hechtete ins Wasser – und schwamm zum Pferd – und tauchte und schnitt dem einfach die Fessel durch. Und der Gaul benahm sich so stillhaltend, als wisse er: dies ist der Retter, dem ich dankbar sein muß – und, nun o Wunder: gleich konnte er sich selbst an Land retten.
Und Fritz gab, wie es seine Art war, noch eins drauf: nahm das Messer zwischen die Zähne, grinste den Knecht breit an – und tauchte noch mal nach unten. Und als er wieder hochkam, da lag ihm das Haar glatt am Kopf, er hatte nun den Schädel einer Robbe.
Der Knecht quoll über vor Dankbarkeit, wiederholte: Wo er doch sein Liebster ist, der Heinz! Das hätte was gegeben! Und er versprach dem Fritz ein Fläschchen vom Besten.

Ich hab es aber bloß für dich gemacht, sagte da Fritz. Nicht für deinen Herrn.
Und es ging ihm noch etwas durch den Kopf: Und grüß mir die Grete! Und erzähl ihr genau, was wir hier geleistet haben –.
Ja: Grete auf dem Gutshof. Von dieser seiner nicht geringen Heldentat sollte sie doch erfahren. Unbedingt! Sie war eins der Dienstmädchen bei den Sommers – und er, Fritz, nun gerade hinter ihr her.
Und wenn er nichts, aber auch rein gar nichts für ihren Herrn tun wollte, nicht den kleinen Finger krumm machen, so lag das daran, daß er nicht sicher sein konnte, daß dieser Weiberheld sie als Frau in Ruhe ließ. (Dessen Verführungen hinwiederum nicht gerade im geringsten an seiner Gattin liegen sollte, die ständig alle möglichen Ehrgeizeleien im Kopf hatten, nur nicht den ihr Angetrauten als offenbar reichlich potenten Mann.)
Aber gab es denn überhaupt etwas in diesem ganzen masurischen Dorfleben, das dieser Fritz nicht, und besonders auffalend, zuwege brachte?
Da kam er zum Beispiel nun gerade vom Angeln. Und die folgende Geschichte wäre für ihn selbst nicht mal der Rede wert gewesen; aber von vorn bis hinten hat sie sich so abgespielt:
Es war der Karl gewesen, der zum Fischefangen rausgegangen war. Und Fritz war ihm dann bloß aus Langeweile gefolgt.
Karl: Die Biester beißen heute aber auch gar nicht.
Pause.
Fritz: Na, gib mal her. Wie viele brauchst du denn?
Karl: Ich dachte, für jeden zwei.
Fritz: Gut. Sagen wir zwanzig. Und du geh schon mal nach Hause und mach die Pfanne heiß.
Und Karl schüttelte bloß ein bißchen den Kopf und lächelte vor sich hin. Wußte er doch seit Kindheitstagen, was dieser seiner Brüder für ein besonderer Bursche und Teufelskerl war. Und auf seine Versprechen war Verlaß.
Manchmal hätte man tatsächlich meinen können: Es stimmt, der kann hexen.

Und gerade jetzt trieb er sich ja auch wieder bei den Zigeunern rum, die oben am Waldrand lagerten – wer weiß, was er denen abguckte!
Na ja –. Aber um der Wahrheit die Ehre zu geben: Diesmal strolchte er dorthin nicht gerade als Lernbegieriger, sondern jenes schlimme Unwohlsein, das man Liebeskummer nennt, hatte ihn gerade arg in den Krallen. Und ob ihm da die alte, weise Zigeunerin, die er schon lange kannte und die alles wußte –.
Also um es wenigsten zu skizzieren: Es ging natürlich um besagte Grete, die, wie erwähnt, Dienstmädchen bei den Sommers war. Und was das hieß, war ja allgemeines Gespräch: Fingerte dieser Lüstling nicht an jeder halbwegs Ansehnlichen dort herum?
Die alte Zigeunerin, Lebenserfahrene, lächelte zunächst bloß alldeutig und sagte gar nichts. Dann aber:
Na, dann greif du doch mal **seiner** Frau unter den Rock. Wie der eine, so der andre. Davon verstehst du ja was.
Fritz stutzte einen Moment. Dann wich er so erschrocken zurück, als wolle man ihn zu einer Beziehung zu dem Schwarzen mit dem Pferdefuß überreden.
Und sagte: Der! Und dann will die vielleicht –! Nein, solch eine **Strafe** hab ich nicht verdient!
Und lachte nun aus vollem Hals.
Und später, als sie schon manches Schlückchen vom Klaren genommen hatten, war er wieder der ganz überlegene; Na wenn der Herr unbedingt eine von meinen Abgelegten will! Andre Mütter haben für mich auch schöne Töchter!

Es wurde wieder Johanni – und es gab einige so wunderschöne Tage und schon sommerwarme Nächte.
Das Heu war gemäht, wurde gewendet und auch bereits eingefahren. Gings mit den leeren Leiterwagen raus zu den Wiesen, so baumelten nicht selten die nackten Beine fröhlicher Kinder zwischen den Sprossen.
Gibt es überhaupt einen schöneren Duft als den herbsüßen frischen Heus? Und nun all die langsam stolzierenden Störche auf den Wiesen …

Johanni. Und der Tag davor. Wo man sich noch vor Hexen sehr in acht nehmen mußte. Die so kurz vor ihrer Vernichtung für dieses Jahr noch überall herumlungerten, um tückisch Mensch und Tier zu schaden.
Ja: Wie mußte man jetzt ganz besonders aufpassen, um in keinen Hinterhalt zu geraten. Und daß Tiere nicht dem Bösen Blick ausgesetzt wurden.
Aber wie war das denn diesbezüglich mit unserm Fritz? Von dem also zumindest gemunkelt wurde, auch er könne vielleicht hexen?
Die alte Riek jedenfalls sah erschrocken nach der Stalltür, als er vorbeiging: ob die auch wirklich zugemacht war. So besessen von Angst vor so was, wie gerade sie immer war.
Aber, meine Guten, damit täten wir doch gerade unserm Fritz gewaltig unrecht. Er war das genaue Gegenteil von einem bösartigen Wesen: instinktiv bloß immer aus nach Möglichkeiten und Tricks, wie man die manchmal wenig gütige, ja genau besehen oft barbarische Natur ab und zu ein bißchen überlisten könnte.
Na, andrerseits wollen wir ihn natürlich nicht bessermachen, als er war.

Johanni-Abend!
Dieses »Fest der Hingabe der Natur« (so zutreffend ein Masuren-Chronist). An die hellen, warmen Sommernächte.
Als die Dämmerung zu kommen anfing: Wie stiegen da die Feuer auf den Bergen auf! Und auf dem See beim Dorf schwamm diesmal sogar eine Teertonne von werweiß woher, die hell brannte! Und Lärm mußte natürlich sein! Krachen, Knallen, sogar Schießen in die Luft – das vertrieb, ja vernichtete doch die Hexen todsicher. Und damit begann der weniger gefährliche Teil des Sommers.
Und die alten Lieder dieses kleinen Volkes. Und sogar Sprüche vor dem Feuer. Und als es heruntergebrannt war, da sprangen sie über die rote Glut. Einzelne. Und auch manches Paar.

Aber nun genau hingeguckt, meine Lieben: Mit wem sprang denn da unser Fritz?
Der Grete?
Die war es jedenfalls nicht. Es war Krahns Lotte.
Hatte er sich so schnell getröstet? Und war ihm das vielleicht gar nicht schwergefallen? Denn hatten am Ende jene recht, die ihm nachsagten: Der ist doch eigentlich nur in eine wirklich verliebt: und das ist seine Schwägerin Hilde, die Frau seines Bruders.
Ach du liebe Güte! Hatte es diese Frau denn gleich allen drei Brüdern im Haus angetan? War so was zu glauben!
Und es kam in jenen Tagen der Pfarrer ins Dorf, Ehemann einer gewissen Ingeborg, geborene Sommer, um aus seiner Predigten-Perspektive nach dem Rechten bei den Schäfchen zu sehen.
Und traf auch auf Fritz. Und das wohl nicht von ungefähr; sicher war ihm dies und das zugetragen worden.
Und fing wie üblich erst mal mit irgendwelchem Blabla an. Um dann zu seinem Vorhaben zu kommen: Der Mensch müsse sich gut halten. Gut halten müsse sich der Mensch. Und die Bibel, Buch der Bücher, lehre uns alle die alleinseligmachende Moral. Ja: Gut halten muß sich jeder, Mann, auch du!
Pause.
Doch unterschätze man nun nicht den Fritz im Hinblick auf das, was wir den Kopfinhalt nennen wollen.
Mein Bruder hat Philosophie studiert, sagte er. So was Schweres. Es ist das Schwerste überhaupt. Und du?
Pause.
Nun hatte der Pfarrer auch dieses seiner Schäfchen zwar von Anfang an geduzt – doch ihm als Pfarrer: stand ihm nicht mehr Respekt zu?!
Jedenfalls schien einiges an der Antwort unsres Fritz ihn so zu ärgern, daß er unbeherrscht lospolterte:
Man sagt, du bist hinter den Weibern her wie sonst niemand hier! Mir sind da Geschichten zu Ohren gekommen –. Und nun hör mal zu: Ich lasse dir das nicht länger durchgehen!

Pause.
Wie keiner hier? sagte Fritz dann mit Bedacht. Nach allem, was man hier im Dorf über deinen Schwiegervater hört – Herr Pfarrer?
Da geriet der Kirchenmann ganz außer sich: Halt den Mund! schrie er auf.
Entschuldigung, sagte Fritz, immer noch ruhig. Das also ist was andres: Ich hätte es mir denken können. Aber mein Bruder hat Philosophie studiert – und so was färbt auch auf einen Dämlack wie mich ein bißchen ab. Und du? Sag mir doch mal, was du gelernt hast. Was weißt du über unsre alten Götter? Da müßtest du mal meinen studierten Bruder hören. Die waren von hier und kannten unsre Natur und hatten nichts gegen uns.
Der Pfarrer machte bloß noch eine wegwerfende Handbewegung.
Und als Fritz ihn so wütend, ja fast hilflos aufgebracht sah, da fing er plötzlich zu lachen an: Ich besser als der Gutsherr? Danke dir, Herr Pfarrer. Danke.
Und er ließ den Schwarzberockten einfach stehen und ging weg.

Sagte ich nicht, daß wir den Fritz nicht bessermachen wollen, als er war?
Was hatten nicht zum Beispiel die plachandernden Weiber, lebendigen Dorfzeitungen, alles durch ihn auszustehen! Ihn spickte doch wohl schon der Hafer, wenn er eine von ihnen bloß sah.
Besonders die Moralinsche. Da trieb er es dreist, zeigte kaum Grenzen.
Und nun kneif ich wieder ein bißchen, wirklich alles anschaulich zu erzählen. Vielleicht liegt manches wirklich jenseits dessen, was ich lauter zivilisierten Menschen zumuten darf.
Na gut, ich kneife bloß dergestalt, daß ich ein gewisses – so der Duden – »derbes« Wort aus unserer Umgangssprache nur andeute, das er ungeniert aussprach. Und ein andres lieber

aus einer Fremdsprache nehme. Damit ist einerseits meiner Chronistenpflicht halbwegs Genüge getan, und andrerseits bleibt es dem Leser überlassen, die Dinge vollständig auszuführen – nach Belieben.
So sprang Fritz doch tatsächlich einmal vor der Moralinschen in die Luft und schrie: Ich f ... mich tot!
Na – war das nicht wirklich die Höhe?
Und ein andermal, als sie ihn wieder geärgert hatte, da ließ er vor ihr seinen ... ein bißchen raushängen.
Stellt euch das vor. Oder lieber nicht. (Auch dies: nach jedermanns Belieben.)
Und diese Dreistigkeit soll er irgendwann auf dem Feld bei der Roggenernte wiederholt haben.
Wie gesagt: Genauer erzähle ich diese Geschichten nicht. Und das besagte Wort in der andern Sprache – und der verehrte Leser müßte ja erst mal herausbringen, in welcher – heißt pracie. Und wenn jemand nach dem Wörterbuch greift, so bin eben nicht ich es –.
Aber: Fritz, Fritz!

Und nun hatte sich unlängst nach diesem und jenem naturgegebenen Abgang im Lauf der Jahre die Zahl der Plachandernden wieder um eins erhöht: die alte Minna Milewski war ins Dorf zurückgekommen.
Hatte eine Zeitlang bei ihrer Tochter in Berlin gelebt; und hatte dort, wie es hieß, viel erlebt, jemand sagte: War schlau gemacht worden. So daß es nun passieren konnte, daß die Leute nicht bloß meinten: Da mußt du den Lehrer fragen!, sondern hinzufügten: ...oder die Minna, die weiß das wohl auch.
Und was die nicht alles wußte, bis hin zu hochliterarischen Problemen!
In Berlin sind wir natürlich auch im Theater gewesen, erzählte sie. Das war schön. Und da sahen wir was mit einem kleinen Jungen und einem Apfel auf seinem Kopf; und der Vater mußte den Apfel herunterschießen. Und hat getroffen; und das war das Schönste, und unsre ganze Aufre-

gung war umsonst. Tell, glaub ich, sagte sie. Und von diesem Schiller.
Aber hinterher erzählte uns ein alter Lehrer, der als Kind noch den Goethe gesehen hatte, daß dieser Schiller doch niemals in der Schweiz gewesen ist. Aber der Goethe. Da hab ich mir gleich gedacht: Von dem Schiller kann das Stück dann doch nicht sein. Wie will der denn das alles gewußt haben, wenn er nichts davon gesehen hat? Aber vielleicht von dem Goethe, wenn der da rumgereist ist. Also, ob da nicht irgendwer was verwechselt hat. Wie es ja so manchmal passiert im Leben.
Ja, die Minna.
Doch hat sie sich denn gleich auch zur größten Ohren-Strapaze zwischen Nordkap und Gibraltar entwickeln müssen? Und auch noch mit einer penetranten Stimme wie aus einer verrosteten Gießkanne? So daß jemandem dieser Vergleich einfiel: Biblische Plage.
Und deren Logorrhöe, krankhafter Geschwätzigkeit oder (sagen wir) Wortedurchfall, zu entkommen schier unmöglich war?
Karl und Fritz gingen vorbei, als sie mitten im Dorf gerade keinen Geringeren als den Gemeindevorsteher mit einem Stück ihrer Welterfahrenheit traktierte, vielleicht schon: folterte.
Da sagte Fritz laut und für alle gut hörbar: Ich wollte, diese Alte wär Feuerschlucker.
– ?
Na, dann müßte sie doch wenigstens den Schnabel halten, wenn sie das Feuer schluckt.

Doch mit dem Fritz ging ja noch eine viel beachtlichere Veränderung vor: Immer häufiger erzählte er von irgendwelchen alten Zeiten. Und das in einer so außergewöhnlichen Weise – na, ihr werdets sehen.
Gewiß: Von früher erzählen, das machten viele. Wenn mal wieder so ein Erzählabend bei irgendwem war und man reihte Geschichte an Geschichte. Da hatte einer eine abenteuerli-

che Schilderung von der Großmutter gehört oder auch nur dem Vater; und manches davon wurde sicher schon über mehrere Generationen weitergetragen und geriet einfach nicht in Vergessenheit. Von den Tataren zum Beispiel, die hier alles niedergemacht hatten, was einen Funken Leben und Bewegung zeigte. Von der furchtbaren Pest, die die Menschen nicht weniger erbarmungslos niedermähte. Sogar noch von den Kriegern in den weißen Mänteln mit dem schwarzen Kreuz drauf und ihrer großen Schlacht und Niederlage gegen die Polen bei Tannenberg.

Von der Pest! Da ist unser Fritz plötzlich wie in seinem Element. Wie aufgedreht ist er da und erzählt ein paar Kumpel, die mit ihm trinken. Die Menschen starben damals wie die Fliegen, und es war ihnen alles egal, man konnte ja doch nichts machen. Einer nach dem andern legte sich hin und starb.

Da kann nur Gott allein helfen, predigte noch der alte Pfarrer Surmanski. Aber auch daran glaubten die Leute nicht mehr so richtig: Es starben ja alle, die Guten und die Bösen. Wie konnte denn Gott zulassen, daß auch die Besten starben?

Und nun zu dem Pfarrer und dem Gutsherrn Biber damals, der der beste weit und breit war auf einem Gut, das sagten alle – nicht so ein Esel wie der heute.

Da lachten alle.

Der Gutsherr verstand sich nicht besonders mit dem Pfarrer, das war bekannt. Soll mal zu ihm gesagt haben: Du bist Pfarrer, wie ich Gutsbesitzer bin und der Nowotsch Maurer ist, es ist doch bloß ein Beruf.

Und ein andermal ging das noch viel weiter. Da soll der Gutsherr, der nicht nur ein guter, sondern auch ein gebildeter Mann war, gesagt haben: Weshalb habt ihr einen Gott hierher gebracht von irgendwo aus dem Orient, das ist doch nicht aus unserer Welt, das ist nicht von den Menschen hier. Da hatten wir hier unsere Götter – doch die habt ihr ausgerottet für den Gott Abrahams aus dem fernen Kleinasien. Mit Feuer und Schwert wurde der Christengott hier eingesetzt; das kannst du nicht bestreiten, Pfarrer.

Du siehst, Pfarrer, ich habe mich ein bißchen mit Geschichte beschäftigt, ich kenn mich aus.
Da soll der Pfarrer (wie es ja seine Pflicht war) wütend geworden sein und dem guten Herrn Biber, der nicht jedem Bibelwort gehorchte, sehr gedroht haben. Und der Herr Biber sagte später mal zu mir: Glaub mir, so abgrundtief wütend, wie der auf mich war: Wenn mir mal was passiert, da wird der Pfarrer die Finger drin haben. Daran sollst du dann denken!
Und so ist es ja auch gekommen.
Fritz machte eine Pause, trank ein Gläschen.
Zu **dir** sagte er das? warf da der Bahlo ein. Das hast du doch bloß irgendwann mal von den Alten gehört.
Fritz schien über diese Frage geradezu zu erschrecken. Es entstand eine Pause. Hab ich das gesagt? meinte er dann.
Und goß sich noch einen weiteren ein, trank auch den.
Zu dir? biß sich der Bahlo fest. Wo es so lange her ist? Das alles ist über hundert Jahre her, vielleicht über zweihundert. Nu mach aber mal einen Punkt!
Da erzählte Fritz aber schon weiter: Und der Pfarrer predigte noch während der Pest: Das alles soll der **Reinigung** hier dienen, dieses Sterben. Weil zu viele Menschen gottlos geworden sind. Und in unsrer Gegend haben ja einige noch nicht mal ihren alten Göttern, ich muß sagen: Götzen, ganz abgeschworen. So was kann der Herr, neben dem niemand andre Götter haben darf, doch nicht ungestraft lassen! Und das Land muß erst von allen ungläubigen Elementen ganz gereinigt sein, ehe das große Sterben aufhört. Und ich sag es noch deutlicher: von solchen, die sich erdreisten, **Fragen** zu Gott dem Herrn zu stellen, statt ihn demütig als den Herrscher Himmels und der Erden anzuerkennen! Aber ich sage euch: Es wird Gottes Ordnung wiederhergestellt werden, hier wie überall.
Und es kam auf ungeklärte Weise der gute Herr Biber um. Der seine Kritik angesichts der Pest allerdings noch gesteigert hatte. Und starb jedenfalls nicht auch an der Pest. Denn man fand ihn vor dem Tor des Guts – erschlagen. Und ich dachte da an seine Worte. Aber ich werde mich natürlich nun

sehr hüten und nicht so weit gehen, daß ich behaupte: Da hatte der Pfarrer seine Finger drin. Wie der Herr Biber es mir prophezeit hatte. Einen Gottesmann – den darf doch keiner mit einem Mord in Verbindung bringen.
Nein, das tu ich nicht –.
Er machte wieder eine Pause. Und nahm ein weiteres Gläschen.
Du hast doch schon wieder gesagt, daß der Biber mit dir gesprochen hat, ging Bahlo abermals dazwischen. Nu hör aber mal auf. Mit solchen Behauptungen und mit dem Saufen – ja, das muß man dir mal sagen: Soviel verträgst du nicht.
Was hab ich euch noch nicht erzählt? fuhr Fritz nun unbeirrt fort. Als nächster starb der Pfarrer. An der Pest. Du kannst es ja nachprüfen, Bahlo. Starb einfach wie alle anderen. Na ja. Und am Ende waren ganze Höfe leer von Menschen. Und mancher wurd gar nicht mehr richtig beerdigt. Weil keiner mehr dafür da war. Das war die große Pest.
So war das, schloß Fritz.

Aber ein andermal, als er was von dem Napoleon (bei ihm klangs wie Napoleum) fabelte, da hörte sich das auch nicht ganz anders an.
Napoleum, erzählte er seinen Zuhörern, der ist mit seinen Horden ja durch unser Ostpreußen nach Rußland gezogen. Und die haben hier geraubt und gemordet und sich die Mädchen genommen und hingeschmissen. Und als sie dem Hippel aus Piasken die Tochter vergewaltigten und er das Elend des Kindes sah (sie starb am nächsten Tag), da hat er diesen Franzosen seinen persönlichen Krieg erklärt.
Und als die großen Krieger dann zurückkamen als bloß noch zerlumptes Bettelpack und einer wagte sich auch auf seinen Hof wegen Essen, da hat der Hippel geschrien: Der war das, der Hund, weshalb kommt der noch mal hierher?! Und hat ihn mit der Mistforke umgebracht, ich weiß es wie heute.
Du weißt es wie heute?! fing da wieder einer an.
Laß ihn doch erzählen, sagte da aber ein anderer.

Wo es doch lange vor seiner Geburt war? warf der Bahlo ein. Und sagte wieder: Das hast du doch von deiner Oma gehört. Und hat den Franzosen nicht der olle Krahn hier umgebracht? Dieser immer seltsamer werdende Fritz. Als habe er die ganze heimatliche Geschichte selbst erlebt.

Von den Rittern im weißen Mantel redet er öfter. Und, mein Gott, wie lange war das her! Und auch da hätte man bei manchen meinen können, er erinnere sich als Augenzeuge genau an gewisse Einzelheiten der großen Schlacht vor Jahrhunderten.

Und das war durchaus nicht nur diesen Rittern freundlich (wie es doch damals in Preußen ausschließlich gelehrt wurde), sondern wie mehr aus dem Erleiden des Volkes gesehen.

Auch dabei vieles bloß mysteriös und im Blick auf Geschichtszahlen und Lebensdaten natürlich überhaupt nicht nachvollziehbar.

Und diese große Schlacht hat niemals aufgehört, behauptete er noch. Ihr wißt doch alle, daß es in unsrer Kirche manchmal nachts taghell ist und die Schwerter gegeneinanderschlagen.

Die Zeit verging. Und immer noch kein Fünkchen Dankbarkeit vom Gutsherrn Sommer: eine kleine Anerkennung wegen der Errettung des Heinz, Lieblingspferds. Und dabei war doch überall wie von einem Wunder die Rede: als habe Fritz den Gaul im Wasser geradezu hochgestemmt und so an Land getragen.

Da sagte Fritz zu Karl: Die Sache fängt an, mich zu ärgern. Ich glaub, ich schick dem mal den Schwarzen Hund.

Den Schwarzen Hund?! Ja – konnte er wirklich hexen? Und wem hätte der Schwarze Hund, der mal hier, mal dort auftauchte, nicht den gewaltigsten Schrecken eingejagt?

So. Und nun kam dieser, trotz allem schon Erzählten, in seiner Heimat Masuren damals doch nicht ganz und gar ungewöhnliche Mann noch in ein geradezu einzigartiges Licht.

Sein Schwager, Mann der auswärts verheirateten Schwester, hatte angespannt und war ins Dorf zu Besuch gekommen.

Und sagte irgendwann: Also, und am nächsten Montag kommst du zu uns zum Helfen. Wie wirs gestern vorm Spießhöfer besprochen haben.
Pause.
Da fuhr es auch aus dem schweigsamen Karl heraus: Gestern bei euch vorm Spießhöfer? Gestern bist du doch gar nicht weggewesen. Gestern warst du doch den ganzen Tag hier.
Pause.
Gestern, bestätigte der Schwager. Und Fritz widersprach nicht.
Und ehe Fritz doch noch etwas dazu sagen konnte, warf Tobias, der Gebildete, ein: Mit dir wird es ja immer schlimmer, Fritz. Aber »schlimmer« darf ich da ja gar nicht sagen. Ich hab dich schon länger im Verdacht, daß du so was werden willst wie der Ewige Masur, der schon einige Male auf der Welt war und immer wieder da ist.
Aber nicht so wie der Ewige Jude, an den darf man dabei nicht denken. Das war eine ganz andre Geschichte; da ging es um ein subjektives Fehlverhalten: um Hartherzigkeit und deshalb Wiedergeborenwerden und ewiges Umherwandern zur Strafe. Nein, nein – hier ist das was ganz andres! Vielleicht: Der Ewige Masur sogar als ein alter Prußen-Gott, den auszurotten den Weißmänteln nicht ganz gelungen ist? Wie ja auch so manches andre aus des Perkunos Zeiten in Resten überlebt hat durch all die christlichen Jahrhunderte? Ist das nicht zumindest eine sehr hübsche Vorstellung? Sagt doch selbst.
Aber jedenfalls der Ewige Masur als eine für unser kleines Land doch charakteristische Figur? Eine Art Urbild und Muster?
Na, Fritz! Was bist du bloß für einer! Und jetzt gibts du noch eins drauf: Bist an mehreren Orten gleichzeitig?
Hatte Tobias sich damit bloß gutmütig lustig gemacht über seinen Bruder? Oder hatte, bei aller Humorigkeit, doch ein Fünkchen Ernst mitgeklungen? Tatsächlich? Bei einem studierten Mann?
Fritz selbst lachte bloß. Sagte nichts.

Aber wie sich so alles rumsprach (und was sprach sich in dem kleinen Dorf nicht gleich rum?), da kam es natürlich auch bei den Plachandernden an. Und die Schlaumeier-Milewski gab ihren Senf dazu: So einen hat es hier schon mal gegeben. Aber hat der sich dann nicht in dem Koschel mit dem großen schwarzen Hut fortgesetzt? (Ja, so gewählt drückte sie sich tatsächlich aus.) Doch sagt: Hat man den eigentlich in letzter Zeit noch gesehen? Irgendwo sitzend am Straßenrand, mit diesem Hut? Mir dämmert da so was: Der Fritz wird vielleicht sein Nachfolger? Ja – wie ich das sage –. Wird er dem nicht sogar im Gesicht etwas ähnlich? Sagt doch selbst.
Der Koschel ist tot, ja, redete sie ihrer Art nach weiter. Was wissen wir. Vor hundert Jahren soll es, wie gesagt, so einen schon mal gegeben haben. Da müssen wir mal die Oma Lukaschewski fragen, die hat ja sogar noch den Napoleon gesehen.

Post skriptum:
Aber dann endete es mit dem Fritz doch zunächst einmal viel alltäglicher, prosaischer und gar nicht mystisch.
Der Pfarrer und dessen Schwiegervater Sommer sollen gegen ihn im Dorf Stimmung gemacht haben, sagen wir besser: gestänkert haben. Und jene Bauern, die da ihr Mäntelchen nach dem Wind hängten, holten ihn nicht mehr zur Arbeit. Der Pfaffe und der von hundert Pferden, hieß es, wollten ihn wegekeln.
Und so sah man ihn tatsächlich eines Tages auf einem alten Fahrrad davonfahren auf Nimmerwiedersehen. Und hinten drauf hatte er einen großen Pappkarton wohl mit seinen paar Habseligkeiten. Mehr besaß er nicht.
Und irgendwann hieß es: Sein alter Kumpel Otto hat auf einer Postkarte geschieben: Jetzt ist ja der Fritz auch hier bei uns im Ruhrgebiet angekommen.
Aber es war doch eher, als sei er vom Erdboden verschwunden. Konnte er nicht auch selbst mal schreiben?
Er schrieb nie.

Und nach vielen, vielen Jahren wurde dann behauptet (wer weiß, woher das die Leute hatten, der Otto war da schon tot): Nun lebt der ja auch nicht mehr, der Fritz. Soll zuletzt im Armenviertel gehaust haben, es war ein Elend. Ist also auch verkommen wie manch andrer Masure in einer ihm zu fremden Welt, diesem Industriegebiet. Und der Bürgermeister kommentierte das durchaus wohlwollend, ja mitleidig: Was Wunder – solch eine Naturpflanze wie er, die haben dort nicht die richtige Luft zum Atmen.

Aber stimmte das alles denn tatsächlich? Der mal, angeblich, hexen gekonnt hat und doch gar nicht totzukriegen war und sich an mehreren Orten gleichzeitig zeigte? Und für so einen solch ein armseliges Ende?
Ich kenne jedenfalls eine Gewährsfrau, die stock und steif behauptet, sie habe den Fritz noch in den frühen achtziger Jahren gesehen, und nicht nur gesehen, sondern auch mit ihm gesprochen!, und das war auf einem Parkplatz einer kleinen Stadt – in Masuren! Ja, in Nikolaiken war das. (Und diese Frau heißt Frieda.)
Alt geworden war er, ja. Aber bis auf das linke Auge, das krank und rot und etwas eitrig war, schien ihm noch gar nichts zu fehlen; es war lebhaft und guter Dinge. (Und das mit dem Auge habe er später selbst so kommentiert: Es hat wohl zuviel Schlechtes gegen die Masuren gesehen am Ende des Kriegs, da mußte es ja krank werden.)
Er trieb sich vielleicht öfter auf dem Parkplatz rum, sagte Frieda. Ging dann auf Masuren zu, die es in ewiger Sehsucht in die Heimat zog. Und sie habe ihn gefragt, erzählte sie: Sie sind also ein Masur? Und darauf er: Na, und was für einer – mein Puppchen, mein Goldmädchen!
Und habe alles in diesem anheimelnden masurischen Tonfall gesprochen.
Und plötzlich sei ihr da durch den Kopf gegangen und sie sei gleich ganz sicher gewesen: Das war doch euer alter Fritz! Oder euer Tobias? An den habe ich dabei auch gedacht. Aber eher euer Fritz. Doch weshalb dachte ich auch an den Tobias?

Weil der Alte irgendwie von beiden etwas hatte? Doch das geht ja erst recht nicht. Also es war euer Fritz.

Der Fritz, wiederholte sie. Und blieb eine Erklärung dafür schuldig, wieso sie da gleich so sicher war. Sie konnte doch weder den Fritz noch den Tobias vorher je gesehen haben, war dafür zu jung. Sagte aber über den Fritz bloß: Ich hab über den schon in der Kindheit zu Hause gehört. Eine solche Sonderbarkeit von einem Menschen. Eben so ein richtiger Masure.

Und gefragt habe sie ihn auch, weshalb er denn nicht zu Hause sei in seinem Heimatdorf. Oder ob er dort auch noch manchmal sei?

Manchmal, habe er genickt. Manchmal sitze er dort am See und traure. Dort ist ja keiner mehr. Dort ist nichts mehr. Und dorthin kommt auch niemand. Dort sind ja bloß noch die begrabenen Toten. Aber glaubst du mir, mein Goldmädchen, daß die manchmal mit mir reden?

Und auch jetzt kommt man mir nicht schlaumeierisch mit diesem ewigen: Das kann doch alles gar nicht sein –. Das sind doch bloß Märchen oder sogar Schauergeschichten. Guck auf sein Geburtsjahr. Und alles andre.

Wovon sprach mal der Tobias? Vom Ewigen Juden oder Ahasver. Dieser Sagengestalt nicht nur eines Volksbuchs, sondern vieler Dichtungen nicht nur der deutschen Literatur, sondern unter anderem auch der skandinavischen, englischen, französischen. Der von Christi Kreuzigung herkam und den ein Bischof – ich wiederhole: ein Bischof – um die Mitte des 16. Jahrhunderts in Hamburg sprach und den man im selben Jahrhundert noch in Madrid und in Wien sah. Und 1759 – ja: noch im Geburtsjahr Schillers! – soll er sich in Värnamo gezeigt haben.

Oder nehmen wir den Laotse (der in seinem Wesen der masurischen Welt näher liegt): hundertsechzig wurde der, wird berichtet, oder über zweihundert. Und hundertneunundzwanzig Jahre nach dem Tod des – jüngeren – Konfuzius soll ein Hof-Historiograph bei einer Audienz einem Fürsten etwas sehr Kluges gesagt haben – und dieser Historiograph sei Laotse gewesen.

Und schließlich noch einmal zu meiner Gewährsfrau Frieda: Irgendwann redete euer Fritz etwas sehr Gescheites, erzählte sie. Vielleicht ging damals ja nicht alles zu Ende, habe er gemeint. Schon deshalb nicht, weil dieses Land sich alle Menschen, die in ihm leben, anpaßt. Das war doch immer so und ist so geblieben. Will sagen: Nicht nur die, die nach dem Krieg hier, wie auch immer, bleiben konnten, sind Masuren. Sondern auch, wer heute hierher kommt und bleibt, ist bald so ähnlich, wie wir mal waren.
Und ich bin vielleicht noch einer von denen, die als eine Art Vorbild, oder sagen wir: Muster von früher, dienen können. Und so spring ich hier in der Heimat immer noch rum als ein solches Muster.

Also der Fritz. Von dem mancher sagte: So einer, der geht doch nicht wirklich unter wie andre Menschen. Sirbt und verdirbt nicht.
Dieser Fritz: Auch er ist mein Großonkel gewesen. Glaubt mir das.

9

Und nun zurück zu unserem Tobias. Meinem Großonkel Tobias.
Hundert Jahre also liegen zwischen damals und heute – und jetzt treffen wir beide uns im Anblick dieser masurischen Landschaft und ihrer Wirkung auf ihn wie auf mich, und (ich komme noch darauf) es war ja seine Ansicht, daß diese Wirkung auf uns eine ähnliche ist. Die schier unbeschreibbare Wirkung solcher Natur-Anblicke.
Der Tag begann für mich mit einem Himmel, hellblau wie ewig über dem grünen Land, und dem tausendfach silbern aufglitzernden See.
Aber dann ziehen doch zwei, drei dicke Wolken herauf, schlagsahneweiße Haufen, Ausrufungszeichen gleichsam für diesen Paradies-Sommertag.

Heute wie wohl damals.
Wie oft er hier vor dem See gesessen haben mag – wie nun ich – in jenen Monaten des Innehaltens mitten in seinem Leben. Ehe er dann wieder aufbrach, um seine Existenz in veränderter Weise fortzusetzen.

Er mag sich hier die eine, die andre Notiz gemacht haben. Es wurde ja bis in meine Kindheit hinein etwas erzählt von: Der hat immer was geschrieben. Aber damit soll er »sehr eigen« gewesen sein, habe sich dabei nie auf die Finger gucken lassen. Schrieb er an einem Buch? Und wenn ja: von welcher Art? Nichts, nichts habe ich drüber erfahren können. Einem wissenschaftlichen Werk oder einem Stück Literatur? Und eine Prosadichtung: die hätte vielleicht etwas mit ihm selbst zu tun gehabt: Welchen Weg man denn nehmen sollte. Den mehr im Sinne jenes abendländisch-faustischen (oder, meinethalben, europäisch/nordamerikanischen) »wer immer strebend sich bemüht«. Oder den kontemplativen östlichen (dem aber auch große Denker deutscher Welten zuneigten). Er soll ja, als Student, mal zu einem Dichter in Schleswig oder Dänemark gereist sein. Ich denke da an Storm oder Jacobsen. Einem Dichter jedenfalls, der Adel und Kirche als »das Gift in den Adern der Nation« bezeichnet hat. Es war also gewiß der alte Storm.
Aber was wurde bei ihm daraus? In keinem Lexikon fand ich seinen Namen. Ist nie ein Werk von ihm erschienen? Keine wissenschaftliche Arbeit, keine Dichtung? Ich habe jedenfalls nichts darüber in Erfahrung bringen können. Sein Name existiert in Nachschlagewerken nicht.
Doch es wurde ja auch erzählt: Davon liege immer noch was im Haus herum. In seinem alten Koffer. Den habe man nicht weggeworfen. So wenig wie jenen anderen mit der Uniform aus dem Salzburgischen.
Koffer in dem Haus, das es nicht mehr gibt. Nun ja: Es ist in diesem Land vor einem Menschenalter weiß Gott Bedeutenderes untergegangen als gewisse wer weiß wie geartete Notizen eines meiner Vorfahren.

Aber für meine Neugierde wären sie natürlich von hohem Wert! (Und vielleicht auf für die des Lesers...)

Sagte ich, ich sehe heute dasselbe hier wie er vor hundert Jahren? Und darin träfen wir uns?
Das kann natürlich nur noch für die Landschaft: die Hügel, den kleinen See gelten.
Niemand wird hier heutzutage auf mich zukommen, um ein bißchen mit mir zu reden, zu plachandern.
Wie es dem Tobias am Wasser unten immer wieder geschah.
Zum Beispiel konnte der Lehrer August Meyer aus dem Nachbardorf hinterm Berg zu ihm kommen, dieser etwas unruhige Geist aus dem Westen des Reichs. Oder sogar der Pfarrer. Auch den trieb es immer wieder in diesen Ort seines Kirchspiels, schon seiner Schäfchen wegen.
Und diese (im damaligen Verständnis) reichlich modernen Menschen trafen sich manchmal und standen plötzlich gemeinsam vor ihm – vielleicht hatten sie sich auch verabredet.
Der Lehrer also und der Pfarrer.
Stören wir? fragte der Lehrer. Tobias legte seine Notizen beiseite. Würde Ihnen das was ausmachen? sagte er humorig.
Der Lehrer, offenbar trotzdem ein bißchen irritiert: Na, das ist aber eine seltsame Begrüßung!
Tobias lachte: Kennen wir uns immer noch so schlecht? Kommen Sie, setzen Sie sich zu mir. Ich habe gerade zum ersten Mal überhaupt beobachtet, wie eine kleine Wolke sich in nichts auflöst. Haben Sie so was schon mal gesehen? Vielleicht erleben wir das noch mal. Und da ist der Herr Pfarrer. Wie gehts daheim? Was macht meine Schulfreundin Ingeborg? Aber ich muß Ihnen erzählen, Gottesmann, weshalb es mich gar nicht erstaunt, daß Sie hier sind. Als ich heute früh aufwachte, hatte ich Weihrauch-Geruch in der Nase. Kein Zweifel. Na, dachte ich erst: Da will mich der Teufel verhohnepipeln. Sie wundern sich, daß ein angeblicher Atheist in Ihren Augen wie ich an den Teufel denkt? Oh, überzeugter als an jede andre außerirdische Macht. Man braucht sich

doch bloß das Sosein der Welt und der Menschen anzusehen: Wie oft es da »mit dem Teufel zugeht«.
Jedenfalls: Der Weihrauch hat Sie mir schon angekündigt. Seien Sie mir also willkommen! Nach dem Wohlergehen Ihrer Gattin fragte ich bereits.

Ja, meine Herren: Dort wieder so ein Wölkchen. Sehen wir doch mal, ob wir das gleiche Phänomen wie vorhin noch einmal erleben.
Meinetwegen, sagte dazu der Lehrer. Sagte es spürbar gelangweilt.
Und die Wolke wurde tatsächlich rasch weniger. War dann nur noch ein dünner Schleier. Und gleich gar nicht mehr da.
Nicht ganz uninteressant, sagte da sogar der Lehrer. Tatsächlich von einer gewissen Interessantheit. Obwohl ich Sie frage: Was soll das wem bringen? Verwenden Sie Ihre Zeit nun auf derlei völlig nutzlose Beobachtungen?
Da sind wir an einem überaus interessanten Punkt, antwortete Tobias. Sogar an einem **außerordentlich** interessanten! Sie fragen, ob man davon irgendwie profitieren kann. Sie denken also als erstes an irgendeinen Profit. Sind auch Sie ein solcher Nützlichkeits-Denker, Herr Kollege? Wie heutzutage schon die meisten? Am Ende gar ein verkappter Kapitalist? Dann hat es Sie in genau die richtige Weltgegend verschlagen – hier wird sich vielleicht auch bei Ihnen noch weiteres davon verlieren.
Schauen Sie doch mal dorthin. Sehen Sie die Amsel dort? Beutet sie alles bloß aus, rafft Besitz zusammen, häuft Geldsäcke an? Lernen Sie für Ihre Existenz etwas zum Beispiel von so einer kleinen Amsel.
Der Lehrer machte andeutungsweise eine wegwerfende Handbewegung.
Aber da Sie ganz ein Mensch von heute sind, Mann des Fortschritts (und ich mich von derlei Bewegungen: immer nur stur geradeaus, abgekoppelt habe), wollte ich Sie eigentlich fragen: Was macht denn besagter Fortschritt draußen in der großen Welt? Ich verfolge das kaum noch. Also erzählen Sie.

Jetzt fängt er doch wieder an, mich zu provozieren! antwortete da der Lehrer, nun auch nicht ganz humorlos. Aber meinetwegen. Denn ich stelle Ihnen die darauf bezogene zentrale Gegenfrage: Haben Sie etwas dagegen, daß Wissenschaft und Technik voranschreiten, damit die Mühsal des menschlichen Daseins zum Beispiel auch hier auf dem Land immer weiter reduziert wird?

Pause.

Sie erwarten nun natürlich, sagte Tobias, daß ich dagegen nichts haben kann. Und doch komme ich Ihnen mit einem gewichtigen Einwand: Ist es nicht so, daß etwas Neues in der Regel etwas Altes verdrängt? Und wie, wenn diese rapide Zunahme an wissenschaftlichem und technischem Kram ebenso rapide etwas unterdrückt, reduziert, ja vielleicht sogar ausrottet, was dem Wesen der Menschen gemäßer ist? So daß man von erheblichen Verlusten an Menschlichem sprechen müßte? Mit dem »Fortschritt« geht doch wohl einher nicht nur die allmähliche Zerstörung der alten Welten wie dieser hier, sondern auch ein Abbau der herkömmlichen natürlichen Empfindungen und schließlich der menschlichen Beziehungen. Ich mißtraue also den Segnungen des Fortschritts auf des gründlichste. Ich glaube nicht, daß es für die Menschen ein Fortschritt ist, wenn ihr Leben immer naturferner und flacher wird.

Geschenkt! warf da der Lehrer ein. Diese Ihre fortschrittsfeindliche Haltung kennen wir inzwischen zur Genüge.

Entkräften Sie mich, sagte Tobias. Ich bitte darum. Es wäre mir doch nur zu recht, wenn ich mir die Sorgen der skizzierten Art nicht machen müßte.

Sie sprachen da gerade von »alten Welten« wie dieser hier und spielen das aus gegen mehr Wissenschaft, mehr technischen Komfort für die Menschen, mehr Versachlichung auch, sagte der Lehrer. Doch ich habe mich natürlich, ehe man mich vor Jahren hierher schickte, schon etwas mit diesem Land in der wissenschaftlichen Literatur befaßt. Ich gehe natürlich davon aus, daß auch Ihnen das grundlegende Masuren-Buch von Töppen bekannt ist. Dieser als Historiker anerkannte Mann spricht von einer niederen Stufe des Phantasielebens dieses Völkchens hier, der Gefühlsschwärmerei, und beim Stande ihrer geistigen Bildung können die Menschen hier nicht reflektieren wie die Deutschen im Reich. Die Begeisterung der Deutschen bei der Wiedererhebung Preußens 1870/71 zum Beispiel war Ihnen nicht recht verständlich, zündete hier nicht. Das alles also wie gesagt eine niedere Stufe – soviel zum Rand der hiesigen »alten Welt». Und mehr muß man dazu, meine ich, nicht sagen, schloß der Lehrer.

Tobias: Wir drehen uns irgendwie im Kreis. Ich halte von der Wissenschaft als Ganzer, die sich als der Weisheit letzter Schluß aufspielt, wenig (nur manche Einzelheiten finde ich durchaus interessant). Und von Wissenschaftlern wie diesem Töppen auch nicht sonderlich viel. Vor allem, wenn so jemand, wie ers tut, vom hohen Roß herab alles Ältere abqualifiziert, das unbedingt Neuem – von welchem Wert oder Unwert das auch immer sein mag – zu weichen hat. Und Sie holen nun von diesem Mann Ihr Hauptargument.

Doch bröckelt dessen Position auch innerhalb der Zunft nicht erheblich ab? Das unlängst erschienene Buch über Ostpreußen von Ambrassat spricht vom »einfachen Leben der Masuren«. Um aber festzustellen, diese Bevölkerung zeigte »eine hohe poetische Beanlagung«. Fast noch höher jedoch schätzt er ihre Gesangsweisen ein: »Dieselben tragen das Gepräge echter Einfalt und eines unverdorbenen Gefühls an sich«. Und nun hören Sie: »Gewiß verdient manche der masurischen Volksmelodien den Schöpfungen bedeutender Tonkünstler an die Seite gestellt zu werden«. Soviel zu der niederen Stufe des Herrn Töppen.

Aber, mein Guter, fügte Tobias hinzu: Wie sehr ich Sie verstehe und Ihre Ansichten nachvollziehen kann. Ja, ich weiß eigentlich schon im voraus, was Sie mir präsentieren werden. Fuhr ich selbst doch einst von hier hinaus in die »große Welt« mit dem Minderwertigkeitsgefühl des Hinterwäldlers (genährt eben von Leuten wie Töppen), den man nirgendwo sonst für voll nimmt. Sog deshalb geradezu ein, was man mir als »fortschrittlich«, als »modern« vorsetzte. Und geriet natürlich in Gefahr, durch wesentliche »Bildung« ganz verdorben zu werden. Wie sehr ähnelte ich da wohl Ihnen! Teilte damals fast die Töppensche Ansicht, daß zu beklagen sei, daß hier bei uns »die Mächte der Natur über die Kultur« zu lange die Oberhand behalten hätten. Aber das andre: was mir zugekommen war auf einem langen inneren Weg von den Vorfahren her, es war doch nicht einfach auszuwischen. Meldete sich immer deutlicher – und so bin ich hierher zurückgekehrt. Und mein weiterer Weg wird jedenfalls geprägt sein von hier aus.

Und? sagte da der Pfarrer, der bislang nur durch Schweigen aufgefallen war. Was gedenken Sie nun zu tun? Ich höre von den Leuten im Dorf, man sei erstaunt darüber, daß Sie hier derzeit – so redet man – eigentlich gar nichts tun. Ein begabter Mann wie Sie!

Die Leute haben natürlich recht, antwortete Tobias. Das ist gar nicht anzufechten. Sofern man Tun nur im Sinne von Agieren, vielleicht auch bloß körperlicher Arbeit, versteht. Aber man könnte zutreffender sagen: Ich betreibe ein gewisses Studium der Natur. Ich bin ja, im Unterschied zu Ihnen beiden, von hier – aber lerne von dieser Welt vielleicht jetzt erst das Wesentlichste. Ich muß wohl erst erfahren, wie unsere Zeit anderswo gesehen und durchlebt wird, um den Wert des HIER in seiner ganzen Bedeutung nicht nur für diese begrenzte Region zu erkennen. Je mehr es anderswo immer nüchterner wird, weniger seelisch, und je »rückständiger« hier alles bleibt in einem naturbestimmten Sinn, ja (ich sag das nun mal so) beseelter, um so froher breite ich die Arme aus, um das wieder eng zu umschließen.

Gott sei Dank entwickelt ja der Mensch mit zunehmendem Alter einen Drang, sich wieder seinen Ursprüngen anzunähern. Das erleichtert mir nun wohl gewisse Einübungen.

Ja: Ich bin bewußt in Distanz zu meinem bisherigen Erwachsenen-Leben gegangen – um aus einer solchen Distanz urtei-

len zu können. Und es war das Leben selbst, das mir das mehr als nahegelegt hat.
Da hat man als junger Mensch die Möglichkeit, über die kleine Welt der Familie und ihrer Umgebung hinauszuwachsen. Und natürlich spielt da auch etwas mit von: es allen im Dorf und darüber hinaus zu zeigen! Es ist ja nicht so, daß man nicht zunächst allerhand Vergnügen an so etwas hätte!
Aber allmählich muß einem doch klarwerden (man muß es ja tagtäglich erleiden): die Bedeutungslosigkeit, ja die Sinnlosigkeit des eigenen intensiven Strebens. Du kannst an der Universität Doktor werden und vielleicht Professor – aber deine eigentlichen Träume und Wünsche erfüllen sich nicht. Oder zur selben Zeit stirbt dir brutal und sinnlos ein nahestehender Mensch. Dein Fazit also: Keine der Untaten des sogenannten Schicksals kannst du mit noch soviel Fleiß und Ehrgeiz verhindern (übrigens doch auch nicht mit noch soviel Frömmigkeit, Herr Pfarrer) – was also ist das Ganze wert? Und dann ist das Leben zu Ende.
An diesem Punkt angekommen, hätte ich mich natürlich dahin und dorthin wenden können für diese Zeit des Stehenbleibens, Innehaltens, des Nachdenkens (oder wie immer man sagen will).
Doch mir erschien es am weitaus sinnvollsten, in meine Heimat, zu meinen Wurzeln zurückzukehren. Denn allein das ist eine Rückkehr in ein Land, wo alles noch beschränkt ist auf das Schlichteste, Notwendige – was ja nichts anderes heißt als: die Natürlichkeit, das ursprünglich Menschengemäße.
Die Menschen plagen sich hier ab, unbestreitbar, aber sie tuns ohne alle Aufgeregtheit. Hier erlebt man zu allererst jene Ruhe, die aus Selbstverständlichkeit herkommt. Man könnte manchmal denken: Die Zeit steht still.
Ich bin wohl heimgekommen in ein Leben wieder in enger Verbindung mit der Natur. Aber darf man das heute noch so einfach formulieren? Angesichts der »Fortschrittlichkeit« auch im sogenannten Geistesleben, wie zum Beispiel Sie, Herr Lehrer, es vertreten?

Lassen Sie. Antworten Sie darauf nicht. Und irgendwo las ich ja noch eine viel schönere Formulierung: Hat man den Einklang mit dem Gezwitscher der Vögel erreicht, so befindet man sich in Harmonie mit Himmel und Erde.

Sie sind heute so höflich, meine Herren, nicht das zu tun, was Sie doch schon längst möchten, nicht wahr: Ein bißchen über mich zu lächeln von Ihrer, ich sag mal, Töppen-Warte aus und mir wenigstens nachsichtig zu widersprechen. Auch egal. Leben mir der Natur. Leben in der Natur. Teil des Lebens der Natur. Teil der Natur.

Doch halt! Ich wollte ja um keinen Preis Ihre Rolle übernehmen, Herr Pfarrer, und eine Art Predigt halten. Von irgendeinem oder sogar vom eigentlichen Sinn des Lebens schwafeln. »Tiefsinnig« werden und »gescheit«. Es geht mir jedenfalls nur um meine eigene kleine Person und was ich mit mir vorhabe.

Eine Menschen-Existenz gibt zu hochtrabenden Philosophien doch auch wohl nicht mehr Anlaß als zum Beispiel die der kleinen immer so gefährdeten Amsel da vorne: die ein Nest baut, Junge bekommt, sie aufopfernd füttert und in eine höchst gefahrvolle Welt zu entlassen hat – ständig in Angst vor zahlreichen Feinden, die den Vögeln das Leben rauben.

Und das ist schon ihr ganzes Dasein.

Sie vergessen aber ganz ihren Gesang, warf da der Pfarrer ein. Und auch der Mensch lebt ja nicht von Brot allein.

Pause.

Sie haben natürlich recht, sagte Tobias; das tut er nicht. Die Amseln, die Menschen haben es aufs Ganze gesehen nicht gut. Aber sie singen doch auch, ja. Welch eine große Rätselhaftigkeit das ist. In jedem Augenblick ist ihr Leben in Gefahr, aber sie singen. Es wäre wohl vollends unerträglich für sie, wenn sie nicht, gegen jede sachliche Betrachtung und Bewertung des Daseins, alles schier Unerträgliche vergessen und singen würden.

Aber ich rede und rede und predige ganz gegen meine Absicht tatsächlich – und sehen Sie dort wieder eine Bedrängnis der Amsel? Ja: Ständig die Belege für das, was mich so quält. Sie hat den Schnabel voller Würmchen für ihre Brut und muß zu ihr an uns vorbei – aber sie hat große Angst vor uns. Kommen Sie: Drehen wir uns einige Augenblicke lang weg von ihr, und sind wir ganz ruhig...

So. Und nun möchte ich wieder Sie ins Gespräch bringen, Herr Pfarrer. Er ist der – angebliche – Atheist, der Sie aus der Reserve lockt.

Hörten Sie vorhin das geradezu bellende "Schackschak-Schackerack" einer Elster? Als die Amsel das vernahm, war sie sofort aufs höchste aufgebracht, schrie, um sie zu vertreiben.

Denn der Ruf der Elstern ist für Amseln ein schrecklicher. Ein Forstmann erklärte mir mal, daß ein von einer Elster entdecktes Amselnest todsicher verloren ist, die Amseln können seine Vernichtung nicht mehr verhindern.

Das macht mir die Elstern widerlich. Ich halte es entschieden mit den ihnen Ausgelieferten.

Also dieses ständige Fressen und Gefressenwerden. Vielleicht haben Sie mal beobachtet, wie ein Insekt in ein Spinnennetz gerät, noch bis zur Erschöpfung strampelt, um sich zu befreien – und dann kommt die Spinne und verleibt es sich ein.

Und nun diese schreckliche Geschichte, die ich von diesem Platz aus erlebte.

Sehen Sie dort noch die Flaumfedern? sagte Tobias. Gestern packte an dieser Stelle ein Eichelhäher eine sehr junge, noch etwas unbeholfene Amsel und fledderte sie. Wie es da **schrie**, das erbarmungslos ausgelieferte kleine Wesen, sich von dem Entsetzlichen zu befreien versuchte, zu retten vor dem Totmacher! Und ich brüllte, klatschte in die Hände, lief hin – aber auch ich war keine Hilfe, es war alles umsonst. Der mir zum Erbrechen widerliche Mörder hatte sein zu Tode gefoltertes Opfer gepackt. Hatte zwar Mühe, es vor mir wegzuschleppen, aber flog mit ihm doch davon.

Das war so schrecklich! Ich hatte dieses Vogel-Kind doch gerade noch so unbefangen umherhüpfen gesehen. Und dieses größere Vieh brachte es einfach um und schleppte es durch die Luft weg.

Und wie hatten auch mehrere Amseln gezetert, aufs höchste aufgebracht – alles vergebens! Wie war eine von ihnen ganz verwirrt und offensichtlich verzweifelt – doch wohl die Mutter des Kleinen? War ihr nun überhaupt noch ein Kind geblieben? Oder war dieses, dessen Vernichtung sie auch nicht hatte aufhalten können, schon ihr letztes? Waren die andern bereits auf diese Weise gequält, gemordet, gefressen worden?
Soviel zum Charakter der Schöpfung und der Natur. Sie imponiert mir – und sie stößt mich ab. Ich erzähle Ihnen das, weil ein solches Erleben uns die richtige Vorstellung davon gibt. Ich sagte vorhin, ich treibe hier nun gewisse Naturstudien. Dies war eine davon. Und ich jedenfalls war völlig entsetzt und sehe noch alles vor mir. Bekomme den Anblick dieser äußersten Brutalität nicht aus dem Kopf – und mehr noch nicht aus meinem Empfinden: dieses gerade **vernichtete** Wesen würde es zwischen den Enden der Ewigkeit doch niemals mehr geben.
Und gilt nicht auch für einen früh zu Tod gekommenen Menschen ganz dasselbe? Ich hätte in den Minuten nach meiner Beobachtung immer wieder laut aufschreien können.
Aber mit welchem Argument könnte ich den Mörder der kleinen Amsel anklagen? Ihn, wenn mir möglich, umbringen? Müssen nicht auch wir Menschen ständig Tiere und Pflanzen auffressen, also vernichten, um weiterzuleben? Was wäre im Charakter der Welt verändert, wenn ich diesen oder jenen Eichelhäher umbrächte? Diese oder jene Elster? (Der erwähnte Forstmann hat mir hinter vorgehaltener Hand ein Rezept dafür verraten.) Daß ein sogenannter Experte mir gleich eine Störung des Gleichgewichts in der Natur vorwürfe, ein Tierschützer mich sowieso attackieren würde, wäre mir noch gleichgültig – aber was veränderte meine Aktion denn aufs Ganze gesehen?
Ja: Mit welcher Begründung könnte ich, der Mensch, einer Amsel mehr Lebensrecht zugestehen als der Elster? Einer Maus mehr als einer Katze? Oder, sagen wir, einem Hausschwein mehr als einem Menschen?

Ist das nicht ein fundamentaler Charakterzug der Natur (Sie, Herr Pfarrer, reden da von der Schöpfung): daß kein Wesen auf dieser Erde zu leben vermag, ohne andere Wesen, tierische oder pflanzliche, zu vernichten?
Das durchgehend brutale Wesen der Natur: ein ständiges Abschlachten. Ein niemals endender Kampf auf Leben und Tod. Zahllose Tiere müssen immer die Opfer sein. Von welcher Qualität ist ein solches Prinzip? Ist es nicht geradezu **unmenschlich**? Selbst altorientalische Despoten hatten doch wohl gelegentlich auch akzeptablere Regungen. Also wer immer diese Welt so eingerichtet hat – allein diese unerträgliche Beobachtung vor meinen Augen mußte ihn mir – wie könnte es anders sein? – entfremden.
Was schauen Sie dabei mich an? warf der Pfarrer ein. Erwarten Sie etwa von mir eine Antwort? Und wenn ja: Welche? Jedenfalls doch wohl eine, die Ihnen die Möglichkeit gibt, auch mich, der ich den Menschen von ihrem Herrn predige, zu attackieren? Danach sieht es mir aus. Aber die Antwort ist doch schon unzählige Male gegeben worden. Und an Ihnen, als einem studierten Mann, kann Sie doch nicht vorbeigelaufen sein. Also weshalb wollen sie nun auch noch einen Dorfpfarrer bemühen? Um ihn herabzusetzen? Lassen wir doch, bitte, solche Scheingefechte.
Sie irren, antwortete Tobias. Sie irren sogar sehr, wenn Sie behaupten, es gehe hier kleinkariert um irgendwas auf Ihre Person Bezogenes. Ich gehe immer davon aus, daß Sie argumentieren werden, wie ein Pfarrer nun mal argumentiert, das ist ja Ihre Aufgabe. Es geht mir, wie gesagt, um den Charakter der Natur: daß wie den erkennen. Und zwar erfassen und einschätzen nicht nach Maßgabe irgendwelcher Dogmen, an denen wir uns strikt zu orientieren haben. Sondern nüchtern, sachlich.
Der Pfarrer winkte ab.
Und glauben Sie ja nicht, sagte Tobias noch, es bereite mir vielleicht ein gewisses intellektuelles Vergnügen, solche Fragen anzusprechen. Im Gegenteil: Es bedeutet jedesmal eine schmerzhafte innere Bewegung. Ein Abschiednehmen von etwas **Sicherheit**: wärmenden Geschichten und Bildern der

eigenen Kindheit. Das **zerbricht** doch immer etwas aus den frühen eigenen Jahren, als das Kind noch völlig ungebrochen an den lieben Gott glaubte.

Aber lassen Sie mich, Herr Pfarrer, ehe Sie antworten, doch auch noch ein rührendes Erlebnis aus den letzten Tagen erzählen. Ein Eichhörnchen kam da in meine Nähe, beobachtete mich ein bißchen aus der Entfernung von nur noch wenigen Metern. Und kam dann angesprungen und setzte sich ganz vor mich, sah mich ruhig an.

Ja: Was für ein bewegendes Erlebnis auch das! War hier nicht einmal alle Furcht vor den schrecklichen Möglichkeiten eines weit größeren Wesens aufgehoben? Und wieso? Weil das kleine Tier irgendwie erfaßte: dieser Riese da ist einer, der will mir nichts antun? Mein sonst in der Natur jedenfalls nicht übliches kleines Gutseinwollen sich ihm mitteilte?

Aber warum, warum ist so was bloß die Ausnahme? Und ein Hund hätte das Eichhörnchen gleich angesprungen zum Totbeißen? Warum verhielt sich der Mensch (ich) gütiger, als es die Regel ist in der Schöpfung? Weshalb bleibt so vieles im Weltenlauf (und was Sie wohl als die göttliche Weltordnung zu bezeichnen pflegen) so weit hinter dem zurück, was die Philosophen längst als für uns Menschen vorbildhaft formuliert haben? Denken Sie nur an den Kategorischen Imperativ unsres Kant zu Königsberg. Doch keiner der Denker kann die durchgehend brutale Anlage der Schöpfung, wie ich selbst sie beobachtet habe, aus der Welt schaffen.

Der Pfarrer: Den tiefen Graben zwischen den Gläubigen und den Atheisten auch niemand.

Diese Antwort ist mir denn doch zu simpel. Aber lassen wir das. Lieber will ich einmal dies klarstellen: Bin ich wirklich Atheist? Oder nicht bloß Skeptiker? Insofern war alle Bildung doch nicht ganz nutzlos für mich: sie hat mir beigebracht, genaue Beobachtungen zu machen und logisch daraus zu folgern.

Pfarrer: Aber zu den sogenannten Erkenntnissen Ihrer Denker: Ich will doch entschieden meinen, daß die Zehn Gebote, die Moses von Gott empfing, bereits alles beinhalten, was der

Mensch für ein Gott wohlgefälliges Leben als Gesetz benötigt.
Aber das Sosein der Schöpfung, über das wir uns hier unterhalten, heben diese Gebote leider auch kein bißchen auf.
So diskutierten sie noch eine Zeitlang über dies und das. Der Pfarrer sprach davon, daß stets wohl getan sei, was Gott tue; und daß bloß des Menschen Begreifenkönnen eben zu beschränkt sei, um das immer zu erkennen.
Jaja, polemisierte Tobias: Das Gute, und alle Wunder!, tue selbstverständlich Gott – aber so was wie Sodom und Gomorrha, also Sünden und Lasterhaftigkeit, natürlich der Mensch, dort sei Gott dann nur für die Strafen zuständig? Es waren hingeworfene Bemerkungen, ein Wort ergab das andere, und unterschiedliche Sichtweisen und Überzeugungen wurden deutlich – aber zu irgendwie abgerundeten Weltbildern summierte sich das natürlich nicht.
Am Ende erklärte Tobias in gutmütigem Ton dem Pfarrer: Wir kommen niemals auf einen Nenner. Von dem weisen Laotse ist die Überzeugung überliefert (die ich übrigens teile), daß niemand in der Welt wirklich weiß, was richtig ist und was falsch. Der gute Mann hat die Pfarrer nicht kennengelernt, sonst hätte er ja hinzufügen müssen: ... außer den Pfarrern!
Ja, sie ließen es. Und lachten bald und waren guter Dinge.
Irgendwann warf Tobias nur noch hin: daß für die Vermehrung des Glaubens ja ständig gepredigt werde – ihm aber fehle es entschieden an Aberglauben.
Darauf ging der Pfarrer überhaupt nicht mehr ein. Wie er ja auch vorher durchaus nicht alle möglichen Argumente der protestantischen Religionslehre bemüht hatte, weiß Gott nicht. Und vielleicht ja bewußt nicht.

10

Natürlich war dieser Mann Tobias nun mittleren Alters, der hier mal Lehrer gewesen war und fernab im Reich weiß der Himmel was getrieben hatte und jetzt wie lange schon hier

herumsaß, weiterhin ein erhebliches Thema im Dorf.Hatte man nicht schon mal einen in der Familie gehabt, der aus Berlin doch wohl nur zum Nichtstun hierher gekommen war – der allerdings hatte auch noch reichlich gesoffen und war dann verschwunden und blieb verschwunden.
Dieser Tobias mußte anscheinend auch nicht auf die Mark schauen, konnte sich und der Familie allerhand leisten, bis hin zu solchen Ungewöhnlichkeiten wie der Klarinette. Und manchmal saß er also bloß unter der großen Linde über dem Hof oder am See unten und spielte etwas.
Und als einmal die kleine Marie, Tochter des Karl und der Hilde, zu ihm kam und ihn fragte: Was spielst du denn da? da antwortete er treuherzig: Das ist ein Liebeslied von einem Musiker, der mal in Wien gelebt hat (das ist eine große Stadt). Und der ist nicht mal so alt geworden, wie ich jetzt bin… Er hieß Franz Schubert und hat so viele schöne Melodien erfunden wie kein anderer. Hat es dir denn gefallen, was ich gespielt hab?
Ja.
Oja, sie mochten ihn alle, den Tobias: so freundlich zu allen und hilfsbereit, wie er immer war.
Aber hatte er jetzt nicht auch noch irgendein Ziel? Er hatte doch das Gymnasium besucht und studiert. Hier kannte man ja so was eigentlich nur vom Hörensagen. Der liest doch alle Bücher, die geschrieben worden sind, hat mal einer gesagt; da kommt auch der olle Drigalski nicht mit. (Der schon gar nicht, hat ein andrer geantwortet – dafür säuft der zu viel.) Der hat alles gelernt, was in allen Büchern steht, hieß es ein andermal. Und nun wollte er nur noch so etwas sein wie einer von ihnen – oder? Sollte man das so verstehen? Mußte das einen nicht geradezu ein bißchen traurig machen, daß am Ende also für ihn auch nicht mehr dabei herausgekommen war? Sah man das richtig so? Das war ja, als wenn jemand vom Gutshof dann doch bloß Arbeiter war für die Bauern. Und was hätte wohl sein so strebsamer Vater dazu gesagt! Wie enttäuscht wäre der gewesen…
Eins der plachandernden Weiber ging sogar die Hilde deswegen an: Was denke der Mann sich eigentlich? Wollte er nur

noch gescheite Reden führen und nichts sonst? War der nicht mal, wie doch alle wußten, Lehrer?
– ja, Professor! antwortete Hilde; – und in diesem Dorf! Das Gerede machte sie sichtlich ärgerlich.
Na, ich mein doch nur.
Na, dann mein das mal.
Pause.
Aber seht ihr denn nicht, fügte Hilde hinzu, wieviel er dem Karl hilft, wo er nur kann? Im Haus und auf dem Ackerchen. So daß der Karl viel mehr Zeit hat für seinen Beruf.
Gestern sagte er noch – wart mal, wie drückte er sich aus –: Wichtig ist nur, daß wir unsern Garten bebauen. Ja: So hat er das gesagt. (Und noch einmal schlug der Ärger bei ihr durch:) Aber wen geht das überhaupt was an! Soll doch mal jeder vor seiner eignen Haustür kehren. Da hat er genug zu tun.
Später, als die alten Frauen wieder zu dritt alles mögliche durchhechelten, meinte die eine: Und wie sie ihn gleich verteidigt hat! Richtig falsch ist sie geworden.
Darauf die Moralinsche: Na, wir wissen doch, weshalb. Das ist ja überhaupt –! Und nun alle unter einem Dach. Wenn ich der Karl wär –. Keine Minute würd ich die beiden aus den Augen lassen.
Ach, daß diese Frau doch niemals ihre törichte Schmalspur verließ.
Einschätzungen aus der Perspektive des Dorfs. Meistens ja durchaus eine gutmütige, subjektive Sicht unverbildeter Leute. Aber sah das objektiv betrachtet – also nach allem, was wir wissen – nicht erheblich anders aus?
Ach: Die sogenannte objektive Sicht! Wollen wir uns denn mit so was Sterilem abgeben? Kann das unser Vorsatz sein?

11
Noch einmal: Tobias und die Frauen.

Ja: Diese zugegeben von früher her nicht ganz unbelastete Geschichte mit Hilde, nun Frau des Bruders und Mutter der Kinder im Haus. Mochten da nicht oft noch Erinnerungen in

ihr heraufdrängen, und vielleicht auch an einen gewissen frühen Wunsch, neben Tobias diese Dorfwelt zu verlassen? Und nun doch bloß all die Alltage im Kätner- und Handwerker-Haus und die viele Arbeit mit den Kindern und den Haustieren.
Und für ihn nun Christel, Tochter des alten Ersten Lehrers hinterm Berg? Oder war das doch mehr eine Geschichte bloß einer sentimentalen Wiederbegegnung nach vielen, vielen Jahren und genau hingesehen nicht von bedeutungsvollerem Gewicht? Machten sie sich Gedanken im Hinblick auf eine gemeinsame Zukunft? Und wenn jemand zögerte, so gewiß Tobias?
Wollte der sich mit Frauen vielleicht auf gar nichts Festeres mehr einlassen? Als Karl mal wieder ein bißchen auf den Busch klopfte, sagte er bloß: Ach, du weißt doch von meinen bisherigen Geschichten. Und nun bin ich sehr unsicher, ob ich noch –.
Tobias und die Frauen.
Zu verstehn war er doch, nicht wahr?
Da war die eine dieser Frauen so erschütternd gestorben vor wenigen Jahren erst. Und mochte das auch längst eine Beziehung gewesen sein mit mehr als einem Einwand und offenbar keine mehr für die Ehe – sie überschattete ihres Endens wegen noch so vieles.
Wie sie selbst vielleicht stärker überschattet gewesen war von der anderen Geschichte aus der Kindheit und frühen Jugend, als man mit bedachte...
Aber –: Wenn denn so was immer eine Angelegenheit wäre vom Bedenken und Folgerungen! Doch das ist sie, gottlob!, nicht. Wenn er nun einfach hätte sich sagen können: ... nun mal auf den Teppich, großer Junge: Und auch hierbei Überlegungen im Hinblick auf das Alltägliche... Aber so geht ja auch das nicht.

Tag um Tag verging. Und Tobias half dem Bruder; und saß am See unten und schrieb gelegentlich etwas auf; und spielte auch sein Instrument.

Und irgendwer sagte mal: Aber das sind doch alles so traurige Lieder. Müssen es denn immer so traurige Lieder sein?
Und kam er nun nicht auch wieder öfter durch das größere Kirchdorf, wo die Freundin früherer Tage in dem Pfarrhaus mit dem Blick auf die kleine Feldsteinkirche Gattin und (wie man hörte) endlich wohl auch werdende Mutter war?
Sie mußte doch auf die Hauptstraße des Ortes sehen können, die in die Stadt führte. Und sah ihn dort niemals?
Woche um Woche verging; und sie begegneten sich nicht. Sie hatten sich ja nicht verabredet in all den früheren Jahren, immer nur zufällig getroffen – und jetzt durfte das erst recht nicht mehr anders sein.
Neigte er nun nicht sogar dazu, ihr eher zu sagen: Wenn wir irgendwo aufeinanderstoßen: Sollten wir uns da nicht lieber bloß von fern zuwinken?
Es war ja alles und endgültig vorbei. Auch das war ganz vorbei.

Aber bedeutete das denn auch, daß sie ganz aus seinem Bewußtsein und vor allem Unterbewußtsein war?
Irgendwann träumte er, er halte mehrere Blätter in Händen, hellgrünes Papier, und die waren in auffallend kleiner Schrift mit einer langen Aufstellung beschrieben:
So erfuhr er (als es sie für ihn nicht mehr gab...), daß sie ihm eine längere Zeitlang jeden zweiten, dritten Tag einen Brief geschrieben und sich das immer mit einem Stichwort und dem Datum notiert hatte – doch keiner dieser Briefe war je zu ihm gekommen.
Irgendwer in ihrer Umgebung hatte das zu verhindern gewußt, sie alle unterschlagen. Oder wie sonst wurden sie ihm vorenthalten?
Vorüber. Ja: Auch das nicht mehr änderbar.

Ein andermal träumte er, er stehe ihr sehr nah gegenüber etwas oberhalb einer belanglosen Straße in einer alten kleinen Stadt. Und es war ein schon dunkler feuchter Abend.

Und während sie so beieinander waren wie um sich zu umarnen, erzählte sie ihm etwas über ein großes Haus, das ihrer Familie gehörte, mit noch leeren Wohnungen. Und da warf er gleich ein, daß er hier doch immer noch ein Zimmer für sich suche: als ein Quartier für ab und zu in der Heimat (und in ihrer Nähe?!). Und betonte: Mir ist das Ernst.
Und sie drückte ihre nackten, festen Oberschenkel (die er nicht sah, doch wußte: sonnengebräunten Schenkel) gegen die seinen; und wieder und wieder. Und küßte man sich nun, weil mans doch nicht mehr unterdrücken konnte und um alles eindeutig zu machen? Nein; beide machten auch diesmal nur einen Versuch dazu; – und noch mal; – und noch mal. Und hielten sich kurz davor jedesmal zurück; und es blieb bei den Absichten und Andeutungen dazu. Aber das wiederholte Drängen ihrer Oberschenkel gegen die seinen –.
Und er sagte dann noch einmal: Ich brauche hier wirklich ein Zimmer, **unbedingt**. Wo ich ein paar Bücher lassen kann und immer wieder mal herkomme. Und natürlich kümmere ich mich selbst um alles für mich.
Und sie sagte dazu bloß noch: Ich nehm das in die Hand.
Und immer noch: ihre angedeuteten Küsse.
Doch da kam jemand auf der Straße her, ihnen näher. Und Tobias wandte den Kopf dorthin. Und sah eine Männergestalt und daneben eine kleine. Ein Mann und ein Kind also.
Waren es ihr Mann, ihr Kind? Sie war nicht weiter irritiert, lachte bloß und sagte betont selbstverständlich: Und da ist noch jemand zu versorgen.
Im selben Augenblick hatte er sich schon abgewandt.

Sollte er den geplanten Dauerlauf über eine längere Strecke nun machen oder nicht? Er trabte ja schon auf einer schmalen, ziemlich dunklen Nebenstraße zwischen ganz belanglosen, nicht richtig Bild werdenden niedrigen Häusern.
Es hatte etwas zu regnen begonnen; das nasse Pflaster glänzte.

Wovon eigentlich entfernte er sich immer mehr in einer so überaus tristen Nacht? Drängte ihn gleichsam irgendwer fort? Aus keinem der Häuser kam Licht. Und nirgendwo etwas von einem Lebewesen. Aber, dachte er: Es wird doch niemand aus dem Hinterhalt auch noch einen Hund auf mich hetzten? Der plötzlich hervorspringt, und auf mich? Um mich vollends zu vertreiben?

Nach dem Erwachen in seiner kleinen Kammer war er von dieser Traumbegegnung noch wie berauscht. (Und der alptraumhafte Ausgang spielte da gar keine Rolle.) Es war ja weit mehr als das gewesen, was man in Bildern und Worten festhalten kann. Er empfand sich als durchdrungen von einem wehmütig-warmen Gefühl, das ihn schier willenlos machte.

Irgendwann jedoch wehrte er es geradezu schroff ab: War auch das nicht bloß noch Erinnerungen-Sentimentalität? Diese Ingeborg-Sentimentalität, die er doch der Alltage wegen, die vor ihm lagen, irgendwann hinter sich lassen mußte?

Aus einiger Distanz, später, versuchte er es gelassener: Wer von uns wäre nicht plötzlich mittendrin in einer Geschichte, die (wenn man es denn unbedingt »objektivieren« will) so bewegend und zugleich trivial ist, wie so was im Leben nun mal ist? Und manche Erzählung von sogenannten Schnulziers kommt dem wohl näher als gewisse Literatur-Gebilde, konstruiert und womöglich (dies besonders lachhaft) auch noch von ironischer Distanz bestimmt. Ach, ihr herzenseinfältigen Schlaumeierchen...

Und es hat uns in den Fängen. Und ist weder durch dies noch durch das totzukriegen. Und ist in der Wirklichkeit ein für allemal vorbei.

Und an einem schönen Sonnentag geschah dann das ganz und gar Unerwartete:

Ingeborg, Frau des Pfarres, suchte und fand ihn am See unten. Und sie kam nun durchaus nicht hoch zu Roß, sondern mit dem Fahrrad. (Fuhr denn eine solche Frau, zudem: Pfarrersfrau, damals Rad? Und, wenn auch noch nicht sichtbar, Schwangere?)

Du?! sagte er, wie plötzlich umgestoßen.
Ich hab gehört, daß ich dich hier finden könnte – vielleicht sogar spielen hören auf deiner berühmten Klarinette, sagte sie und lachte. Wir können uns doch nicht immer aus dem Weg gehen. Warum auch. Ich habe hier im Dorf zu tun – das ist aber auch nicht wichtig, vielleicht lass ich es ganz. Irgendwer sagte mir, bei gutem Wetter wärst du fast immer hier unten anzutreffen.
Ja, durchaus. Und nun lachte auch er – und wie über einen Scherz.
Pause.
Sie sah ihn bloß an.
Aber wie schier unglaublich, sagte er, dich plötzlich wiederzusehen. Und **hier**.
Vage hatte er zu erfassen gemeint, daß auch sie kräftiger geworden war, in den Beinen jedenfalls kräftiger – aber vielleicht hatte er so was bei ihr früher nur niemals so ganz richtig gesehen und in seiner Erinnerung festgehalten. Und sie war ja noch dieselbe, dieselbe...
Ja? sagte sie. Ich dachte schon oft daran, dir einfach über den Weg zu laufen. Wie ich es dreist früher schon manchmal gemacht hab. Und nun bin ich gekommen.
Da sah auch er ihr voll ins Gesicht.
Wollen wir drei Schritte zusammen gehen? fragte er. Dorthin zum Wald? Wie geht es dir? Wie lange haben wir uns nicht gesehen?
Wie es mir geht? Ich bin ja längst wieder hier angekommen im Ländlichen, du weißt. Es ist schließlich wieder die kleine Welt geworden. Und auch noch in einem Haus im Schatten der Kirche.
Das ist vielleicht nicht mal das Schlechteste, oder? sagte er bloß.
Keine große Stadt mehr, fuhr sie fort. Höhere Schule. Theater manchmal. Sogar Oper. Und Feste und Tanzen! Nun niemals mehr Tanzen, Frau Pfarrer. Heute sind es die üblichen Alltäglichkeiten. Also: Ich ernte gerade Beeren im Garten und koche Marmelade. Ich mache meinem Mann das Essen

...Ich stelle Blumen in die Kirche...
Ja, er ist ja ein Gottesmann. Ich erlebe ihn hier manchmal. Und du bist nun also, darf ich es sagen, so etwas wie eine Gottesfrau?
Das sieh mal nicht so, antwortete sie. Das ist allein seine Sache. Natürlich, wenn eins der Gemeindemitglieder ins Pfarrhaus kommt und er ist gerade nicht da. Aber ich bin ja nicht jemand für seine Predigt. Und predige also niemandem etwas vor wie er.
Sie gingen nebeneinander. Sie: also längst die Frau eines andern: Und er: Auch er hatte ja seine Erlebnisse und Erfahrungen. Es war weitergegangen mit jedem von ihnen. Und so ging alles vorbei, im Grunde das ganze Leben – so endeten auch Liebesgeschichten in der Wirklichkeit. Große Geschichten mit viel Fantasien und Fantastereien auch, über die viel gesagt, empfunden, auch gedacht wurde – **ohne daß groß etwas geschehen wäre**.
Doch bis heute hatten sie sich so wenig voneinander entfernt? Waren sich trotz der sie immer mehr trennenden Äußerlichkeiten nahe geblieben?
Es war wohl doch nicht bloß die Erinnerung an Früheres, unvergeßbar Quälendes auch, ja, dazu fraglos das Sentimentale dabei, das sie verband? Es war die Gegenwart, die bekräftigte, daß all das in der frühen Jugend Geschehene oder auch bloß Empfundene keine Abwegigkeit gewesen war?
Und dann, bei allem persönlichen, also einmaligen Erleben: Gelegt zu jenen Geschichten, die wir öfter schon lasen und immer wieder lesen: von den beiden, denen das doch wie vorbestimmte Zusammengehen von andern verwehrt wird. Jene alte Geschichte also, die sich ewig wiederholt.
Ich hab mal gedacht –, sagte sie plötzlich. Ich darf aber so was ja nicht mal denken –. Hör: Wenn wir beide mal was miteinander gehabt hätten. Dann könnte man doch jetzt die Illusion haben, jedenfalls ich könnte mir vorzustellen versuchen –. Nein, was red ich da –. Es ist doch nicht anständig. Und ich bin auch noch die Frau eines Pfarrers. Es ist natürlich sein Kind, nichts andres, und er ist ja ein guter Mensch. Jeder

weiß das. Du mußt vergessen, was ich dahergeredet hab. Bitte vergiß es.
Pause.
Er legte die Stirn an ihre Schulter.
Aber ich hab das mal gedacht, sagte sie da, und plötzlich ganz bestimmt. Und es jetzt dir auch erzählt. Ich kann es ja nicht ungeschehen machen, daß ich mal solche Vorstellungen hatte. Und will das dir gegenüber auch gar nicht.
Nein, sagte er leise. Das sollst du auch nicht –.
Und die Augenblicke tropften…
Und du? sagte sie. Bist also allein geblieben?
Ja. Aber was ist nicht alles Zufall. Vielleicht auch das.
Ja?
Pause.
Du hast recht mit deiner Frage. Es war vielleicht doch etwas anderes. Man denkt sich durchaus mal einen Maßstab. Oder **erlebt** ihn sogar. Vielleicht früh schon. Und mißt daran dann alles Folgende. Und ist dann nicht mehr so leicht zu allem zu bewegen.
Sie blieb stehen. Und ganz plötzlich umarmte sie ihn. Hatte sich aber schon wieder losgemacht, ehe er irgendwie darauf reagierte.
Ich darf das nicht. Ich darf auch so was nicht, sagte sie. Und dies wie zu sich.
Pause.
Ja, er war verwirrt. Und sagte: Aber vielleicht ist es nicht richtig so, wie ich es mache. Man muß jedenfalls klare Verhältnisse schaffen. Das ist man doch auch den andern schuldig, die davon abhängen. Man darf nicht alles immer bloß weitertreiben lassen.
Du bist also nicht, wie ich hörte – verlobt?
Nein. Und dann versuchte er einen etwas weniger ernsten Ton: Aber du bist verheiratet.
Ja.
Pause.
Na, wir werden ja sehen, was du noch so alles machst, sagte sie. Und lachte plötzlich wie über eine Belanglosigkeit.

12

Bald danach geschah aus heiterm Himmel noch einmal etwas Ungewöhnliches, und nun sogar sichtbar für das ganze Dorf: Ein fremder älterer Herr kam in den Ort, und das war ein spektakulärer Auftritt vom ersten Augenblick an: Er war so fein gekleidet wie niemand hier an einem Alltag und hob einen eleganten Koffer auf, ließ ihn dann aber im Wagen – er hatte sich aus der Stadt mit einer Mietkutsche bringen lassen.

Er fragte sich zur Schule durch und traf Drigalski an und stellte sich ihm vor: Reimann, **Professor** Reimann von der Universität Greifswald.

Erwartete diese Koryphäe hier am Ende der deutschen Welt womöglich eine Sommerfrische?

O nein. Er fragte, wo er wohl Tobias finden könne. Er habe mit ihm zu reden.

Und in einem Gespräch erfuhr der alte Drigalski Näheres darüber, was sein Zögling in den letzten Jahren so alles getrieben hatte, und das klang ja nicht gerade unerfreulich. Daß er etwas anderes gemacht hatte als bloß Kinder erziehen, das wußte er natürlich längst aus der ersten Quelle.

Ein Professor – hier! sagten die Leute, als sie von dieser Bedeutsamkeit erfuhren. Sagten es noch lange.

Und der Professor traf Tobias zu Hause an; und sie begrüßten sich herzlich. Und nach den üblichen Belanglosigkeiten zu Anfang und sonstigen Vorreden (das zog sich in diesem Fall fast eine halbe Stunde hin), kam der Professor zu seinem Anliegen folgendermaßen: Ich signalisierte Ihnen ja schon, mein Lieber: Ihre schriftliche Antwort konnte mich nicht ausreichend zufriedenstellen und deshalb würde ich Sie hier eines Tages »überfallen«. Und da bin ich also; wir haben noch Diskussionsbedarf …

Denn diese Frage, wer mir nachfolgt auf meinem Lehrstuhl, ist mir eine Herzensangelegenheit. Und so möchte ich das, wie gesagt, nicht allein der Fakultät und den Schreibtischen überlassen, die schließlich werweißwen plazieren, vielleicht

aus ganz äußerlichen Gründen, sagen wir: im Hinblick auf die eigene Bequemlichkeit... Ich will, ich muß also noch einmal mit Ihnen reden.
Pause.
Und ich, mein lieber Herr Professor, bin nun, wie ich Ihnen ja schrieb, an einem Punkt angekommen, wo das für mich nicht mehr die gleiche Rolle spielt wie wohl für die allermeisten andern. Ich bin quasi zurückgekehrt in das Genügsame der Menschen hier, die mein Ursprung sind, und ich bin von ihrer Art.
Ich bitte das aber nicht mißzuverstehen. Der Gegensatz zu einem immer nur auf den eigenen Vorteil bedachten Erfolgsstreben ist ja nicht Nichtstun, das schiere Faulenzen: sich ins Gras legen und womöglich bloß noch Bilder mit dem Finger an den schönen blauen Himmel malen. Auch Laotse, der große Propagator der Gelassenheit, des Nichtstrebens, behauptete nicht, daß die Abkehr von allem Tätigsein möglich sein. Nehmen wir ihn selbst: Er schrieb das Taoteking: »Der Weg des Weisen vollbringt, aber strebt nicht.« Niemand kann existieren in schierer Tatenlosigkeit. Die Menschen hier in meiner Heimat erarbeiten natürlich und selbstverständlich das für ihr Dasein Nötige; und das ist mühsam genug. Aber es ist keine Welt der Ellenbogen, keine Welt der Raffgier, das ist der fundamentale Unterschied. Und es ist andererseits auch keine Welt, in der man statt selbst für sich aktiv zu werden auf ein Amt läuft und Ansprüche geltend macht, für deren Erfüllung ja andere schuften müssen.
Pause.
Ich entnehme dem im Hinblick auf mein Anliegen eins, antwortete der Professor. Sie machen also weiterhin Beobachtungen für unser großes Thema: Wie sehr der Charakter einer Landschaft (und so dieser Landschaft hier) den Charakter der in ihr lebenden Menschen mit zu prägen vermag. Und auch die Sprache dieser Menschen. Hat doch schon Herder, der ja auch aus diesen Regionen hier kam (nicht wahr?), erkannt, daß die Sprache nicht von Gott oder einem Philosophen erfunden wurde und daß die Verschiedenheiten der Sprache

auf den Unterschieden des Klimas und der jeweiligen Lebensgewohnheiten beruhen.

Sie sahen die vielen schönen Seen hier, sagte Tobias. Der erwähnte Laotse bezeichnete das Wasser als ein Sinnbild der Seelenruhe. Und vielleicht wirkt gerade das Wasser auf die hiesigen Menschen noch mehr als die sanften Hügel und die unaufhörlich rauschenden Wälder. Und, nicht zu vergessen, diese so häufigen daunenweißen Wölkchen darüber, die ja so geradezu anrührend sind wie vielleicht nirgendwo sonst auf der Welt: Ja, all das beobachte ich hier, es hat weiterhin mein Interesse.

Und neulich hörte ich wieder mal eine sehr alte Frau sagen: Es kommt, wie es kommt. Deckt sich das nicht mit dem taoistischen Grundsatz: Alles sei so zu nehmen, wie es eben komme? Aber zunächst vor allem, grob gesagt, mit dem durchgehend leise melancholischen Zug in der Landschaft hier? Und ist das nicht dem Wesen doch nicht nur der hiesigen Menschen gemäßer als dieses ständige abendländische »Wer immer strebend sich bemüht«? Dem ursprünglichen Wesen der Menschen?

Der Professor setzte dem nichts entgegen. Er machte sogar eine Geste wie: Tobias solle weiterreden. Der sagte: Mich betreffend habe ich ein ganz zufriedenstellendes Ideal, eine schon fest umrissene Marschroute noch nicht gefunden. Und vielleicht ist das auch gar nicht menschenmöglich, immer bloß anstrebbar. Schauen wir nur auf dies: Glück und vor allem Unglück bewegen mich noch jedesmal tief; ich habe beileibe nicht die Gelassenheit, das als etwas Nebensächliches zu sehen. Und ich will wohl eine solche »Weisheit« auch niemals erreichen; der Himmel bewahre mich davor, derart weise zu werden.

Also, streben wollen Sie nicht mehr? fragte der Professor. Wollen nicht mehr in der bisherigen Weise tüchtig sein?

Ja. Daraus mache ich mir kaum noch etwas. Und wir brauchen deswegen auch nicht nur auf den Charakter meines kleinen Volkes hier zu sehen oder irgendwelche alten Weisen des Ostens. Auch Goethe und Schiller zum Beispiel berühr-

ten dieses Thema in ihrer Korrespondenz, und der Letztgenannte schrieb mal Bernhard von Clairveaux betreffend: »Er haßte und unterdrückte nach Vermögen alles Strebende.«
Pause.
Aber wie nun konkret weiter? fragte der Professor. Was sind Ihre nächsten Pläne? Sie sagten selbst: Reines Nichtstun ist nicht möglich, wird von Ihnen durchaus nicht angestrebt.
Ja. Noch lebe ich hier im Ansehen eines – für hiesige Verhältnisse – genügend wohlhabenden Müßiggängers. Doch ich werde wieder aufbrechen, das ist sicher. Ich habe viel von der üblichen Rastlosigkeit verloren, ich muß nicht mehr unausgesetzt etwas tun – aber für meine täglichen Bedürfnisse werde ich wieder arbeiten wie jeder andere vernünftige Mensch. Hier oder anderswo. Bloß nicht mehr in der Weise, daß ich mich dabei noch sehr wichtig nehme.
So sind Sie auch für uns noch nicht ganz verloren, schloß da der Professor und lächelte dabei sogar ein bißchen. Ich habe den Kutscher warten lassen; er bringt mich jetzt in die Stadt zurück. Doch kommen Sie, bitte, morgen dorthin zu mir. Wir reden weiter!

13

Was war Seltsames an dem kreisenden Flug des Storchs, den Tobias beobachtete? Irgendwas (wenn auch nicht gleich deutbar) Unübliches – eine kleine Spur Unruhe?
Verspürten denn die Störche schon den Drang, sich zu sammeln? War es dafür nicht noch zu früh im Jahr? Kamen auf dem kleinen Acker des Karl (ausgerechnet dort!) aus allen Richtungen zusammen, um auf ihre lange, lange Reise zu fliegen? Dieses Störche-Land Masuren für seine störchelose Zeit zu verlassen?
Unvergeßbarer Anblick der vielen Störche vor ihrem Abschied. Ja: Dann war Herbst.
Doch noch immer einige sonnenhelle Tage und in ungewöhnlich seidigem Licht.

Und ein milder werdender, unmerklich vergehender Nachmittag. Und Christel kam wieder zu Tobias an den Teufelsstein. Und das schien zunächst so zu sein wie immer.
Dieses ihr etwas rötliches, fast hellrötliches Haar! Und wie sie ihm ernster erschien als üblich, da dachte er: Sie ist ja noch zarter, das ganze Gesicht, wie mädchenhaft das noch alles.
Und sie umarmten sich zur Begrüßung und setzten sich wie immer ins Gras. Und umarmten sich wieder. Und waren beieinander.
Und sprachen gedämpft über dies und das. Über Belangloses und Unernstes auch. Und schienen zunächst unbekümmert wie immer.
Aber daß doch nichts auf der Welt durchgehend bloß von Harmonie sein kann!
Irgendwann begann er etwas unvermittelt und wie zurechtgelegt davon zu reden, daß das Jahr seine Mitte ja nun längst hinter sich gelassen habe. Und man müsse an die restlichen Monate und sogar schon ein bißchen an den Winter denken. Und für ihn heiße das leider auch ...
Aber hörte sie ihm da denn so richtig zu? Hörte sie ihm überhaupt zu?
Er registrierte, wie sie an ihm vorbei und über den See blickte.
Hast du etwas –? fragte er da direkt.
Ach –, sagte sie bloß.
Es war doch abzusehen, daß ich nicht hier immer so ...
Er beobachtete sie dabei geradezu lauernd. Doch auch das soeben von ihm Gesagte schien sie offensichtlich nicht so recht zu beeindrucken. Oder hatte sie bloß wieder kaum zugehört?
Was ist?! sagte er da betont.
Ach –, antwortete sie da noch einmal. Aber dann: Es ist bloß –. Also, ich weiß nicht, ob ich dir das überhaupt erzählen soll. Ich hab da einen Brief bekommen und mußte nun gerade daran denken.
Einen Brief? Und daran denkst du, während du hier bei mir bist?

Na – von dem Klaus, der mich mal mitgenommen hatte zu sich nach Hause. Du weißt das ja –.
Ach –.
Wir waren doch damals so gut wie verlobt. Das weißt du doch alles.
Pause.
Und der schreibt dir? Weshalb denn das? Du warst denen damals doch nicht gut genug – erinnere ich das richtig? Und wie lange ist das alles her?
Na, so lange auch wieder nicht, antwortete sie wohl etwas zu rasch und unüberlegt. Etwa drei Jahre.
Und was will der nun noch?
Er habe einen großen Fehler gemacht, meint er. Er hätte seine Leute damals zurechtweisen müssen.
Das allerdings. Aber das fällt ihm nun nach drei Jahren ein? Was für ein entschlußfreudiger und flinker Mann!
Pause.
Ich ahnte es, sagte sie. Daß du gleich so sein würdest. Hätte ich nur nicht davon angefangen.
Doch, sagte er. Es ist richtig, daß du es getan hast. Das ist sogar das Beste daran.
Pause.
Es ist doch nicht so, daß das nun für mich Gewicht hätte. Er hat sich also wieder gemeldet: und das ist in meinen Augen auch schon alles. Es ging mir bloß noch nicht ganz aus dem Kopf. Kann man das denn nicht verstehen. Und ich rede darüber doch mit **dir**.
Du bist hier und denkst ständig daran. Das ist nun für mich das Bemerkenswerteste.
Ich wußte doch, daß du so reagieren würdest, sagte sie. Weshalb hab ich bloß davon angefangen! Aber er und ich, wir waren mal doch fast verlobt. Weshalb verstehst du das denn nicht.
Aber ja, sagte er; ich verstehe das durchaus. Ich verstehe es wohl immer besser.
Das soll ich glauben? Aber es ist doch nicht so, daß uns das irritieren müßte. Wir beide sind es doch, die hier nun zusammen sind. Wir beide –.

Und ein dritter braucht nur zu schreiben, und du hast etwas anderes im Kopf. Ein Sinneswandel nach drei Jahren bei irgendwem – und plötzlich gilt es, nicht nur uns zu bedenken, sondern auch noch einen dritten, ihn mit. Übrigens: Hat der Herr – wie hieß er doch gleich? – im Lauf von drei Jahren denn keine andere gefunden? Ist nicht auch das bemerkenswert?

Sie, nun sichtlich verzweifelt über seine Reaktionen: Wie konnte ich bloß davon anfangen!

Er: Aber dafür danke ich dir doch ganz ausdrücklich! Und er stand auf. Ging einmal um sie im Kreis. Und schwieg nun.

Aber dann hatte er sich spürbar gefangen. Setzte sich auch wieder in ihre Nähe.

Verzeih, sagte er. Ich bin doch eigentlich gar nicht für Dramen gemacht. Oder wenn: So glaubte ich das weitgehend überwunden. Es war bloß die unbedachte Illusion, etwas aus früherer Zeit sei noch ganz genauso wie damals. Waldmädchen-Zeit. Und du könntest noch in allem dieselbe sein wie damals auf dem Waldweg. Das sich mir niemals aus dem Kopf verlor. Aber so was kann ja nicht sein. Daß sich für jemanden im Lauf all der Jahre nichts ereignet und verändert. Wie töricht von mir.

Und er fügte hinzu: Es ist jetzt bloß die Frage, in welcher Weise ich damit fertig werde.

Sie: Du brauchst da doch mit nichts fertig zu werden. Von der Geschichte damals wußtest du. Und es ist nichts, gar nichts dazugekommen, bloß weil ich einen Brief bekam. Den ich entsprechend beantworten werde. Und mit dieser Antwort ist es ein für allemal erledigt.

Aber er konnte damit doch noch nicht so rasch fertig sein. Blieb nun aber versöhnlich gestimmt: Mach dir keine Vorwürfe; das ist, genau besehen, wirklich unangebracht. Es liegt alles allein an mir und meiner Empfindlichkeit. Und was ich schon durchlebt habe. Ach, ich weiß ja nicht mal (um das einmal offen auszusprechen), ob ich für eine Beziehung zu einer Frau noch sonderlich geeignet bin. Dafür eine brauchbare Größe bin. Ob man da auf mich noch setzen sollte …

Aber laß uns jetzt nach Hause gehen. Heute. Ein bißchen Abstand bekommen, sagte er. Ich hab sowieso dem Drigalski versprochen, daß ich ihn besuche.

14

Er hatte Drigalski tatsächlich einen Besuch angekündigt, nachdem sie sich einige Male im Dorf getroffen und ein bißchen unterhalten hatten – aber nicht gerade für diesen Tag.

Er ging zu ihm am übernächsten.

Da bist du ja – noch einmal, begrüßte ihn sein alter Lehrer und Gönner.

Das ist gut, fuhr er gleich fort; denn du wirst ja irgendwann weggehn. Und wenn du wiederkommst und nach mir suchst, so findest du mich auf dem Friedhof.

Aber auch das sagte er mit Gelassenheit, ja fast Heiterkeit (die er dann die meiste Zeit über beibehielt).

Tobias wollte spontan widersprechen. Es fielen ihm aber nur die üblichen Floskeln zu, und die erschienen ihm nicht angemessen.

Drigalski: Was ist denn dabei. So ist das nun mal eingerichtet für uns Lebewesen. Mach deswegen doch nicht solch ein Gesicht.

Pause.

Gelassen kamen sie und gelassen gingen sie, sagte Drigalski – das war alles. Auch das steht beim ollen Laotse (den ich ja auch dir aufgeschwatzt habe!) über irgendwelche Menschen der Vorzeit. Wir wollen doch wohl nicht hinter einer solchen Weisheit zurückbleiben.

Ich hatte immerhin ein ziemlich langes Leben. Machte in der Jugend eine Zeitlang den wilden Mann (wie sichs für junge Männer ja eigentlich gehört). Hielt die Ohren in den Wind und machte auch selbst Wind: Jede Feudalherrschaft ein Verbrechen und die Besitz-Raffer des immer nur aufstrebenden Deutschlands gleich dazugepackt! Wurde also deswegen, wie

du weißt, ans Ende der deutschen Welt verbannt. Hierher.
Pause.
Tobias hatte sich ein bißchen in der Stube umgesehen, sagte: Der Globus auf dem Schreibtisch ist neu. Was hat das zu bedeuten?
Was das zu bedeuten hat? Muß denn alles immer etwas zu bedeuten haben? Vielleicht gefällt mir eine solche bunte Kugel ja bloß. Doch zugegeben: Ich las mal was über Schillers Globus auf seinem Tisch in dem spießigen Weimar. Und ist es nicht für jemanden wie mich, der sich nun wirklich in dem abgelegensten Winkel eingerichtet hat, erst recht empfehlenswert, auch mal an den **ganzen** ollen Ball zu denken?
Ich wollte es ja sogar noch etwas weiter treiben, sagte Tobias. Nämlich mir ein Fernrohr besorgen. Und gelegentlich aus dem kleinen masurischen Tal mit dem Dorf zum Himmel in den Weltraum gucken.
Dem Kopernikus nacheifern? lachte Drigalski.
Na, nicht gerade. Bloß ein bißchen von der Welt über unsre Erde hinaus sehen. Der eine oder andre Anstoß, vielleicht, für ein paar kleine Gedanken von unsereinem über, wie man so sagt, Gott und die Welt.
Guck aber auch in meinen Bücherschrank, sagte Drigalski. Es sind ein paar Bücher mehr geworden. Vier oder fünf mehr. Denk aber bloß nicht, daß ich mich plötzlich in Wissenschaften verliere und womöglich Wissensanhäufung in meinem alten Kopf betreibe, obwohl doch der Weise sagt: Tut ab eure Bücherweisheit. Dort das Werk von Bühler: über die indische Sekte der Jaina. Ich nehme an, du weißt: Die Welt erscheint denen unvergänglich, aber sie wird nicht von einem Gott regiert, sondern das tun gewisse in ihr enthaltene kosmische Gesetze. Und: Die Jainisten geben sich die äußerste Mühe, kein noch so unscheinbares Lebewesen zu töten, sagen wir: auch nicht auf die kleinste Ameise zu treten.
Und dann einiges, wie es sich für einen alten Herrn wie mich gehört, vom und zum späten Goethe. Der ja, im Gegensatz zu vielen Deutschen, überhaupt nicht fanatisch war – was mir ganz ausnehmend an ihm gefällt. Und der alles verächtlich

fand, was vom schlichten Tun abführte und in die Quasseleien und das schiere Geschwätz ohne Ziel und Zweck entartete.
Er also und einige Denker des Ostens. Die ja auch dir nicht ganz unbekannt sein dürften... Oder lebst du hier nun ganz unbewußt immer mehr nach deren Ansichten?
Doch wohl eher nach den Ihren, alter Weiser, antwortete da Tobias.
Nana –, reagierte Drigalski laut lachend. Nun mach aber halblang.
Alter Weiser, wiederholte Tobias. Und mir egal, woher Sies haben: ob aus Ihrem Kopf oder irgendeinem Buch – ich war einst Ihr Schüler hier und bin das in manchem immer geblieben.
Pause.
Na ja, sagte Drigalski. Und woher ich das habe? Also darüber habe ich vielleicht am wenigsten nachgedacht. Von dort – aus den paar Büchern? Damit wäre es aber nicht ganz richtig beantwortet. Denn mehr noch, viel mehr und unmittelbarer noch, hab ichs ja von den masurischen Menschen hier und ihrer alten Art zu leben. Und dann kommen die Bücher. Von denen einige allerdings aufs Haar das aussagen, was ich von den Menschen hier lernte. Nimm zum Beispiel diesen Buch-Satz: Darum lehrt die Leute, zum Schlichten und Echten zurückzukehren: wenig wollen, nicht viel begehren. Die Bücher also haben das von mir hier Beobachtete und Erfahrene bloß bestätigt. Und das ist ein Gegensatz zu aller Rastlosigkeit und dabei doch ewigen Unzufriedenheit des Westens. Oder hast du schon mal einen Raffsack gesehen, der zufrieden wäre?
Wer immer strebend sich bemüht – oja, mein Junge, das hast du offenbar von dir aus erkannt: der schuftet sich ab, bis er in die Grube fällt. Die Klumpen zur Sonne streckt, wie man hier sagt. Klumpen zur Sonne: Das Ende vom Lied. Und der Sinn des Ganzen? Alles bleibt in jedem Fall hinter ihm zurück: dieses bißchen mehr an Aufmerksamkeit auf Erden, das er sich vielleicht erschuftet hatte mit seiner sogenannten Tüch-

tigkeit; wenn es hochkam, wars eine Belobigung mit Feierstunde oder ein Orden – oder doch nur ein etwas größeres Konto, von dem er auch kein bißchen mitnehmen konnte in seine Grube.
Du siehst: der einstige stürmische Weltverbesserer ist angekommen bei einer Gartenbank und der Vorstellung von einer milden Passivität.
Sehen Sie, sagte Tobias. Und hier vor sich haben Sie doch wohl Ihren gelehrigsten Schüler.
Aber doch auch den Schüler deiner Mutter, die eine so natürlich kluge Frau war. Und wenn ich sage: O meine Masuren, so denke ich bis heute ja nicht zuletzt an sie.
Und hab ich dem denn nicht immer gerecht zu werden versucht mit meiner Art des Lehrerseins hier? fuhr Drigalski fort.
Aber: Was war ich denn in diesem Dorf? fragte er und lachte wieder: Lehrer und Säufer? Oder Säufer und auch Lehrer? Oder was?
(Wobei das mit dem Trinken im Hinblick auf mich, um das auch mal zu sagen, doch maßlos überschätzt wurde: Jeder halbwegs starke Trinker hätte mich leicht unter den Tisch saufen können.)
Ich habe den Kindern hier Jahr für Jahr, du weißt es und warst auch darin mein guter Nachfolger, nur beizubringen versucht, was für ihr künftiges Leben hilfreich sein konnte. Lesen, Schreiben, Rechnen. Und auch ein bißchen was über die große Welt: sieh den Globus. Und ein paar nachdenklich machende Geschichten aus dem Lauf der Zeiten. Nicht mehr. Nichts zum Beispiel über die großen Eroberer, die allesamt bloß Verbrecher waren, weil ihre Kriege immer Menschen mordeten. Jedenfalls: Keine komplizierten mathematischen Gleichungen und Formeln, kein Pythagoras und Thales. Nicht eine einzige der Theorien der Wissenschaften – die jemandem, der sich seine Ansichten klugerweise aus der ihn umgebenden Natur holt, nichts, aber auch gar nichts sagen. Die ihn doch bloß irritieren, ja seiner Welt vielleicht sogar teilweise entfremden könnten, statt ihn in ihr heimisch zu halten.

Von Religion immer nur soviel, wie nötig war, damit ich höheren Orts nicht allzu großen Ärger bekam. (Aber notfalls konnte ich mich ja immer darauf berufen, daß es da auch noch den Konfirmanden-Unterricht gab durch den dafür besser geschulten Pfarrer.)
Allerhand davon hat natürlich nicht jedem gefallen. Na, die Typen kennst du: Hast ja mal einen von denen mit einem Hieb in die Luft gebracht, in waagrecht schwebende Lage unter der Zimmerdecke. Aber in eine noch kleinere Schule in einem noch abgelegeneren Ort konnte man mich zur Strafe ja nicht stecken, das wußten die Herren genauso gut wie ich – die gibt es nämlich gar nicht. Also mußte man mir gewisse Eigenwilligkeiten letztlich durchgehn lassen. Und schlechtere Lehrer als mich hat es immer die Menge gegeben.
Ich habe die Kinder hier jedenfalls, wie du ja weißt, niemals mit für sie unsinnigem Wissen vollgestopft. Das die meisten sowieso nicht verstanden hätten, weil es ihrer natürlichen Welt zu fern lag – und das ich allmählich auch selbst nicht mehr so recht nachvollziehen mochte.

Aber komm: Laß uns nach draußen gehen. Auf meine Bank unter der Linde. Sie liegt jetzt in der Sonne. Draußen wird ja gleich noch alles viel selbstverständlicher.
Und dort fuhr Drigalski fort:
Guter Junge, sagte er zu dem inzwischen ja auch nicht mehr jungen Mann: Hier sitze ich nun also so oft, trinke ein bißchen (er lächelte) und bilanziere manchmal in meinen jetzt späten Jahren auch das eigene Leben, meine Zeit, meine Welt.
Übrigens, was das Trinken betrifft: Dazu kann ich einige Marginalien liefern. Nämlich zu dem Thema: Trinken verkürzt so manches. Erstens: Unser Empfinden von Zeit. Da hatte ich neulich wohl wirklich etwas reichlich zu mir genommen und sah auf die Uhr an der Wand: es war etwa elf abends. Und danach verging ein kleines bißchen Zeit, vielleicht waren es zwanzig Minuten. Nun wird es zwanzig nach elf sein, dachte ich also – doch wie ich hinsah, war es schon

sehr weit nach Mitternacht, ja nach zwei! Womit empirisch bewiesen wäre, daß einem Trinken, wie gesagt, die Zeit verkürzt.
Sie werden eingenickt gewesen sein und haben das bloß nicht bemerkt, lachte Tobias.
Immer noch diese Suche nach Erklärungen! antwortete Drigalski. Laß mir doch mal den Triumph einer noch nicht veröffentlichten wissenschaftlichen Erkenntnis! Aber vielleicht hatte ich ja tätsächlich ein kleines Nickerchen gemacht. Nimm also an, was dir am besten paßt.
Und nun zweitens: zu der abgedroschenen, mich so langweilenden Behauptung der Ärzte, daß Saufen noch etwas anderes verkürzt: nämlich das Leben. Aber was kann man denn dagegen haben, daß es das tut?
Im Hinblick auf zahlreiche sich um den Verstand saufende Existenzen wohl gar nichts, stimmte Tobias unernst zu.
Ich habe jedenfalls trotz eines gewissen Trinkens eine komplette Laufbahn als Schulmeister hinter mich gebracht, sagte Drigalski. Und nun schon manches Jährchen draufgegeben. (Wie übrigens der dem Alkohol ja auch nicht gerade abgeneigte Goethe eine höchst komplette als deutscher Dichter und Lebenslehrer abgeliefert hat und viele seiner damaligen Kollegen deutlich überlebte.)

Doch nun jenseits Ihres Lehrerseins: Weshalb sind Sie hier geblieben in dieser – ja – Einsamkeit für Sie? fragte Tobias. Ich habe niemals überhört, was Ihnen unser Masuren bedeutet, wie sehr es Ihnen ans Herz gewachsen ist. Doch gibt es denn nirgendwo Orte und Menschen, zu denen es Sie trotzdem zog?
In eine Stadt? meinst du? Ich komme doch aus einer Stadt. Was soll an einer Stadt reizvoll sein? Ich kenne die Städte.
Ach, und dieses nun immer häufiger zur Sprache Gebrachte: Einsamkeit! Als ob das für viele Menschen etwas ganz Schreckliches ist, die reinste Folter. Nun ja: Wer das so empfindet – meinethalben! Aber darf ich dem vielleicht ein, zwei Äußerungen Goethes entgegenhalten, die **mir** entsprechen?

»Einsamkeit ist höchstes Gut«. Oder: »Und kann ich nur einmal/ recht einsam sein,/ dann bin ich nicht allein«.
Aber haben Sie denn wirklich nirgendwo auch nur die Andeutung einer Familie? warf Tobias ein. Ich hörte doch mal –. ... sogar was von einer Frau? sagte Drigalski. Ja. doch von keinem Kind, nicht wahr?
Und die Frau wollte nicht mit hierher?
Sie war schon in ihre Großstadt zurückgegangen, bevor man mich strafversetzte. Wundert dich das? War denn ein notorisch so kontaktunfreudiger Mensch die Frauen betreffend wie ich überhaupt etwas für eine Ehe? Und durfte der sich womöglich auch noch fortpflanzen? Sollte der nicht froh sein, wenn er auf eine verwandte Seele der folgenden Generation stößt, die nicht ihn zum leiblichen Vater hat? Und sich dann zufrieden zurücklehnen, guter Junge?
Und schließlich auf dem Friedhof hier enden? fügte er hinzu. Ja: Es soll auch der Friedhof dieses Dorfes sein, nicht irgendeiner da draußen westlich von Weichsel und Oder. Dieses Land hier wurde zu meiner Heimat; so soll es auch dieser –
Noch einmal: Alter Weiser, sagte Tobias.
Na, na, laß das lieber. Irgendein kluger Mensch könnte ja sonst noch auf die Idee kommen: die haben sich gesucht und gefunden, dieses Land und der alte Narr. Akzeptieren wir es bloß als Glückfall und reden nicht weiter darüber.
Und was dieses kleine Dorf und die angeblich so große Welt angeht, die ich dafür aufgegeben habe: Was gäbe es hier nicht, was sich an Menschengeschichten in aller Welt ewig wiederholt? Alles schon mal dagewesen unter Sonne und Wolken, mein Junge, nirgendwo kann eine Geschichte wirklich ganz neu sein.
Komm, sagte er, wir machen uns mal das Vergnügen und erzählen uns ein paar von diesen Geschichten, die wir hier erlebt haben.
Denk nur ans Erben und die Erbschleicherei – wobei käme die Zwielichtigkeit des Menschenwesens deutlicher zutage? Ich denke da an einen Fall in allen Einzelheiten, die Namen muß ich dir, glaub ich, nicht nennen. Wie überredet man

zunächst die Alten im Hinblick auf das Testament, übervorteilt dann weiter die Geschwister? Alle menschenmögliche Hinterhältigkeit zeigt sich da, und ein schier unglaublicher Einfallsreichtum selbst in beschränkten Köpfen...

Und hatten wir hier denn niemals ein scheußliches Verbrechen? setzte Tobias fort. Hat uns das etwa ganz gefehlt? I bewahre! Ich war noch ein Kind, fing gerade zur Schule an, da brachte damals dieser Knecht seine untreue Geliebte im Nachbarsdorf um. Sie erinnern sich sicher genauso. Und hatte immer noch Blut an den Händen, als sie ihn packten. Und wollte sich rausreden: Das kommt von der Kuh, die gekalbt hat –. Aber da hätte er sich entschieden was Beßres einfallen lassen müssen, der Dummkopf. Denn das ließ sich natürlich schnell aufklären: Wo war denn diese Kuh mit einem frischen Kälbchen?

Nun aber schnell zu etwas viel Erfreulicherem: Romeo und Julia auf dem Dorf in Masuren! sagte Drigalski. Da waren der Robert und die Anna schon als Vierzehnjährige die dicksten Verliebten und auch ein Fall für unsre Moralinsche, die durch alle Gebüsche sieht auf alle hochgeschobenen Mädchenröcke und weiteren Unterleibs-Angelegenheiten. Und mir ging dabei immer durch den Kopf: Wo die Alten der beiden doch seit Jahren zum Gericht rennen gegeneinander wegen irgendeiner Lappalie von Grenzstreit, ja sich sogar schon mal mit Dornenästen beharkt haben. Das wird hier doch hoffentlich nicht auch als Tragödie enden womöglich mit einem Liebestod. Tat es ja aber nicht, weil der Vater des Mädchens das Zeitliche segnete und ihr einen andern Mann also nicht mehr aussuchen konnte.

Oja, die Liebe hier, übernahm Tobias. Da haben wir geradezu märchenhafte Geschichten und auch, wie gesagt, sogar solche mit Mord und Totschlag. Und dann die eher komischen. Da läßt zum Beispiel die Alma in unsrer Nachbarschaft keinen Kerl aus, der mit ihr ins Heu oder die Federn will – und hält doch ihrem Mann vor den Leuten immer eine Jugendliebe vor, um dann generös zu schließen: Na, Schwamm drüber!

Also hier wäre nichts zu erleben mit den Menschen? meinte

Drigalski. Sie sind aufs Ganze gesehen natürlich genauso brav und genauso schlimm wie überall auf der Welt. Das ist es nicht, worin sich die Masuren von den andern Zeitgenossen unterscheiden.
Hast du mal in letzter Zeit den ollen Rattai gesehen, wie der gemartert wird von Geiz? fuhr er fort. Ständig Krach im Haus, weil angeblich immer alles Geld rausgeschmissen wird, obwohl sich in Wirklichkeit niemand mehr auch nur eine Mark auszugeben getraut. Sogar das Saufen soll er aufgegeben haben, weil er sichs ja nicht mehr leisten kann – ist das nicht eine einzigartige Geschichte einer Heilung? Und ist doch wohl einer der Reichsten im Dorf. Liegt vor der Stadt auf Lauer und erkundigt sich bei jedem wohl vom Markt Kommenden nach den Ferkelpreisen, um möglichst im günstigsten Augenblick zu verkaufen. Und ständig sein Geldnot-Gejammere. Der wird irgendwann am Straßenrand stehen und die Hand aufhalten für ein Almosen; verlaß dich drauf.
Doch vergessen wir über solchen Narren und Käuzen nicht all die vielen andern, meinte Drigalski, die ihr Leben lang das Notwendige tun und keine einzige solcher Kuriositäten produzieren. Zuletzt noch eine der hübschesten Episoden: Da ritt einer von hier zum Standesamt – und vergaß unterwegs, was er mit der Frau besprochen hatte: nämlich seinen Neugebornen Friedrich zu nennen. Und als der Beamte ihn dann auf den Kopf zu fragte, wie der Bengel denn heißen soll, da stammelte er: Wilhelm. So daß der Erbe nun nicht als Fritz, sondern als Willi durchs Leben muß.

Hier auf der Bank sitz ich, wie gesagt, oft und mache mir meine kleinen Gedanken, sagte Drigalski. Womit ich dann, wie du siehst, nun dich traktiere.
Dort hinterm See der Kiefernwald. Was daran Besonderes ist? Eigentlich nichts. Aber bei diesem Bild bewegt mich doch jedesmal etwas – ist es vielleicht bloß diese Sentimentalität: Wie oft sieht man so etwas Schönes noch?
Ach – jeder hat doch, und sei es gegen alle Vernunft, irgendeinen kleinen Ehrgeiz (und mag er, wie ich, Ehrgeiz auch für

reichlich sinnlos halten). Und meiner ist also, mich meine Grundüberzeugungen betreffend doch ein bißchen fortzusetzen über das eigene Existieren hinaus. Und wenn ich dich nicht nur heute richtig verstanden habe und auch deine Art zu leben in den letzten Monaten zutreffend deute, dann gelingt mir das ja gar nicht so übel. Er lachte wieder: Wenn du also weiterhin die Freundlichkeit hättest, mein Junge …

Und da lachte Tobias auch.

Aber schau jetzt mal wieder geradeaus ins Land, sagte Drigalski. Schau auf die Straße, diesen jahrhundertealten Sandweg, über den Menschen seit vielen Generationen hier geduldig gehen. Schau zum See. Und über diesen See auf die Hügel und die Wälder, die von hinten bis herauf auf die Gipfel kriechen.

Wie hieß das doch bei Rousseau? Auch das müßtest du besser wissen als ich; dir, von uns beiden, haben sie ja weitaus mehr Bildung angetan.

»Der Anblick der Natur tröstet hinweg über alles«, meinte Tobias. Daran dachten Sie wohl.

Ja. Wie aber, wenn das Beobachten der Natur uns noch etwas viel Wesentlicheres beibringt? Nämlich, wie Goethe meinte: Das Ideal eines **langsamen** Wachsens alles Natürlichen. Nach gewissen ewigen Gesetzen. (Und deshalb war Ungeduld für ihn eine solche Todsünde, und Revolutionen konnte er gar nicht ausstehen.) Was meinst du?

Wie ich schon sagte: Immer Ihr gelehriger Schüler, antwortete Tobias humorig, machte angedeutet aber eine kleine Verbeugung.

Wir hier. Und unsre Sandwege im Dorf immer noch. Und am Abend die Kerzen und Petroleumlampen wie seit Urväter-Zeiten. Und allenfalls mal ein Fahrrad. (Erinnerst du dich noch, wie der Briefträger zum ersten Mal mit einem solchen Vehikel ins Dorf kam – ach, erschien uns das damals kurios.)

Aber da draußen, fuhr Drigalski fort (und zeigte in Richtung Westen), da bauen sie nun also Kraftwagen für die Straßen, und irgendwo gabs sogar schon ein Autorennen. Und weshalb hast du dich eigentlich nicht weiter um das Fahren durch die Luft: das Fliegen gekümmert? Mußte denn der Lilienthal das Buch

über den Vogelflug als Grundlage der Fliegekunst schreiben? Warst du da nicht der frühere Experte? Denkst du noch manchmal daran, was für Verrücktheiten dir hier damals durch den Kopf gingen? Dieser Berliner ist ja wohl inzwischen ein Opfer seiner Leidenschaft geworden. Aber andre nehmen das auf, gewiß doch: Der Mensch wird fliegen. Auch der riesige Luftraum soll erobert werden. Und er wird es.
Von einem großen Jahrhundert ist nun schon die Rede, wenn für das zu Ende gehende neunzehnte Bilanz gezogen wird. Das wie keines vorher schier unglaubliche Veränderungen gebracht hat. Letzteres ist nicht zu leugnen – Goethe und Schiller fuhren noch mit der Postkutsche, die Eisenbahn stand ihnen noch nicht zur Verfügung, der Fernsprecher auch nicht. Und wie optimistisch dürfe man im Hinblick auf die Zukunft sein, heißt es; der Fortschrittsglaube ist ja geradezu fantastisch!
Aber wieviel wird dabei auch zerbrochen, mein Junge. Diese Ansicht vertrittst du ja genauso wie ich.
Und ich frage im Gegensatz zu allem manchmal schon gefährlichen Optimismus: Wird denn alles immer so weitergehen, wie es die Eierköpfe uns weismachen wollen? Ach, wer weiß das denn wirklich. Manchmal bricht mir Angstschweiß aus, wenn ich mir vorstelle, daß all dieser täglich mehr werdende technische Plunder eingesetzt werden könnte, wenn es wieder einen Krieg gibt. Aber was heißt: könnte – alle Erfahrung sagt uns doch: **wird**. Das ist so sicher wie das Amen in der Kirche.

Doch noch sitzen wir ja hier und blicken auf diese unvergleichliche Landschaft und tauschen unsre kleinen Gedanken aus – und ist das nicht eigentlich schon sehr, sehr viel? Kann man viel mehr erwarten – oder gar verlangen?
Denn erfolgreich in die Speichen greifen können wir Kleinen doch sowieso niemandem von diesen Immer-Strebenden, bedenkenlos die Welt Verändernden: Unsre skeptischen Gedanken bleiben völlig wirkungslos.
Pause.
Ja, bekräftigte Tobias.

Nein! rief da plötzlich Drigalski aus. Wer sagt das denn eigentlich?! Diejenigen, denen es in den Kram paßt – um unsre Resignation noch zu verstärken? Und sind nicht im Grunde – so erstaunlich sich das anhören mag – **wir** es: die vielen einfachen Leute, auf die es ankommt? Und das Verhängnis ist nur: Es ist uns nicht bewußt? Und wir bleiben nicht einfach im Weg stehen und machen nicht weiter mit?
Tobias schüttelte leise den Kopf – offenbar skeptischer als sein Mentor.
Na, lassen wir auch das, schloß Drigalski.
Aber vergiß eins nicht, sagte er schließlich: Das nächste Mal auf dem Friedhof. Das ist dann meine Adresse.
Das nächste Mal? antwortete Tobias. Da mache ich Ihnen aber einen Strich durch die Rechnung, alter Weiser. Denn ich besuche Sie noch mindestens einmal vorher. Das nächste Mal: Das wird jedenfalls sein, um Ihnen Aufwiedersehn zu sagen.

15

Ich, euer Erzähler, verlasse nun meinen Ausguck, Auslug in die Vergangenheit für eine kurze Zeit, zwei, drei Tage. Um durch das Land meiner Kindheit zu fahren: dem Land der Eltern und Großeltern und Verwandten, denen als Glied der Kette ich folgte und mit dem und dessen Erinnerungen sie hier endet.
Oja, es ist gewiß richtig, was ich in einem Reisebuch las: In diesem Masuren fährt man nicht in erster Linie zu einem Ziel hin, sondern durch die Landschaft...
Und das tue ich ja.
Und tue es auch nicht so ganz. Denn ich bin nur scheinbar planlos unterwegs; ich lese gleichsam dabei diese und jene Stätte auf, an der Verwandte von mir lebten, die hierher gekommen waren aus Masowien und dem Salzburgischen, aus Deutschland und sogar – diese schier wundersame Erstaunlichkeit! – dem fernen Spanien.

Aber: die überwiegenden Wurzeln der Familie liegen doch bei jenen, die hier weitaus länger zu Hause waren als alle viel später Dazugekommenen: den Prußen (Altpreußen). Ja: weitaus länger als Polnisch- und Deutschstämmige (oder Menschen aus dem Niederländischen, dem Russischen und sonstwoher) – sie waren ja die ursprünglichen Einwohner dieses Landes und seine Menschenwelt, bevor die Weißmäntel hier ankamen: um die Religion der erklärten Nächstenliebe allen mit Gewalt, wie wir wissen, aufzuzwingen und die weltliche Herrschaft gleich mit.

Ein Abbauhof an einem kleinen See, der mich rührt. So bescheidenes Gehöft vielleicht eines mühsam vom Kätner zum Kleinbauern Aufgestiegenen, dem aber auch alle Plackerei letztlich nichts brachte: 1945 wurde ihm das Seine genommen.
Wie denke ich da unumgänglich wieder an das Schicksal meines Vaters. Hier ein ziegelrotes Wohnhaus, das sich im völlig stillen Gewässer so intensiv spiegelt, wie der Wasser-Spiegel auch das Blau des Himmels noch steigert, vertieft und verschönt. Die wenigen Erlen gleich neben dem Haus; ein Stall- und Scheune-Gebäude aus altgrauem Holz (wie einst bei uns zu Haus) lugt hinter ihren Stämmen hervor.
Und hier leben Menschen! So ist das alles in gutem Zustand. Ich sehe einen noch jungen Mann und ein kleines Mädchen, das neben ihm her hüpft, geradezu erregt auf ihn einredet.
Ja: Menschliches… Doch auch hier sind wohl nicht mehr Menschen meines Volkes. Mit Sicherheit weiß ich jedenfalls dies: Von meiner weitverzweigten Familie und Verwandtschaft lebt nun niemand mehr in seiner Heimat.

Und nur kurze Zeit später erreiche ich die Stätte des Gehöfts der Familie meiner Mutter. Ich sage: die Stätte. Von weitem schon mache ich aus, wo der Abbauhof einst stand, aber nicht mehr ist. An den Sandweg zum Nachbardorf stößt ein Viereck planvoll gepflanzter Bäume und Sträucher, zeigte es mir an – wie oft schon sah ich in diesem Land solche Grab-

stätten von Gehöften und war noch jedesmal über jeden dieser Untergänge erschüttert.
Ja: ein Karree. Es blühen noch wie früher die gewaltigen zwei Kastanien der Hofseite nach Osten zum Dorf hin, haben gerade ihre weißen Kerzen aufgesteckt. Vor allem aber: Wie ziehen die riesig hinaufgewachsenen, inzwischen schier haushohen Fliederbüsche den Blick auf sich mit ihren Blüten in Weiß und Lila!
Hier war meine Mutter Kind um die Zeit des Ersten Weltkriegs. Und die Familie kam vor allem aus dem Salzburgischen und dem polnischen Masowien. Mütterlicherseits trug man einen Namen Salzburger Emigranten: von Protestanten also, die noch im achtzehnten Jahrhundert (!) ihr inhumaner Bischof ihres Glaubens wegen aus der Heimat trieb. Und väterlicherseits wars ein ursprünglich polnischer.
Aber am Ende des letzten Kriegs wurde also nach nichts davon noch gefragt.

Ich mache auch hier von Haus und Stall und Scheune kaum noch Umrisse aus: alles ist mit ins Grab gesunken. Nur: Wo unter der Wohnstube der Keller war, finde ich eine deutliche Delle im Boden.
Und ich weiß auch noch, wo die Hütte des stattlichen Schäferhunds der Oma stand. Sehe noch die Hühner im Hof umherlaufen. Denn auch hier war ich als Kind ja so manches Mal.
Und: Ob nun nicht auch von hier nachts manchmal Menschenstimmen zu hören sind –. Stimmen von jenen, die einst hier gelebt haben.

Die alten Landstraßen in Masuren! Gesäumt von hohen Bäumen, überwölbt von ihren Kronen. Bäumen, die viel länger hier schon stehen, als mein Leben nun dauert. Und die über dem Reisenden immer noch diese Überdachung bilden gleich der in einem spitzgewölbten gotischen Dom.
Und von dort hinaus immer der Blick ins hügelige, arkadische Bauern- und Waldland.

O du mein einzigartiges masurisches Heimatland, durch das ich fahre.

Ich nähere mich einem Kirchdorf. Und die Kirche wurde in ihrer Schlichtheit nach den Plänen des großen Klassizisten Schinkel erbaut, der so trefflich Schönheit und Zweckmäßigkeit zu vereinen wußte.
Und in diesem Gebäude wurde meine Mutter konfirmiert; es war um die Mitte der zwanziger Jahre. Hier heiratete sie als junge Frau aus einer, wie gesagt, masowisch-salzburgischen Familie einen Mann aus überwiegend prußischer – er wurde mein Vater.

Der See, an dem entlang ich mich dem Dorf nähere, gleicht einem manchen Kilometer langen Fjord in hügeligem Gelände, in den von beiden Seiten her bewaldete Landzungen hineinstoßen gleich großen Booten.
Und dann öffnet sich an seinem Ostende plötzlich der Baumgürtel und gibt den Blick frei auf ein Bild von kaum übertreffbarer Schönheit des Miteinanders von Natur und Menschenwerk.
Ja: In diesem Ländlichen hier gelang manchmal so etwas. Hinter dicken, nicht zu hohen Bäumen, deren Ast- und Laubgebilde aufs Wasser hinausragt, zeigen sich Giebel und einige Ziegeldächer des Dorfs und, ja, das gleichfalls zeigelrote Dach der Kirche und ihr stumpfer Turm.
In diesem Ort also noch so mancher Hof wie früher, so manches einstige Insthaus. Doch das Anwesen am Rand des Dorfs, auf das die Schwester von Tobias heiratete, ist spurlos verschwunden. Und hier sind auch Reste des Hofs und die Gärten beseitigt, der Pflug ist über alles gegangen. So daß ich angesichts dieser leeren Stätte einen Augenblick lang unsicher bin: Habe ich vor mir die erinnerte Örtlichkeit?
Aber ja. Hier wurde bloß alles weggelöscht.

Etwa eine halbe Stunde später wieder einer der Seen, von denen keiner dem andern gleicht.

Er reicht fast bis an die Straße. Zu ihm hin nur ein schmaler Wiesengürtel: Gras und leuchtendgelb blühender Hahnenfuß und ein paar Pusteblumen noch dazwischen; und unmittelbar vor dem Wasser ein bißchen Schilf.
Und ein Mann kommt hergerudert zum Ufer in seinem altersgrauen Holzkahn. Er hat offensichtlich Fische gefangen. Wie vertraut mir auch ein solcher Anblick ist aus der Kindheits-Zeit vor einem halben Jahrhundert...

Und auch wenn ichs dann mit dem engeren Kreis der Familie bewenden lasse, so ist trotzdem noch vor zwei Stätten zu treten: die beiden in meinem Heimatdorf, wohin ich nach diesem Ausflug ins Land noch einmal zurückkehren werde.
Einmal natürlich Hof und Haus des Ludwig, des Karl und meines Vaters Walter – also mein Elternhaus und Ort all meines Erinnerns und meiner Vergegenwärtigungen.
Und dann der schöne große Hof, von dem die Mutter des Tobias und meines Großvaters herkam, also einer meiner Urgroßmütter und zur Zeit meiner Kindheit schon so etwas wie eine Legende.
Und, o Wunder: diesen etwas vom Dorf abgesetzten Hof gibt es ja noch!
Aber ist das in allem ein Wunder? Ein Pole bewirtschaftet ihn auch heute noch als inzwischen sehr alter Mann. Von dem ich habe in Erfahrung bringen können: Er sei als Kriegsgefangener in unser Dorf verbracht worden und habe, trotz dieses erzwungenen Aufenthalts und Arbeitenmüssens für den damaligen Feind, eine gewisse Anhänglichkeit an Dorf und Landschaft entwickelt und habe daher nach Kriegsende den wohl kleineren heimatlichen Besitz aufgegeben und sich mit seiner Familie hier niedergelassen.
Und er ging also nicht wieder fort wie all die andern, so daß dann die Höfe verfielen. Und pflegte und erhielt das Anwesen mit seinem bis heute so eindrucksvollen Ziegelhaus.
Ich sah den eingezäunten Blumengarten, in dem es üppig blüht. Und die Hühner selbstverständlich wie immer schon im Hof. Und das rührte mich – es war ein Bild von früher.

16

Aber zu den Fragen: Was war?, was ist? drängt sich ja immer die dritte hinzu. Was wird werden?

Die schwerste Frage von allen, natürlich. Und es ist in erheblichem Maß jene nach denen, die uns folgen: der heutigen Jugend.

Und wenn ich denn nun als einer von denen, die dabei in besonderer Weise angesprochen sind: als Lehrer, vielleicht noch einmal auf mich selbst und mein zentrales heutiges Problem zu sprechen kommen dürfte.

Je mehr mein Hiersein in diesem Jahr zu Ende geht, um so stärker werde ich ja von dieser mich betreffenden Frage bedrängt – nicht zuletzt deswegen reiste ich auf der Suche nach einem Rat oder Hinweis an die Stätten meiner Wurzeln und zu der Art meiner Vorfahren. Der alternde Mann sucht im Vergangenen nach dem weiteren Weg für sich in die Zukunft.

Und: Angesichts all der Untergänge hier, wie sie am unübersehbarsten an den ins Grab gesunkenen Höfen werden, drängen sich einem erst recht Gedanken an den Sinn menschlichen Tuns, des eigenen Tätigseins auf: des einzelnen im Meer von Millionen und des ständigen Sterbens und Geborenwerdens.

Ja: Der einzelne tut gewiß gut daran, sich nicht zu ernst zu nehmen. Oder soll ich sogar sagen: sich nicht ernst zu nehmen?

Dein Vater hat sich hier in Masuren abgemüht um eines bescheidenen Wohlstandes für die Familie willen? Die Grundlage für all sein Tun wurde ihm ja bald weggenommen und zum Vergessensollen getan.

Was also ist von einer gewissen Dauer? Die Fahrt durch dieses Land hämmert mir ein: Wohl so gut wie nichts.

Und wenn es zutrifft, daß der Mensch das einzige Lebewesen ist, das Angehörige der eigenen Art unterjocht, mit Raffinesse quält, ja aus einer abnormen Vorstellung heraus umbringt, so ist im Lauf der Zeiten noch eins hinzugekommen: Seine Erfindungen führten auch dazu, noch viel rascher etwas zerstören zu können. Seine Mitmenschen und die Erde selbst.

Und das bedeutet ja auch: Erkennt, daß ihr weder mit Wut

noch mit Wehmut etwas daran ändert – oder wie immer man reagiert. Alles hat offenbar seine Zeit und zerbricht und ist nicht rückholbar.
Was also macht es, wenn ich meinen Lehrerberuf betreffend nun sage: Schluß jetzt!, auch mir langts?! Findest du auf den Friedhöfen nicht viele auch schon geringeren Alters, die meinten, durchhalten zu sollen auch in schwierigster Lage, sich vielleicht sogar für unentbehrlich hielten? Sich eine Zeitlang noch reichlich aufspielten und doch auch nur in der dunklen Kiste in der Erde endeten, bloß etwas früher als mancher gelassen Bleibende? Und bei ihrem Abschied hat auch für eine solche Koryphäe die Erde nicht mal andeutungsweise gebebt...
Und hast du als Lehrer nicht auch noch einen Beruf, der in besonderer Weise ins Gerede gekommen ist? Wer will denn noch Pauker werden angesichts der heutigen Jugend, wurde ich schon zigmal gefragt. Im heutigen Deutsch: Ist das nicht ein Scheiß-Job? Der Lehrer ein geachteter Mann? Lange her! Und wer hört also nicht so früh wie möglich damit auf, wenn ers irgendwie hinbekommt? Oder fängt erst gar nicht an – schon zeigt sich ja, daß es immer mehr an Lehrern fehlt.

Oja, wer kennt nicht diese Diskussionen. Vergeht denn ein Tag, ohne daß man etwas darüber liest? Das Verhalten vieler Kinder und Jugendlicher heutzutage: Es ist ein Dauerthema. Zu Recht.
Hier aber geht es ja bloß um diese für das große Ganze belanglose, weil nur mich selbst betreffende Entscheidung: weitermachen bis zum vorgeschriebenen üblichen Ende – oder den vielen Beispielen folgen und möglichst vorzeitig aufhören, Kindern etwas vermitteln zu wollen?
Diese Kinder und Jugendlichen, wie sie heute zu uns in die Schule kommen. Und mehr noch: die Eltern dieser Kinder. Unlängst ein noch relativ junger Mann, Beruf: Kultur-Redakteur, der sich bei mir massiv beschwerte, weil ich seinen Sohn aufgefordert hatte, die Baseball-Mütze (Schirm nach hinten) während des Unterrichts bitteschön abzusetzen, ich

unterrichte ja auch nicht mit Filzhut oder Zylinder. Sie erzögen die Kinder **modern**, also konsequent antiautoritär, da könne er solche Lehrer-Anweisungen nicht akzeptieren.
Oder jener ganz anders geartete Vater, aus alter Offiziersfamilie übrigens, der sich einfand, um mir, wie er gleich ausführte, einen Freibrief auszustellen für jede auch körperliche Züchtigung seines Abkömmlings. Tut der Bursche nicht gut, so haut ihm ruhig die Jacke voll! Wir haben das früher auch zu spüren bekommen – und hat es uns etwa geschadet? Aber damals herrschten Erziehung und Ordnung.
Dies zwei Reaktionen von den Enden der Skala. Und leider gibt es auch für dieses Gebiet kaum das wohlüberlegte Maß der Mitte.

Der britische Thronfolger, las ich, habe erklärt, rückgängig machen zu wollen, was er – so wörtlich – als seelenloses Erbe der fünfziger und sechziger Jahre sieht.
Ob er das auch für den Bereich Erziehung und Schule meint?
Oja: Ich bin Lehrer geworden aus lauter Gutwilligkeit jungen Menschen gegenüber. Und brauchte und brauche immer mehr Kraft dabei auf, (ich sags mal unmißverständlich) die gröbsten anderswo durch andre gemachten Torheiten ein bißchen auszugleichen.

Manchmal tauscht man sich bei irgendwelchen Veranstaltungen aus mit Kollegen andrer Schulen.
Beim letzten Mal: der eine behauptete (und sagte den Satz gleich ein zweites Mal): An seinem Institut gebe es irgendwelche Probleme mit heutigen Schülern nicht. Punkt. Ende der Ausführungen.
Wieso haben wir überhaupt Anlaß, über ein solches Problem zu reden? Fragte ich einen andern. Habe denn nicht die Ausrichtung der Pädagogik auf möglichst antiautoritäre Erziehung den Abbau von Renitenz, ja aller Aggressionen erbringen sollen, vereinfacht gesagt: den endlich gewaltfreien Menschen? Und heute wird tatsächlich diagnostiziert und behauptet: Das Gegenteil: Eine kontinuierliche Zunahme

von Aufsässigkeit, Gewaltbereitschaft, Vandalismus ist Fakt? Schon mußten wir lesen: Heute macht den Deutschen nichts so sehr Angst wie die wachsende Kinder- und Jugendkriminalität; das übertrifft inzwischen alle anderen Ängste.
Hätten da wieder einmal Schlaumeier die Welt verbessern wollen und Unheil angerichtet – erkläre er das so, oder wie sonst?
Ich hatte ihm eine Provokation hingeworfen, natürlich wissend, daß damit nicht alles, vielleicht sogar wenig, begründet werden konnte, und eigentlich heftige Ablehnung erwartet. Doch er antwortete bloß: Es seien die Politiker; niemand von denen habe den Mut, Richtlinien vorzugeben, die von den Realitäten ausgehen und praktikabel sind.
Punkt auch bei ihm. Ende der Aussage.
Also keine Probleme bei dem einen, Schuld der Regierenden bei dem andern. Was sollte man dazu sagen.
Ein dritter (der, wie inzwischen angeblich achtzig Prozent aller Kollegen, seinen Antrag auf vorzeitige Pensionierung wegen angeblicher psychosomatischer Beschwerden schon gestellt hatte) schien jeden Schnipsel zum Thema aufzubewahren, überfiel mich mit Schlagzeilen aus diversen Zeitungen: Lernverweigerung und Mobbing gegen Mitschüler. Wie schlimm ist es wirklich – Gewalt an den Schulen. Immer früher und immer häufiger werden Kinder kriminell. Wie gewaltbereit sind heutzutage Schüler?
Wie gesagt: Lauter Zeitungsüberschriften. Und er zitierte noch einige mehr. Abschließend wußte er: Die Zahl der verurteilten Jugendlichen sei sogar stark gestiegen; überdurchschnittlich sei dabei der Anstieg der Fälle von Raub und Körperverletzung.
Wir bekommen auch hier US-amerikanische Verhältnisse, schloß er – aber gottlob nicht mehr zu meiner Lehrerzeit! Sieben Jahre, behauptete er, brauche jede Entartung jenseits des großen Teichs, um auch hierzulande voll durchzuschlagen – dann aber sei er längst in Pension, wenn die derzeitigen Kriminalfälle dort hierzulande nachgemacht würden.
Eins hatte auch ich gelesen: daß ein amerikanischer Gouverneur von einer »Kultur der Gewalt« sprach, als zwei Jugendli-

che in einer dortigen Schule zahlreiche andere Jugendliche töteten.
Aber wie kann man in solch einem Zusammenhang von Kultur reden? Ist der Mann bescheuert?
Übrigens hob dann mein Gegenüber noch einmal an: Und haben Sie jenen Kommentar einer belgischen Zeitung zur Auflistung von Amokläufen in amerikanischen Schulen gelesen? Wo an den Wilden Westen erinnert wurde. Amerika sei nun mal durch Waffen tragende Pioniere erobert worden. Trapper, Cowboys und Soldaten, die sich durch Waffen ausgedrückt hätten. (Wörtlich so habe es geheißen, sagte er – er hatte also auch das auswendig gelernt).

Wie sehr erregt doch die Landschaft, durch die ich nun fahre, ganz andere Empfindungen in mir, als es die nicht abzuschüttelnden Sorgen um die heutigen Kinder tun. Wie sehr erheben sich diese Anblicke der Natur als der völlige Gegensatz zu allem, was mich bedrückt.
So dieser Blick durch lichte Bäume an einem Seeufer auf eine Insel mitten in ihm, die dicht von mächtigen Laubbäumen bestanden ist. Ich halte an. Ja: Baum-Giganten, die mich an bullige Urtiere denken lassen: Bisons und Auerochsen.
Welch eine ungemein wohltuende Ruhe geht von diesem Naturbild auf mich aus. Welch eine Beruhigung.

Ich habe stets den Gedanken abgewiesen, daß es unsre Kinder und Enkel sind, denen die Vorwürfe zu machen wären. Ich werte also nicht die Kinder ab – wie könnte ich! (Ich rede ihnen aber auch nicht nach dem Mund; das tue ich ebensowenig.)
Sind sie etwa für Stärken und Schwächen erheblich anders veranlagt auf die Welt gekommen als die dreißig oder sechzig oder über hundert Jahre vor ihnen Geborenen? Gewiß nicht! Und gilt nicht weiterhin: Als Kinder sind sie lernfähiger als ein Mensch in Erwachsenenjahren? Was also ist ihnen prägend vermittelt worden? Schlicht gefragt: In was für eine Welt wurden sie hineingeboren? Womit wurden und werden sie heute in der Regel konfrontiert? Und was davon ist ungut?

Zum Beispiel: Wieviel Krimis, Wildwestfilme und weitere Gewaltgeschichten hat heutzutage ein Kind (sagen wir: ein fünfzehnjähriges) schon im Fernsehen angeguckt? Brutal-Spektakel (»action«!), in denen der »Coolere« siegt, nämlich der Bedenkenlosere oder der mit den besseren Waffen.
Einer amerikanischen Studie zufolge hat dort ein solch fünfzehnjähriges Kind schon 6000 Morde und weitere 10 000 Gewalttaten konsumiert.
Und bei uns gibt es allzu häufig die gleichen Mord- und Horror-Streifen eben aus den USA ...
Da sagte doch neulich eine Frau mittleren Alters zu mir: Ach ja, Sie hatten damals in Ihrer Kindheit auch noch kein Fernsehen. Mein Gott, was ist euch da alles **entgangen**!
Ja, gute Frau, antwortete ich. Antwortete bloß das. Aber dachte mir meinen Teil...

Keine ausführlichen Theorien nun über Erziehung und was, vom Zeitgeist mitbestimmt, davon heutzutage zu befolgen ist – um Himmels willen nicht! Bloß einige Marginalien. Oder eher noch: Fragen.
Denn auch für die Entscheidung, die ich nun für mich treffen möchte, bin ich ja kein Besserwisser. (Die haben es stets einfacher als ich, erwägen kein Für und Wider.) Ich kenne die nicht wegzuwischende Diagnose – und stelle also dazu Fragen.
Die erste: Was haben jene Theorien des Engländers Neill, die in den sechziger Jahren bei uns besonders hochkamen, bei vielen hierzulande bewirkt? Vorstellungen, die er in Summerhill praktizierte: Die sogenannte »repressionsfreie« Erziehung, die auf jede Autorität verzichten wollte, um den Kindern größtmögliche Freiheit zu gewähren?
Was mußte sich damals jemand wie ich anhören, der nach seiner Lebenserfahrung leise Einwände erhob. Meinte: Ob denn nicht Erziehung auf der Seite des Lehrers eine gewisse Autorität voraussetze, nämlich sowohl ein Wirken als Vorbild wie auch durch gelegentliches Mahnen und sogar Strafen?
Ob so ganz zutrifft, was (der ehemalige Generalbundesanwalt) Rebmann meint: daß die stark gestiegene Jugendkrimi-

nalität von der gewaltfreien Erziehung herkomme – auch als Betroffener muß ich gestehen: Ich weiß da nichts sicher.
Nur: Ein in die Jahre gekommener Lehrer hat in seinem Beruf so einiges durchgemacht, was nun zusätzlich dafür spräche zu sagen: Haben wir so gewettet, Freunde? War das die Basis, als ich mich entschloß, Kindern Wissen zu vermitteln? Zu allem andern auch noch die Narrheiten einer angeblich streng »naturwissenschaftlichen« Psychologie?

Jedenfalls: Es wurde also nicht alles derart besser, wie es das doch angeblich **mußte** – und so müssen mal wieder weitere Behauptungen her. Immer häufiger bekommt man dies zu hören: Kindheit und Jugend seien heute nun mal »nicht mehr so frei und unbelastet«, wie sie das früher einmal waren.
So? Wie ist das gemeint?
Es ist die Rede von den »vielfältigen Belastungen« für heutige Jugendliche. Es fehle an Treffpunkten, an Spielmöglichkeiten. Die wirtschaftliche Situation der Familie lasse vielleicht Zeit für die Kinder fehlen, und es könnten nicht alle Bedürfnisse erfüllt werden.
Mag sein. Und wer wäre da nicht für deutliche Verbesserungen! Doch dem in die Jahre gekommenen Zeitgenossen drängen sich auch dazu nach der eigenen Lebenserfahrung ein paar Marginalien auf – und diese Freiheit nimmt er sich schon. An die früher einmal – angeblich! – freieren und unbelasteteren Zeiten zurückdenkend, die er selbst als Kind und Jugendlicher zu durchleben hatte.
Brachial prügelnde Lehrer – auch noch in den vierziger Jahren eine solche Steinzeit-Pädagogik. Denkverbote zur Nazizeit. Andere Denkverbote zur folgenden Besatzungszeit. Die geringen finanziellen Mittel einer Landwirts-Familie und die noch geringeren dann der Flüchtlinge. Eins der Kinder des Dorfs starb qualvoll an Wundstarrkrampf, weil Erntezeit war und die Eltern keine Zeit fanden, sich um den Jammernden zu kümmern.
Oja, damit bin ich in Masuren mitten in meiner Kindheit. Und in der Zeit, die unserer Entwurzelung folgte: Den so zerquälten Jahren für jeden halbwegs Heranwachsenden als oft-

mals geschmähter »Flüchtling« in uns weiß Gott nicht wohlgesinnter Umgebung. Verjagt hier, unerwünscht dort – das war unsere Situation.

Spielmöglichkeiten? Treffpunkte? Als Kinder malten wir Kästchen auf den Hof, spielten »Himmel und Hölle«. Vater hatte uns einen Sandhaufen an den Rand des Hofes gekippt, dort verbrachten wir als Kleine manche Stunde. (Nur Friedhof sollten wir dort nicht spielen, denn so was bedeutete nichts Gutes!) Wir badeten im See, schlitterten im Winter auf seinem Eis, rodelten hügelab. Halfen **gerne** auf dem Feld.

Soviel zum Geschwätz (ja) vom besseren Früher für Heranwachsende. Allerdings mit berücksichtigt: Es war lange noch nicht die Rede von »Fun« und daß Kinder mit ihrem Taschengeld eine nicht zu unterschätzende »Zielgruppe« für die Werbung seien…

Und dann die Sache mit der **Armut** als immer wieder behaupteter Grund für Jugend-Kriminalität. Aber hätte dann meine Generation um 1945 nicht eine von Schwerkriminellen werden müssen? Insbesondere: Hätten nicht wir bei den Landsleuten im Westen so gering Geachteten, zutreffender: Oft **Ver**achteten nach den heutigen Theorien allesamt im Zuchthaus enden müssen? Doch taten wir es?!

Ach, wenn Theorien doch immer ganz belanglos wären! Aber kann es das sein, wenn es um die uns Folgenden geht? Und: Haben Kinder und Jugendliche es nicht verdient, daß man sich mit ihren Problemen etwas genauer beschäftigt als mit Dahergerede?

Unlängst in einem Taxi ein Stück durch »Mainhattan«.

Und irgendwann schüttle ich den Kopf über die Unverfrorenheiten eines jungen Autofahrers vor uns: Das ist Fahrzeuglenken mit ausgefahrenen Ellbogen: Platz da!, hier ist Wilder Westen!

Der Taxifahrer hat mich beobachtet, sagt: Das ist doch auch bloß ein Abbild unsrer heutigen Gesellschaft.

Und nach einer kleinen Pause: Wenn Sie jeden Tag acht Stunden am Steuer sitzen, dann können Sie ein Buch über die Bedenkenlosigkeiten, die Rücksichtslosigkeiten, nicht selten: die Brutalitäten heutzutage schreiben.

Nun: Ich bin nicht Taxifahrer, ich bin Lehrer. Aber, Bruder Sebastian Brant: Hier denke ich wieder an dich und dein »Narrenschiff« aus der Zeit um 1500, diese grandiose Satire zur Geißelung der menschlichen Torheiten in deiner Epoche. Und vielleicht mache ich mich ja doch eines Tages an ein ähnliches Buch über **unsere** Zeit und für sie. Oder ein anderer tuts (darauf kommt es mir nicht an). Ewig entgeht ihr uns jedenfalls nicht, ihr Narren der Gegenwart! Und sollte ein einziges Schiff, und seis ein Ozeanriese, heutzutage nicht ausreichen, so wird es sich machen lassen, einen Geleitzug zu nehmen...

Freilich will ich einen Punkt gleich klarstellen: Nicht, daß ich die Illusion hätte anzunehmen, vor so etwas könnte ein gegenwärtiger Narr erzittern. Jeder von dieser Art Mensch hat so viel Kaltschnäuzigkeit drauf, daß ihn ein Blick in den Spiegel weiß Gott nicht irritiert...

Doch vielleicht sollte ich lieber über ein weiteres anderes Buch nachdenken: nämlich wieder über Zeitgenossen, die **Gegenbilder zu Narren** sind? Es immer wieder mit Narren heutiger Machart zu tun bekommen (wer entginge dem), aber sich gegen deren Ansichten aufrichten?

Jedenfalls: Wäre ich nicht auch mit dem Hinweis jenes klugen Taxifahrers: wie sehr wir ständig geradezu beänstigende Abbilder unserer Gesellschaft beobachten müssen, mittendrin in meinem Thema? Nämlich der Frage des Schulmannes, woraus die gewissen Ausartungen im Verhalten so mancher Jugendlicher denn tatsächlich resultieren?

Doch gewiß nicht aus der plötzlichen Verabredung leider so vieler einer Generation, den Querkopf zu machen und ausgerechnet die unheilvollsten Seiten des Amitums nachzuäffen?

Das ist doch wohl nicht vorstellbar – und erst recht unmöglich?

Damit wären wir an dem Punkt angekommen, der besonders zu berücksichtigen ist.

Noch einmal: Jedes dieser Menschenkinder ist eines Tages abgenabelt und in diese Welt befördert worden – nicht anders als wir selbst ein Menschenalter vorher.

Und dann?
Zunächst einmal: Redet mir nicht ein, **die** Jugend sei so oder so. Für mich ist jeder Jugendliche so wie kein zweiter: mit ganz einzigartigen Anlagen, dann Reaktionen, Interessen.
Sind also die Fragen die zu beobachtenden Unzulänglichkeiten betreffend nicht an die Erziehenden, zunächst die Eltern, zu stellen? Und an niemanden sonst? Denn jede folgende Generation ist immer auch die Konsequenz der jeweils gegenwärtigen. Und so sind es die Fragen nach dem heutigen Zustand der Welt, in die unsere Nachkommen gerieten.
Schicksal, erklärte mir ein kluger Psychologe: Das sind in erster Linie die Zeit und die Umgebung, in die jemand geboren wird.
Weshalb wohl stemme ich mich mit aller mir noch zur Verfügung stehenden Kraft gegen die Verrücktheiten, Verkommenheiten, verheerenden Niedergänge in unserer Zeit: diese Art von **Pest**?
Und frage (wie so viele andere): Ob nicht eine besonders enge Verbindung besteht zwischen wildgewordenem Kapitalismus, manchmal: Brutalkapitalismus, und den Symptomen der heutigen Pest. So daß heranzuziehen wäre, was die gebürtige Ostpreußin Marion Gräfin Dönhoff in ihren Aufsätzen mit dem bezeichnenden Obertitel »Zivilisiert den Kapitalismus« diagnostiziert?
Einerseits der Hinweis auf »Schulen ohne Autorität«. Richtig: Die ist kaputtgemacht worden – und wir wollen doch gewissen Fortschrittsaposteln die Ungerechtigkeit nicht antun, daß wir ihren Beitrag dafür unerwähnt lassen! Fazit sei eine alles erlaubende Gesellschaft, die keine Barrieren mehr errichtet... Die Eltern als Vorbilder hätten auch immer mehr ausgedient.
Was Wunder, sieht man auf die dominierenden Charakteristika des heutigen Lebens: die »reine Konsumgesellschaft«, ja »Raffgesellschaft« und überhaupt eine Lebensweise, die nur noch »auf den Eigennutz gestellt ist«. »Gewalt, Korruption, Brutalität«, ein »Egoismus, der vor nichts haltmacht«, sind als »Kennzeichen unsrer Zeit« auszumachen.

Und nochmals: Vergessen wir das tägliche Fernsehen nicht, »das fast nur noch über Verbrechen, Hunger, Kriege, Zerstörung und Tod« berichtet. So halten denn junge Menschen »Gewalt für einen ganz normalen Bestandteil des Lebens«.
Dabei gibt es allerdings weit mehr Opfer als Täter. »Nur« etwa zwei Prozent der Jugendlichen werden straffällig, aber etwa fünfmal so vielen, heißt es, wird Gewalt angetan.

Wo also soll der junge Mensch noch Ideale hernehmen? fragt Konrad Lorenz. Man könne ja schon von Glück reden, wenn er sich nicht an **falsche** Ideale hängt. Und auch nicht viel besser sei es, wenn er – mit einer Formulierung Huxleys – schreit: Gib mir Fernsehen und Hamburger und laß mich um Gottes willen in Frieden mit deinem Gerede von Verantwortlichkeit und Freiheit! Die Jugendlichen von heute seien also an nichts interessiert, außer vielleicht an Markenklamotten und Fun? O ihr Ignoranten! Ich wiederhole: Niemand ist wie der andre – sehr viele suchen sogar sehr auffällig nach einem Platz in der Gesellschaft. Sie halten Mitmachen in der Schule für wichtig, und Arbeitslosigkeit ist ihre Hauptsorge – daß es ihnen schlechter gehen könnte als den Eltern. Schon ist ja davon die Rede, daß wir uns auf eine »Winner-Loser-Gesellschaft« zubewegen. (Und hier lasse ich das Vokabular der Angloamerikaner stehen – als einen Hinweis auf die Herkunft auch dieses Dilemmas.)
Ungut ist es, dem Heranwachsenden als Vorbild bloß noch den Homo oeconomicus, den von wirtschaftlichen Zweckmäßigkeitserwägungen geleiteten, anzuführen; ebenso die Vorstellung einer Alles-ist-erlaubt-Gesellschaft. Es ist also immer wichtiger geworden, ihm nicht nur Wissen zu vermitteln, sondern ebenso Hilfe zum Leben anzubieten, sprich: ein sinnvolles Welt- und Wertbild.
Es ist unsre **Zeit**, die viele so desorientiert, verwirrt – wie sie mich immer mehr ramponiert hat.
So stehen wir doch wohl Seite an Seite, die Jugendlichen und ich. Als von dieser Zeit Angerempelte, Versehrte.

17

Noch einmal: Was war? Was ist? Was wird werden?
Oder gefragt: Was waren, was sind das für radikal unterschiedliche Welten, in die in diesem verhängnisvollen 20. Jahrhundert jemand wie ich in nur sechs Jahrzehnten bisherigen Lebens hineingestellt war, ist – und: Wohin scheint das nun zu driften?
Am Angang des eigenen Lebens noch dieses so abgelegene Dorf ganz herkömmlichen Lebens am Rand der deutschen Welt im Osten; täglichen Sichabmühens auf dem Land. Und heute: Düsenjet, Atomstrom, Computer und Internet (aber Konrad Lorenz: niemand könne »die satanischen Fehlentwicklungen der heutigen Zeit« übersehen). Und so immer unumgänglicher: zum Bild des Heutigen ein **Gegenbild** aus Früherem.

Ein Foto der Schüler in dem kleinen masurischen Dorf, aufgenommen an einem Sommertag draußen vor der Schule so um 1935/40.
Der etwas behäbige, ältere Lehrer und in drei Reihen die Kinder seiner einklassigen Schule, es sind genau zwanzig.
Wie rührend das in mehrerlei Hinsicht ist! Diese Kinder so selbstverständlich zu Hause wie Kinder überall; gewiß ahnte niemand, daß sie die letzten in der Reihe jener sein sollten, die hier eine jahrhundertealte Heimat hatten. Und der Lehrer starb noch während des Krieges; ihm blieben Davonlaufenmüssen oder Davongejagtwerden erspart.
Aber vor allem: Was auch ein solches Bild von unserer damaligen Welt andeutet.
Um den Schulhof ein einfacher Staketenzaun wie um einen Kleinbauernhof mit einem ebensolchen Tor. Und es waren einige Schultische und -bänke nach draußen geschafft worden, und vorn sitzend die Jüngsten, dahinter stehend sieben etwas größere Mädchen, und schließlich auf Tische gestellt die Reihe der großen Jungen.
Die Mädchen. Ihre Kleidchen – es hat gewiß geheißen: Zieht euch schön an, der Fotograf kommt! – sind weiß oder in die-

ser oder jener Farbe und geblümt oder kariert; und keins gleicht oder ähnelt dem andern. Einige haben hübsche lange Zöpfe, andere auffallend große Schleifen im Haar, schiere Propeller auf dem Kopf – alles das so fernab jeder obligatorischen Nobelmarken-Kluft (die man unbedingt haben muß!) und augenblicklichen Mode. Und jede hat ein kleines Sträußchen aus dem Garten in der Hand. Und die Jungs tragen die unterschiedlichsten Oberhemden, Hosenträger darüber, oder flauschige Jacken nach Handwerkerart – auch dies alles noch weit entfernt von jeder Jeans-Uniformiertheit, in der hübschesten Unterschiedlichkeit.
Und diese Kinder lächeln oder geben sich angesichts des noch seltenen Fotografiertwerdens aufrecht und ernst, geradezu würdevoll; oder sind ein bißchen unsicher und verziehen das Gesicht – wie jeder nun mal ist.
All das macht mir immer wieder ein solches Vergnügen, daß ich das Bild hierher mitgenommen habe in die Welt, aus der es ist – als ein kleines Stückchen so wesenseigenen, natürlichen Lebens bei uns.

Doch nun kein weiteres Wort darüber, was alles so ganz anders geworden ist. Und auch keins mehr davon, daß doch die Kinder damals und hier gleich unbeschrieben auf die Erde kamen wie die Kinder heute und überall. Und wie unterschiedlich bloß die Welten sind, die sie vom ersten Augenblick an prägen.
Nur noch dies: Ich, der Schulmeister, wünsche der heutigen Jugend, daß sie die Kraft haben möge, den tagtäglich auf sie einstürmenden Unfug (und dabei denke ich nicht zuletzt an die weiter zunehmenden Schlaumeiereien) zu werten und zu überstehen. So wie frühere Generationen mit den sie attackierenden Unzulänglichkeiten fertigwurden.

Und ich komme zu der barocken Kirche Heiligelinde; und es ist Gottesdienstzeit. Doch was zieht mich von der berühmten prächtigen Westfassade gleich fort und an ihre Nordseite? Ich halte sofort inne. Auch hier, an diesem großen Wallfahrts-

ort, Ländliches wie an der Dorfkirche: einige Kastenwagen aus Holz, luftbereift, mit ihren Pferden im Geschirr – und die halten, nach ihrer Art, die Köpfe leicht gesenkt und warten.
Auch dies: Welch ein Urbild geradezu der Geduld und Ruhe im Schatten der Reihe junger Linden. Ich werde völlig bewegungslos.
Mein Gott, das gibt es hier überall noch. Wie damals, als Tobias sowas sah. Oder mein Vater.

Ja: Ich will mich hier, zu Hause in Masuren, entscheiden.
In der Gelassenheit dieser Landschaft und ihrer Wesen.
Es war natürlich die eigene Schulzeit, die hier begann und mir dann den Beruf des Lehrers nahelegte in diesem alten Sinn: Dienst am sich entwickelnden Menschen zu tun. Was nicht nur beim Erzieher eine gewisse Souveränität voraussetzt, sondern auch etwas beim Kind: nämlich Vertrauen und einen gewissen angemessenen Gehorsam.
Und es ist die so sehr veränderte Schulwelt, die auch mir heute immer wieder Gedanken ans Aufhören macht: So haben wir uns wirklich nicht vereinbart, Freunde, als ich mich einst entschied und anfing.
Und dieses Hierherkommen: ob ich, Sohn Masurens, nicht auch dafür in der hiesigen Umgebung und Vergangenheit Argumente, sogar Ratschläge fände für eine meiner späten Etappen auf diesem Erdball? Und ja: Ich fand mich hier etwas voreingenommen ein mit der Vermutung, am Ende doch wohl überzeugt sagen zu können: Ich werf euch den Bettel vor die Füße, macht künftig euer Zeug alleine! Ich habe die Suppe des angeblichen »Fortschritts« nicht eingebrockt, die nicht nur mir nicht schmeckt, löffelt sie gefälligst selber aus!

Und immer wieder stand auch dabei vor mir die Vorstellung der Kette mit mir als ihrem letzten Glied von hier. In der, für mich, der Großonkel Tobias eine so beachtliche Rolle spielt. Der, von werweißwoher, soviel Talent mitbekam und alle Möglichkeiten und doch nach Maßgabe des abendländischen Strebens nicht das Menschenmögliche daraus gemacht hat.

Sondern irgendwann, so hier es noch in meiner Kindheit, das Herumliegen hier anfing wie Jungs auf der Viehweide, um dann irgendwohin zu verschwinden wie zwei seiner Brüder – bis auf den bis zu seinem Tod so tüchtigen Karl.

Aber hat denn der Entschluß des Tobias tatsächlich so ausgesehen: totale Verweigerung? War es das, was sich mir zeigte, je mehr ich dem Lauf seines Lebens nachging (und mir sogar irgenwie als Vorbild dienen konnte)? Bloß weil von irgendwelchen Ruhmestaten des üblichen Sichabstrampelns nichts auszumachen war?
(Aber ein bißchen habe ich von ihm ja noch zu erzählen.)

Da gab es zunächst jedoch jenen Dorfschullehrer Drigalski, einen Mann von ebenso gradliniger wie nicht zu unterschätzender Lebensklugheit. Der unsern Tobias befördert hatte und hinausgeschickt hatte in eine damals schon sehr andere »große« Welt. Auch geistig insofern, als er ihn darauf stieß, daß die heimische Art doch nicht eine in allem überholte, ein bißchen sonderlingshaft gewordene hinterwelterische war – sondern in Wesentlichem in etwa dem entsprach, was tiefe Denker der Menschheit (ich sage: ihre tiefsten) uns so überzeugend zu beherzigen nahelegten.
Die Menschen bei uns haben sich jedenfalls niemals an irgendeine Erfolgsgesellschaft verkauft. Und lebten ihre Leben wie seit alten Zeiten, so armselig es nach heutigen Maßstäben manchmal erscheinen mag, auf ihre so weitgehend ehrgeizlose, bescheiden bleibende, selbstverständliche Art. Und warens in der Regel ganz zufrieden.
(Und dieses ständige heutige Bedauern von Menschen, denen eine Existenz bescheidener Art auferlegt war: Vielleicht resultiert das ja auch bloß aus einem Denken, das vor allem das Haben und kaum noch das Sein beachtet?)

Ja, und nun ich, der Erzähler: der immerhin noch soviel von der heimatlichen Art mitbekam, daß man von einer Schutzimpfung reden kann gegen die so habgierig und kalt gewordene westliche Welt, daß jeder Aufenthalt hier im Land der Herkunft wie eine Auffrischung dieser Impfung wirken mag. Für das weitere Dasein in Umgebungen, die sich insbesondere jenen Mister **Moneymaker** von jenseits des Ozeans zum Vorbild nahmen, der um jeden Preis **rich** werden muß, und zwar, verdammt nochmal!, gefälligst **quick**!

Und neben dem Tobias waren da ja noch der Karl (Mauererrichter und auch sonst Haus- und Hof-Verschönerer) und dessen Sohn Walter – mein Vater.
Dem man später nachsagte: Seine Intelligenz und sein Fleiß, aus **nichts** noch etwas zu machen: das war geradezu einmalig.
Diese beiden: die so auffallend Bemühten in ihrer kleinen Welt und deren, wer wollte das bestreiten, beschränkten Möglichkeiten.

So bin ich denn, in der fortwährenden Beruhigung hier, eher nachdenklich gemacht als bestätigt worden in meiner vagen Annahme, ich werde hier ein eindrucksvolles und überzeugendes Beispiel finden für größtmögliches Nichttätigsein.
Es mag ja sein (wie Oscar Wilde meinte), daß (ich sage: tendenziell) Muße, nicht Arbeit das Ziel des Menschen ist. Doch die völlige Abkehr von aller Tätigkeit ist ja nicht möglich. Hätte man sich mit unsern masurischen Bauern darüber unterhalten: auch die gelassensten von ihnen hätten über eine Vorstellung weitgehenden Nichtstuns erstaunt, bestenfalls nachsichtig, gelächelt.
Sosehr man sich dagegen sträuben mag, einen Sinn des Lebens zu formulieren: Ganz gewiß besteht er jedenfalls nicht in infantiler Raffgier. (Über viele laß ich mit mir streiten, darüber nicht.) Aber ebenso gewiß nicht in schierem Schmarotzertum: Das ist mir genauso zuwider wie blanke Habsucht.
Und mir: Bleibt mir nicht die Aufgabe der Erinnerung an beherzigenswertere Welten, als es unsre heutige ist? Auch wenn die Beispiele aus der Vergangenheit heute nicht einfach Rezepte sein können für Nachahmung. Zu Nachdenklichkeiten und Anstößen führen sie allemal – und ist das nicht sehr viel?

18

Zuletzt bei diesem kleinen Unterwegssein durch unser Masuren die Schiffsreise von Nikolaiken nach Rudczanny und in die Johannisburger Wälder.
Der Dampfer fährt zunächst auch ein kleines Stück hinaus auf den Spirding, das masurische Meer. Welch ein gewaltiges Binnenland-Gewässer: das Ostufer, gewiß über zehn, zwölf Kilometer entfernt, ist im durchsonnten Frühsommerdunst kaum auszumachen.
Aber dann den Beldahnsee hinunter, der so sehr an einen breiten, doch ganz ruhenden Strom denken läßt in lauter Waldland. Ab und zu am dünnen Schilfufer ein Brettersteg und daran gekettet ein oder zwei alte Ruderboote aus grauem Holz. Es sind wohl Fischerstellen.
Ja: Wald, Wald, Wald. Und hier so gut wie nichts Menschengemachtes. Nur die eine, die andre Anlegestelle für das Schiff. Und dort warten allenfalls zwei, drei Leute, die mitfahren wollen. Und einmal verläßt uns eine schöne junge Frau, und ich sehe sie geradezu hoheitsvoll davongehn auf einem hellen Sandweg in den Wald hinein gleich einer Märchengestalt.
Und hinter der Schleuse von Guschienen und Rudczanny der Niedersee mit den wohl schönsten Natur-Anblicken von allen. Das klare Blau des Wassers auch hier dicht umstanden von intensivem Grün hoher Kiefern mit ihren rötlichen Stämmen, einigen wenigen Birken dazwischen. Und auch die idyllischen Inselchen ganz kiefernbestanden; Königsinsel heißt die eine von ihnen. Und über allem einige dieser schneeweißen Wolkenhäufchen um die Mittagszeit, unregelmäßig lockere Federnhügel.

Und wenn ihr meint, ich übertreibe nun aber, wenn ich sage, daß es vielleicht keine zweite Landschaft in unserm alten Europa gibt, die so sehr an jenes Rousseau-Wort erinnert, daß der Natur-Anblick über alles hinwegtröstet, so reist hierher und seht selbst…

Wie sehr auch das miteinander verwoben scheint: Gerade die so wenig aggressiven hier lebenden Menschen wurden in den Jahrhunderten immer besonders geschunden durch Vernichtung ihres alten anheimelnden Glaubens, Tataren-Greuel, Pest, »Welt«-Kriege und am Ende Flucht oder Vertreibung – und all das gerade hier in dieser einzigartigen Natur-Idylle, die sich wie ein leiser Trost zeigt bei allem …

Der Weg auf dem See zurück.
Und dies wohl das am meisten Hervorzuhebende: Hier ist eine große Natur, die, wie ich beobachten kann, auch junge Menschen anspricht, ja begeistert – und empfiehlt nicht Lorenz den möglichst engen Kontakt mit der lebendigen Natur als einen immer noch vielversprechenden Weg, die Werteempfindung für das Schöne und das Gute in Kindern, in der Jugend zu erwecken?

Wir haben in Rudczanny eine Gruppe Kinder aufs Schiff bekommen, eine halbe Schulklasse von vielleicht Acht- oder Zehnjährigen; sie tollen herum an Deck, es sind die gleichen Lümmel dabei wie bei Kindern überall in diesem Alter. Der eine, der andre distinguierte ältere Herr sieht darauf sichtlich mißbilligend.
Bevor wir den Beldahn verlassen und Nikolaiken sich bald darauf zeigt, legt das Schiff ein letztes Mal an. Und dort gehen sie an Land, diese munteren polnischen Sprößlinge.
Sie stehen noch am Seeufer und beobachten, wie das Schiff wieder ablegt – und da dreht sich plötzlich einer von ihnen um und winkt uns an Bord Gebliebenen spontan und ruft den Heimweh-Touristen unter den Reisenden mit deutlichem Akzent zu: Auf Wiedersehn, auf Wiedersehn!
Und da fallen sie wohl alle ein und rufen und winken, die Streber und die Lümmel…

O welch lange entbehrtes Bild! (Und das sagt ja jemand, der täglich mit Schülern zu tun hat.)
Und was täte ich nicht alles, wenn ihr dann bliebt, wie ihr seid, ihr Guten…

19

Wieder in meinem untergegangenen Dorf. Wieder am See unten.

Und warum ich denn, auf meiner Fahrt durch unser schönes Land, soviel Ungleiches angesprochen und nebeneinandergestellt habe?
Nun: Ich könnte es mir einfach machen und hätte dafür nicht einmal schlechte Argumente. Erstens könnte ich darauf verweisen, daß alles, das eine wie das andre, angestoßen wurde durch die hiesigen Anblicke der Natur, Erinnerungen an das dem Menschen Angemessene, also: das Menschengemäße, und andererseits den Gegensatz dazu: die heutigen Entartungen westlich der Oder. Das, was uns zunehmend hilfloser driften läßt in Richtung seelischer Nullpunkt.
Zweitens: Oder ich brauche bloß den großen Hamsun in Anspruch zu nehmen, der am Schluß seines Romans »Die letzte Freude« auf die Frage, warum er so geschrieben habe, entgegnete: Eines der berühmtesten Dichterwerke der Welt ist während einer Pest geschrieben, um einer Pest willen, das ist meine Antwort.
Natürlich: Ich äußere die Gedanken eines etwa Sechzigjährigen. So hat man es im Hinblick auf mich natürlich leicht, mir Nostalgie oder Alterssentimentalität zu unterstellen. Sehnsucht nach Früherem, Heimweh vielleicht, den Versuch innerer Heimkehr. Kennt man denn so was nicht von älteren Damen und Herren? Und sprecht ihr von Denkmal- oder sogar Ehrenmal-Errichtung oder wenigstens dem Versuch einer Gedenkrede?
Doch ich erzähle ja vor allem um der Gegenwart willen und mehr noch wegen meiner Sorgen um die Zukunft.
Und gehört da nicht tatsächlich alles zum selben Thema? Den Verlusten? Dem, was nach meiner Kindheit kam – und viel mit weiteren, noch weitergehenden Verlusten zu tun hat? Und daß meine Erinnerungen an so vieles in unserm Masuren ein kräftiges **Gegenbild** abgeben zu unsrer Gegenwart? Das ja immerhin denen dienlich sein mag, die ihre Zeit ebenfalls kritisch in den Blick nehmen?

Doch wenn ihr meint, daß euer Erzähler, dieser einfache Lehrer masurischer Herkunft, sich mit seiner Zeitkritik zuviel anmaßt, so orientiert euch doch an den wirklichen Koryphäen dafür. Ich biete da zum Beispiel den Konrad Lorenz an, Nobelpreisträger: »Kein vernünftiger Mensch kann bezweifeln, daß unsere westliche Zivilisation ein System ist, das aus dem Gleichgewicht geraten ist.« Und auch er spricht vom »Irrglauben an den sogenannten Fortschritt«.
Wie dem auch sei: Ich rechne natürlich überhaupt nicht mit einem allgemeinen Beifall für meine Ansichten. Mit solcher Kritik kann man heutzutage kaum Erfolg haben.
Aber geht es mir denn darum?
Nein. Sondern um eine Überzeugung und eine Haltung, die sich nichts abkaufen lassen. Sich also wenig darum schert, ob ihr Schulterklopfen oder Anraunzer zuteil werden. (Ich rechne mit den Schmähungen.)

Ja: Ich habe nun wieder die Stätte meines Elternhauses im Rücken. Und schließe für einen Moment die Augen: Da sehe ich es erst recht vor mir, wie es einmal war.
Und ich kehre zurück zu der Geschichte meines Vorfahren Tobias und jenem Jahr, da er hier eine Zeitlang lebte und dann Abschied nahm.

Der Pfarrer kam mal wieder ins Dorf. Und man wußte ja niemals so richtig, ob er zufällig auf jemanden stieß oder ihm einer ein bißchen auflauerte. Jedenfalls begegnete er diesmal der steinalten Guste, Unke.
Und er meinte, wohl auch ihr gewisse Vorhaltungen machen zu sollen. Nach dem üblichen Eingangsgeplänkel, das seinen Ermahnungen regelmäßig vorauszugehen pflegte, sagte er direkt: Und ich höre, du kannst deine Wahrsagerei immer noch nicht lassen; eine Frau in deinem Alter sollte nun wirklich verständiger sein! Daran denken, daß jedem Leben von unserm Schöpfer eine kreatürliche Grenze gesetzt ist. Natürlich auch deinem. Halt dich also allein an Gott und sein

Wort, dafür ist es jedenfalls nie zu spät – und gib endlich deinen heidnischen Aberglauben auf!

Aberglauben? sagte sie. Ich erzähle doch immer nur, was ich weiß. Alles kommt von Gott, predigt ihr; dann doch auch meine Gabe. Ich kann doch nichts dafür.

Nein, nein, nein! rief er da unwillig und fast drohend aus. Es gibt Dinge, die sind des Teufels! Denk daran und bessere dich! Du wirst vor deinen Schöpfer treten und dich rechtfertigen müssen! Hast du mich verstanden?!

Ja, antwortete sie, nun hörbar kleinlaut.

Du mußt dich gut halten, sagte er auch zu ihr. Und wenn du dich von jetzt an gut hältst, dann wirst auch du noch einen verzeihenden Gott finden.

Mit Gott! sagte er und ging. Und ließ die alte Frau doch sichtlich eingeschüchtert zurück.

Aber bald war es, als richte sie sich wieder auf. Und als gerade Tobias vorbeikam, da schimpfte sie bereits hinter ihrem Seelsorger her, reckte sogar die Andeutung einer Faust in die Luft! Ihr werdet euch alle noch wundern! Gerade du, Pfarrer! Wundern werdet ihr euch, ihr schlauen Leute! Ich weiß, was ich weiß!

So? sagte Tobias, der den Rest mitbekommen hatte. Was weißt du denn, Alte?

Der kriegt auch sein Fett, der Pfaffe! Glaub mir das! Wenn ich dem alles erzählen würd, was ich weiß: Keine Nacht schlafen könnte der noch!

So?!

Aber laß man, sagte sie bloß noch. Jeder kriegt sein Teil. Die Armen und die Reichen. Und ihr werdet ja sehen, ob die alte Guste nicht auch diesmal recht hat. Es passiert was, Pfarrer! Es wird was passieren.

In einer der folgenden Nächte träumte Tobias, er sei mit Ingeborg Sommer in einem kleinen Zimmer. Und es war ganz die Ingeborg seiner Jugend, sie war jung und mädchenhaft schlank. Und nun schien überhaupt nichts zwischen ihnen zu stehen; und sie würden zusammenbleiben für immer. Ein warmes Glücksgefühl füllte ihn aus.

Nach dem Erwachen war er ungewöhnlich kraftlos. War er erkrankt? Doch hatte er von einer solchen Kraftlosigkeit nicht in einem andern schlimmen Zusammenhang gehört?
Ein fürchterlicher Gedanke ging ihm plötzlich durch den Kopf:
Sie blieben zusammen?
War sie denn – tot?

Es war ein Stück seiner Jugend, ja. Äußerlich gesehen nur ein kleines Stück – und nicht doch ein ganz großes?
Aber ja längst vergangen. Unwiederholbar vorbei.
Doch immer noch sah er manchmal da, dort ein Mädchen, eine junge Frau, an der ihn etwas berührte. Und meistens wurde ihm dann bewußt: Es erinnerte ihn an sie. Die Augen; oder auch nur etwas an der Frisur; oder ein winziger Zug im Gesicht, den er gar nicht hätte beschreiben können. Und jedesmal hatte dann auch ihr Gesicht vor ihm gestanden.
Aber hatte das denn noch etwas mit der Ingeborg zu tun, wie er ihr hier wiederbegegnete? Die, so hatte er davor angenommen, doch wohl nicht mehr ähnlich große Bewegungen in ihm auszulösen vermochte wie einst? Vielleicht eher Unsicherheit, Zweifel, Scheu vor etwas?
Er wollte nun irgendwie all diese Gedanken, den Traum auch, abschütteln. Sie am liebsten gleichgültig machen. Er eilte hinaus ins Feld.
Hatte er sich denn von gewissen Schatten, die sich aus der Jugend her manchmal noch über ihn warfen, ja: so beharrlich geblieben waren, immer noch nicht losgerissen?
Und wieder stand der Traum der letzten Nacht vor ihm.
Ingeborg Sommer, verheiratet mit dem Pfarrer des Kirchspiels, starb in jenen Herbsttagen bei der Geburt eines Kindes.

Ja, so unendlich banal ereignet sich so was im Leben. Und hat nicht das geringste von literarischen Schönungen, Stilisierungen. Und ist endgültig.
Tobias erfuhr es am nächsten Tag. Und nicht von dem Lehrer aus dem Westen. Aber dieser Lehrer aus dem Nachbardorf

war dann derjenige, der nicht bloß lakonisch und erschüttert mit unüblicher Stimme eine Mitteilung machte, sondern polternd auf seine Art über ihn herfiel.
Sie habens gehört? Dieser Dummkopf von einem Pfaffen! Sie hatten ja so recht, ihn in seiner ganzen Beschränktheit vorzuführen. Die Frau hatte doch schon mal eine Fehlgeburt, sagen die Leute. Aber da starb bloß das Kind, nun sind beide tot. Das liegt doch in der Familie: ihre Mutter soll ja auch mehrere Kinder nicht ausgetragen haben. Es gibt solche kränkelnden Sorten; und so was setzt sich – nach wissenschaftlicher Erkenntnis – fort. Und nun dieser Dummkopf von Mann: Er versuchte es wieder –. Und sie war doch nicht mehr die Allerjüngste –. Sollte man ihn nicht –.
Hören Sie auf! rief da Tobias laut. Und war nun nur noch rabiat: Ich habe Sie immer schon für beschränkt gehalten. Aber nun weiß ich, daß Sie ein Idiot sind, der nichts im Leben begreift.

An einem der allernächsten Tage suchte und fand der Pfarrer Tobias. Welch eine Erstaunlichkeit dieser Besuch.
Der Pfarrer versuchte zunächst, das herunterzuspielen: Ich ertrage jetzt am wenigsten, ständig dort zu sein, wo alles so sehr an sie erinnert. Ich muß zu Menschen. Wenn Sie mich nun ein bißchen aushalten könnten –? sagte er.
Doch schon im nächsten Augenblick hieb er mit der Hand durch die Luft: Nein! Lassen wir alles Gerede! Ich weiß ja auch, ihr habt euch sehr gemocht –.
Und fuhr fort: Halten Sie mich nicht für den beschränkten Bibelrezitator, als der ich Ihnen manchmal bloß erschienen sein mag. Oder tun Sies ruhig, wie Sies ja manchmal so offensichtlich taten – auch das ist jetzt doch egal. Aber auch ich habe sie geliebt; es war doch nicht bloß ein Arrangement der Eltern.
Und jetzt ist mein Weltbild total erschüttert. Ich habe den Ludwig Feuerbach natürlich gelesen wie Sie und manch andern. Seine These: Gott als vom Menschen gestaltetes Wesen. Aber es war doch nicht bloß der Vorsatz, den in so manchem beklagenswerten Menschen hier ein guter Hirte und Helfer zu sein. Es war bis jetzt auch weitgehend mein Glaube. Und wie könnte

ich mit Gott nun wieder ganz in Einklang sein, wenn er sie nicht lebendig macht? Darauf müssen Sie sagen: Das kann er doch gar nicht. Und darauf muß ich Ihnen antworten. So ist auch mein jetziges Verhältnis zu ihm zerbrochen.
Tobias schwieg weiter; ergriff aber des Pfarrers rechte Hand, drückte sie.
Pause.
Sie hat sich immer gegen Kinder gesträubt, sagte der Pfarrer. Warum – sie deutete es nicht mal an, ich konnte mir nur Vermutungen machen. Bloß wegen der Probleme der Mutter mit Geburten? Ich war da niemals sicher. Doch vielleicht sollte ich gerade mit Ihnen nicht darüber reden? Aber warum nicht? – Nun? Irgendwann fing es in mir an zu nagen: Vielleicht will sie sie nur nicht – von mir? Verzeihen Sie ein solches Gerede. Ich sollte wirklich nicht so daherreden. Vor allem ihretwegen nicht, die tot ist. Bitte, vergessen Sie es. Ich sagte es ja auch nur, weil –; dies sind nicht Augenblicke für Unaufrichtigkeit. Oder? Sehen Sie mir solche Direktheiten bitte nach.
Tobias hatte noch immer nichts gesagt, den andern sich aussprechen lassen. Doch nun fragte er: Werden Sie hier bleiben? Sie sind nicht von hier.
Ob ich Pfarrer bleiben werde? war die Antwort. Ich weiß es nicht. Ich hab ja nichts anderes gelernt. Und wäre ich denn der erste Atheist auf einer Kanzel? Haben wir da nicht viel prominentere Beispiele?
Ich wollte es doch auch nur gut haben in der üblichen Menschen-Weise. Und es ist mir alles so zerbrochen worden.
Später. Tobias allein. Er ging hinaus. Wollte in den Wald.
Versuchte irgendwann, einen Apfel zu essen.
Aber sah dabei den Wald aus seinen feuchten Augen wie durch einen Schleier.

20

Diese Denkwürdigkeit: Daß gerade Jahreszeiten vor einem Abschied von einer solchen Schönheit sein können.

Ich denke an den unvergeßbaren Sommer vor unserm Davonmüssen von hier aus der Heimat für immer. Und nun ist das schon über ein halbes Jahrhundert her; und das Kind von damals ist alt geworden.
Und versetzen wir uns zurück in jenen Herbst des Tobias in diesem Dorf um die Jahrhundertwende, der sein letzter in der Mitte seines Lebens sein sollte. Und das ist also etwa nur doppelt so lange her, hundert Jahre.

Und damit so viel länger doch auch nicht! Aber weshalb empfinden wir es dann so, als liege es geradezu irgendwo zu Zeiten des Großen Friedrich oder gar Luthers? Habe vielleicht noch etwas mit Schwertgeklirr und fahrenden Sängern zu tun – und in Wirklichkeit gab es schon Autos auf zahlreichen Straßen?
Hat auch das etwas zu tun mit der in unsrer Gegenwart so gängigen Mißachtung aller Vergangenheit? Als habe man erst heutzutage alle Klugheit mit Löffeln gegessen und, wie es so schön heißt, den großen Durchblick?
Und nun die Entscheidung unsres Tobias. Er war hineingestellt in die Zeit des Übergangs vom ländlichen Verwachsensein mit der Natur, vom überwiegend Gefühlsmäßigen auch, zum sogenannten Fortschritt in allem hin: der technokratisch-kapitalistischen Erfolgsgesellschaft, dem Szientismus, der nur noch das für real hält, was wissenschaftlich (ich sage: mit Zollstock und Küchenwaage) erfaßt werden kann. Anders formuliert: vom Homo sapiens fatalerweise zum Homo oeconomicus, dem von Eigeninteresse geleiteten.
Und Tobias entschied sich also für das Herkömmliche: die in Jahrtausenden Menschen-Erfahrung gewachsene Kultur und gegen die sich mit solcher Macht immer mehr breitmachende technologisch und ökonomisch orientierte. Entschied sich damit auch für das heimatlich M**asurische**.

Ja: Jener damals ungewöhnlich schöne Herbst hier!
Die Störche hatten sich versammelt, waren fortgezogen. Doch noch keine häßlichen Regentage.
Morgens manchmal ein dünner Schleier Dunst über allem Land

und Wasser, nebelgleich und weiß, aber wie nur hingehaucht und schon schwindend. Und dann eine immer noch wärmende Sonne. Und als Spinnfäden die silbrig-goldne Luft zu durchziehen begannen, sprachen die Leute von Altweibersommer.
Herbstliche Erntezeit. Die Ackerwagen brachten die späten Feldfrüchte herein zu den Höfen. Die Kartoffeln und Rüben. Und Kohl. Sehen wir hier nur auf den Kohl: wie er dann geschnitten wurde und ins Faß gestampft und ordentlich mit Salz versetzt und zur Gärung gebracht. Oja: Das gab Kumst für den langen Winter!

Diese einfachen Menschen im Dorf und ihr unaufgeregtes, selbstverständliches Leben und ihre Geschichten. Aber die eine, die andre davon war doch etwas nichtalltäglicher, und man konnte plachandern und sich stundenlang davon erzählen und erst recht An- und Ausdeutungen zum besten geben an so manchem früh einsetzenden Herbstabend.
Da war es nun auch mit dem alten Bruno zu Ende gegangen – aber auf was für eine Art!
War ihn betreffend nicht manchmal schon von unfrommen Wünschen die Rede gewesen und sogar was vom Totsinger, um den Methusalem und überzähligen Esser endlich in den Himmel zu bekommen oder wenigstens zunächst zu zehrendem Siechtum – aber der Greis schien unverletzbar, ja geradezu kugelsicher wie ein Unsterblicher?
Und nun bloß das, was die Mediziner Obstipation nennen, aber ein normaler Mitbürger sagt: Verstopfung – und da war jener Heiler (so nannte er sich raffinierterweise) aus dem Westen irgendwo zur Hand, als habe er die Sache gerochen, und schüttelte den Kopf: Mit einem Pflanzensäftchen aus seinem Sack sei es diesmal nicht getan, da müsse man schon etwas härter ran. Na ja: Etwas teuer würde das dann auch werden – aber wolle man sich denn ins Gerede bringen im Dorf, daß einem der Alte nichts mehr wert sei?!
Also in Gottes Namen.
Aber besagter Methusalem bekam eine heftige Kolik davon, schrie noch wie ein Tier – und fiel plötzlich in sich zusam-

men. So pergamenten durchsichtig, wie bei ihm die Haut am ganzen Leib schon war vor Alter.
Und hatte den letzten Zucker getan.
War tot.
Dies also eine Lösung nach Art eines Wunderheilers oder Marktschreiers oder Spitzbuben – ganz wie jeder will! Den die Eisenbahn hereingespült hatte ins Land – wie noch so manchen anderen »Markterschließer« damals. Der hatte es ganz anstrengungslos hingenommen, was andre vielleicht mal leise gedacht, aber doch nicht wirklich ernsthaft gewollt hatten für ihr Altchen.

Und dann hatte der Willi Czapka seinen Hof, wie die Leute unumwunden sagten, versoffen.
Man hatte das ja kommen sehn. Kein Arbeiter ging mehr zu ihm, er bezahlte ja auch nicht mehr. Und als die Frau starb, da war es ganz aus und erst recht nur noch die Flasche. Und Sohn und Tochter hatten längst Reißaus genommen. Und alles verkam, und der Mann mit. Manchmal brüllte die unversorgte Kuh im Stall.
Da hatte wohl sogar der Deiwel nicht mehr helfen wollen. Hatte man nicht den Willi, wie es angeblich zum Ritual gehörte, in einer Sommernacht beim Mondenschein nackt im Kornfeld sitzen sehn, um dem Schwarzen die Seele zu verschreiben? Doch auch das hatte hier wohl nicht mehr geklappt.
Dann der Brand auf dem Hof vor ein paar Wochen. Das Gewitter –, behauptete der Willi hinterher. Aber dieses Gewitter war doch schon seit Stunden vorüber, als es zu kokeln anfing; vielleicht hatte der Säufer ja auch kein Zeitgefühl mehr. Der Kerl hatte wohl selbst alles abfackeln wollen wegen der Versicherung, aber auch das nicht mehr so richtig hinbekommen? Oder hatte er unbewußt Unheil angerichtet? Na, es brannte ja dank aufmerksamer Nachbarn nicht alles ab, nur das Wohnhaus wurde etwas ruiniert. (Aber hatten die Nachbarn ihm einen Gefallen getan?)
Dann die Untersuchung deswegen. Im Dorf redete man kaum noch über etwas anderes. Wußte man angeblich auch ganz

sicher, daß es um nichts anderes gegangen war als um Geld für die Sauferei. Aber wenn irgendwelche aus der Stadt kamen von der Obrigkeit, da war man so unwissend wie ein Neugeborenes. Da hatte der Willi nie einen Tropfen getrunken, außer vielleicht mal gegen Zahnschmerzen. Wen von da oben ging denn das hier was an? Wenn jemand nicht weiterwußte? Und niemand sonst dabei zu Schaden kam?
Doch nun hieß es, der heruntergekommene Hof und das Land sollten demnächst unter den Hammer.
Und der Willi Czapka? Manchmal, wie seltsam, schien es, als sei er noch so unerschüttert, in keinerlei Bredouille.
Der alte Krahn traf ihn an der Straße vorm Hof, wie er gerade schniefte. Da lächelte der Willi bloß und zitierte:
Einst hatt ich seidnes Taschentuch,
Jetzt ist auch bloß die Hand jenuch!
– und zog die Handkante unter der Nase entlang.
Und dann hatte das Dorf nach Jahren doch mal wieder einen Selbstmord. Als ein Nachbar den Willi zwei Tage lang nicht gesehen hatte und das Vieh schrie, da ging er auf den Hof zum Nachsehen.
Und fand den Willi unter einem Scheunenbalken am Strick.
Aber das war noch nicht alles zum Erzählen…
Denn neben der Leiter stand eine leere Flasche. Und auf die war ein Zettel geklebt. Und auf dem stand:
Hahaha. Hahaha.
Zweimal ein solches Gelächter.

Diesmal stieß Tobias rein zufällig im Dorf auf Drigalski.
Na, wirds langsam ernst mit der Abreise? fragte der Alte.
Ja. Noch eine Sache, die mir am Herzen liegt. Dann gehe ich.
Warum eigentlich? fragte Drigalski. Reichts nicht auch hier irgendwie für eine bescheidene Existenz? Wir sind doch alle Bettler, heißt es sogar mal bei Luther. Will sagen: Besitz allein macht das Leben nicht einfacher. Und wo wäre die Welt denn noch unverdorbener als hier? Sie ist überall mal so, mal so. Du kennst doch den »Candide«: sie ist, wo man auch hinkommt, gleich dumm und brutal.

Tobias lächelte ein bißchen. Unser Philosoph, sagte er. Der alte Weise!
Laß mal, entgegnete Drigalski; ich mein es ernst.
Doch dann scherzte auch er: Und du gibst dich hier also nicht als Nachfolger eines Weisen her?
Aber ich mach dir einen Vorschlag, fuhr er fort. Wenns soweit ist, begleit ich dich bis ans Dorfende. Und dort leeren wir ein, zwei Fläschchen zusammen. Und wenn du dann nicht mehr weißt, was du tust, dann darfst du gehen. Du sollst später jedenfalls sagen können: Damals, da wußte ich doch nicht mehr, was ich mir angerichtet habe.
Pause.
Du wirst längst bemerkt haben, sagte Drigalski: Ich frage dich nicht, was du werweißwo vorhast. Es genügt mir zu wissen, daß es bei Menschen deiner Heimat sein wird.
Ja, antwortete Tobias. Auch davon haben nicht zuletzt Sie mich überzeugt. Die meisten der Menschen, die mir etwas bedeutet haben, sind tot. Und nun erst recht: Für sich selbst und, womöglich, die Seinen zu sorgen und andern nicht zur Last zu fallen: Das mag einem hoffentlich immer zugestanden sein. Mehr benötige ich nicht. Und vielleicht ist das ja auch der einzige Weg, dem Schicksal einigermaßen gelassen die kalte Schulter zu zeigen.
Sie sprachen vorhin von Besitz. Ich habe immer noch einiges Geld. Doch das gedenke ich sinnvoll auszugeben für jemanden, der von etwas anderer Art ist als ich und mit Fleiß und Geschick und Ausdauer durch sein Leben geht. Jedoch auch im Rahmen von Genügsamkeit und einer natürlichen Zufriedenheit damit.

Die Zwangsversteigerung des Czapkaschen Hofes fand dann an einem schon ziemlich kühlen Herbst-Nachmittag in dem nach draußen offenen Flur der Schule statt.
Die drei Amtspersonen aus der Stadt hatten an einem Tisch oberhalb der Treppe zum Schuleingang Platz genommen. Und wer sich irgend zu Hause hatte losreißen können, war natürlich zu dem Spektakel herbeigeeilt; von der plachan-

dernden Oma bis zum kleinen Mädchen an der Hand des Vaters fehlte ja fast niemand. Und all diese Neugierigen harrten nun auf dem Schulhof vor der Treppe der Dinge, die da kommen würden. Als seien Artisten ins Dorf gekommen.
Und es begann und verlief natürlich alles nach den damals gültigen Vorschriften und Gesetzen. Die als Auktionator tätige Amtsperson mit Papieren und dem Hammer vor sich begann mit den üblichen Erklärungen: Das Vollstreckungsgericht habe sich mit dem Antrag des Gläubigers (es war die Bank) auf Zwangsversteigerung befaßt, die notwendige richterliche Prüfung durchgeführt, auch die Erben (Sohn und Tochter des verblichenen Besitzers) kontaktiert. Sodann den heutigen Termin festgelegt und bekanntgemacht. Und so weiter.
Was nun die unumgängliche Zwangsversteigerung beträfe: da hätten sich, von sich aus, bereits zwei Interessenten gemeldet, fuhr der Auktionator fort. Und die Gespräche mit ihnen hätten ergeben, daß Interesse an einer Teilung des meistbietend zu versteigernden Objekts bestehe.
Doch ob es vielleicht jemanden unter den Anwesenden gebe, der Hof und Ländereien als ein Ganzes zu ersteigern beabsichtige?
Pause.
Es meldete sich niemand.
Nun gut, sagte die Amtsperson. Es komme also zunächst zur Versteigerung, wie angekündigt, des Hofs – den Anwesenden wohlbekannt – samt Viehbestand: zwei Kühe, drei für die Herbstschlachtung bestimmte Schweine, das Geflügel. Ja: Es gebe immer noch einige Hühner... Ausschließlich des Pferds. Und alle außerhalb des Hofs liegende Ländereien seien dann Gegenstand des zweiten Teils der Amtshandlung.
Nennung des Mindestangebots.
Das wolle er so akzepieren, sagte – der Bürgermeister.
Niemand mehr? fragte der Auktionator.
Nein, es bot niemand mehr. Alle standen bloß da und beobachteten.
Der Auktionator zählte in der üblichen Weise bis drei. Der Hammer sauste herunter auf den Tisch. Und so war der Bür-

germeister Besitzer des zuletzt auch noch durch den Brand ramponierten Hofes.
Die Zuschauer atmeten hörbar durch, als bereite ihnen das eine gewisse Erleichterung.
Sodann, hob der Auktionator an, komme er zu Teil zwei des Objektes: den Ländereien. Nämlich Ackerland, etwas Wiese, ein kleines Stückchen Wald. Insgesamt rund 24 preußische Morgen oder umgerechnet sechs Hektar. Sowie dem Pferd, einem Fuchswallach mittleren Alters. Auch hierfür gelte ein Mindestgebot (er nannte es). Und wie gesagt, gebe es auch dafür bereits einen Interessenten.
Das wolle er so akzeptieren, sagte da – unser Tobias.
Was ist denn das?! fragte Hilde, die mit einem ihrer Kinder neben ihm stand. Packte ihn am Ärmel. Doch er lächelte bloß.
Ungewöhnliches Erstaunen auch bei den Zuschauern. Lautes Gemurmel. Dieser Tobias – und jetzt **Bauer**? hörte man jemanden sagen. Den versteht doch keiner mehr, meinte ein anderer.
Aber vielleicht bietet jemand mehr? fragte in den Lärm hinein ein anderer.
Ja – das tat allen Ernstes jemand. Niemand kannte ihn. Er war also von auswärts.
Kamen die Zuschauer jetzt doch noch zu einem richtigen Spektakel? Das Lärmen schwoll an. Irgendwer klatschte sich auf die Oberschenkel, lachte auf wie bei etwas Unglaublichem.
Der Auktionator setzte an: Zum ersten...
Da aber ging Tobias höher.
Oho, das war spannend geworden!
Denn der andre gab sich auch noch nicht geschlagen, setzte noch eins drauf.
Aber da Tobias: Nochmalige Erhöhung!
Da winkte der andre ab. Er wollte nicht mehr. Das ist es nicht wert, sagte er laut.
Du hast recht, meinte ein anderer. Guck dir nur die Steine an auf dem Acker.
Zum ersten, zum zweiten und zum... dritten! Und wieder schlug der Hammer auf den Tisch.

Unser Tobias war doch noch zum Zuge gekommen!
Und die Vorstellung war damit beendet.
Doch halt – noch nicht so ganz. Es fehlte ja auch diesmal das schriftliche Festhalten des neuen Besitzers.
Die Spannung war aber aus den Leuten gewichen. Und wenn sie auch nicht gleich gingen – sie begannen sich laut zu unterhalten, die Füße zu vertreten.
Was will denn **der** mit dem Land? hörte man wieder. **Der?** Jetzt hier Bauer werden?
Kopfschütteln. Auch Hilde war immer noch bloß irritiert. Aber Tobias stand da schon am Tisch der Amtspersonen – und nannte als neuen Besitzer den Namen seines Bruders.
Pause.
Moment, sagte da der Auktionator; stockte. Wenn ich mich hier einigermaßen auskenne, ist Ihr Name doch –.
Ich handelte im Namen meines Bruders, antwortete Tobias.
Wieder Pause.
Doch müssen wir im Interesse der Vollständigkeit der Unterlagen auch Ihren Namen, als den des Agierenden, haben.
Ich kann aber bar zahlen. Und das gleich erledigen –.
Ich muß Sie trotzdem –.
Schon gut, sagte Tobias. Geben sie mir das Blatt, ich fülle es aus.
Und schrieb: Dr. Tobias... Ersteigert für Karl...
Doktor? sagte da laut der Bürgermeister, der auch noch am Tisch stand und Tobias über die Schulter sah. Du bist Doktor?
Pause.
Doktor? wiederholte irgendwer.
Tobias war also ein Doktor! Und niemand im Dorf hatte es bislang gewußt?

Na, was gab es da nicht alles auf einen Schlag in den folgenden Tagen zu bereden! Fast zuviel für einmal.
Und das drehte sich natürlich wieder mal weniger um die eindeutigen Fakten als vielmehr um das, worüber sich trefflich spekulieren ließ.
Der Karl also stieg mit einem Schlag auf vom Kätner und Handwerker zum Bauern mit einem Pferd!

Aber woher hatte dieser einstige Student aus einem Haus kleiner Leute und nun Doktor Tobias das Geld?! Und soviel davon, daß er solche Geschenke machen konnte? Und nun noch was andres: **wem** machte er sie? Eine von den plachandernden Frauen fragte doch rundheraus: Spielt da seine frühere Geliebte noch eine Rolle?
Aber das mit dem Doktor, klärte der Bürgermeister auf: Das muß natürlich nicht heißen, daß er Arzt ist, wie ihr vielleicht meint. Es gibt ja auch in der Stadt manchen Doktor, der ist Jurist oder Lehrer am Gymnasium.
Nun gut, also nicht Arzt. Aber Doktor. Und das aus unserm kleinen Dorf...
Doch zum Geld. War da nicht mal die Rede gewesen – und auch war ja im Dorf durchgenommen worden – von einer reichen Frau in Berlin? Die er heiraten wollte, vielleicht geheiratet hatte? Und dann war etwas passiert – aber was? Kam das Geld von dorther?
Auf das ja auch Mögliche verfiel keiner, es wäre wohl zu alltäglich gewesen, einfach zu prosaisch: daß Tobias im Lauf von allerhand Jahren es ja erarbeitet und bei seiner doch bekannt bescheidenen Lebensweise erspart haben konnte.

Er sprach nun natürlich mit Bruder Karl ausführlicher über das Ganze.
Es läuft also alles auf deinen Namen, ist dein Besitz, ich habe es so eintragen lassen.
Das Land; und auch noch das Pferd; – soviel , antwortete Karl. Weshalb?
Er war immer noch überwältigt.
Diese Frage ist leicht beantwortet: Weil du genau der Richtige dafür bist. Und weil es mir deshalb Freude macht.
Wir alle haben doch unseren kleinen Ehrgeiz. Ich rede also nicht von dem großen mit dem Ellbogen, der auch über Leichen geht; von solcher Art sind wir hier nicht, bist du nicht. Aber dieser kleine, vernünftige, auf das Naheliegende bezogene steckt in dir, mehr jedenfalls als in mir, dem das Leben immer mehr davon abgewöhnt hat.

Doch als sei er dem Bruder gegenüber zu ernst geworden, lachte er plötzlich und fügte hinzu: Aber ich bin ja auch weiterhin lernfähig…
Dazu sagte der wortkarge Karl gar nichts. (Seine Frau Hilde, die nicht müde wurde, seine Gutmütigkeit herauszustreichen, brachte diese wenig mitteilsame Art manchmal zur Verzweiflung: Wenn er doch nur den Mund etwas öfter aufbekäme! konnte sie sagen.)
Das Pferd, fuhr Tobias fort: Daran lag mir besonders. Es mag schon zwanzig Jahre her sein, und du wirst dich überhaupt nicht daran erinnern: Da sahen wir eines Tages der Ingeborg Sommer nach, jungem Mädchen, wie sie zum Dorf raus ritt. Ich hatte wohl nur Augen für das Fräulein …– so war das damals. Und dann sah ich auf dich: Du offensichtlich nur für das Pferd! So prosaisch – verzeih – ist so was manchmal. Da dachte ich (und nahm es mir fest vor): Irgendwann besorg ich ihm ein Pferd –.
Karl schüttelte bloß den Kopf. Lächelte ein bißchen. Sagte dann aber: Ja. Und sagte auch dies: Wie dankbar ich dir bin –. Ich weiß aber nicht –. Ich kann das ja niemals gutmachen.
Na, sagte Tobias, – das krieg mal aus deinem Kopf. Und was dieses Land betrifft: Es gilt ja nicht gerade als das allerbeste. Es ist natürlich wie alles Land hier, nicht schlechter; aber es ist, wie du weißt, etwas verludert. Ihr werdet allerhand Unkraut beseitigen und Steine absammeln müssen. Aber wie ich dich kenne, nehme ich mal an, das ist dir vielleicht sogar lieber so. Du mußt ja immer was unter den Händen haben, du Alleskönner-Mann. Also mach es dir, wie es nach deinen Vorstellungen richtig ist. Dann wird es dir auch noch mehr ans Herz wachsen. Wie schade nur, daß ich nicht mehr hier bin, wenn du als Sämann über das Land gehst und dabei aus dem Tuch das Korn auswirfst –. Und dabei **singst**.
Du willst wirklich nicht noch bleiben?
Nein, es geht nicht. Es war lange genug; vielleicht schon ein bißchen zu lange. Ihr mußtet mich hier mit dulden und versorgen. Und irgendwann…

Er setzte das nicht fort, sondern sagte plötzlich: Halt! Du kriegst ja noch Geld von mir.
Nein! rief Karl, nun fast erschrocken. Jedenfalls heftig abwehrend.
Doch, sagte Tobias ruhig. Ich bin dir und deiner Familie die ganze Zeit über zur Last gefallen. Und du mußt ja auch noch etwas unternehmen wegen dem Pferd. Ein Stallplatz oder was. Und das Haus könnte einen weiteren Anbau auch vertragen. So viele, wie ihr schon seid. Und vielleicht noch mehr werdet –.
Spielte er darauf an, daß das Bäuchlein der Hilde wohl schon wieder anschwoll?
Das kann ich doch nicht auch noch annehmen, sagte Karl. Jetzt wirds zuviel!
Doch, du kannst. Oder – mir kommt da so ein Gedanke – bedeutet es für dich vielleicht nicht dasselbe, weil du dich nicht selbst dafür Tag für Tag abgerackert hast? Aber da kann ich dir im Sinne der an der Universität erlernten Logik weiterhelfen: Du kannst ja Tag für Tag schuften wie bisher; nur dein Ausgangspunkt ist jetzt ein etwas anderer: künftig tust du es von einer ein bißchen höheren Besitz-Ebene aus...
Da lächelte auch Karl.
So, sagte Tobias; ich leg dir jetzt also noch was auf den Tisch. Denn die Hand würdest du mir vielleicht dafür nicht hinhalten wollen.
Aber du –, sagte Karl; – hast du denn für dich noch –?
Da mach dir keine Sorgen. Was ich dir gebe, brauche ich nicht selbst. Und bald bin ich ja –.
Auch diesen Satz sprach er jedoch nicht zu Ende.

Aber nun springen wir mal aus dem Damals heraus und gehen ein Stück in Richtung meiner Kindheit.
Machen halt auf halbem Weg zu der schon von mir selbst erlebten Zeit.
Da sind wir im Ersten Weltkrieg. Und aus jenen Jahren hatte sich bei uns ein Foto erhalten vom Karl, Handwerker und zunächst Kätner und dann kleiner Bauer mit einem Pferd. Es zeigte ihn, wie geradezu unnatürlich das, in Soldatenkleidung.

Ich erinnere deutlich einen sehr ernsten Mann in völlig ungeschmückter Uniform, auffallend nur die hohe runde Mütze.
Und sei so als Soldat von Masuren durch ganz Deutschland transportiert worden nach Frankreich. Und unterwegs hätten sie in Westfalen Station gemacht beim Hermannsdenkmal und sich dort in ein großes Buch eingetragen. So schrieb er damals nach Hause. Und kommt denn nicht mal jemand nach dort, hieß es wiederholt bei uns, und guckt nach, ob es das Buch noch gibt – mit seinem Namen!
Wie letztlich belanglos solche Einzelheiten. Das Hermannsdenkmal. Ein Besucherbuch. Eine Eintragung. Bloß das. Doch es blieb unvergessen.
Aber Frankreich und die Front. Und der Soldatenfriedhof, auf dem man ihn dann begrub, hatte einen für Masuren so unaussprechlichen Namen, daß sich das niemand merken konnte.
Er fiel 1916.
Also wieder mal die übliche Widerlichkeit des Schicksals. Es wurde umgebracht der Bemühteste von allen. Und der Traum vom allmählich noch erheblicheren Weiterkommen auf dem heimatlichen Hof durch der Hände tägliche Arbeit war schon zu Ende.

21

Erwähnte ich nicht jenen Koffer, der bis zuletzt in unserm Haus gewesen sein soll: mit Notizen (man formulierte: vollgeschriebnen Blättern) des Tobias aus der Zeit wohl vor allem seiner merkwürdigen Müßiggängerei hier.
Koffer, der lange auf dem Boden herumlag wie auch andres beiseite gelegte Zeug, zum Beispiel Oma Hildes zerfledderte Bibel, das man aus Pietät nicht wegwarf.
Und doch recht unwahrscheinlich, daß man zuletzt etwas davon in den Keller trug. Als man zur Flucht packte, hatte man weiß Gott andres im Kopf als die Bewahrung irgendwelcher jahrzehntealter vollgekritzelter Zettel, die sich wohl nie jemand so richtig angesehen hatte.

Trotz dieser Überlegungen, Leute, hab ich mir aus der Stadt eine Eisenstange mitgebracht, um damit im Boden stochern zu können und vielleicht auf einen Gegenstand, der ja der Koffer sein könnte, zu stoßen.
Ich probiere es also mit dieser Stange, wo die Eindellung im Boden ist, ich sicher den Keller vermuten kann. Und mache tatsächlich Mauern in der Erde, also Hausfundament und Kellerwände!, aus, die äußerlich nicht sichtbar sind. Ist das nicht schon bewegend?
Aber es bleibt doch eine eher kuriose Herumstocherei; was mein eigentliches Anliegen betrifft: doch wohl geradezu eine Eselei.
Weshalb habe ich mich nicht von vornherein für ein Meßgerät neuster Bauart entschieden, das Gegenstände im Boden anzeigt? Ich sah mal so was im Einsatz: Einen Apparat in Bügeleisengröße an einer Art Besenstiel, mit dem der Boden abgetastet wurde; und Kopfhörer auf den Ohren, denen gewiß keine Anzeige entging. Und ich besorgte mir bislang nicht mal einen Spaten, man stelle sich das vor.
Mit meiner Stange komme ich nicht gerade tief in den Boden; und wenn ich tatsächlich auf irgendeinen kleinen Widerstand stoße, so mögen es Reste von Balken über dem Keller sein oder eine Wurzel oder ein Stein. Von einem Koffer kann da gewiß keine Rede sein. Mein ganzes Herummachen liegt in der Tat eher im Rahmen von Zehnjährigen-Spielchen und vagen Erinnerungen an Schatzgräber-Legenden.
Wie gesagt: Eine Eselei. Was hatte ich mir da bloß für einen Unsinn zusammengereimt.
Ich höre auf damit.
Aber nun geht mir auch noch die Fabel vom Fuchs durch den Kopf, der an gewisse leckre Trauben nicht herankommen konnte und da abwinkte: sie seien ihm ohnehin viel zu sauer.
Sage ich mir in ähnlicher Reaktion: Was hätte ich denn darüber hinaus, was ich erinnernd und mir vorstellend habe über den Tobias ausmachen können, noch aus gewissen Aufzeichnungen entnommen?
Irgendwelche seiner Ansichten? Aber kennen wir die nicht längst ausreichend? Seine tiefe Verbundenheit mit dem

masurischen Land, dem Charakter diese Landes – doch ist uns nicht auch das schon recht vertraut? Vielleicht irgendeine literarische Arbeit aus der heimatlichen Welt in der Zeit Hermann Sudermanns und der Brüder Skowronnek (er war ja etwa gleich alt wie sie) – das wäre immerhin schön und vielleicht nicht ohne Bedeutung und ist jedenfalls am ehesten zu bedauern. (Und ich bin durchaus nicht der Ansicht, daß die Tatsache, ihn in keinem der mir verfügbaren Nachschlagewerke gefunden zu haben, schon belegt, er habe zeitlebens nichts von Belang zu Papier gebracht.)
Und vielleicht wäre der Fund dieses geheimnisvollen Koffers immerhin etwas, das für einen kleinen Artikel in einem Boulevardblatt gelangt hätte? Sagen wir unter dem Titel: Alter Studienrat gräbt im heutigen Polen Dichtungen seines deutschen Großonkels aus. Und es hätte dann unter anderem heißen können: Dieser Großonkel ging vor hundert Jahren aus seinem kleinen masurischen Dorf – wie es hieß – »in die Fremde« und hinterließ diese kultur- und geistesgeschichtlich sensationellen Notizen.
Mit weniger als »sensationell« oder »mega« macht man es doch heutzutage nicht mehr; und jeder, der – und sei es wegen der größten Bescheuertheit – irgendwo erwähnt wird, muß dann gleich ein König oder Kaiser von irgendwas sein.
Und man habe nie etwas über das weitere Schicksal des besagten Tobias gehört. Aber es kam viel später, nach dem Zweiten Weltkrieg, das Gerücht auf, der Mann sei jedenfalls sehr alt, steinalt geworden. Habe auch den Krieg überlebt, ehe er in seiner masurischen Heimat endete.

22

Zuerst war es die Fahrt nach draußen: kreuz und quer durch das masurische Land. Und nun versuche ich eine Reise nach innen: Was von dort noch heraufzuholen wäre zu dem, was sich hier mit meinem Heimatort ereignet hat.
Ich schließe die Augen.

Denn ist an der Stätte der Kindheit nicht noch etwas zu finden, was »schwarz auf weiß« Belege liefert, so mag das eigne Innere doch weitere Einsichten anbieten.
Tagtraum-Bilder herzeigen, die über das Erlebte und, ja Vorgestellte anschaulich noch hinausgehen.
Einsichten vielleicht aus dem ungehemmten Unbewußten, die das bewußte Nachdenken gar nicht zu liefern vermag? Und daß sich auch auf diese Weise noch etwas klären könnte?
Weniger die einzelnen Schicksale der Menschen betreffend, die früher hier lebten. Dies nicht. Und ich werde vielleicht auch in dem, was ich auf der imaginierten Bergeshöhe sehen und erleben mag, nicht immer gleich einen Sinn erkennen können. Aber dann mag eben auch darin klarwerden: wie vieles in unserem Erleben uns doch gar keinen Sinn zu machen scheint.

Die erste Vorstellung: ein langsames Hinaufsteigen auf die Höhe eines Bergs. Und es soll ja der Berg im Norden unsres untergegangenen Dorfs sein, den ich mir nun vorstelle, wie ich ihn vor Augen hatte die ganze frühe Kindheit lang Tag für Tag.
Wie ich schon anschaulich gemacht habe: Dies ist kein sonderlich hoher und schon gar nicht irgendwie aufregender Berg. Im Gegenteil: Ich möchte ihn als eher sanft bezeichnen; und nach hinten zu ist er durch einen Waldkamm, von unten her gesehen: hahnenkammgleich, auch noch begrenzt wie ein Garten durch eine hohe Hecke.
Aber es ist ja auch nur eine kleine Welt, die es von diesem Berg aus auf eine ganz besondere Weise zu erfassen gilt, um damit, vielleicht, dies und das zusammenfassen zu können.
Und so gehe ich also, in meiner Vorstellung, langsam Schritt für Schritt, den alten Pfad den Berg hinauf. Den heimatlichen Berg. Und besonders intensiv zeigt sich mir dabei der Sandweg, der sich an seinem linken Abhang in einem leichten Bogen ins weitere Land hinaufzieht: kräftig gelb im hellen Sommerlicht.
Und schon bin ich auf der Höhe! Und das ist nun eine hochgelegene kleine Ebene, freundliche Alm. Und sie hat zunächst überhaupt nichts Irritierendes.

Und ich schaue mich also um, ob es hier nicht doch etwas Besonderes zu sehen, zu erleben gibt.
Und dort vor mir, im Mittelpunkt von allem – ja – die Bank, altersgraue Holzbank – und kenne ich das alles nicht schon seit langem – und von dieser Bank lächelt mir zu –. Und wie rührt mich das an und ist nur schön!: Dort sitzt **du** nun vor mir, mit der ich mich von diesem einstigen Dorf aus nur in einem Stern am Abendhimmel, Abendstern, treffe – und bist nun auf diese Weise mit mir hier! Im hellen Licht sommerlich gekleidet; und du hast die Arme auf der Rückenlehne der Bank ausgestreckt.

Und wie so ganz jungmädchenhaft unbeschwert ist da noch alles, gelassen und bloß fröhlich getönt – und hat noch nicht die geringste Andeutung von dem Schlimmen, das später durch den Tod unsrer großen Tochter über uns geworfen wurde.

Da erwartete ich nun hier auf der Bergeshöhe, rundheraus gesagt, gleich so etwas wie einen Überblick über das Schicksal meiner Kindheitswelt, ja vielleicht sogar Zusammenfassung quasi von höherer Warte aus – und nun ist es zunächst einmal, und derart in den Mittelpunkt gestellt!, ein ganz auf mich selbst ausgerichtetes Bild…
Die spätere eigene Ehefrau als junges Mädchen in jenem ersten Sommer der frühesten Gemeinsamkeiten. Und seither zusammen. Ein Jahrzehnt nach dem andern. Und anhaltend die Gemeinsamkeiten – und wieso sollte es also nicht derart als mein Mittelpunkt mir hergezeigt sein?
Ja: Dies ist die erste unverrückbare Feststellung hier.

Doch dann jener Weg, Feldweg über die Alm kommend von irgendwo aus dem Wald, der auf mich zuläuft – und, wie ich plötzlich fast erschreckt feststelle: **bei mir endet!** Er ist offenbar schon länger nicht mehr benutzt worden, als ein Pfad gerade eben noch ausmachbar – und hört nun also bei mir auf!
Und auf einem Pfad auf der imaginierten Bergeshöhe kam einst von hinten irgendwo ja auch ein Greis bis in meine Nähe gegangen, Methusalem und Nestor, die einfache Bekleidung

grau und schwarz, der Gehstock längst unumgänglich – und ich blicke auf diesen prachtvollen Kopf in weißem Haar und Vollbart. Und sah: Mein literarischer Wahlvater Knut Hamsun.
Kam her aber doch mehr über einen sogar etwas abschüssigen Geröll-Grat als über ebene Alm; und das entsprach ja auch weit eher diesem Leben des ungeniertesten Auf und Ab immer ganz im eigenen unverwechselbaren Stil in über neun Jahrzehnten.
(Und hatte am Ende doch alle Stechmücken aus ihren Kleingeisterstuben überwunden: Die von ihm immer so verspotteten Halbgebildeten; oder bloß Hüter des Bürgerlichen Gesetzbuchs in der engstmöglichen Auslegung; oder Aufgeblasenheit auf dem Fundament von Pfeffersacktum – all diese Fehlfarben, dieser Fanz und Nunz und Murks der Menschheit.)

Hamsun ist es diesmal nicht, den ich auf mich zukommen sehe. Doch wen denn?
Schon beim zweiten Hinsehen kein Zweifel mehr: Es ist jener Wilhelm Raabe, wie ich ihm vor wenigen Jahren begegnete, als ich per Rad unterwegs war im Weserland zwischen Rühle an dem Strom und dem Dorf Golmbach, noch genauer gesagt: in der Nähe des Wisselbergs.
Wie – ich habe unlängst noch Wilhelm Raabe getroffen?! Wo euch doch euer Lexikon sagt, daß er schon tot ist seit 1910?!
Ja: So stehts in euren Büchern. Und ehe ihr nun gleich wieder zu schreien anfangt: Was ist bloß los in deinem Oberstübchen?! Und ausfallend werdet: Was willst du spinnerter Masure uns denn noch für Storys auftischen fernab von allem Wissen und exakten Denken, die man uns eingetrichert hat! Ehe ihr also derart loslegt, will ich euch die Geschichte rasch erzählen.
Es war an einem milden Sommer-Nachmittag. Und ich hatte einen Teil meiner Straße aus dem Flußtal ins Bergland hinauf schon hinter mir, als ich rechter Hand auf einer Weide eine Herde Schafe sah. Und plötzlich war da in Straßennähe ein alter, sehr aufrechter Herr, gutgekleidet nicht wie für einen Landspaziergang oder gar ein Schafehüten, sondern eher wie für eine abendliche Gesellschaft. Und er beobachtete mich, nickte mir zu und rief dann: Tritt zu!, tritt zu!, der Berg steigt an!

Sagte bloß dies zu mir.
Und das war also Wilhelm Raabe. Im Land seiner Kindheit und Jugend. Eschershausen und Stadtoldendorf und Holzminden im Weserbergland – einer der mir liebsten Regionen im Westen Deutschlands. Der Schriftsteller Raabe, der leise wehmütig und ein bißchen spöttisch zugleich seltsame Käuze und einsame Idealisten gestaltete.
Vor hundert Jahren etwa! Also zur Zeit des letzten Aufbruchs unsres Tobias.
Und nun womöglich Hirte einer Schafherde seiner Heimat? Das denn doch wohl nicht. Aber warum eigentlich nicht? Oja: Hätten wir nur auch heute mehr solche Hirten, die so treffend »die Lage« erkennen wie er zu seiner Zeit.
Tritt zu? Der Berg steigt an?
Raabe, der doch auch in unsre engste geistige Verwandtschaft gehört, Drigalski und Tobias. Und mir hier also in der sinnvollsten Weise begegnet.
Dazu dies erinnert an Lexikon-Wissen: Er habe die wachsende Bedrohung durch den Materialismus stark empfunden.
Und Materialismus: das ist ja die philosophische Anschauung, die alles Wirkliche auf die Kräfte der Materie zurückführt. Und man strebt nach bloßem Lebensgenuß. Und irgendwo (in dem mir liebsten Duden von 1909?) las ich sogar: es sei die philosophische Lehre, nach der alles Vorhandene Materie ist, der Geist geleugnet wird.
Wenn sich das nur auf euren Geist bezöge, ihr Einfaltsspinsel solchen Denkens, da stimmte ich überzeugt zu! Denn bei euch hatte man wohl schon etwas vergessen: unter der Schädeldecke oder eher noch dort, wo die Alten die Seele ansiedelten.
Bruder Raabe. Und es will doch wohl heute niemand mit einer Spur von Ernsthaftigkeit bestreiten, daß deine Auseinandersetzung mit der skrupellos materialistischen und auch damals schon bloß erfolgssüchtigen Zeit heutzutage noch weitaus nötiger ist.
Und daß da sich nicht unterkriegen lassen, sondern kräftig in die Pedale treten der angebrachteste Rat ist.
Wer mir widersprechen möchte, der trete vor.

Ich werde ihn allerdings einen Idioten nennen. Oder (mit dem äußersten Bemühen um Gutmütigkeit) wenigstens einen kleinen Idioten...
Noch einmal: Bruder Raabe. Und jetzt, hier auf der Bergeshöhe, begegne ich dir wieder. Kommst du wieder auf mich zu. Und der Weg endet also, wo ich stehe.

Wer imaginativ die Bergeshöhe ersteigt, wird unbedingt auch den dortigen Einsiedler zu treffen versuchen. Um mit ihm, vielleicht, ins Gespräch zu kommen. (Und von ihm sogar ein sinnvolles Wort zu hören?)
Einst stieß ich dabei, er saß vor der Einsiedlerhöhle auf einem Findling, auf meinen – Vater.
Und wie sinnvoll das heute erst recht wäre!
Was sagte er, zum weisen Mann geworden, mir damals?
Vater: Der große Schweiger (wie sein Vater Karl). Er sah mich bloß an – und wandte sich wieder den Hieroglyphen zu, vielen Zeichen, die er mit einem Stock in den Sand zu seinen Füßen ritzte.
Und waren die ihm genauso unverständlich wie mir? Nicht entzifferbar das Ganze, ein Sinn zeigte sich uns nicht?
Und auch diesmal weiß ich gleich: Der Einsiedler, an dem mir zunächst nur der gebeugte Rücken ins Auge fällt, ist niemand anders als mein Vater.
Doch woher hat er den Gehstock des alten Hamsun? Mit dem er auch diesmal Zeichen in den Sand gräbt? Ich bin sicher, daß es Hamsuns Stock ist, wie ich ihn von Fotos des Greises in Erinnerung habe.
Vater, dem hier der Hof genommen wurde. Hof, auf dem sie aufgewachsen waren, die Kinder des Karl und der Hilde. Und davor... Ach, wie weit reichte das zurück.
Und dann: Solchen Menschen also eines Tages einfach alles weggenommen und sie davongejagt.
Und die Familie, und herausragend auch mein Vater, hatte sich ja alles mühevoll erarbeitet und erreicht, was im Rahmen der kleinen Welt möglich gewesen war. Und war Vater dann nicht der letzte, den ich bei seiner Arbeit, so schwer sie

auch war, **singen** hörte? Wie seither nicht ein einziges Mal noch einen Deutschen, wohin ich auch kam – wer singt noch bei Job und Stechuhr?
Und so wäre es mit ihm an diesem Ort natürlich weitergegangen bis an sein Ende – doch da hätten er und seinesgleichen in Ruhe gelassen werden müssen. Und das werden die einfachen Menschen ja so gut wie niemals, sie haben als Spielball herzuhalten für die Eroberer wie für die Ideologen, die noch jedesmal zig Menschen um ihr Leben brachten. Ja, das Ergebnis war stets das gleiche. Gemetzel, Scheiterhaufen, Blut und Tränen.
Und nun an diesen Weisen, meinen Vater, die Frage: Wie denkst du darüber, was mit unserm Dorf geschah?
Da hält er inne. Aber nur einen kleinen Augenblick lang.
Und verändert dann urplötzlich seine Haltung, den Ausdruck seines bisher nur verschlossenen Gesichts. Und reißt den Stock hoch, Hamsuns Stock, und stößt ihn in Richtung Himmel – und beginnt so kräftig herauszulachen, wie ich ihn noch niemals lachen erlebte!
Im ersten Moment erschrecke ich geradezu. Denn in diesem Lachen ist ja auch ein deutlicher Unterton Verzweiflung: Nirgendwo war auch nur eine Andeutung von Hilfe, um den Untergang aufzuhalten.
Vater, der, wie gesagt, große Schweiger. Der aber manchmal auch in die denkbar höchste, abschätzigste Ironie ausbrechen konnte bloß mit zwei, drei Wörtern. Oder auch nur mit einer Geste – wie jetzt hier.
Ja: Nun lachte er verzweifelt alles aus: Wir kommen aus dem Dunkeln und müssen wieder ins Dunkle zurück – und dazwischen diese kurze Zeit eines Menschenlebens im oft so Disharmonischen, Willkürlichen und nicht selten, wie hier, Unsäglichen.
Ja: Spielball für Mächte-Willkür. Er schüttelte den Kopf und winkte dann auch noch mit der Hand ab wie jemand, der sagen will: Vergiß es!, sich weiter damit abgeben lohnt sich ja nicht, mein Sohn –.
Bin ich nicht gerade erst Raabe begegnet? Und hat der nicht auch geschrieben von der »verpfuschten Welt des Herrgotts«?

Vater: Ich wüßte nicht, mit welchen Argumenten angesichts des uns in unserm Leben Zugestoßenen ihm etwas entgegenhalten.

Doch ehe ich mich von der Bergeshöhe löse und wieder ins Tal wende, noch einmal ein Blick zu der alten Bank hin, auf der **du** vorhin so gelassen und jungmädchenhaft fröhlich saßest –.
– und immer noch sitzt! – und mir zulächelst. Und es teilt sich mir eine Geste mit, für jeden andern gewiß unverstehbar, aber von mir unmißverständlich aufgenommen und mehr noch empfunden... O du Gute! Und als solches ein so Wesentliches in meinem Leben! Und nachher, in der Wirklichkeit am Abendhimmel, will ich wieder zu unserm Stern hinaufsehen: der Brücke, wie sehr wir räumlich auch getrennt sein mögen, zwischen uns beiden...
Ja: Da war hier das eine, so Deprimierende, das man dem Dorf uns seinen Menschen antat. Und auch mir. Und dies nun ist das gewichtige andre: wie es sich immer wieder dagegen erhebt.

Und jetzt also langsam, Schritt für Schritt, hinunter ins Tal. Doch da urplötzlich ein Krachen in der Luft vor mir und ein Flammenknäuel! Ja. Der Anblick eines explodierenden, in rotgelbem Feuerhaufen verendenden Kampfflugzeugs!
War da nicht mal die Vorstellung, auf diesem kleinen Berg habe Tobias vom Fliegen des Menschen, von einem Luftgefährt geträumt? Und wäre jetzt diese totale Vernichtung von einer Kampfmaschine, Menschentötungsmaschine in Beziehung dazu zu bringen?
Ja: In Fetzen damit! Denn das Flugzeug hat doch zu den schlimmsten Schrecklichkeiten geführt: In Dresden und Hiroshima zum Beispiel zu nächtlichen Massenmorden an der Zivilbevölkerung in so barbarischem Ausmaß wie nie vorher. Und die Klamotten der Maschine: Stürzen die jetzt auf die Stätte meines Dorfes? Wohl nicht, sie fallen eher in den See, masurischen Wassergeister-See. Und werden dort versunken und für immer verschwunden sein.
Ach, ließen sich furchtbare Ungetüme doch auf eine so einfache Weise beseitigen.

Ich gehe wieder auf jenem Pfad hinunter, den ich heraufkam.
Und da sehe ich nun den Greis Hamsun vor mir, neunzig oder hundert Jahre alt oder viele hundert wie jene altbiblischen Gestalten: und in gleicher Weise den Weg nehmend wie ich. Und er hat seinen Gehstock wieder, den gerade noch mein Vater, alles verzweifelt verlachend, gegen den Himmel richtete.
Hamsun? Oder soll das etwa ich als Greis sein, der dort geht – denn hier unterwegs bin doch zunächst einmal ich? Oder es könnte auch mein Vater sein, hatte er doch diesen Gehstock? Aber ich bin natürlich lichtjahreweit davon entfernt, mich in irgendwas mit Hamsun zu messen, den Friedell mit Homer verglich.
Doch vielleicht sind ja irgendwie wir drei es gemeinsam: er, Vater, ich – die sich in vielem so einig sind: in unserer Ratlosigkeit vor allem? Heißt es nicht auch über den herausragenden Hamsun: mit den großen ihn bedrängenden Fragen nach einem Sinn sei er niemals zurande gekommen?
Und erst wir...
Und wie ich jetzt an den Rand des Bergs komme und selbstverständlich den mir so vertrauten Anblick erwarte – da sehe ich bloß urtümliches Land mit Wald und Strauchgebiet bis an den Horizont, völlig menschenleer, und auch wo Hofflächen und Wiesen und Äcker waren, nun alles in der gleichförmigsten Weise eingedeckt.
Doch war nicht, wo dann unser Dorf gegründet wurde und heranwuchs, einst auch solche Wildnis, Urwald? Heißt es nicht in der ältesten uns betreffenden Urkunde, der masowische Ortsgründer habe Land erworben, um »Wälder auszuräumen«? Und nun ist alles wieder in den vorkolonisatorischen Zustand zurückgekehrt und die schiere Natur-Einsamkeit.
Und die kleine Menschenwelt dazwischen war hier nur Episode?
Und ich sehe Hamsun als uralten Mann in dieses jetzt von Menschen leergeräumte Land hineingehen – oder mich?

23

Wohin ging Tobias schließlich in der Mitte seines Lebens, was wurde aus ihm?
Wie gesagt: Auch in meiner Kindheit gab es bei uns noch die langen, manchmal schier nicht enden wollenden Erzähl-Abende beim milden Schein der Petroleumlampe. Und wenn heute auch im abgelegensten Dorf vor der Glotze gehockt wird bei so oft irgendeinem Thriller- oder Seifenoper-Schrott und davor schon einer dieser so oft unsäglichen Nachmittags-Talk-Shows: Was wurde damals nicht alles **gemeinsam** hervorgeholt und durchgegangen und **erzählt**!
Und es lebte in unserm Haus hier ja auch noch Vaters Mutter, unsre Oma Hilde – und was wußte die nicht noch alles von Geistern und ruhelosen Toten und bösen Zeichen und Hexereien!
Und so wie sie damals noch da war, konnte das ja auch der etwa gleichaltrige Tobias, Ihr Schwager, sein – irgendwo. Ein Mann in den Achtzigern; und er hätte durchaus plötzlich bei uns hereinschneien können. Und ich hätte als Kind mit ihm geredet wie mit der Großmutter und ein Bild von ihm im Gedächtnis.
Aber er kam nicht.
Diese Großmutter Hilde: Wurde er ab und zu noch erwähnt (ja, das wurde er weiterhin, war er doch etwas Besonderes in der Familie), so geschah das selten ohne eine Anspielung darauf, daß diese Alte mal was mit ihm gehabt hatte in der Jugend. Aber dann heiratete sie den Karl, meinen Großvater (den ich auch, da er aus dem Krieg nicht zurückgekommen war, niemals sah).
Noch einmal: Diese Großmutter. Täuscht mich die Erinnerung, oder ging sie in meiner Kindheit tatsächlich immer nur dunkel und sehr schlicht gekleidet? Eine schlank aufrechte Frau von etwa achtzig Jahren.
Ja: Sie war niemand anders als jene Hilde, die (so formulierte man tatsächlich) auch mal jung gewesen war. Aber diese Liebelei mit dem Tobias – mein Gott, wie lange war das denn her! Wie lange!
Und Tobias dann also ihr Schwager. Bruder ihres Mannes. Meines Großvaters. Du seltsame Welt.

Tobias ging also eines Tages fort von hier. Und es verging dann Jahr um Jahr, ein Jahrzehnt nach dem andern: und man sah ihn hier anscheinend nicht wieder. Jedenfalls erinnere ich mich nicht, etwas darüber gehört zu haben.
Wohin war er denn gegangen? Hat man das im Dorf nicht erfahren?
Oh doch. Alles andre ist ziemlich unwahrscheinlich. Nur: **Ich** weiß es nicht. Weil es in meiner Gegenwart wohl nicht erwähnt wurde, kein Thema war. Und alle aus unsrer Familie leben nicht mehr, die ich nun danach fragen könnte.
Allerdings scheint es für die Menschen außerhalb der Familie eine Zeitlang tatsächlich ein Rätsel gewesen zu sein, wohin der seltsame Mann, der einer der Ihren war und doch anders, sich gewandt hatte. Und es kamen zahlreiche Behauptungen und Vermutungen auf. Ja: Es wurden immer mehr Geschichten – und alle beriefen sich irgendwie auf ihn selbst.
Du meine Güte: Hatte er denn jedem etwas andres erzählt? Als wolle er etwas verbergen? Geradezu ein Niemand-Mann werden?
Dem alten Drigalski, seinem väterlichen Freund, sagte man nicht unbegründet nach, daß er Bescheid wisse. Aber der – Trinker und Fabulant – bekam man von dem was zu hören, was man wissen wollte? Es war, als mache der sich ein Vergnügen daraus, drumherum zu reden, zu plaudern, etwas anzudeuten – aber hatte man danach gefragt?
Ja: Drigalski spielte, Tobias betreffend, immer noch eine erhebliche Rolle. Und philosophierte nun von charakterloser großer Welt und löblicher kleiner und schäbigem Sosein und der brauchbarsten Einstellung zum Leben und so weiter. Aber, wie gesagt: Nach so was hatte doch keiner gefragt. Sondern eine konkrete Auskunft erwartet.
Doch weshalb verlor sich im Dorf nicht die Vorstellung, Tobias sei wohl aufgebrochen in ein weiteres Nichtstun? Vielleicht erst recht ins Herumliegen auf den Viehweiden, zum Himmel gucken und den lieben Gott einen guten Mann sein lassen? Nachhall nur der letzten Monate hier mit Bildern von ihm des allerdings erheblichen Müßiggangs?

Oder vor allem Ansicht der plachandernden alten Frauen, von ihnen maßsetzend verbreitet?
Auch wenn deren Gewichtigkeit und Wirksamkeit gerade in jener Zeit (wenn auch nur vorübergehend) nicht unerheblich geschrumpft war: die eine, die andre von vor wenigen Jahren gab es nicht mehr, und eine Zeitlang kam kaum eine mit so ausgeprägten Charakterzügen wie die Moralinsche hinzu. Wenn man sie auch damals wie immer zu zweit, zu dritt oder gar zu viert im Dorf herumstehen und sich wortreich etwas erzählen oder aufeinander einreden sah, als hätten sie sich zufällig gerade getroffen und müßten sich endlich die neusten Neuigkeiten von der angebrannten Klunkersuppe der Meta oder dem Ei mit den drei (!) Dottern der Trude berichten.
Also, der Drigalski ist keine große Hilfe gewesen. Aber vielleicht wars der Gemeindevorsteher? Der erinnerte: Da war doch jenes ältere feine Ehepaar ins Dorf gekommen und habe sich zunächst an ihn gewandt, aber zu Tobias gewollt. Und da war die Rede davon gewesen, daß der Herr Doktor sich ja verändern wolle. Und der feine Herr habe geäußert: Uns ist wichtiger, die Welt kennenzulernen, aus der jemand kommt, als irgendwelche Zeugnisse und sonstige Papiere. Wer sei nicht alles Hofmeister und Erzieher in Adelshäusern gewesen? Kant jedenfalls; und der wurde dann ein großer Philosoph. Wieland als Prinzenerzieher in Weimar – und Dichter und auch Philosoph. Und. Und.
Und dieser feine Herr, sagte der Gemeindevorsteher, sei niemand anders als der Graf von Lehndorf gewesen.
Und, Moment!, fuhr er fort: Was so jemand an Wissen haben muß, habe der Graf gesagt, das eignet er sich dann schnell an, wenn er der Richtige ist. Und später will der Karl noch gesehen haben, wie die Gräfin dem Tobias ihre Nasenspitze auf die Schulter gelegt habe, und das konnte doch nur bedeuten: Wir sind einverstanden mit Ihnen...
Ich glaube nicht an diesen Grafendienst. Das ist mir sogar noch weniger wahrscheinlich, als schließlich doch die Anknüpfung an die frühere akademische Laufbahn und Arbeit an der Universität (so begehrt, wie wir wissen, er dort war).
Je mehr ich darüber nachdachte, um so sicherer wurde ich in

der Annahme, daß alles viel unspektakulärer war. Ja alle Indizien und Argumente stehen dafür, daß Tobias sich für die bescheidenste und naheliegendste Möglichkeit entschieden hat. Und er blieb jedenfalls, soviel stand auch für die Leute im Dorf nach allem, was sie denn doch herausbekamen, fest, das ganze weitere Leben in der heimatlichen masurischen Welt. Und offenbar nicht einmal in einer der allesamt kleineren Städte, sondern im Ländlichen, Dörflichen. Bei den Hügeln und Seen und dunklen Wäldern. Der heimischen Schlichtheit und Bescheidenheit.
Hatte er nicht mal von einem gewissen Kandies (Drigalski korrigierte: Candide) gesprochen: und hatte er nicht wie jener genug von der Welt gesehen, um zu wissen, daß die Menschen es in der Regel nirgendwo ganz gut haben und daß man am Ende bloß noch daheim einen Garten bebauen mag – natürlich hier in Masuren, wo denn sonst?
Dies also will ich ernster nehmen. Am ernstesten überhaupt. Auch weil es in den Äußerungen im Dorf wiederzukehren schien fast wie eine Formel.
Irgendwo ein Abbauhof bescheidener Art. Vielleicht vor dem Hintergrund eines Waldes? Oder wäre das nun zu volksliedhaft? Er war ja schon mal eine Zeitlang Dorfschullehrer. Daran wurde erinnert. Und das will auch ich nicht von der Hand weisen. Im Gegenteil. Da sitzen ein paar Kinder auf der Mauer eines Schulhofs, und er vermittelt ihnen etwas nach der Natur. Und läßt sie eins der Volkslieder singen – und spielt er nicht dazu auf seiner Klarinette? Und der alte Drigalski hat, wenn auch andernorts, einen Nachfolger bekommen...
Aber die Geschichte verlor aus der Sicht des Dorfs wohl bald an Kontur; sozusagen: sie zerfloß ins Ungefähre.
Und auch ich will schließlich sagen: Ja, so ungefähr war es. Oder so ähnlich. Genau, wie gesagt, erfuhr ich es nicht.
Und damit, lieber Leser, mache ich jetzt unsern Tobias betreffend den Mund zu.

Doch halt, halt! Eine natürlich nicht unwesentliche Geschichte habe ich ja noch nachzuholen.

Die Fortsetzung und sozusagen das Schlußkapitel zu liefern zu »Tobias und die Frauen«.

Die früheste Gschichte hier: hatte das vielleicht nur deshalb einen so langen Schatten bekommen, weil das Mädchen unerreichbar für ihn war? Und damit auch das unschätzbare Glück erhielt, nicht in Alltage treten zu müssen?
Und nun war diese Frau tot.
Und dann die andre in Tobias' Leben, die noch früher wegstarb. In Gefahr gewesen war, sich in einem an sich notwendigen Bemühen ins Überspitzte zu verlieren, auch ins Großstadt-Modische, und dorthin konnte er ihr nicht folgen. Und als alles vielleicht doch noch hätte gut werden können, da hatte schon das Schicksal zugepackt – (ach aber es lohnt nicht, hier über dieses Untier noch ein weiteres Wort zu verlieren).
Und am Ende dieses kleine Volkslied hier: scheinbar nur beiläufige Märchenbild aus dem Wald, das sich aber nicht verlor, so viele Jahre auch vergingen. Ja: kleine Episode zunächst nur, aber aus dieser Welt für alte Volkslieder, in denen er doch wurzelte, so sehr wurzelte –.
Und trat dann doch in die Wirklichkeit! Ja, tatsächlich.
Und war ganz Wirklichkeit. Und bis hin zu banalen Alltäglichkeiten quasi aus dem Salzstreuer. Und drängte ihn das Prosaische nicht sogar etwas ab – und zwischendurch etwas zu sehr?
Ich betone: Zwischendurch.
Stand ihm Überheblichkeit denn zu? Haben wir nicht unsre Geschichten sozusagen in der Art stilisierender Dichtungen (Ingeborg Sommer), aber auch unsre Trivialitäten und Banalitäten in der Beziehung zum andern Geschlecht?
Und je älter wir werden: Hieß es da nicht schon lange Abschied nehmen von der Geschichtenlosigkeit einer Frau, der wir begegnen?
Mädchen aus dem Dorf und im Wald: Aber auch für sie der Lauf der Welt durch die Alltage. Natürlich.

Hatte ein gewisses Gerede nicht schon kurz und bündig den

Schlußstrich gezogen: Das ist aus –. Man hat sie doch nicht mehr zusammen beobachtet –.
Und nun war es doch wohl nicht vorbei?
Oder nahm er bloß endgültig Abschied auch von ihr, traf sie deshalb noch einmal? Aber hinter dem Teufelsstein; und war das nicht wie früher?
Um der Wahrheit die Ehre zu geben, sogar bestätigt von ihrem Vater, altem Lehrer des Nachbardorfs: Die Christel stand im Begriff, Tobias »in die Fremde« nachzufolgen!
Gewiß: Es hatte da eine kleine Zeitlang eine gewisse Trübung in der Beziehung gegeben (das wolle er, der Vater, nicht bestreiten) – aber am Ende habe der studierte Mann mit dem Doktortitel doch regelrecht um sie angehalten.

Dieses beobachtete Treffen zwischen ihnen, darüber sei immerhin dies erzählt:
Ja – sollen denn nun auch wir beide Abschied voneinander nehmen? sagte er. (Ganz ernst? Sie das ernstlich fragend?)
Abschied? sagte sie. Wovon redest du da? Du willst mich doch wohl jetzt nicht einfach verlassen?
So was fragst du, entgegnete er. (Noch ein bißchen weniger ernst?) Das hört sich ja danach an, als ob es dir nicht gefiele? Obwohl du doch weißt, daß das mit mir niemals eine unproblematische Sache ist?
Und er fügte noch hinzu: Du willst dich doch nicht auf etwas vielleicht manchmal Mühsames einlassen? Hab ich mich denn dir gegenüber immer nur erträglich aufgeführt?
Und du dich wohl auf kein ganz taufrisches Mädchen (das weißt du doch)? lachte sie. Mach dich gefaßt nicht auf weitere Märchenbilder in Wäldern und Liebeleien hinter Teufelssteinen, sondern auf ausgewachsne Weiberlist und -tücke.
Da lachten sie beide.
Das ist ja –! sagte er. Die Frau ist zu allem andern auch noch gescheit!
Was sonst? fragte sie und sah ihn an und hielt den Blick.
Guck nicht so, sagte er. Ja –, was hab ich mir da für einen Unsinn zurechtgedacht, fuhr er fort. Daß ich mit den Absur-

ditäten der Liebe nichts mehr zu tun habe – und wäre das nicht gut für mich so? Aber jedesmal, wenn du mich so ansiehst – du Hexe! Und **das** ist gut so!
Pause.
Hast du das wirklich gedacht? fragte sie. Gerade du, der du noch so voller Liebesunsinn steckst? Und Eifersucht und allem? Kennt man sich selbst so schlecht?
Pause.
Aber nun muß der Spinner, der dir offenbar etwas den Kopf verdreht hat, Fräulein Lehrerstochter, doch ernst werden, sagte Tobias. Mit dem Erstreiten von Rang und Namen hat ers ja nicht mehr so sehr – das ist dir doch klargeworden? Nicht mehr über Flugzeuge nachdenken. Ach ja: Und in der Welt draußen mag es drunter und drüber gehen, wie es immer schon war, daran kann man doch nichts ändern – aber muß man denn jeden Unsinn mitmachen? Kann man sich nicht ins Abgelegene begeben und sich aus möglichst vielem herauszuhalten versuchen und nur noch das hinnehmen müssen, was trotzdem auf einen zukommt? Was halten wir davon, so frage ich, meine Gute? Bekommen wir das **zusammen** hin?
Kleine Pause.
Ja – bin ich denn hier überhaupt etwas anderes gewöhnt?! antwortete sie da.
Ich wiederhole das von vorhin mit der Gescheitheit und unterstreiche es. Und er sagte das, als seis eher ein Gedanke für sich selbst.
Und streckte die Hand nach ihr aus und zog sie an sich.

Auch die Familie des Lehrers hätte einem also sagen können, wohin er ging.
Gewiß. Und es gab ja keinen Grund, es zu verheimlichen.
Aber als die Christel aus dem Schulhaus, die Tobias bald nachgereist war, irgendwann dann für ein paar Tage wieder nach Haus zu Besuch kam, da fragte sie offenbar niemand aus. Jedenfalls kams nicht an die große Glocke.
War es schon von nur noch herabgesetztem Interesse – oder stand da gerade etwas andres stärker im Mittelpunkt?

Und irgendwann starb der alte Lehrer. Und die Mutter der Christel zog fort. Und nach Jahren der Krieg, und da stand der ganz im Mittelpunkt.
Gewiß: Vom Tobias erzählte man auch danach noch. Ganz verschwand er nie aus der Erinnerung der Leute.
Aber war schließlich doch wie verschollen. In irgendwelcher »Fremde«.

24
Ein Brief an zwei Adressaten

Ich wünschte, es wäre noch Zeit,
dir einen Brief zu schreiben.
Und genaugenommen ist natürlich
immer Zeit, einen solchen Brief zu
schreiben. Nur auf den Gedanken,
daß du ihn lesen müßtest,
ist zu verzichten.

Lars Gustafsson, »Die Sache mit dem Hund«

Und ich bin also noch einmal hierher gekommen und blicke von der Stätte meiner Kindheit aus zurück und nach vorn.
Einer Kindheit, die, wie ich sagte, in etwa die zeitliche Mitte bildet zwischen deinem Leben, Großonkel Tobias, und dem meines Sohnes Felix heutzutage. Und so schreibe ich diesen Brief an einen, der vor bald eineinhalb Jahrhunderten geboren wurde und wohl seit über einem halben nicht mehr lebt und ihn nicht mehr lesen kann – und an den andern, der längst damit begonnen hat, die mir folgende Welt mitzugestalten. Ja: Ich spreche gleichzeitig euch beide an.

Sagte ich, Tobias, daß du dies nicht mehr lesen wirst? Aber ich halte das ja nicht für völlig sicher. Muß es bloß deshalb so sein, weil eine einschlägige Wissenschaft es nicht belegen kann? Ach, die Wissenschaften –.

Du kamst aus einer so kleinen Welt, bescheidener konnte sie gar nicht sein in diesem hintersten Winkel Mitteleuropas, und trotz einer ersten Eisenbahn dann immer noch Pferdewagen-Welt auf meistens Sandwegen. Und kamst hinaus ins Reich, die Reichshauptstadt, ja ich muß wohl im Sinne jener damals so großspurigen und angeberischen Zeit in Deutschland formulieren: zum Nabel der Welt.
Und da mochte auch daheim mancher denken: Hat er nun nicht die einzigartige Möglichkeit, sich einzureihen unter die immer Strebenden, vielleicht sogar als einer der Vorantreiber des Fortschritts?
Und du warst ja auch zunächst nicht unbeeindruckt von aller ständigen Steigerung, allem Optimismus – wie hätte es anders sein können bei einem Jugendlichen, der sich von Haus aus gering vorkam unter manchem abwertenden Blick und wohl auch mancher Äußerung eines überheblichen Westlers. (Wie ich nach der Flucht 1945 in Westdeutschland, so daß ich deine damaligen Empfindungen nur zu gut nachfühlen kann und die unbedachte Vorstellung, es gelte, denen nachzueifern, um von ihnen als in etwa gleichwertig akzeptiert zu werden.)
Aber du verlorst ja nichts von deinem Wesen, bliebst dir – wie bedeutend erscheint mir das – treu. Und so baute sich in dir immer mehr Distanz auf zu all dem Großsprecherischen, Lauten, auch der krankhaften Unrast. Und dann wolltest du zurückdriften in die **Gegenwelt**.
Lieber Tobias: Ich erzähle ja vor allem deshalb von dir und nicht genauso ausführlich von sonstwem, weil du derjenige in unserer Familie warst, dem so vieles in seinem Erleben und Tun **bewußt** wurde und war. Und folglich im Nachvollziehen auch unsereinem klarwerden kann.

Und denke ich nun daran, was vielleicht von des Tobias und meinem Erleben und Wissen immerhin weiterzureichen wäre in die Zukunft hinaus, so komme ich bei dir an, mein Sohn Felix, und richte diesen Brief also auch an dich, der du etwa ein Jahrhundert später geboren wurdest als dein Urgroßonkel und zwei Jahrzehnte nach unsrer Flucht aus Masuren. Daher schon in

einem weitgehend amerikanisierten Deutschland; und das Herkunftsland deines Vaters ist für dich nur noch so etwas wie eine weltenferne, fast sagenhafte Angelegenheit, von der dein Daddy, wie du mich anredest, manchmal fabelt. Hat dich das eigentlich jemals so richtig interessiert? Oder fragtest du dich manchmal, was das noch mit dir zu tun haben sollte?
Doch das ist, um dich in deiner Einmaligkeit (wie jeden) zu sehen, glücklicherweise längst nicht alles. Ich bedenke vor allem mit, wenn ich mich nun an dich wende, deine Eigenständigkeit: daß du zum Beispiel nicht zu denen deiner und der dir folgenden Generation gehörst, die dem Computer-, der Laptop-, der ganzen Internet-Welt so mit Haut und Haar verfallen sind, daß man von ihnen Narrheiten hören kann wie diese: Man fahre doch nicht in Urlaub, die Welt ist das Internet, *das* brauche man, und zwar jeden Tag! (Ja, schon haben wir die Computer-Sucht als Krankheit, die sich auszeichnet durch den Verlust an sozialen Beziehungen in der realen Welt.)
Ich schreibe also auch dir, mein Sohn, weil du einer der mir folgenden Generation bist und ich vielleicht doch etwas mehr Schulmeister bin als ich, um Distanz bemüht, nun noch sein möchte, vom Herzen her immer noch ein solcher Schulmann und Wissensvermittler. Und dich, wenn irgend möglich, ausrüsten möchte gegen die Pest, es jedenfalls versuchen möchte. Und auch damit die Kette des Wissens um andere Welten und Möglichkeiten zu leben niemals unterbrochen wird.

Lieber Tobias:
Du hattest also die Wahl, einzusteigen in den Zug eines immer eiligeren Vorwärtskommens – oder in die Welt der masurischen Heimat zurückzukehren, eine damals schon von nicht wenigen beklagte angebliche Rückständigkeit. Und weil du derart gestellt warst vor die Alternative und dich so klar entschieden hast, deute ich auf dich als eine vollendete Verkörperung des Gegenbildes Masuren.
Du zogst dich also zurück. Machtest aber natürlich die Arbeit des Tages für dich und die Deinen, das Notwendige; dies gewiß. Bei Otto Flake las ich: »Was einmal für weise galt: Die Be-

scheidung, die Zufriedenheit mit dem Notwendigen«, werde heute »als altmodisch über die Achsel angesehen«. In den Metropolen wurde das auch damals schon – um so auffallender und merkwürdiger also dein Entschluß.
Aber ist etwas schon deswegen nicht mehr weise, weil die Masse der Zeitgeist-Mitläufer sich davon so unbedacht abziehen läßt? Nicht zuletzt weil die Raffer samt ihrer Werbe-Industrie daraus kein Kapital schlagen können?
Michael Hart über Laotse und den Taoismus: »Dem Menschen werde Einfachheit und Natürlichkeit empfohlen. Er sollte auf Gewalt verzichten und ebenso auf die Jagd nach Geld und Ruhm.« Und Paul Fechter schrieb aus Anlaß von Raabes Romanen (wie sie ja etwa um die Mitte deines Lebens entstanden) vom Sichbescheiden und »daß es nur Flucht, Verbergen, Stillehalten und Bewahren irgendwo im Abseitigen gibt«.
Aber gerade dich, Tobias, muß ich ja nicht mit großen Denkern konfrontieren, die so etwas als den ihnen wichtigsten Rat ausgaben – denn besonders das war in deiner und meiner Heimat **von der Natur der Menschen her** das übliche Verhalten.
»Es kommt, wie es kommt« – es lohnt also nicht, nach mehr als dem wirklich Notwendigen zu streben, sonst werden die unaufhörlich drohenden Verluste nur um so erschütternder wirken.

Und so auch Siegfried Lenz über unsere Masuren: »Gleichgültig und geduldig lebten sie ihre Tage.« Und Marion Gräfin Dönhoff: »Sie tun offenbar im allgemeinen nur soviel, wie nötig ist, um gerade eben den Lebensunterhalt zusammenzubringen.« Also zu dieser Einstellung, Tobias, kehrtest du heim. Wir hatten damals auch einen durchaus Andersgearteten in der Familie: den »Allerhandmann« (wie Hamsuns August) Karl, deinen Bruder und meinen Großvater – doch dir lag offenbar mehr daran, zu einem Unbeachtetmann zu werden. Ein Autor von heute, Garcia Marquez, läßt eine seiner Figuren, einen ehemaligen Präsidenten, sagen: »Der größte Sieg meines Lebens besteht darin, daß ich erreicht habe, vergessen zu werden.«

Lieber Felix:
»Irgend etwas in dieser Zeit«, schrieb der von uns beiden geschätzte Schwede Lars Gustafsson, Schriftsteller meiner Generation, »bringt mich immer mehr zu der Überzeugung, daß wir uns in einem Irrenhaus befinden.«
Wie sehr dachte ich daran, als ich unlängst eine Fernsehsendung sah mit dem Titel: »Willkommen in der Zukunft«. Von der neuen Welt war da die Rede, die in Zukunftslabors vor allem der USA vorbereitet wird. Ja, die kommen wird wie das Amen in der Kirche, denn es wurde ja auch von Macht gesprochen, die hinter diesem »Fortschritt« steckt, von Industrie und **Profit** – also wer könnte da noch daran zweifeln, daß auch diese Entartung auf uns zurast…
Anziehbare Computer, die einen also überallhin begleiten können und eine Zeitlang **der** Fortschritt sein sollen. Das Überflüssigwerden von Büchern und Bibliotheken – na, so was mutet da ja geradezu noch nachvollziehbar an, wenn man von den weiteren Zielen hört bis hin zum perfekten Maschinenmenschen. Ein virtueller Mensch (pardon: Hominide, d.h. ein hergestellter Menschenartiger) soll mit Sprache und Gestik zum Beispiel soziale (!) Kontakte pflegen: als Spielkamerad für Kinder und auch Gesprächspartner für alte Menschen. Also, Kids von morgen: Der Lehrer von heute sagt euch: Da kriegt ihr mal einen so richtig auf euch eingehenden Erzieher! Oder: Opa, du hast es doch sowieso nicht mehr so richtig mit einer trockenen Hose und auch sonst keinen Durchblick mehr: So laß doch deine Abkömmlinge irgendwo Fun haben, und für dich tuts währenddessen auch die Maschine! Amüsiert euch gut, ihr beiden!
Er muß doch zu erreichen sein, der seelische Nullpunkt. Jene in der Fernsehsendung vorgeführten US-Amerikaner werden ihn zusammen mit den Moneymakern erreichen.
Sie haben das Leben aus dem Gleis gebracht, wie Hamsun meinte? Sie werden das herkömmliche Menschenleben, aus dem wir kommen und sind, dann abgeschafft haben.

Oja, welch ein Fortschritt seit deinen Sandwegen und Abenden im Schein der Petroleumlampe und trabenden und manchmal animalisch furzenden Gäulen, Tobias. (Der Maschinenmensch stinkt natürlich niemanden mit Pupsen an, es sei denn, irgendwer wünscht ausdrücklich eine solche Sonderleistung.)

Und die mir folgende Generation soll ja in spätestens einem halben Jahrhundert schon erleben, daß Roboter Menschen an Intelligenz übertreffen.

Muß man daran, Felix, insoweit Zweifel haben: Daß das für einige ihrer Schöpfer gelten könnte? Denn – und deshalb das Zitat von Gustafsson – als ich den Äußerungen solcher Erfinder äußerst genau zuhörte, war dieser Eindruck doch nicht beiseite zu wischen: Die wissen wohl nicht, was sie tun, im Hinblick auf das Menschengemäße handelt es sich möglicherweise um Geistesgestörte. Und ich habe da unbedingt zu einem sachlichen Urteil kommen wollen ohne alle Voreingenommenheit. Hatten die nicht in Blick und Rede etwas angstmachendes, möglicherweise Pathologisches? Vielleicht hättest du spontan gesagt: Der hat doch einen an der Klatsche.

So war denn in der anschließenden Diskussion heute noch üblicher Menschen auch expressis verbis die Rede von einem »Irrsinn, auf den wir uns zubewegen«.

Und davon, daß es fatalerweise »keine gesellschaftliche Kontrolle« dieses »Fortschritts« gebe.

Na: Letzteres erstaunt mich daran natürlich am allerwenigsten. Geht es doch auch diesmal, wie gesagt, um Macht und Profit. Schon sprach der Philosoph Sloterdijk von einer nachchristlichen, einer »amerikanischen Religion«, die sich mit der profitorientierten Forschung entwickelt. Da wird zum Beispiel einem »Gen-Unternehmer« ein ausgeprägtes Profitdenken vorgeworfen: er vertritt das »exklusive Nutzungsrecht« an wissenschaftlichen Erkenntnissen.

Und dann stellte eine Frau, eine deutsche Physik-Professorin!, die Frage nach dem, was den **Menschen** ausmacht. Ja es fiel sogar die Vokabel **Seele**.

Aber hat es denn auch nur einen Augenblick lang den weiteren Abbau des Menschlichen, des Seelischen aufgehalten, als

Hamsun, immerhin Nobelpreisträger und damals ein weltberühmter Mann, zu deinen Lebzeiten, Tobias, nach der Seele fragte und das bäuerliche, naturverbundene Leben als das beseeltere Dasein gestaltete?
Der sogenannte Fortschritt wird auch immer damit als erforderlich, ja unentbehrlich motiviert, daß er die Mühsal des menschlichen Daseins erleichtere.
Doch steigert er nicht auch immer die Möglichkeiten, die Natur und die Menschen noch besser anzugreifen: sie noch erfolgreicher auszubeuten, zu quälen, umzubringen? »Was für ein rüstiger Fortschritt vom Mantelgeschoß bis zur Lydditgranate!« schrieb Benn um die Zeit des Ersten Weltkriegs. Ja: War es nicht immer auch das Fortschreiten von der Steinzeitkeule in Richtung Atombombe – und auch diese Bombe und die Fernrakete sind doch bloß derzeitiger Zwischenstand; es geht selbstverständlich ungeniert weiter, solange irgendein sogenannter Eroberer oder ein Geldsackvermehrer davon meint profitieren zu können. Wer weiß, worüber eines Tages der Maschinenmensch verfügen wird – das Ziel des Irren (wie gesagt: von keiner gesellschaftlichen Kontrolle aufgehalten) wird doch stets das Optimum sein: schließlich mittels nur eines Knopfdrucks den ganzen alten Ball pulverisieren zu können.

Bringe ich euch nun zusammen: jenen vor mir in Masuren und den mir Folgenden, dem ich noch etwas von unserm Masurischen vermitteln möchte, so war es nicht zuletzt deine exemplarische Existenz, Tobias, von der ich so Wesentliches mitnahm in andere Umgebungen und Zeiten. Das ich also weiterreichen möchte.
Wobei mein Anteil an den Diskussionen natürlich nicht irgendwelche behauptete Weisheit ist und womöglich auch noch mit einem Ausrufungszeichen versehen – sondre ich mich doch, Benns Vorbild folgend, ab vom Typ des unfundierten Rum- und Mitläufers, wichtigtuerischen Meinungsäußerers.
Ich, dieser – zugegeben: vielleicht nicht ganz alltägliche – Schulmann, lehre **das Fragezeichen**.
Und setze es konsequenterweise nicht zuletzt, Felix, hinter

jeden sogenannten Fortschritt. Womit denn aber auch klar gesagt ist: Daß ich durchaus nicht von vornherein oder gar grundsätzlich gegen das Neue bin, i bewahre – es ist nur der allerdings unbedingte Rat, es zu prüfen, ehe man sich ihm ausliefert.
Gebrauche also das Fragezeichen! Mißtraue dem jeweiligen Zeitgeist (dem ganz besonders!), den Moden, dem Tagesgeschmack, den Szenen und Cliquen samt ihren Claqueuren. Und auch dem, was gerade als political correctness ausgegeben wird – denn hat man nicht auch dieses sogenannte »Pflichtgebot« schon in verschiedenen Schattierungen gesehen und manipuliert, um es sich nutzbar machen zu können?
Haltung aus sich selbst heraus: Das ist doch meistens etwas gegen die Mehrheit, die gängige Allerweltsmeinung, den jeweiligen »Stil« der Zeit mit seinen lächerlichen Zügen.
Prüfe selbst. Und beachte stets auch die Gegenbilder, so abseitig sie auf den ersten Blick auch liegen mögen. Vielleicht orientierst du dich dann ja überzeugt an Maximen, die von weiter her kommen – aber eventuell auf viel längeren menschlichen Erfahrungen basieren.
Wie also unser Masuren ein Gegenbild war und nicht nur in der Erinnerung blieb: der Naturverbundenheit, wo alle Erde noch nicht asphaltiert und zubetoniert war. Des Verzichtens auf vieles nicht nur wegen schmerzlicher Mittelarmut, sondern weil niemand einem einreden konnte, daß man es wirklich benötigt.
Der Holländer Geert Mak über die frühere Landbevölkerung seiner Heimat: »Arbeit, Genügsamkeit und sogar Armut« seien »mit der Zeit in den Rang von Tugenden aufgerückt.«
Und für all das standest du, Tobias, erst recht nach deinen Erfahrungen anderswo aus eigener Einsicht.

Und spätestens jetzt, ihr beiden, kommen zwangsläufig eure Fragen. Und das ist gut so.
Ob ich mich denn, im Unterschied zu meinen wiederholten Behauptungen, nicht doch im Besitz unumstößlicher Erkenntnisse (um den Begriff Wahrheiten zu vermeiden) glaube? Ob nicht gerade ein Lehrer allerhand Vertrauen zu Aufklärung und Belehrung haben müßte?

Ach, ihr Guten! Brauchbare Antworten auf einige alte Fragen: Womöglich hätte ich die doch?

Ausgerechnet ich? antworte ich. Und werde nur dergestalt altklug, daß ich sage: Hütet euch vor solchen »Experten« wie vor der Krätze, die behaupten, sie zu haben.

Wir haben ein Jahrhundert der Untergänge hinter uns, und sie setzen sich ungebrochen fort ins neue – und vollziehen sich viel rascher, viel rücksichtsloser und endgültiger als je zuvor. Und da predige ich womöglich simpel ein Zurück zu unserm arkadischen Leben, anders gesagt: einem naturhaft-unbewußten, und auch noch einem in der größtmöglichen Abgelegenheit hinter Sieben Bergen – und glaube allen Ernstes: So wäre auch heute noch das meiste zu reparieren?

Und säße nun hier im Angesicht des kleinen Sees und verfluchte die heutigen Plagen, die heutige Pest der westlichen Zivilisation? Da nun die einzelnen Menschen verantwortungsloser und raffinierter aufgebraucht werden als je zuvor, bis hin zum (so der geradezu komisch sich anhörende Fachausdruck dafür) Burn-out-Syndrom – was ja wohl in etwa heißt: Ausgebranntsein. Und schrie wie ein Bußprediger alter Art über das Wasser: Zum Teufel damit! In die Flammen der Hölle! Und es hörte mir bloß keiner zu?

Und übersähe dabei vielleicht auch einen andern außerordentlich wichtigen Aspekt: daß es im zwanzigsten Jahrhundert nicht nur solche auf den ersten Blick sichtbare Untergänge gab wie hier, wo ein Dorf zur Wüstung wurde: Sondern daß längst überall in unserm Erdteil – und in wie kurzer Zeit! – herkömmliche Lebensformen und Traditionen zum Verschwinden gebracht wurden: vor allem das herkömmliche bäuerliche Leben?

Wie das zum Beispiel John Bergers Erzählung »Einst in Europa« für ein kleines Dorf in Savoyen anschaulich macht. Oder noch weit ausführlicher Geert Maks Buch »Wie Gott verschwand aus Jorwerd« mit dem Untertitel »Der Untergang des Dorfes in Europa«.

Oh, auch das geht einem doch unausgesetzt durch den Kopf, und man wagt es kaum zu denken: Von der Landnahme im

16. Jahrhundert bis zur Zerstörung dieser kleinen Welt hier im 20.: vierhundert Jahre eines herkömmlichen Alltagslebens in großer Einfachheit – und ist heute ein solches Dorf noch vorstellbar ohne Fernseher (mit den schrillen Werbespots amerikanischer Machart und ihren Scheiß-Floskeln auf englisch), Computer? Einem Auto vor so gut wie jeder Haustür? Doch – denkbar ist das immer noch. Aber nicht wahrscheinlich. So, wie vor eineinhalb Jahrhunderten die Eisenbahn hier in Masuren ankam wie überall in Mitteleuropa, um die Region an den »Fortschritt« anzubinden und auch die ersten Krallen eines Konsum-Terrors (der allerdings noch aushaltbar blieb bis in meine Kindheit hinein) – so wäre heutzutage doch auch hier das letzte Haus längst gekettet an die Vermarktung jeden Schnickschnacks und auch Humbugs, sprich: unter Dauerbeschuß der dicken Berta der Werbung...

Also, Vorfahr und Nachfahr: Die mir vielleicht doch unterstellten Gescheitheiten betreffend stehe ich ziemlich mit leeren Händen da. Doch wenn irgend jemandes Bedarf an beherzigenswerten Erkenntnissen denn ununterdrückbar ist: Wie wärs, wenn wir uns an ein paar alte erinnern?
In diesem Brief spontan dazu nur soviel.
Da dachte eines Tages der große Konfuzius, er könnte doch den weisen Laotse besuchen, um einen Rat von ihm zu ergattern. Und bekam dies zu hören: »Tut ab Euren Hochmut und Eure Gier, Euer Gehabe und unziemliches Streben! Nichts davon wird Euch von Nutzen sein. Das ist es, was ich Euch zu sagen habe, und sonst nichts.«
Gier. Unziemliches Streben. Damit ist ja tatsächlich das Wesentliche gesagt.
Oder jenes alte Bibel-Wort (o ja, die Bibel enthält viel Kluges über den Menschen): »Was hülfe es dem Menschen, so er die ganze Welt gewönne, und nähme doch Schaden an seiner Seele?
Oder Goethe (den man auch einen herausragenden Lebenslehrer genannt hat): Schon als etwa Dreißigjähriger schrieb er ins Tagebuch: »Das Beste ist die tiefe Stille, in der ich gegen die Welt lebe und wachse, und gewinne, was sie mir mit Feu-

er und Schwert nicht nehmen können.« Und das Wesentliche seiner Philosophie, das auch du, Tobias, dann souverän gelebt hast: Das Seine tun und die Welt ihren verrückten Gang gehen lassen.
Und schließlich sein – so sage ich – vielleicht tiefstes Wort im Rückblick auf acht Jahrzehnte des eigenen Lebens: »Je älter ich werde, je mehr vertrau ich auf das Gesetz, wonach die Rose und Lilie blüht.«
Und am Ende nur noch einmal jene Mutmaßung eines Mannes unserer Zeit, der ihr die »verrottete Ideologie des Nützlichkeitspositivismus« nachsagte, Gottfried Benn: womöglich sind die abgelegensten Dinge die allerwichtigsten gewesen und die vergessensten die bleibenden...«
Hat dies alles nicht einen geradezu faszinierenden Bezug zu der Welt und dem herkömmlichen Leben der Menschen **hier in diesem Masuren-Land?**

Ja.
Doch nicht, wie gesagt, daß ich also die Illusion hätte, es könnte hier – wie in einst gleichen Dörfern – noch einmal ganz so werden wie früher. Wie zu deiner Zeit, Tobias. Oder noch zur Zeit meiner Kindheit. So, wie kein Augenblick in jemandes Leben zurückholbar ist: Auch an diesem Ort nicht ein einziger.
Der Sinn unsres Zurückblickens ist also ein andrer: daß andere Maßstäbe für das Menschengemäße wieder ins Bewußtsein kommen – in den Umgebungen und Voraussetzungen der heutigen Zeit. Daß, immerhin, eine andere **Tendenz** zurückzugewinnen wäre.
Und hat es euch erstaunt, liebe Verwandte, daß ich vorhin nicht auch ein Wort meines literarischen Wahlvaters Hamsun wiedergab, so sei dieses Wort nun nachgeholt. War er es doch, Homer im 20. Jahrhundert, der in der fortschreitenden Zivilisierung einen Widersacher des sinnlichen Lebens sah.
Und gegen seine Zeit und all die Zeitgeistler (deren einen, üblichen Mitläufer, er gutmütig mit »kleiner Freund« anredete) vor etwa hundert Jahren in »Die letzte Freude« schrieb:

»Ich kann die Pest nicht aufhalten, nein, sie ist jetzt unüberwindlich... Aber einmal wird sie haltmachen. Inzwischen arbeite ich ihr entgegen, so gut ich kann...«

Wird sie haltmachen?! Und ob auch ich daran glaube? fragst du nun augenblicklich, Felix?

Aber gewiß doch! antworte ich da ohne Zögern. Ja. Natürlich wird sie das! Das war immer so und bleibt so.

Irgendwann werden die Leute, grob gesagt, die Schnauze restlos voll davon haben, daß sie bloß noch als mathematisch zu erfassende Größe für den sogenannten Arbeitsmarkt und als Konsumenten zu funktionieren haben und daß ihr ganzes Dasein immer nur noch zum Seelenlosen hin vorangetrieben wird. Dann werden sie vielleicht aus irgendeinem an sich belanglos scheinenden Anlaß in breiter Front einfach nicht mehr mitmachen. Stell dir vor, es soll alles immer nur weiterlaufen wie bisher – und keiner geht mehr hin!

Schrieb nicht Hamsun wie gesagt schon vor dem Ersten Weltkrieg: »Der Angelsachse hat die moderne falsche Sicht aufs Dasein verursacht, der Angelsachse hat das Leben aus dem Gleis gebracht.« Und ein Großteil des so besorgniserregenden Zustands und Soseins unsrer gegenwärtigen Welt kommt ja daher, daß ausgerechnet jene Region der Erde sich zu einem »Vorbild« aufgeschwungen hat, die nach Ansicht vieler kritischer Betrachter der Vergangenheit und Gegenwart mit am wenigsten dafür geeignet ist: US-Amerika. Ob man auf die dortigen sozialen Verhältnisse sieht oder den Zustand der Gesellschaft überhaupt: Der smilende Mr. Moneymaker gehört doch längst in ein Widersinnigkeiten-Museum der Menschheitsgeschichte, aber um Himmels willen nicht an ein Belehrungs-Katheder.

Es ist einem ja nachgerade nur noch unangenehm, so was immer wieder festzustellen, feststellen zu **müssen**, da es uns mit überschattet. Doch mit Vorhaltungen irgendwelcher Art solcher Feststellungen wegen halte man sich einzig an den Urheber der Mißstände, nicht an den Diagnostiker.

Aber muß nicht irgendwann jeder Zug wieder auf das Gleis, aus dem er gebracht wurde? Wenn es denn angemessen weitergehen soll? Und kommt nicht auch ein Pendel üblicherweise an einem äußersten Punkt zum Stehen und schwingt dann in die entgegengesetzte Richtung? Also noch einmal, Felix: Die heutige Sintflut wird ihr Ende finden; und dann wird man erst recht von anderen, früher praktizierten Möglichkeiten hören wollen.

Doch auf deinen skeptischen Blick, Felix, diese Antwort: Natürlich wird dann eine andere Seuche an die Stelle der jetzigen treten; auch das ist so sicher wie das Amen in der Kirche. Jedem überwundenen Flächenbrand an menschlicher Torheit folgte doch regelmäßig ein anderer. Nach all den überschaubaren Jahrtausenden der Geschichte ist es wohl an der Zeit zu sagen: So scheint es **menschlich** zu sein.
Unveränderbar, soll man sagen: unsterblich, ist jedenfalls das eine wie das andre: das Menschengemachte und das Schicksalhafte.
Das eine: das so oft sozusagen Primitive, das Groteske im menschlichen Verhalten, und beileibe nicht zuletzt: der Mensch als des Menschen Wolf. Das andre: Die völlig unberechenbare Macht der Zufälle, des zuverlässig dummen, brutalen Schicksals, und die Blindheit, mit der sie verteilt werden.
Ja: Man komme mir in diesem Zusammenhang nicht mit dem Hinweis auf eine doch immer gütige göttliche Macht: Denn meine Antwort wäre, daß ich von meiner Tochter, deiner Schwester, Felix, zu erzählen anfange und wie diesem herzensguten Mädchen das Leben gestohlen wurde.

Wie denn das heute ganz unüberwindbar Scheinende tatsächlich überwunden werden wird? Da doch alle Macht der Erde bei den Diktatoren der herrschenden Verhältnisse liegt?
Das weiß ich natürlich nicht. Aber aus gutem Grund glaube ich nicht an die glatten Hochrechnungen: daß es immer nur geradeaus so weitergehen wird auf dem heute befahrenen Weg. Diese Hochrechnungen gehen doch weder für den einzelnen auf noch für die Völker und die ganze Menschheit. Genau besehen sind sie nichts weiter als Computerspiele

irgendwelcher Eierköpfe und also Unsinn. Und für diese Überzeugung kann ich den Verlauf der Weltgeschichte an vielen Orten und zu vielen Zeiten ins Feld führen: Plötzlich ist etwas völlig Unvorhergesehenes da und gibt dem Ganzen eine andere Richtung.

Ich glaube also an das Ungewöhnliche, das Überraschende, das nach Ansicht der Hochrechner unmöglich Erscheinende. Ja, ich glaube auch der inzwischen ernsthaft vertretenen Theorie, daß bereits der Flügelschlag eines Schmetterlings mit einer gewissen Zeitverzögerung an einem andern Ort der Welt einen Wirbelsturm hervorrufen kann.

Und es wird immer Leute geben wie uns drei, die man für Saurier oder tumbe Toren halten mag, weil sie nicht bloß auf das Erfolgversprechende setzen und (wie jener Grimmelshausensche Simplicissimus) den »Trug und Schein der Welt« zu erkennen meinen – und die man zu manchen Zeiten deswegen auf den Scheiterhaufen bringt. Die also dem entgegenarbeiten, was gerade »trendy« ist und »in« und »up to date« und unwidersprochen geschluckt werden soll.

Ich arbeite also den Krankhaftigkeiten meiner Zeit entgegen, solange ich es vermag. Und irgendwann wird natürlich meine Zeit vorbei sein. Doch vielleicht wird dieser oder jener es mit den Abartigkeiten der nächsten aufnehmen; auch das wird immer so sein. Auch unsresgleichen gehört ja immer dazu, stirbt niemals ganz aus.

Und hier, mein Sohn, denke ich an dich: möchte dir den Staffelstab übergeben, wie ich ihn von dir, Tobias, übernahm. Damit das Natürlich-Brauchbare weitergetragen wird in die Zukunft hinein und das gängige Unkraut nicht alles mühsam Errungene wieder überwuchert.

Und wie ich mich nun, Tobias, von dir verabschiede, da frage ich schließlich noch: Warst das nun überwiegend du, oder war ich es, der argumentierte? Oder waren wir es gemeinsam?

Am Ende denke ich wieder an jene Kette, die über dich hinaus noch viel weiter zurückreicht ins Frühe – und auch über mich hinaus noch lange nicht endet – Euer…

25

Da schwärmten die Bienen,
Da spielten die Schwäne,
Heute spielt niemand.
Doch tu lulu lu!

Knut Hamsun, »Flötenstück«

Schließlich hab ich es hier allen Ernstes noch fertiggebracht, oben in einem Baum zu sitzen!
Ja. Denn so ist es nicht, daß ihr sagen könntet: Laßt den Alten plaudern, der kann doch über keinen Zaun oder Graben mehr springen, es ist Gerede von gestern. So einer soll uns bloß nicht hineinquatschen in unsre moderne Art.
Sela!
(Aber natürlich sagt ihr nicht: Sela. Und ich wäre ja schon zufrieden mit: Punktum. Doch eher höre ich wohl: Full stop! Oder: There's an end of it! oder so was.)
Also: Dies müßt ihr schon in Kauf nehmen: in so einem Baum, und eine alte hohe Esche!, schaffe ich es mit gewissen Tricks aus der hiesigen Kindheit immer noch. Und sprach der Erzähler in Hamsuns »Die letzte Freude« auch davon, daß er in der Einsamkeit Eisen zum Glühen bringen wolle, so will ich es ihm in etwa gleichtun und formuliere, daß ich für die Zukunft noch einiges auf der Pfanne habe – mit einem Narrenschiff heutiger Ausprägung drohte ich ja schon.
Legte nicht einst Karl eine Leiter an das Haus hier, um vom Dach oben einen besseren Überblick über diese denkbar kleinste aller Welten zu bekommen?
Aber das Haus hier ist ja von der Erde verschwunden; und kommt ein Fremder heute hierher, der von der Vergangenheit nichts weiß, so ist es für ihn, als habe es dieses Haus nie gegeben. Doch immerhin existieren noch die Kronen einiger Bäume, und so halte ich mich an sie. Und daher im Hinblick auf meine Absichten kein Gejammer.
Ja: Hier die denkbar kleinste aller Welten!
Aber müssen wir uns denn, nur auf die Örtlichkeiten gesehen, neben einem »weltumfassenden« Werk wie zum Beispiel dem

»Faust« wirklich genieren? Was dort Auerbachs Keller und Kaiserhof und Griechenland und der Himmel sind – berührten wir bei unserm Erzählen von hier aus nicht auch die Reichshauptstadt und US-Amerika und sogar den Abendstern droben?
Müssen wir überhaupt unser kleines Licht unter den Scheffel stellen, bloß weil es hier die alltäglichen Lebensläufe sogenannter kleiner Leute waren? Sprach nicht mal jemand davon, auch in einer Regenpfütze könne sich die Menschenwelt spiegeln? (Na, er schrieb es wohl nicht wörtlich so, aber dem Sinne nach.) Und hatten wir hier nicht auch immer einen Wasserspiegel: den des Sees, dieses Auge, das jahrhundertelang all die Menschenschicksale sah?
Also halt!, halt! Ich finde jede Überheblichkeit dem gegenüber, was hier war, reichlich einfältig. Und ja auch hier Landnahme und Segen der Erde und überraschendes Glück. Und schlimmes Schicksal (weshalb findet man eigentlich in den großen Dichtwerken so wenig darüber – weil sonst die literarischen Konstruktionen nicht aufgehen?). Und alle Armseligkeit und Verzweiflung und Vernichtung.
Und dann dieses ganz Große: Alles in einer Natur und Landschaft, die zu den eindrucksvollsten in unserm alten Europa gehören, schlechthin nicht übertroffen werden! Und die mit dieser Natur in Einklang stehende Art der Menschen. Agnes Miegel: Dem Land sei man verbunden gewesen »durch eine tiefe, dem heutigen Denken kaum noch begreifbare mystische Liebe«.
Und im Vergleich damit sieht man anderswo heute mit aller Modernität und allem rasanten Fortschritt und den ach so wichtigen Weltproblemen gar nicht mehr so großartig aus – oder?

Und so habe ich unser Masuren betreffend längst aufgehört, kleine Brötchen zu backen.
Und ich blicke aus meiner Baumkrone auf ein so kleines Tal und einen noch kleineren See und finde beide unvergleichlich.
Und keine Aktionen, Taten mehr meinerseits – bloß noch Beschaulichkeit. Und ich will ganz in Einklang kommen mit der natürlichen Ruhe, die mich umgibt.

Und was sehe ich plötzlich? Ich muß aus meinem Baum heraus genau hinschauen, denn es ereignet sich jenseits des Sees, also in einiger Entfernung von mir: Da kommt doch tatsächlich jemand den so rührend urtümlichen Sandweg vom Nachbardorf hierher hinunter und hat einen Rucksack auf dem Rücken. Und erinnert mich das nicht gleich an einen andern auf diesem Weg, der vor vielen, vielen Jahren auch noch, wohl angeheitert, sein Preußen-Lied sang?
Und es geht mir wieder durch den Sinn: Wie mag wohl der erste, der hier vor etwa fünfhundert Jahren, einem halben Jahrtausend, siedeln wollte, dahergekommen sein? Sicher mit mehr auf dem Buckel oder in der Hand und vielleicht sogar zu Pferd – aber doch gewiß mit dem Bewußtsein: Wenn man so etwas, einen Ort!, gründet, dann doch wohl für die Ewigkeit?!
Alter fataler Menschen-Irrtum! Es hat sich für uns was mit Dauer und Ewigkeit! Darüber kann ich ja gerade an diesem Ort ein überzeugendes Lied singen! Und jene Betrachtung Eisenreichs (die ich weiterhin für eine der bedeutendsten in deutscher Sprache halte): »Im Anblick der Ruine«: Dort spürt der Mensch, daß er nicht geschaffen ist, Dauerndes zu vollbringen. Im Anblick der Ruine gewahre er seine Hinfälligkeit. Aber vor der Ruine wird auch offenbar, daß er kein logisches Wesen ist, sondern ein großes Paradoxon: Die Ruine bekundet seine Tapferkeit, »so zu leben, als hätte er ewig zu leben«. Doch wollte jener, der sich nun, mich so anrührend, der Stätte nähert, wo einst ein Dorf war, hier wieder ein Gehöft oder sogar eine Siedlung errichten, käme er da heutzutage nicht wenigstens gleich mit einem Bulli oder einem Kleinlaster oder gar einem Wohnmobil daher? Dieser Wanderer, wie ich ihn so sehe, wird also diese Örtlichkeit bloß passieren… Und doch: Nichts ist so wie der Hauch des lebendigen Lebens (schrieb der hochbetagte Hamsun in seinem letzten Buch).
Dies also war deine Welt, Tobias. Großonkel Tobias. Wahlbruder Tobias. Und meine Welt in meiner frühen Kindheit.
Und wen von denen aus deiner Zeit, Tobias, ich hier in der Kindheit noch antraf und näher kennenlernte?

Die Hilde also, vor allem die Hilde, **deine** Hilde eine kleine Zeit lang. Sie wurde und war ja meine Oma.
Da saß sie nun vor dem Haus, wann immer die Sonne schien und es warm genug dafür war. Saß auf einem einfachen Holzstuhl und war selbst in allem ein Inbegriff an Schlichtheit. Und immer noch so aufrecht mit ihren etwa achtzig Jahren. Und Witwe nun seit so langem schon, fast einem Menschenalter. Seit einem dieser unüberbietbar idiotischen, immer bloß menschenmordenden Ereignisse namens Krieg.
Ja: die dunkle Oma. Und war also recht fromm geworden auf ihre alten Tage. Hatte Verbindung nicht nur zum zuständigen Pfarrer, sondern erst recht zu einem Prediger in der Stadt, der im übrigen beim Gaswerk dort arbeitete.
Was hatte denn ausgerechnet diese gute Frau soviel zu bibeln und zu beten und auch noch laut zu singen? So daß es über den Hof und bis auf die Straße schallte und manchmal jemand stehenblieb und wohl auch murmelte: die Alte – wieder! Kannte man sie doch von früher nur als arbeitsam und bescheiden und redlich. Da hätten andre in der weiten Welt aber weit mehr Anlaß gehabt, in sich zu gehen und über so was wie Büßertum nachzudenken! Aber doch nicht sie!
Oder meinte sie allen Ernstes, diese paar kleinen Geschichten in den Mädchenjahren vor deutlich mehr als einem halben Jahrhundert –. Diese ziemlich kurze Affäre mit dem Tobias, Studenten: doch eher nach außen spektakulär, sonst kaum der Rede wert. Ach ja, und dann war da noch dieses doch aber auch nur kleine Getechtel mit dem Bürgermeister-Sohn. Und der Karl, mein Großvater, der hat sie dann ja genommen. Und mit dem Fritz? Das war doch wohl bloß son Dahergerede im Dorf? Sie war doch verheiratet. Obwohl – **ihm** wars zuzutrauen, dem Hallodri.
Jedenfalls: ihre frommen Lieder. Und nun auch immer häufiger dieses eine: Laßt mich gehn, laßt mich gehn, daß ich Jesum möge sehn!
Und sie, die ihr Lebtag nie zum Arzt gegangen war, auch nie zum Zahnarzt, und wie gesagt auch kein graues Haar hatte –

am Ende bekam sie doch ein sehr schmerzhaftes Greisenleiden; und starb daran.
Starb nur ein Jahr vor der Flucht. Wurde auf den Friedhof gefahren vor dem Dorf; viele gingen damals mit auf der staubigen Straße. Ja: War eine der letzten, die noch hier begraben wurden. Vor der Flucht im kommenden Herbst schon und den Russen und den Polen.
Und kannte ja nichts anderes als dieses zur Zeit ihres langen, langen Lebens zu Deutschland gehörende Masuren. Und das sogenannte Dritte Reich: Sie war, als es begann, eine erschöpfte Greisin. Hielt ihren täglichen Gottesdienst. Hatte nichts, nichts mehr mit Politik und dergleichen zu tun (wenn je). Wie hätte die das Verenden ihres Masuren noch begreifen sollen – oder ihre Verpflanzung in irgendeine ihr gänzlich fremde Region westlich von Weichsel und Oder.
Sie starb noch hier. Blieb in der hiesigen Erde. Liegt auf unserm zugewucherten Friedhof.

Und wenn in ihrer späten Gegenwart von Tobias die Rede gewesen war?
Ich erinnere mich da an eine kleine Episode:
Ob der überhaupt noch lebt, meinte jemand.
Doch, der lebt, sagte sie.
Was bist du da so sicher? Wer sagt dir das?
Mein Gefühl.

Ja, die Hilde. Und fast ein Jahrhundert (oder jedenfalls achtzig Jahre) davor sah die Mutter des Tobias hier aus dem Fenster, als jenes eine Mal ein kleines feines Fräulein auf den Hof kam, und dort stand die Wippe –. Stand wohl dort, wo auch noch in meiner Kindheit, meine Lieben – denn wie weltenfern waren ja auch ich und meinesgleichen noch von Tamagochi und Computerspielen und so was. Und nun sag ich es mal: Unsere Kinderspiele wurden ja lebendig und phantasievoll aus uns heraus; uns wurden nicht action und fun von draußen vorgegaukelt.

Hier liefen Hühner im Hof. Und auch das hatte etwas Verspieltes. Und vor dem obersten Garten blühte im Frühjahr immer die Flieder-Reihe.
Und von diesen Fliedersträuchern stehen hier auch dieses zerstörende, vernichtende halbe Jahrhundert später noch einige spillerige Äste sich aufreckend. Zu Büschen formt sich das aber nicht mehr. Und blüht auch nicht mehr: ist, wie ich sehe, verdrängt und verkrüppelt von den wuchernden Bäumen und ihrer Gewalttätigkeit des Stärkeren.
Und alles, alles: Der einst so oft besonnte Platz der bibelnden Oma Hilde und der der wippenden Kinder und der der in den Tag herumlaufenden Hühner ist nun häßlich überwuchert von kniehohem Krautzeug und irgendeinem überhaupt nicht irgendwelchen Charme des Naturhaften herzeigenden Baum- und Strauchgewirr.
Dort also die Delle im Boden, wo der Keller unterm Haus war. Und (von einem Baumnest aus gesehen) ein wenig davor also früher die Hauswand. Und dort etwa hattest du, Oma Hilde, also deinen Stuhl stehen – mir wird plötzlich bewußt, daß ich dorthin den Zeigefinger richte, wie um das jemandem zu demonstrieren.
Doch ich bin ja allein hier.

Und da reiße ich die Blockflöte aus der Hosentasche. Und zuerst ist es nur laut und ärgerlich die Tonleiter rauf und runter. Aber dann versuche ich doch ein kleines Volkslied mit der ihm eigenen wie selbstverständlichen Melancholie…

Ja, Leute: alles in meiner Kindheit über ein halbes Jahrhundert her – aber **unvergessen**.
Und ihr Unguten unter denen, die ihr das hier eines Tages in Besitz nahmt, aber verkommen und untergehn ließt: und wohl darauf spekuliertet, daß es eines Tages, endlich!, niemanden mehr gibt, der das Dorf und das jahrhunderte alte Leben an diesem Ort noch erlebt hat und sich danach zurücksehnt – ich bin als einer von denen immer noch da. Und weil ich davon **erzähle**, bleibt das über mein kleines Da-Sein hinaus.

Und in meiner Kindheit wurde ja auch manchmal noch vom Fritz gesprochen. Der ist dann mit dem Rad weggefahren, hieß es lakonisch nach Art des schnörkellosen Redens der Leute. Dem hat der Gutsherr Sommer übel mitgespielt, dieser Halunke!

Der Fritz: Also auch aus der Generation des Tobias und der Hilde; und so mußte er, als ich über ihn reden hörte, ebenfalls um die achtzig gewesen sein und vielleicht noch unter den Lebenden.

Na, Fritz, **du** mußt erst ein masurisches Original gewesen sein! Und der größte Naturbursche weit und breit sogar in diesem Land, wo man leicht einige Exemplare dieser Spezies zusammenbringen konnte.

Ja. Ein Unikum. Ein Unikat. Wo gibt es heute noch so was.

Aber was für eine Rolle der Pfarrer damals, Schwiegersohn des Sommers, gespielt hatte: Davon war in der Familie und darüber hinaus schon fast keine Rede mehr. Das hörte ich von entfernterer Seite. Der damalige Pfarrer, hieß es bei uns, der hatte dann selbst sein Päckchen zu tragen – und was für eins! Erst der Tod der Frau, und das Kind gleich mit. Und dann sickerte ja auch noch durch, daß er Ärger mit seiner Kirche bekam, weil er nicht mehr so fromm in die kindlichen Gemüter vieler seiner Schäfchen hinein predigte. Und eines Tages war er weg aus der Gegend – angeblich wieder nach Berlin. Dort hatten sie eine größere Aufgabe für ihn in einem Kirchenamt – behauptete die Gutsherrin. Aber glaubte man der denn noch so recht? Hatte sie nicht allzuoft alles in den rosigsten Farben für sich dargestellt und die Leute damit belogen?

Ach, der Pfarrer damals, hörte ich; das war doch nicht der Schlechteste – trotz allem.

Es war das Mitleid der Menschen wie mit jedem, dem es schließlich alles andere als gutging.

Ihr guten Leute hier!

Da kommt Mutter mit dem Milcheimer vom Melken aus dem Stall; und gleich gibts wieder die leckre Klunkersuppe.

Und ich sehe unser Pferd vor dem Stall stehn. Und Vater spannte es vor den Leiterwagen, und meine Schwester und ich dürfen ja mitfahren aufs Feld. Das Pferd: immer noch eine Einzigartigkeit. Und auf seinem warmen Rücken ganz ohne Sattel (den wir nie besaßen) zu reiten...
Und unsre Gänse an der Straße.
Und Schwester Irma mit ihren noch so kleinen Beinchen. Und sie guckt auf den Boden des Hofs und hebt etwas auf – und steckt allen Ernstes ein Stückchen Hühnerdreck in den Mund (wenn sie es auch gleich wieder angewidert ausspuckt). Ja. Und der Hahn bespringt ein Huhn, und gleich hinterher schüttelt es sich, als wolle es sich wieder herrichten.
Und irgendwann heißts: Der Storch ist wieder da. Der Storch. Na, nicht bei uns, wir haben kein Nest auf dem Dach. Aber ein paar Häuser weiter.
Und immer mal der dunkle Wagen mit einem Sarg zum Friedhof raus. Ja.

Ihr guten Leute. Die ihr hier die Heimat hattet. Aber schon dieses Wort: Heimat, es wurde ja irgendwann in meiner Jugend in Westdeutschland für geradezu suspekt erklärt.
Weshalb? Von wem?
Spontan: Benn sprach einmal scharf von der »intellektuellen Clique« und ihren dürftigen Behauptungen. Und ich: Ich lasse mich in der Regel auf Gedankenkitsch von gackernden Schlaumeiern à la mode erst gar nicht ein; es lohnt nicht. (Und auch diese Herr- und Damenschaften sollten sich besser den wahrhaft biblischen Plagen der Gegenwart zuwenden.)
Und ein großes Lexikon sagt mir ja: »Die Heimat ist eine der mächtigsten menschlichen Wirklichkeiten...« Und: »Besonders im Deutschen begreift das Wort Heimat eine Gemütsbindung ein, das **Daheim-Geborgensein**...«
Und: Für Odysseus gab es »nichts Süßeres« als den Anblick der väterlichen Erde. Heimgekehrt nach zehn Jahren der Irrfahrt und Gefahren: Zauberin Kirke und Sirenen und Nymphe Kalypso und Skylla und Charybdis, küßte er sie.
Soweit das große Lexikon unserer Zeit.

Und wieder etwas auf der Flöte, diesmal für – nein, natürlich kein ausgedacht verfremdetes Heißahussa für irgendwelche Uptodateler, sondern für den ollen Odysseus und seine und meine Heimat.

Also: Ich im Baum.
Über das kleine Tal schauend mit dem See inmitten – und auch ein Dorf, früher einmal. Doch gingen denn Innehalten und Nachdenken über die Weltsicht und die notwendigen Korrekturen immer nur von irgendwelchen Metropolen aus?
Wir sprachen doch darüber: Eine der allerwichtigsten bewegte jener, »der die Sonne anhielt und die Erde in Bewegung setzte«. Und nannte Frauenburg in Ostpreußen, von wo aus das geschah, bekanntlich die »abgelegenste Gegend der Welt«.
Ich erwähne damit noch einmal jenen Nikolaus Koppernigk aus Thorn, latinisiert Coppernicus oder Kopernikus. Und am Ende waren es also seine vielen Jahre in der Domanlage über der kleinen Stadt am Haff: Blick über das Wasser in den Weltraum hinein. Auch er hatte in der »großen Welt«, sogar dem Ausland studiert, sich aber dann in dieses Abgelegene zurückgezogen, um Klarheit über das Sosein der Welt zu gewinnen.
Und denken wir da nicht ein bißchen – wenn auch nur ein kleines bißchen – an unsern Tobias, der so oft aus dem Giebelfenster des alten Holzhauses gesehen haben mag und über das kleine Wasser hin?
Nein: Nicht auf einen Meeres-Teil und in den Weltraum hinein – aber war das nicht vielleicht den üblichen Menschenschicksalen hier wie überall noch angemessener?
Und hatte er nicht von diesem Hügel mir gegenüber einst auch aufbrechen, **fliegen** wollen?

26

Und wie mein Blick aus der Baumkrone zurückgekommen ist in den Hof, ich durch die Zweige wieder zum Haus hinsehe – da ist es nicht die dunkelgekleidete Oma, die auf ihrem Stuhl vor der grauen Hauswand sitzt, nein – die sich im Abendlicht stehend dreht, angedeuteter halber Tanzschritt: das ist ein junges Mädchen.

Es ist meine Tochter Heike, die tot ist seit sechzehn Jahren nun schon. (Ihre Lebensdaten: mir eingebrannt.) Um ihr Leben gebracht wurde von einem betrunkenen Autoraser.
Ich sagte ja: Ich bin jener Sohn Masurens, der in der Zeit der tiefsten Hilflosigkeit damals durch den brutalen Tod seines geliebten Kindes zurückwollte so weit wie irgend möglich – hierher. Wo sein eigenes kleines Leben einst anfing. Wo das Menschen-Nest für ihn war.
Meine Heike, der das Schicksal (das Niedrigste, was ich kenne) das Leben raubte in ihrem zweiundzwanzigsten Jahr.
Die Heike – nun auch sie hier? Wo sie im Leben doch niemals war?
Aber wieso sollte sie mir denn nicht auch hierher gefolgt sein? Als ein Teil von mir, **in** mir?
Und es ist doch auch nicht das erste Mal nach ihrem schlimmen Sterben, daß ich sie geradezu leibhaftig in der Nähe sehe. Stand sie nicht mal sogar auf der Terrasse unsres Hauses in irgendeiner Zukunft – im Arm ein kleines Kind? Und saß sie nicht noch manchmal in der rechten Ecke der Couch wie immer, **ihrer** Ecke – wo noch lange nach ihrem Tod die kamelhaarfarbene Decke lag, zusammengefaltet wie auf sie wartend?
Wie kann ein gütiger Gott, der sich um den einzelnen kümmert, es geschehen lassen, daß ich sie heute nur noch in einem Tagtraum (sagt meinethalben: Hirngespinst) zu sehen bekomme?
Und niemals mehr **lebendig**?
Und auch, daß es den Hof meiner Familie und meiner Kindheit, das ganze Dorf nicht mehr gibt? Weshalb mußten denn all diese Menschen hier, **ausnahmslos**, so gestraft werden, daß heute nicht ein einziger von ihnen noch in der Heimat ist? Hatte **jeder** von ihnen eine solche Strafe verdient?
Also, ihr Pfarrer, Religionslehrer und von den Philosophen jene, die ins Fromme driften – was antwortet ihr mir?

Erschrak ich auch nur ein ganz kleines bißchen, als ich dich hier erblickte, mein Kind? Ist es nicht eher so, als habe ich dich für irgendwann geradezu erwartet? Nur daß ich das kleine Zeichen, das du mir eben machtest: diese angedeutete Geste mit dem Zeigefinger wie auf eine Festlegung am Boden: so ist das!, nicht gleich zu deuten vermag –.
Ja, du **warst hier**, gerade noch. So wie du in meinem Zimmer bist in unserm Haus, wo wir vier waren, vier sind, vier immer bleiben werden. Wo die Schulmädchen-Zeichnungen von dir immer hängen werden, die du mir gutmütig geschenkt hast.
Und auch schon so viele Jahre her, seit wir dich ins Grab tun mußten.
Und es wäre doch das Natürlichste gewesen, daß dein Leben hinausgereicht hätte über meins.

Was aber von dem, das hier: an dieser Stätte, in diesem Dorf und den ihm gleichen Dörfern in diesem Land einst lebte und sich mühte und geschah: Was davon ist von den Vorfahren einem wie mir zugekommen auf einem langen inneren Weg? Was für ein Erbe fiel einem zu?
Auch in meinem Baum hier denke ich an die Überzeugung des großen Carl Gustav Jung: »daß kein wesentlicher Inhalt je verlorenging, weil seine Matrix immer in uns liegt, und er aus ihr aufs neue hervorgehen kann und hervorgehen wird, sobald man seiner bedarf.«
Also die Matrix (der »Mutterboden«, oder sagen wir: das Verzeichnis) ist aufbewahrt in uns. Freilich, so fährt der Psychologe fort, wird nur der diesen Inhalt wiederentdecken, der gelernt hat, »die Augen von der Verblendung durch herrschende Meinungen abzuwenden und die Ohren vor dem Lärm vergänglicher Schlagworte zu verschließen.«
Dem Lärm vergänglicher Schlagworte! Wie sehr ich dir da, erfahrener Mann, von hier aus ganz zustimme!

Ja: Ich kam so selbstverständlich wie jeder mit entfernter Vergangenheit in Verbindung. Verfüge nicht nur über die persön-

lichen Erfahrungen, sondern auch über das von den Vorfahren Aufgenommene.
Ich bin von ihrer Art. In einem sehr weitreichenden Sinn: **ein Sohn Masurens.**

Nichts ging wirklich verloren. Und ist auch den Orten, den Stätten hier aufgeprägt, eingeprägt.
Erinnert der eine, der andre sich noch daran, daß man hier auf verlassenen Höfen nach dem Krieg Stimmen in der Luft hörte? Und die davon berichteten, waren nicht von der Katastrophe verwirrte Masuren, sondern hierher verpflanzte Polen. Oder: Waren nicht doch ein paar Haustiere zurückgeblieben oder gar von selbst wieder heimgekehrt? Und nun seit Tagen und mehr noch in den Nächten in ständiger Unruhe wie niemals früher: wie in Angst ständig in Bewegung, sich drehend und scharrend? Oder: sprangen denn nicht Fenster entzwei, Reifen von hölzernen Wassertonnen? Fielen nicht Bilder, die an Wänden noch hingen, zerbrechend herunter, Schlüssel aus Türen?
Denn nun sollte doch nicht das Leben nur dieses oder jenes Menschen verlöschen, es ging ja weit mehr unter.
Und die Friedhöfe, in deren Erde sie alle, von denen wir herkommen, endeten!
Mag der dieses Dorfs inzwischen auch ganz zum Urwald-Dickicht geworden sein, für Menschen kaum noch betretbar. Mag die Zeit schon fast herangekommen sein, da jemand sagt: Da war ja wohl mal ein Friedhof. Ich wage trotzdem noch eine solche Vorstellung:
Also auf dem Friedhof mag es zugegangen sein!
Hier im Land hatte sich doch der Glaube nicht verloren, daß die verstorbenen Angehörigen nicht wirklich tot waren, sondern umherwandern konnten und nach Hause. Und einem auch was mitteilen konnten.
Und gerade jetzt sollten sie das abreißen lassen?
I bewahre!
Ja: Lacht nur ein weiteres Mal über unsre Art. Doch ob ihr auch recht habt mit euren immer eingeschränkter werdenden Vorstellungen, ist damit ja nicht erwiesen.

Ich denk jetzt mal nur an die plachandernden alten Weiber (ja: man sprach bei uns von Weibern – so wie die Bibel das tut und auch Goethe vom Ewig-Weiblichen).
Da erregte sich vielleicht die Moralinsche noch immer über irgendwelche Unterleibsangelegenheiten im Dorf. Erinnert sich zum Beispiel an einen gewissen Fritz aus unsrer Familie, der ihr so oft etwas »zum Possen« gemacht hat. Und wie der immer hinter den Weibern her war! So war hier das Leben. So war doch dieser Krät!
Ist! sagte die Krahnsche. Der Lorbaß stirbt doch nicht. War lange weg und ist wiedergekommen. Treibt sich hier wieder rum.
Stirbt nicht wie auch sein Bruder Tobias – aber wer ist denn der Ewige Masur? fragte die dritte.
Weshalb hat der Tobias nicht das Fräulein vom Gutshof bekommen? Die haben sich doch **geliebt** –. Und sie hätte doch viel besser zum Tobias gepaßt als zu diesem Pfarrer, der am Ende nicht mal so richtig fromm war –. Ach, die Dummheit der Menschen. (Die das sagt, ist die Gebildetste unter ihnen.)
Na, verbürgen kann ich mich dafür natürlich nicht, daß die einst plachandernden Weiber sich auch heute noch über die alten Geschichten unterhalten. Oder über etwas ganz anderes. Vor allem darüber, daß die Welt, über die sie sich einst auf der Erde so lang und breit ausließen, nicht mehr ist. Und wenn sie hinuntergehn ins Dorf, immer wieder die Hände vors Gesicht schlagen: Es ist nichts mehr da –. Kein Zuhause mehr –.
Und das mag auch für einen längst Toten, der aber hier sein ganzes Leben hatte, nicht gleichgültig sein.
Denkt auch an diese Toten. Ihre »Stimmen in der Luft«. Bedenkt, daß sie nicht belanglos und vielleicht auch nicht machtlos sind...

In hundert Jahren ist alles vergessen, sagte Hamsun. »Die Namen von uns allen... werden in hundert Jahren von der Erde getilgt sein, niemand wird sich ihrer mehr erinnern, sie noch erwähnen. Unsere Schicksale werden vergessen sein.« Und er sprach im Hinblick auf seine norwegische Heimat, der man nichts antat. Und ich blicke auf die Stätte eines untergegangenen Dorfs und rede von seinem überwucherten Friedhof. Und es gibt bereits niemanden mehr in der ganzen näheren Umgebung, der ab und zu noch von jemanden aus unserm Menschen-Nest erzählen könnte.

Und so also ist Menschen-Geschichte? Oder, wenn man es denn etwas anders gesagt haben will: Ein leider wohl exemplarisches Stück der Geschichte der Menschheit.

Und warum immer wieder so? Warum?

Ach, diese unausrottbaren Menschen-Fragen, diese doch bloß rührenden, aber nichts, gar nichts verändernden Fragen! Um die sich offenbar keine Weltenlenkung (wen wollt ihr da angesprochen haben, Emil oder Auguste?) kümmert – oder? Ja – oder sage ich damit etwas Unzutreffendes? Aber dann müssen sich diejenigen, die dieser Ansicht sind, schon die Mühe machen, mich wirklich überzeugend zu widerlegen. Also noch einmal: Herr Pfarrer, Herr Oberlehrer, Herr zu Gläubigkeiten neigender Philosoph...

Aber so wenig die Steinaxt- und die Pfahlbau-Leute in der Nähe unsres späteren Dorfs etwas ahnen konnten von den Gründern dieses Ortes: Wie können da wir etwas wissen von einer Zukunft hier um, sagen wir, 3000 oder 4000? Ob da nicht wieder bei diesem See, diesen Hügeln: dieser Idylle, allerhand Menschen siedeln? Auf wieder eine reichlich andre, auf **ihre** Art, die mit Deutschen und Polen vielleicht herzlich wenig noch zu tun hat? (Liegt die unsägliche Geschichte des 20. Jahrhunderts dann doch schon viel weiter zurück als von heute aus gesehen Wladyslaw Jagello und Ulrich von Jungingen.) Und auch nichts mehr mit unserer kleinen, nach Menschenart immer ein bißchen sentimentalen Anhänglichkeit an den Ort der Geburt: Heimat?

Ich im Baum. Immer noch. Wie gesagt: des besseren Überblicks wegen. (Hahaha.)

Und ich hätte also, haltet ihr mir am Ende vor, beim näheren Hinsehn an dem Bild einer angeblich bloß beherzigenswerten Welt, erst recht an einer Art Schlaraffenland-Welt doch auch ziemlich herumgekratzt? Manche Frauen hatten es früher nicht immer gut. Manche Lehrer prügelten wie bescheuert. Und nach heutigen Maßstäben war es materiell denn doch eine eher ärmliche Welt, den einfachen Menschen ging es nicht selten eher schlecht als recht?
Beim zuletzt Angeführten zögere ich mit meiner Zustimmung denn aber doch. Wird dieses Urteil nicht zu sehr von heutigem Besitz- und Habenwollen-Denken her bestimmt?
Doch ich hätte von dem weniger Erfreulichen ja einfach nichts zu sagen brauchen? Wie auch zum Beispiel die – nach heutigem Urteil – Naivität mancher einfacher Menschen doch einfach verschweigen können?
Fragt man mich das ernsthaft, so ist meine Antwort, daß ich von den zahlreichen heutigen Schlaumeiereien, die mit einem pseudogebildeten Anspruch oder gar intellektuellen Anstrich daherkommen, wesentlich weniger halte. Und meine guten, bescheidenen Menschen mit ihrer unverbildeten Intelligenz für den Alltag, ihrer natürlichen Vernunft und Redlichkeit ganz oben ansiedle.
Und im übrigen gehöre ich doch nicht zu der Clique der Ideologen, die ihr schiefes Weltbild immer nur aus dem zimmern, was ihnen dafür in den Kram paßt (und dann aller Welt abfordern, dem Verlogenen zu folgen).

Auf Schillers Schreibtisch stand ein Globus. (Ich sah das: den Tisch mit dem Globus, in seinem Haus in Weimar.) Es wird niemand annehmen: ganz ohne Grund.
Und wieso sollte ich mich diesbezüglich schlechter stellen? Und auch bescheidener als jener Drigalski, der das nachahmte? In meinem Arbeitszimmer im Westfälischen liegt also nah beim Schreibtisch der Teppich, der mir die Kontinente der Erde zeigt. So ist zu sehen und zu lesen: Asia. Europe. Australia. Antarctica. Süd-Nord-America. Africa. Oceania.

Dies angemerkt, damit niemand denkt: Von der Existenz einer etwas größeren Welt hat **der** doch wohl überhaupt keine Vorstellung. Immer bloß sein Masuren im Kopf.

Und nun geht es hier langsam auf den Abend zu.
Und so parliere ich sozusagen nur noch ein bißchen auf der Flöte. Und werde morgen zurück in den Westen Deutschlands fahren. Und nehme dich natürlich mit, kleiner Dorfplan, den ich in die alte Dachpfanne ritzte – aber noch unendlich mehr: all das, was mich hier bewegte.
Und habe auch für mich, ja, die **Entscheidung** erreicht, diese Entscheidung: Ich werde das tun, was du sicher bis zuletzt tatest, Tobias: die übernommene Aufgabe, die Pflicht bis zum vereinbarten Ende erfüllen. Ich bleibe also noch zu eurer Verfügung, junge Menschen – so lange irgendwem von euch das sinnvoll erscheinen mag. Laßt es uns weiterhin **miteinander** versuchen: der alte Mann aus dem Früheren, Ihr ganz von heute! **So** packen wirs doch! Ich will also bis zuletzt fleißig den Garten bebauen, wie es mir meine masurischen Vorfahren vorgemacht haben.

Wie weit schien es einst den Menschen von hier bis »ins Reich« zu sein. Nicht nur äußerlich und in Kilometern meßbar; aber reden wir hier nur von dieser räumlichen Entfernung. Und war nicht auch die Flucht 1945 noch eine Art Bestätigung dafür: diese Wochen, ja Monate des etappenweisen Unterwegsseins?
Und nun bin ich entschlossen, die über tausend Kilometer von Masuren nach Westfalen an **einem** Tag zu fahren; das müßte zu schaffen sein, wenn auch in langen fünfzehn, sechzehn Stunden.
Aber (denke ich jetzt): Dann kann ich ja auch im Lauf von bloß einem Tag wieder hierherkommen: zu diesem **Gegenbild** des nur noch westlich/amerikanisch Geprägten, dieser Gegenwelt.
Dieser Landschaft der Beruhigung in unserer so unruhigen Zeit. Gleichsam für ein Atemholen der Seele.

Und mag es denn so bleiben, daß das manchem immer noch erscheint wie eine Reise zu einem andern Stern: Nichts dagegen – angesichts des Zustand der heutigen westlichen Welt ist dieser Gedanke ja immer weniger abwegig.
Ja: Recht später Nachmittag nun schon. Und ich höre den Vögeln zu.
Und an diesem Punkt noch einmal das Wort des alten Laotse (denn sind wir hier auch noch längst nicht in seiner asiatischen Welt, so doch in einer jenseits von Oder und Weichsel, und die war im Denken und Leben ja zu einem nicht geringen Teil dem Osteuropäischen, Östlichen zugehörig):
»Hat man aber den Einklang mit dem Gezwitscher der Vögel erreicht, so befindet man sich in Harmonie mit Himmel und Erde. Diese Harmonie umfaßt alles.«
Aber wer brächte das noch so zustande? Heute?
Doch habe nicht immerhin ich noch eine gewisse gefühlige Beziehung zu diesen Tieren? Flüstere ich nicht manchmal den Amseln im Garten zu, die in höchster Angst vor Elster oder einer streunenden Katze mit aller Macht zu zetern anfangen: Ich helf euch, ich bin euer Freund?

Und die Sonne fängt an unterzugehen im Westen hinter dem kleinen See: so gemächlich, so selbstverständlich, wie es immer war.
Und jahrhundertelang geschah das hier im Angesicht des Dorfs, in dem es, fontanisch gesagt, so kribbelte und wibbelte wie überall in der Menschenwelt.
Und die Sonne wird hinter dem Wald ganz allmählich verschwinden.

Und morgen dann wieder über diesem Land stehn. In der besonderen Weise. Denn über diesem Land war immer auch ein bestimmtes Licht.
Denn sage ja niemand, das Licht über allen Landschaften sei gleich. Ich würde nämlich antworten müssen, daß er wohl noch niemals genau hingesehen hat. So wie keine Landschaft

einer andern völlig gleicht, so auch nichts, was als ein Teil von ihr zu ihr gehört: das Licht über ihr, die Wolken – und der Charakter der in ihr lebenden Menschen.
Auch das Licht in meiner Heimat blieb mir immer bewußt und unverwechselbar und unvergeßbar... Das Licht der gleißenden Sommertage zwischen den Roggenhocken auf unserm Feld. Das verdämmernde der stillen halligen Abende um den See. Das so bewegungslose nach einem reichlichen Schneefall.
Und denke ich dabei an euch, liebe Leser, so mag dieses Licht, das herüberleuchtet in eure Lebenswelten, einstehen für den bestimmten Charakter unsrer Landschaft, ihrer Menschen – und deren Art zu leben.
Licht: in Mythen und Religionen ist es ja die gute Kraft, die sich gegen die bösen Kräfte in der Welt erhebt. Und das tut ganz gewiß das Licht über unserm Masuren!

Und jetzt habe ich alles Nachdenken hinter mir gelassen. Und jedes Wort. Und auch die Flöte weggesteckt.
MASUREN, DU BIST IN MIR.

Und mich erreicht der Duft unsrer Linde, die zu blühen begonnen hat, und wird mir bewußt und beglückt mich.
Unserer Linde, die irgendwer umgehauen hatte, doch die nicht aufgab: wieder austrieb und strauchig längst Baumhöhe erreicht hat. Und also wieder blüht und duftet!
Und im sich vertiefenden Dämmern lausche ich den Vögeln: wie sie, einer nach dem andern, zu singen aufhören.
Und bleibe immer noch sitzen. Und eine tiefe Ruhe wirkt nun in mir.
Und dann hört auch der letzte der Vögel auf.

Epilog:
Wie ein Fremder in seinem Land

O Christe, Deine Güt ist aus.

Rudolff Lyck, 1709

Ich holte ihn beim Friedhof ein und
griff nach seinem Ärmel.
Meine Hand glitt in die Leere des Ozeans.

Knut Reinoß, »In Lillesand«

Der Frage nachgehend, ob denn vielleicht ein sogenannter Fluchtbericht auch für unsern Ort vorliege: das heißt Notizen zum Beginn des Verendens unseres Dorfs am See, wandte ich mich an das Koblenzer Bundesarchiv.
Und tatsächlich! Dort fand ich Aufzeichnungen keines Geringeren als des letzten Lehrers des Ortes, Siegfried Wiesotzki.
Eines Mannes, wie ich mich gleich erinnerte, mit deutschen und masowisch-polnischen Vorfahren (also einer für Masuren geradezu typischen volklichen Mischung), der erst um die Zeit meiner Geburt Mitte der dreißiger Jahre ins Dorf gekommen war: auf seine erste Lehrerstelle.
Also mein erster Lehrer! Was wußte ich daher noch von ihm? Daß er Parteigänger des Nationalsozialismus während meiner Schulzeit offenbar nicht irgendwelcher Karrierepläne wegen war, sondern aus einer Art jugendlich unbedachtem Idealismus. Also auch nicht denunziatorisch oder gar gewalttätig auf Skeptiker und Oppositionelle reagierte, sondern fast wie enttäuscht. (Wie sich seine Ansichten nach Kriegsende änderten: Darüber hörte ich nichts.) Ein oder zwei Jahre vor Ende des Kriegs wurde dann auch er eingezogen, ihn ersetzte eine Schulhelferin.
Das andere sind Schlußfolgerungen: Da er höchstens ein Jahrzehnt bei uns war, dürfte er von den früheren Geschichten der Familien, der älteren Menschen wenig erfahren haben, jedenfalls nichts durch eigene Anschauung. Und: Da er bei Kriegsende Soldat war und danach noch eine Zeitlang in sowjetischer Gefangenschaft, hat er Evakuierung, Flucht und Vertreibung, die schlimme Zeit der Deutschen unter Russen und Polen nicht selbst erlebt, sondern einiges darüber nur gehört. So daß er denn einen eigentlichen Fluchtbericht gar nicht liefern konnte, sondern eher ein Pelemele aus einigen nüchternen Fakten und dann manchem Selbsterlebtem, das ins im weitesten Sinn Anekdotische reicht. Dabei ist er, als ein gebildeter Mann, ein guter Beobachter und Stilist.
Er geriet bei der Kapitulation Königsbergs in sowjetische Gefangenschaft, die ihn aber nicht umbrachte wie so viele.

Und als er erstaunlich früh entlassen wurde, wanderte er zunächst in unser Dorf, gelangte aber später in den Westen.

Unser von der Hauptstraße so abgelegenes kleines Dorf hätte durchaus das Glück haben können, von den damaligen Willkür-Verbrechen der Rotarmisten verschont zu bleiben. Doch es geschah nicht so. Vergewaltigungen, Raub, Erschießungen, berichtet Wiesotzki, auch hier wie anderswo.
Er notierte lakonisch: Die meisten Einwohner des Ortes waren geflohen. Zurückgeblieben waren nur vier Familien: lauter kleine Leute in Insthäusern ohne den Besitz von Pferd und Wagen; und auffallend: mit alten Menschen, die wohl gar nicht fortgewollt hatten. Jedenfalls: nur Menschen, die nicht zu den damals von den Rotarmisten besonders gern umgebrachten »Kapitalisten« gehörten. Trotzdem wurden zwei der alten Männer von den Russen erschossen, notierte er. Von den höchstens hundertfünfzig Menschen des Dorfs fielen sechs im Krieg, wurde eine junge Frau von den Soldaten verschleppt, und die beiden Alten wurden eben kurzerhand umgebracht.
Dazu: Der alte Jenzewski, weil er aufschrie bei der Vergewaltigung seiner Tochter, der er nicht helfen konnte. Und der andere, weil er, als man eine Uhr von ihm forderte, den Kopf schüttelte und andeutungsweise gelacht haben soll – der Knecht hatte nie eine besessen.
Anmerkung: Wiesotzki läßt durchblicken, daß er diese Informationen vor allem von jenem Jan Palmowski bekam, der als polnischer Kriegsgefangener auf einem der Höfe im Dorf hatte arbeiten müssen.
Dieser gute Mann, der als Pole noch nie etwas von Russen gehalten hatte, ja sie geradezu für kulturlos hielt, hat wohl versucht, mit den Soldaten ins Gespräch zu kommen und sogar mäßigend zu wirken. Doch hat er sicher gut daran getan, um seiner selbst willen vorsichtig zu operieren – was Deutscher, was Pole, ein Menschenleben galt denen mit der Kalaschnikow damals doch so gut wie gar nichts.
Die Stunde für Palmowskis Gutmütigkeit kam erst so rich-

tig, als seine Landsleute statt der Russen ins Dorf einzogen. Jedenfalls soll er auch zwischen einer jungen deutschen Frau, etwa zwanzig, und einem nicht viel älteren Polen, der einen relativ großen Hof bekam, vermittelt haben bis zur schließlichen Ehe der beiden. Er selbst blieb auch weiter im Dorf, bekam ebenfalls einen der größeren Höfe und holte Frau und Kinder hierher.

Zum Zustand des Dorfs zur Zeit seines damaligen Dortseins wenige Jahre nach dem Krieg hielt Lehrer Wiesotzki dies fest: Von den etwa zwanzig Wohnhäusern waren sechs schon zerstört, sowie zwei große Scheunen: »diese von Polen abgebrochen und verheizt«.

Und schließlich jene wahrlich merkwürdige Geschichte um einen sehr alten Mann, Greis, ja Methusalem, die Wiesotzki ausführlicher erzählt. Einen Mann, schreibt er, der offenbar über vieles nachgedacht hatte, aber eigentlich nichts im Ton besonders herausstrich. All das sei ihm, Wiesotzki, seither nicht aus dem Kopf gegangen.

Der Alte sei, so habe es geheißen, plötzlich mitten im Dorf gewesen: geradezu wie dem Boden entstiegen. Und war kein Pole; habe sich aber auch mit denen verständigen können wie ein Masure.

Kannte ihn jemand; hatte man schon mal von so einem gehört? Nein. Die deutsche Frau des Polen nicht; der Palmowski erst recht nicht; und sonst war dafür ja niemand mehr da. Auch ich stieß dann auf ihn mitten im Dorf, berichtete Wiesotzki. Hinterher dachte ich sogar: Der schien dort ja rumgestanden zu haben – hatte er von mir gehört, auf mich gewartet? Ein eher kleiner, auffallend zarter Mann. Gesicht und Hände zusätzlich von der Feinheit des Greises. Hoch in den Achtzigern, dachte ich (das war eine sichere Annahme), vielleicht sogar neunzig, bald hundert.

Ich muß mich doch hier noch mal sehen lassen, fing er gleich an – mal nachsehen, wie diese Welt auch hier im Dorf untergeht und sich ganz verliert.

Und er sprach nicht nur dieses eine Mal vom Ende der Welt.

Und du warst der letzte Lehrer hier? fuhr er fort. Das interessiere ihn schon deshalb, weil er ja auch mal was damit zu tun hatte. Vor Jahrhunderten, scheint mir, meinte er noch und lachte.
Da fragte ich denn doch: Wo **er** denn herkomme? Von weiter her?
Es entstand eine kleine Pause in dem Gespräch. Hatte ich ihn irritiert? Jedenfalls schien er unschlüssig im Hinblick auf eine Antwort.
Ach –, sagte er dann bloß. Ich war doch niemals weit weg von hier. Zu Hause war ich immer hier.
Wieder eine kleine Pause.
Mehr will er dazu nicht sagen, dachte ich. Also meinetwegen. Und so beließ ich es dabei.
Aber von meinem Bruder? fragte er. Von dem hast auch du nichts gehört? Denn wir beide, er und ich, wir gehören doch zusammen. Ich weiß natürlich: Er radelte damals weg ins Ruhrgebiet wie manch anderer aus Masuren auch. Aber ist sicher nicht mehr dort, längst wieder hier.
Wie sollte ich darauf antworten können? ging mir durch den Kopf. Da ich doch nicht mal wußte, wer der vor mir war. Denn weißt du, sagte er, es gibt da auch noch ihn, den der Tod vergessen hat. Na, nicht verwunderlich bei den vielen Geschäften, die dieser Meister in den letzten Jahren hatte. Aber mein Bruder, der ist auch geflohen: doch in die entgegengesetzte Richtung als die andern. Von West nach Ost, **hierher**. Ich nehme mal an, der ist erst mal in die Wälder gegangen; »von dannen er kommen wird« …
Ihr Bruder? fragte ich. Der ist jünger als Sie?
Älter, antwortete er. **Älter!**
Und der sollte jetzt nach Masuren zurückgekommen sein? dachte ich. Was erzählte der mir da! Na: Mich wunderte allmählich nichts mehr.
Er blickte um sich, ins Land. Und da oben auf dem Berg, sagte er, dort ist ja mal fast das Flugzeug erfunden worden. Und wieder lachte er sein ein bißchen meckerndes Lachen – der Gedanke daran amüsierte ihn offenbar.

Da begann ich erst recht an ihm zu zweifeln, merkt Wiesotzki an. Wo und wie das Flugzeug erfunden wurde: Darüber sollte mir, dem Lehrer, niemand Märchen erzählen. Doch er fuhr ernsthaft fort: So ist es ja nicht, daß uns hier nichts eingefallen wäre! Doch wir gingen anders damit um als die andern sonst irgendwo. Niemals irgendwelche Aufregung, auch wegen so was nicht. Alles war sozusagen eine Alltäglichkeit. Wir alle haben in der Jugend doch unser Erfinder-Alter: denken, wenn auch meistens bloß flüchtig, daran, die Welt und die Menschen zu bereichern. Bis unser bißchen Grips – und ich sage: bestenfalls – uns erkennen läßt, daß – mit einem unsrer Philosophen gesprochen – eher ein Teufel als ein Gott die Welt geschaffen hat. Und es also besser ist, zu dem mephistophelischen Werk nicht noch was beizusteuern. Über den Sinn des Lebens haben wir natürlich auch ein bißchen nachgedacht... Jedenfalls so jemand wie ich. Aber das fiel auch nicht besonders günstig für das Sosein der Welt und der so tüchtigen Menschen aus. Und so will ich dich damit nun erst recht nicht langweilen.
Ich rede und rede ja sowieso schon zu viel – und du mußt hier bei mir aus Höflichkeit rumstehen.
Aber ich hätte an dich doch noch eine große Bitte, sagte er zuletzt. Kennst du dich ein bißchen auf dem Friedhof aus? Laß uns morgen zusammen auf den Friedhof gehen. Ich möchte auch noch mal dorthin. Und ich denke immer mehr: Das ist für einen Masuren in dieser Zeit der sinnvollste Ort zum Nachdenken.
So verabredeten wir uns für den nächsten Tag.

Also der Friedhof.
Auch der schon sichtlich unterwegs zum Untergang, Vergessenwerden. Es kümmerte sich keiner mehr um ihn. Sollte sich wohl auch keiner kümmern. Unkraut wucherte. Nur einzelne Blumen setzten sich noch durch: zwei, drei Glockenblumen, eine schöne Akelei.
Der alte Mann schüttelte leicht den Kopf und – lächelte! Aber dieser Palmowski, sagte er dann, der behauptet: Immer

noch vernehme man manchmal von den Särgen her eine Art Knarren. Bewegen sich die Toten unten? Rebellieren sie gegen irgend etwas?
Und, erzählte der: Im Nachbarsdorf habe einer der Polen angefangen, mit seinem Landgerät mitten über den Friedhof aufs Feld zu fahren, obwohl der alte Weg um ihn herum kaum weiter ist. Und war es das, was ihm nicht gut bekam? Er bekam jedenfalls Krebs, ist jung gestorben. Haben die aus den Särgen ihn bestraft?
Wir gingen weiter, waren rasch in der Mitte der ja nur kleinen Anlage.
Der Alte war immer noch von einer seltsamen Aufgedrehtheit.
Vor zwanzig, oder fünfzehn, Jahren noch, sagte er, machte es mir Spaß zu sagen: Alle Menschen müssen sterben – vielleicht ja auch ich? Aber: Tummelt sich nicht so viel auf dem alten Ball, längst überreichlich viel – ist es da angebracht, daß ich mit meiner Person das Gedränge auf ihm noch vermehre?
Mir war, schreibt Wiesotzki, als hätte ich solch einen Satz schon irgendwann mal gehört oder gelesen – na, aber indem er ihn auf sich selbst bezog, gehörte er auch zu ihm. Und er ließ auch gleich solche Schnörkel, wurde ernst: Hier in diesem Land bekommst du nun wieder mal demonstriert, daß sich immer jemand findet, der es nicht dabei belassen kann, daß – wie ich in einem alten Buch des Ostens las – Nachbarländer zwar in Sichtweite liegen, man von dort die Hunde bellen und die Hähne krähen hört, aber bis an sein Lebensende bleibt, wo man ist, und die andern in Ruhe läßt.
Wieder mal, fuhr er fort, dieser Totentanz aus Brutalität und auf dem Fuß folgender Rache. Alles: Wieder mal. Alles: Wie immer. Weshalb erscheint uns das nicht lange schon so unüberbietbar primitiv wie die notorische Zwangshandlung eines Irren? Dann fragte er wie am Tag vorher: Kennst du dich hier ein bißchen aus?
Die Frage war insoweit nur zu berechtigt: Die meisten der Gräber dieses nicht gerade reichen Dorfs hatten ja keine Gedenksteine.

Na, nicht so sehr, antwortete ich; – hatte dazu wenig Beziehung.
Ist ja auch egal, antwortete er; – ob jemand nun zwei oder drei Meter weiter nach da oder nach dort liegt.
Hier wohl mein Vater, sagte er. Und dort meine Mutter. Ihr so Guten. Jeder auf seine Weise. Ohne die ich nichts gewesen wäre. Wie sehr verneige ich mich vor euch. Und großartig steht am Ende ja niemand da. Es mit ein bißchen Würde, ein bißchen Haltung durchstehn – das ist doch schon alles.
Und wie gut, fuhr er fort, daß man zu eurer Zeit noch nicht ahnen konnte, daß man mir, eurem Sohn!, nach einem überreichlich langen Leben hier nun sagt: Ich habe kein Recht auf ein Hiersein, und fort mit mir!
Aber in meinem Fall geht die Rechnung ja nicht auf, sagte er. Wie auch immer: Sie geht nicht auf. Ich bin nämlich schon jenseits eurer Pläne und Befehle; ich werde meine Heimat nicht mehr verlassen. Wie in jenen Tagen nicht, als es auf die Flucht ging. Da war ich – nun ja – gerade nicht auffindbar; und so halb haben sie mich dann vielleicht auch vergessen.
Weißt du, fragte er mich, wo hier die Gräber der Sommers vom Gut sind?
Dies aber war von jemandem, der sich hier doch wohl mal ausgekannt hatte, eine etwas erstaunliche Frage: denn wenn wer ein aufwendiges Grabmal hatte an besonderer Stelle, dann doch diese Leute.
Doch da meinte er auch schon selbst: Natürlich dort!, das weiß ich ja.
Hast du mal davon gehört, sagte er, die hatten eine Tochter, die war meine Victoria, und von solcher Poesie kommt man lange nicht los. (Du hast doch sicher mal die »Victoria« gelesen wie jeder empfindsame junge Mensch? Aber meine Geschichte war ja früher.)
Und dann war mir, als flüstere er der Toten etwas zu; und da wandte ich mich diskret ab. (Und vielleicht antwortete sie ihm?)
Ja, du primitives Schicksal, sagte er dann laut: Deiner stupiden Art nach kannst du nicht bedenken, daß gerade deine

Brutalität deinen Opfern einen Rang gibt, der ihnen sonst vielleicht verwehrt geblieben wäre.
Und wie lange her das alles, sagte er. Und wiederholte: Hundert Jahre. Und für Zeit und Ewigkeit vorbei.
Seit wann gibt es diesen Friedhof wohl? fragte er. So lange wie das Dorf? Das weißt du auch nicht, Herr Kollege? Na, eher müßte ja ich es wissen.
(Und dann wie zu den Beerdigten:) Meine Helden. Ja: So nenn ich euch nun einmal, meine Guten, die ihr alle es irgendwann hinter euch gebracht hattet: dieses Leben aus all den törichten Zufällen. Wer ist denn seines Glückes Schmied, man erzähle mir doch nicht so was. Die ihr hier eines Tages ankamt und eingegraben wurdet. Und nun werden die meisten aus dem Dorf nicht mehr hier enden, obwohl die Familien aus so alten Zeiten kamen ...
Oder wird etwas von uns, in welcher Gestalt auch immer, in hundert, in zweihundert Jahren doch noch da sein? Vielleicht sogar mein Bruder, dieser masurische Spinner; oder sogar ich? Wie gesagt: In welcher Form dann auch immer?
Ich nahm das wohl zu vordergründig, dachte: Na, sieh zu, daß du wenigstens noch drei oder fünf Jahre schaffst, Methusalem, und red nicht von soviel länger ...
Als ahne er meine Gedanken, lächelte er, sagte: Da hast du nun was zu knacken, mein Sohn –. Aber deine Rechenkunststücke beziehen sich doch nur auf das eine – und nicht auf das Wichtigste. Es ist diese Natur hier, die es anders will, das kannst du mir glauben. Ja: Denk mal darüber nach, wie ich das meine.
Mag ja sein, daß es nur noch faktisch und statistisch nicht erfaßbare Wege geben wird, auf denen etwas von dem weiterlebt, was hier bisher war. Aber irgendwie wird es weiterleben, das Masurische, und vielleicht sogar länger, als es Menschen gibt, die sich an uns noch ein bißchen erinnern. Auch das kannst du mir getrost glauben.
Und er ging zwei, drei Schritte auf einen Grabstein in dem Kraut zu, lehnte sich an ihn. Verzeih, mein Guter, sagte er zu dem Grab hin. Auch dir blieb das alles, was nun passiert,

erspart. Ein strammer Trinker übrigens, oder ein regelmäßiger, dieser Drigalski, wandte er sich mir zu. Und auch Kollege von uns und vielleicht lebensklüger als wir beide zusammen. Und ich verdanke ihm möglicherweise mehr, als ich bis heute weiß oder auch nur ahne.

Ein bißchen Herbstsonne kam noch durch die Baumkronen, fiel ihm ins Gesicht, gab seinen sprechenden Falten, der Durchsichtigkeit seiner Greisenhaut etwas Unwirkliches, Kunstwerkhaftes. Mir schien, daß er nun müde und bloß noch deprimiert war.

Und es verging dann manche Minute, während er bloß dastand und nicht mehr zu mir sprach.

Da kam ich mir irgendwie unnötig vor und fragte mich: Laß ich ihn nun allein?

Und da sagte auch er: Geh du ruhig, ich komm dann schon zurecht mit mir.

Und machte mit mir noch die paar Schritte bis zum Anfang des Friedhofs; und am Rand des Abhangs zur vorbeiführenden Straße stützte er sich an mir ab. Und ließ sich zum Sitzen auf die Erde hinab.

Da verabschiedete ich mich von ihm und ging.

Doch halt, noch eine Kleinigkeit. Ich war nur ein paar Schritte weg, da knackte es, wie wenn jemand einen Ast abbricht. Und ja: Er hatte was von einer Tanne gebrochen und legte es auf den Boden. Und ich sah dann zu, wie er sich draufsetzte und es fertigbrachte, den kleinen Abhang zur Straße runterzurutschen wie auf einem flachen Rodelschlitten.

Und als er mich das beobachten sah, da lachte er mir zu wie ein Schelm und winkte.

Und da dachte ich mir noch: Er wollte sich also nicht einfach hinsetzen und hier an der Toten-Stätte womöglich schon verenden. So jemand: um den muß man sich nicht Sorgen machen, der hat sogar gegenüber dem scheinbar Ausweglosen im Leben seine Tricks drauf. Und ging hier nun auch das meiste vor die Hunde: Er stand schließlich auch das noch in Haltung durch, so war es seine Art.